CAROLE MORTIMER
Bella y perversa

Editado por Harlequin Ibérica.
Una división de HarperCollins Ibérica, S.A.
Avenida de Burgos, 8B - Planta 18
28036 Madrid

© 2024 Harlequin Ibérica, una división de HarperCollins Ibérica, S.A.
N.º 78 - 24.1.24

© 2012 Carole Mortimer
Bella y perversa
Título original: Some Like It Wicked
Publicada originalmente por Harlequin Enterprises, Ltd.

© 2013 Carole Mortimer
El placer del escándalo
Título original: Some Like to Shock
Publicada originalmente por Harlequin Enterprises, Ltd.
Estos títulos fueron publicados originalmente en español en 2013

I.S.B.N.: 978-84-1180-676-3
Depósito legal: M-31954-2023
Impreso en España por: BLACK PRINT
Fecha impresión Argentina: 22.7.24
Distribuidor exclusivo para España: LOGISTA
Distribuidor para México: Distibuidora Intermex, S.A. de C.V.
Distribuidores para Argentina: Interior, DGP, S.A. Alvarado 2118. Cap. Fed./
Buenos Aires y Gran Buenos Aires, VACCARO HNOS.

Para Peter, con todo mi cariño

Uno

Highbury House, Londres, mayo de 1817

—Sonríe, Pandora. Estoy segura de que ni el Diablo ni Lucifer van a morderte. Por lo menos si tú no quieres... o eso espero.

Pandora, duquesa viuda de Wyndwood, no se sumó a la risa aterciopelada y sugerente de su amiga cuando se acercaron a los dos caballeros a los que Genevieve se había referido tan jocosamente. Sintió que su corazón comenzaba a latir más deprisa, que sus pechos subían y bajaban rápidamente mientras respiraba a toda prisa intentando calmar su nerviosismo y que las palmas de sus manos se humedecían dentro de los guantes de encaje.

No conocía personalmente a ninguno de aquellos dos caballeros, desde luego. Ambos superaban ya la treintena; ella, en cambio, solo tenía veinticuatro años y nunca había formado parte de la cohorte mundana que los envolvía cada vez que se dignaban a aparecer en sociedad. Aun así, los había reconocido al instante: eran lord Rupert Stirling, antes marqués de Devlin y ahora duque de Stratton, y su buen amigo lord Benedict Lucas, dos caballeros a los que durante la década anterior la buena sociedad londinense había dado en llamar «el Diablo y Lucifer» en virtud de sus escandalosas hazañas tanto fuera como dentro de la alcoba de numerosas damas.

Los mismos caballeros de los que, un momento antes, Genevieve había dado a entender que podían ser buenos candidatos para convertirse en sus amantes. A fin de cuentas, el año de luto por la muerte de sus respectivos maridos acababa de tocar a su fin.

—¿Pandora?

Ella sacudió la cabeza.

—Creo que no puedo tomar parte en esto, Genevieve.

Su amiga apretó ligeramente su brazo para infundirle ánimos.

—Querida, solo vamos a hablar con ellos. Debemos hacer de anfitrionas en nombre de Sophia mientras ella se enfrenta a la inesperada aparición del conde de Sherbourne —miró hacia el otro extremo del salón de baile, donde la dama en cuestión parecía estar enfrascada en una encendida conversación en voz baja con Dante Carfax, un calavera íntimo amigo del Diablo y de Lucifer. Igual que ellas, las tres viudas, eran ahora íntimas amigas...

Había sido pura coincidencia que Sophia Rowlands, duquesa de Clayborne, Genevieve Forster, duquesa de Woollerton, y Pandora Maybury, duquesa de Wyndwood, hubieran enviudado la primavera anterior en un plazo de escasas semanas. Las tres, pese a no conocerse previamente, habían formado al instante una suerte de alianza al concluir su año de luto, hacía un mes, unidas por su viudedad y su juventud.

Sin embargo, la sugerencia de Genevieve de que «tomaran las tres un amante, o varios, antes de que acabara la Temporada» había sumido a Pandora en un estado de confusión en lugar de infundirle esperanzas.

—Aun así...

—Este es nuestro baile, creo, Excelencia.

Pandora jamás habría pensado que se alegraría de ver a lord Richard Sugdon, un joven caballero al que encontraba desagradable tanto por su relamida apariencia como por las confianzas que se tomaba cada vez que coincidían. Le había sido imposible encontrar una excusa verosímil para negarse a bailar con él cuando Sugdon le había pedido que le reservara el primer vals de la velada, y sin embargo, de pronto, incluso la compañía de aquel lechuguino le parecía preferible a la de Rupert Stirling o Benedict Lucas, aquellos hombres peligrosísimos y arrolladores.

—No lo he olvidado, milord —dedicó a Genevieve una breve sonrisa de disculpa, apoyó ligeramente la mano sobre el brazo de lord Sugdon y dejó que la condujera a la pista de baile.

—Santo cielo, Dante, ¿cómo es que estás tan despeinado? —preguntó Rupert Stirling, duque de Stratton, al entrar en la biblioteca de Clayborne House algo más tarde, esa misma noche, y ver la apariencia desaliñada que presentaba uno de sus dos mejores amigos, de pie al otro lado del salón—. O quizá no debería preguntar... —añadió pensativamente al advertir un perfume de mujer en el aire.

—Quizá no —contestó ásperamente Dante Carfax, conde de Sherbourne—. Como supongo que tampoco hace falta que yo pregunte qué o, mejor dicho, quién se las está ingeniando para mantener a Benedict tan entretenido?

—Probablemente sería mejor que no lo hicieras —Rupert se rio con suavidad.

—¿Te apetece un coñac? —preguntó Dante, levantando la botella de la que acababa de servirse.

—¿Por qué no? —contestó Rupert mientras cerraba la puerta de la biblioteca a su espalda—. Hace tiempo que sospecho que mi madrastra conseguirá que me dé a la bebida, o bien al asesinato.

Pandora, que después de acabar el vals se había visto atrapada con lord Sugdon en un rincón del salón de baile y solo había conseguido escapar de su compañía unos minutos antes, cuando otro conocido había trabado conversación con él, no pudo evitar escuchar la conversación de los dos caballeros, estando como estaba en la terraza a la que daba la biblioteca.

—Entonces, que esta noche sea a la bebida —respondió Dante Carfax—. Sobre todo teniendo en cuenta que la duquesa ha tenido el detalle de dejar una botella de un coñac excelente y unos cigarros magníficos aquí, en la biblioteca, para disfrute de sus invitados.

Se oyó el tintineo de unos vasos al chocar y el del líquido al servirse.

—¡Ah, mucho mejor! —unos segundos después de tomar un trago del alcohol que tanto necesitaba, Diablo Stirling suspiró satisfecho.

—¿Se puede saber qué hacemos los tres aquí esta noche, Stratton? —preguntó con sorna su amigo al abrir de par en par las puertas de la terraza con intención de dejar salir el humo de sus habanos.

—En vista de tu apariencia, yo diría que tus motivos son obvios —comentó el otro caballero—. Y Benedict ha accedido amablemente a acompañarme cuando le he dicho que necesitaba pasar una noche alejado de la asfixiante compañía de mi querida madrastra.

Dante Carfax soltó una áspera risotada.

—Apuesto a que la bella Patricia no soporta que la llames así.

—Lo odia —repuso Stirling con amarga satisfacción—. Razón por la cual insisto en hacerlo constantemente.

«Diablo de nombre y diablo por vocación», pensó Pandora inopinadamente mientras permanecía inmóvil entre las sombras de la terraza, sin hacer ningún ruido por miedo a que los caballeros la descubrieran allí.

El aroma de sus cigarros, que salía por las puertas abiertas de la terraza, le recordó tiempos más felices. Una época en la que era más joven y más ingenua, en la que no parecía tener ninguna preocupación en el mundo cuando asistía a bailes como aquel en compañía de sus padres.

Una época en la que no habría sentido el impulso de huir a la terraza para que los ilustres invitados de Sophia no vieran que las groseras y humillantes insinuaciones de lord Sugdon la habían reducido a las lágrimas.

A la mayoría de aquellas personas no le importaba lo más mínimo que ella se sintiera insultada, desde luego. Muchas de ellas obviaban su existencia o no se molestaban en hablarle, ni mucho menos en preocuparse de si se veía constantemente acosada por las proposiciones de aquellos caballeros que se arriesgaban a frecuentar su escandalosa compañía.

En efecto, de no ser por la insistencia de Sophia y Genevieve en que también ella fuera recibida en cualquier velada a que asistieran sus amigas, estaba convencida de que se habría encontrado en el más absoluto ostracismo desde que un mes antes había osado presentarse de nuevo en sociedad.

—Una estratagema inútil, en realidad —añadió Rupert Stirling con fastidio—, puesto que la viuda de mi padre también ha venido al baile de la duquesa.

—Bueno, estoy seguro de que Sophia no ha...

—Descuida, Dante, no estoy culpando a tu querida Sophia...

—No es mi Sophia.

—¿No? Entonces, ¿me he equivocado? ¿El perfume que he notado al entrar en la habitación no era el suyo?

Se hizo un instante de silencio antes de que el otro caballero contestara de mala gana:

—No, no te has equivocado, pero Sophia sigue asegurando que pierdo el tiempo cortejándola.

Pandora se quedó estupefacta al oír aquello. ¿Sophia y Dante Carfax? No podía ser. Pero si Sophia no perdía ocasión de criticar al guapísimo y perdulario conde de Sherbourne...

—¿Tu problema no se resolvería en parte si tomaras esposa, Rupert? Al menos, si te casaras, la duquesa viuda no podría seguir viviendo abiertamente en tus casas, como ahora —sugirió Dante.

—No creas que no lo he pensado —respondió Stirling.

—¿Y?

—Y sin duda resolvería un problema, pero también traería otro.

—¿Y eso por qué?

—Porque entonces tendría que cargar el resto de mi vida con una esposa a la que ni querría ni desearía.

—Pues búscate una a la que al menos desees físicamente. Cada temporada debutan decenas de bellezas.

—Tengo treinta y dos años. Mis gustos ya no incluyen a muchachitas recién salidas del cuarto de los niños —el ir y venir de la voz de Rupert Stirling indicaba que estaba paseándose por la biblioteca, nervioso—. No me veo atado de por vida a una joven que no solo se ríe como una boba y habla por los codos, sino que no sabe absolutamente nada de lo que sucede en la cama —añadió con desdén.

—Quizá no deberías desdeñar esa ingenuidad tan a la ligera, Rupert.

—¿Y eso por qué?

—Bueno, en primer lugar nadie puede acusarte a ti de falta de destreza en la cama, lo cual sin duda te permitiría instruir a tu joven e ingenua esposa en cuanto a tus preferencias personales. Y en segundo lugar, casándote con una joven virgen te asegurarías al menos de que el futuro heredero del ducado fuera carne de tu carne.

—Lo cual no habría sido el caso, probablemente, si Patricia hubiera conseguido dar un vástago a mi padre. Por suerte no ha sido así, o yo ahora tendría que temer por mi vida mientras duermo —añadió con mordacidad el duque de Stratton.

Pandora se dio cuenta de que ya no se limitaba a guardar silencio entre las sombras de la terraza para que no advirtieran su presencia. En realidad, estaba escuchando impúdicamente lo que decían aquellos dos caballeros, a los que no le costaba imaginarse puesto que hacía apenas un rato que los había visto desde lejos.

Dante Carfax era alto y moreno, de ojos verdes y mirada traviesa. Su impecable traje de etiqueta se ajustaba a la perfección a sus hombros anchos y musculosos, a su vientre plano y sus largas y fuertes piernas.

Rupert Stirling era tan alto o incluso más que su amigo y su cabello rubio, peinado a la moda, se ensortijaba alrededor de sus orejas y caía provocativamente sobre su ingeniosa frente. Su traje negro y su camisa blanca como la nieve realzaban la anchura de sus espaldas, su estrecha cintura y sus piernas musculosas. Sus ojos grises tenían una mirada enigmática y cargada de aplomo y su bello y altivo rostro recordaba al de un ángel caído, con su nariz fina y aristocrática, sus pómulos altos y su boca sensual, capaz de sonreír con sorna o frío desprecio.

Un desprecio que en ese momento parecía dirigido hacia la mujer con la que su difunto padre se había casado cuatro años antes.

Pandora solo tenía veinte años en aquella época y llevaba poco tiempo casada, pero recordaba que la alta sociedad londinense se había quedado de piedra al saber que el séptimo duque de Stratton, viudo desde hacía largo tiempo y ya sexagenario, había decidido casarse en segundas nupcias con una joven que, según se rumoreaba con insistencia, había mantenido un idilio con su hijo, el joven marqués, antes de que este regresara a su regimiento para luchar contra Napoleón en las filas de Wellington.

Pandora sabía también que el nuevo duque y su madrastra vivían en la misma casa desde la muerte del padre de él, el año anterior. O en las mismas casas, mejor dicho, puesto que Rupert Stirling y la viuda de su padre habitaban invariablemente bajo el mismo techo, ya fuera en el campo o en la ciudad.

—Que yo recuerde, siempre has tenido motivos para temer por tu vida estando en la cama con esa mujer —comentó Dante con sorna, en respuesta al comentario anterior de su amigo.

Pandora sintió que sus mejillas se acaloraban al oír detalles tan íntimos de la relación de Rupert Stirling con la mujer que ahora era su madrastra viuda. Quizás había escuchado ya demasiado y debía regresar al salón de baile y presentarle sus excusas a Sophia antes de marcharse. Sí, seguramente sería lo mejor...

—La mitad de los hombres que hay aquí esta noche sigue a mi madrastra por el salón de baile con la lengua fuera —dijo el duque con desdén.

—¿Y la otra mitad?

—Parece andar jadeando tras una mujer rubia, más bien menuda, con un vestido morado...

—El vestido es violeta, si no me equivoco.

—¿Cómo dices?

—El vestido de Pandora Maybury es violeta, no morado —murmuró Dante Carfax.

Pandora, que ya se había vuelto hacia la casa con intención de dejar a los hombres a solas con su coñac, sus habanos y sus confidencias, se detuvo y notó que un escalofrío nervioso le corría por la espalda al oír mencionar su nombre.

—¿La viuda de Barnaby Maybury? —preguntó el duque.

—Exacto.

—Ah.

El poco color que había vuelto a las mejillas de Pandora durante los minutos que había pasado tomando el aire se esfumó cuando oyó resonar una inconfundible nota de desprecio en la voz del duque de Stratton.

Dante soltó una risa gutural.

—Sé que prefieres a las mujeres morenas de pelo, altas y de figura voluptuosa, Stratton.

—Y Pandora Maybury, menuda, delgada y rubia, no es, obviamente, ninguna de las tres cosas.

—Estoy seguro de que ni siquiera tú repararás en esos detalles en cuanto hayas visto la exquisita belleza de sus ojos.

—Dante, ¿no crees que, dadas las circunstancias, no deberías fijarte en la belleza de los ojos de otra mujer, ni en cualquier otra parte de su anatomía?

Su interlocutor se echó a reír.

—Desafío a cualquier hombre a no reparar en la belleza de los ojos de Pandora Maybury, sean cuales sean las circunstancias.

—Y, dime, ¿qué tienen de especial sus ojos?

—Que son exactamente del mismo color que el vestido que lleva esta noche. Como las violetas en primavera —añadió Dante con evidente admiración.

—¿Y no será que el deseo no correspondido que sientes desde hace tiempo por nuestra bella anfitriona ha acabado por trastornarte el juicio? —preguntó Rupert socarronamente.

—Eres la segunda persona que me dice eso esta noche —contestó su amigo—. Pero te aseguro que, en lo relativo a los ojos de Pandora Maybury, solo digo la verdad.

—¿Violetas? —preguntó el duque con escepticismo.

—Del color profundo y oscuro de las violetas en primavera —repuso Dante con firmeza—. Y rodeados por las pestañas más largas y sedosas que he visto en una mujer.

—Y sin duda son esos mismos ojos de color violeta y largas y sedosas pestañas los que consiguieron llevar a la muerte no a un hombre, sino a dos —comentó el duque en tono mordaz.

Pandora contuvo la respiración bruscamente y se dejó caer sobre el banco de hierro forjado que había junto a la pared de Clayborne House. Sabía desde hacía tiempo lo que se pensaba de ella en sociedad, pero nunca nadie había formulado abiertamente aquella acusación en su presencia. Solo que no estaba en presencia de sus acusadores; no era más que una espía oyendo infamias sobre sí misma.

—Creo que me marcho, ya que estás de tan mal humor —le dijo Dante a Rupert.

—Yo voy a quedarme aquí y a acabar mi coñac y mi habano antes de presentar mis excusas a nuestra anfitriona —contestó el duque.

Pandora estaba tan absorta en su aflicción que no escuchó lo que dijeron después, tan abrumada por los tristes recuerdos que había evocado en ella su conversación precedente que no pudo hacer otra cosa que dejarse embargar por la angustia, como le había sucedido a menudo durante el año anterior, desde que su marido y sir Thomas Stanley habían muerto innecesariamente, dando así ocasión a un escándalo del que se hablaría durante meses o incluso años.

—¡Ah, aquí está! —una voz conocida le llegó desde la oscuridad que la rodeaba—. Y sola, además —añadió lord Sugdon con satisfacción al salir a la tenue luz de las velas que se colaba por las cortinas de encaje de las ventanas de la biblioteca.

Pandora se levantó despacio y lo miró con recelo.

—Estaba a punto de entrar...

—Vamos, seguro que no —el joven lord Sugdon se acercó más aún—. Sería una pena desperdiciar el claro de luna. Y estando solos en la terraza... —añadió con una sonrisa sugerente, mientras miraba sus pechos, visibles por encima del amplio escote de su vestido.

—Aun así, creo que debo volver... ¡Lord Sugdon! —exclamó indignada cuando él la tomó bruscamente entre sus brazos—. ¡Suélteme inmediatamente!

Empujó su pecho, intentando escapar de sus fuertes brazos, que le rodeaban la cintura, pero él no hizo caso y bajó la cabeza con evidente intención de apoderarse de su boca. La sola idea de que sus labios carnosos y húmedos tocaran los suyos bastó para que a Pandora se le revolviera el estómago.

—No lo dices en serio.

—¡Desde luego que sí! —protestó Pandora con vehemencia, convencida de que si no escapaba de su abrazo no tardaría en desmayarse.

Lo cual, en vista de la expresión de lujuria que enturbiaba el semblante de lord Sugdon, no serviría de nada. En efecto, Sugdon parecía muy capaz de aprovecharse de ella mientras estuviera inconsciente en sus brazos.

—¡Pare inmediatamente, milord!

—Conque te gusta por las bravas, ¿eh, preciosa? —Sugdon sonrió, satisfecho—. Pues por mi parte no hay problema —soltó su cintura el tiempo justo para agarrar el escote del vestido y tirar de la delicada tela, que se rasgó, dejando al descubierto sus pechos cubiertos con la camisa—. Esto sí que es una buena vista —añadió, mirando fijamente sus pechos semidesnudos mientras se lamía los labios carnosos.

Pandora dejó escapar un sollozo estrangulado, consciente de que su vida, una vida ensombrecida por la infelicidad de esos últimos cuatro años, acababa de alcanzar un estado de degradación que ni siquiera habría podido imaginar antes de esa noche.

—¡Por favor, no lo haga! —suplicó, desesperada, mientras seguía forcejeando en vano para escapar de los brazos de lord Sugdon.

—Quieres que siga y lo sabes —tocó uno de sus pechos, clavándole dolorosamente los dedos en la carne tierna—. Llevas suplicándomelo toda la noche.

—¡Se equivoca usted, señor! —exclamó Pandora—. Por favor, déjeme...

—Eres tú quien va a hacerme un favor dentro de un momento, preciosa mía. Vaya, vaya —gruñó, enfadado, cuando Pandora golpeó con fuerza su pecho—. Vas a pagármelas por eso, pequeña...

—Opino, Sugdon, que cuando una dama dice que no con tanta vehemencia como lo está haciendo esta, conviene decantarse por la prudencia y aceptar que realmente está rehusando nuestras atenciones.

Pandora se tambaleó y cayó hacia atrás sobre el banco cuando lord Sugdon la soltó de pronto. Se hizo daño en la parte de atrás de las piernas al chocar con el banco metálico, pero no le importó. Se agarró con fuerza el vestido rasgado sobre los pechos y, pálida como una muerta, miró al otro lado de la terraza, donde había aparecido inesperadamente su salvador, lord Rupert Stirling, octavo duque de Stratton, más conocido entre la alta sociedad sencillamente como «el Diablo».

Dos

Rupert había estado disfrutando de lo que quedaba de su habano y su coñac, cuando su soledad se había visto bruscamente interrumpida por un ruido de voces en la terraza. Creyendo al principio que eran solo un hombre y una mujer enzarzados en una riña de enamorados, había preferido no hacer caso y seguir meditando acerca del desgraciado brete en el que se hallaba su vida. O séase, acerca de cómo afrontar sus problemas con Patricia Stirling, la esposa de su difunto padre.

Tener que pensar en ella bastaba para despertar su ira, aunque al mismo tiempo se diera cuenta de que no podía seguir viviendo así. Había que hacer algo, y pronto. Tenía que...

Fuera, en la terraza, el volumen de la conversación había subido hasta tal punto que le costaba pensar. Así pues, Rupert se había levantado y había cruzado la biblioteca camino de las puertas de la terraza, con intención de decir a la pareja en cuestión que se fuera a discutir a otra parte. Pero al instante se había dado cuenta de que no se trataba en absoluto de una riña de enamorados, sino de un caballero, al que reconoció de inmediato como el petimetre de lord Richard Sugdon, que intentaba forzar a una dama a la que Rupert no veía con claridad, rodeada como estaba por los brazos de Sugdon, pero que indudablemente se estaba resistiendo al asalto del joven lord, tanto física como verbalmente.

Una dama bajita, menuda y rubia que lucía un vestido de seda morado. Mejor dicho, violeta. Nada menos que Pandora Maybury, duquesa de Wyndwood, si Rupert no se equivocaba. Y rara vez se equivocaba.

—Vamos a ver, Devlin... —comenzó a protestar Sugdon airadamente.

—Ahora soy Su Excelencia el duque de Stratton —puntualizó Rupert en tono gélido, fijando en el joven sus ojos brillantes—. Y creo que ya he visto y oído suficiente para saber que está molestando a esta dama.

—Esta tiene de dama lo que yo de... —el insulto de Sugdon se interrumpió de pronto cuando Rupert lo agarró por la corbata y lo empujó contra la pared de ladrillo de la casa.

Satisfecho por tener una excusa para dar rienda suelta a sus frustraciones, Rupert bajó la cara hasta dejarla a escasos centímetros de la del joven.

—En primer lugar, la duquesa —le espetó suave y secamente— forma parte de la aristocracia y es, por tanto y sin lugar a dudas, una dama. En segundo lugar, salta a la vista que ha rechazado sus atenciones. ¿Hasta ahora, conformes? —el tono gélido y amenazante de su voz bastó para que Sugdon palideciera. Su nuez se movió nerviosamente, arriba y abajo, por su garganta.

—Sí.

Rupert apretó más aún su corbata.

—En tercer lugar, si vuelvo a verlo a diez pasos de Su Excelencia la duquesa, me aseguraré de que lo lamente de por vida. De hecho, creo que sería extremadamente beneficioso para su salud que dedicara los próximos días a resolver sus asuntos en la ciudad antes de retirarse a su casa de campo para pasar el resto de la Temporada.

—Yo...

—Y por último —prosiguió Rupert en aquel mismo tono de advertencia—, antes de marcharse debe disculparse ante la duquesa por su inaceptable conducta hacia ella.

El joven torció el gesto en una mueca de desdén.

—No tengo intención de disculparme delante de esa.

—Ahora mismo, Sugdon, antes de que olvide que estamos en presencia de una dama y decida darle una paliza de muerte —en efecto, esa noche estaba de tan mal humor que habría agradecido la oportunidad de desahogar con Sugdon sus turbulentas emociones.

—Lleva semanas exhibiendo sus encantos...

—¡Eso no es cierto! —exclamó escandalizada Pandora, que había escuchado el diálogo con creciente desaliento y que comprendió por la mirada de rencor que le dedicó lord Sugdon que este la consideraba del todo responsable de la humillación que estaba sufriendo a manos de Stratton.

Ignoraba cómo había llegado Sugdon a esa conclusión, cuando ella no había hecho absolutamente nada para dar pábulo a su escandalosa conducta, ni había llamado en su auxilio al duque de Stratton, pero así era. Reprimió un escalofrío de nerviosismo y volvió la cara para no ver la mirada de Sugdon, que parecía prometerle venganza.

—Preferiría que lo soltara usted, Excelencia, para poder perderlo de vista cuanto antes —suplicó con voz ronca, mirando al duque.

Rupert Stirling ni siquiera la miró.

—Primero debe pedirle disculpas.

Pandora lanzó otra mirada nerviosa a lord Sugdon, sabedora de que, aunque temiera las represalias inmediatas del duque, ella en cambio no le infundía ningún temor. De hecho, si las miradas mataran, habría caído fulminada sobre la terraza en ese mismo instante.

Lord Sugdon, no obstante, se irguió y dijo en tono cargado de resentimiento:

—Le pido disculpas, Excelencia.

Ella se humedeció los labios resecos antes de atreverse a hablar.

—Sus disculpas...

—No las acepta —la interrumpió el duque de Stratton, contestando al joven—. ¿Por qué se ha disculpado exactamente, Sugdon? —preguntó—. ¿Por su intolerable conducta de hace un momento hacia Su Excelencia la duquesa? ¿O acaso solo lamenta que le hayan sorprendido intentando propasarse con ella? —añadió con sagacidad.

Sugdon meneó la cabeza con vehemencia.

—No alcanzo a entender por qué arma usted tanto jaleo cuando todo el mundo sabe que esa mujer no es más que una oportunista en busca de otro hombre al que meter en su cama ahora que ha pasado su año de luto por la muerte de su marido. A no ser, claro, que su nuevo amante sea usted, Stratton, en cuyo caso le pido disculpas por haberme interpuesto en... —no llegó a decir nada más, pues el duque soltó de pronto su corbata, echó el brazo hacia atrás y le propinó un fuerte puñetazo en la mandíbula, de resultas del cual lord Sugdon cayó inconsciente al suelo.

—¡Excelencia! —Pandora se levantó y miró alarmada al joven tendido en el suelo.

Rupert miró por fin con los ojos entornados a Pandora Maybury, y su mirada se iluminó, llena de admiración, cuando reparó en que su escote desgarrado dejaba entrever unos pechos sorprendentemente voluptuosos bajo la fina tela de la camisa, y en que los pezones que adornaban sus areolas firmes y tensas mostraban un profundo y apetecible tono de rosa.

Las mejillas de Pandora adquirieron un tinte parecido cuando notó la dirección de su intensa mirada, y levantó de nuevo la mano para sujetar los bordes rasgados del vestido y ocultar a ojos de Stratton sus deliciosas turgencias.

Rupert siguió mirándola con los párpados entrecerrados. Se fijó en su cabello dorado, peinado a la moda, con los rizos recogidos en lo alto de la coronilla y varios mechones sueltos a la altura de las sienes y la nuca, y en su cara ovalada, pálida a la luz de la luna. Pero la joven estaba mirando a Sugdon postrado en el suelo, y sus pestañas bajadas le impidieron ver el esplendor de aquellos ojos violetas «exquisitamente bellos» de los que su amigo le había hablado poco antes con tanta elocuencia.

Ella se humedeció los labios carnosos con la punta de su lengua rosa, antes de decir con voz suavemente ronca:

—¿Qué hacemos con él?

Rupert enarcó las cejas oscuras y altivas.

—No tengo intención de hacer nada con él, señora. De hecho, pienso dejarlo exactamente donde está.

—Pero...

—Sin duda tendrá un ligero dolor de mandíbula cuando se despierte —añadió con satisfacción—. Pero, aparte de eso, no tiene más herida que la de su orgullo. A no ser, claro está, que Sugdon tuviera razón desde el principio y haya alentado usted esta conducta y lamente, por tanto, mi interferencia —la miró inquisitivamente.

Pandora sofocó un gemido de indignación y se puso aún más colorada.

—¿Cómo puede siquiera sugerir tal cosa?

Él encogió sus anchos hombros.

—Algunas mujeres prefieren un poco de... entusiasmo a la hora de hacer el amor.

—Le aseguro que yo no soy una de ellas —replicó indignada—. Ahora, si me disculpa...

—No puede volver a entrar con el vestido en ese estado —Rupert ni siquiera intentó disimular su impaciencia cuando comenzó a quitarse la levita negra—. Tenga, échese esto sobre los hombros —le tendió la chaqueta—. Iré a buscar su carruaje para que la lleve a casa.

Pandora procuró que sus dedos no tocaran los

del duque al tomar la chaqueta y empezó a luchar por ponérsela sobre los hombros sin soltar el frente de su vestido.

—¡Por amor de Dios, mujer, déjeme! —el duque suspiró irritado, cruzó la terraza, le quitó la chaqueta y se la puso sobre los hombros, y Pandora se sintió a un tiempo envuelta por el calor de su cuerpo y por el aroma de su colonia, mezclado con el del habano que acababa de fumar—. Voy dentro a buscar el carruaje y a avisar a nuestra anfitriona de que ha tenido que marcharse debido a un dolor de cabeza —miró con desagrado a Sugdon, que comenzó a removerse con un gruñido de dolor—. Un dolor de cabeza espantoso.

Pandora bajó los párpados para no tropezarse con la penetrante mirada gris de Diablo Stirling.

—Yo... creo que aún no le he dado las gracias por su oportuna intervención, Excelencia. Le agradezco muchísimo que haya acudido en mi auxilio.

—¿Cuánto me lo agradece, me pregunto?

Ella levantó bruscamente los ojos al oír su tono especulativo.

—¿Cómo dice?

—Es igual —contestó enérgicamente al incorporarse—. Quizá convenga que entre usted en la biblioteca y que cierre con llave la puerta cuando yo salga. Así nadie la molestará antes de mi regreso —lanzó otra mirada cargada de frialdad al hombre tendido a sus pies, que iba recuperándose rápidamente.

Pandora se estremeció pese a estar envuelta en la chaqueta del duque, cuyo calor iba acompañado de un olor absolutamente viril: un perfume a colonia de sándalo y pino, a cigarros caros y a otra cosa que posiblemente era única y distintiva de Rupert Stirling. Un perfume tan reconfortante como turbador para los sentidos.

—Lo haré encantada —convino al entrar delante del duque en la biblioteca iluminada por las velas.

Su nerviosismo se disipó en parte al oír que Stirling cerraba las puertas con llave y echaba las cortinas. Pero, al disiparse la sensación de peligro inminente, comenzó a cobrar conciencia de lo que acababa de ocurrirle, de lo que podía haber sucedido si Rupert Stirling no hubiera acudido en su ayuda. Pese a ser un lechuguino, lord Sugdon era un hombre corpulento y mucho más fuerte que ella. Si el duque de Stratton no la hubiera socorrido, sin duda Sugdon habría llevado el asalto hasta su amargo final.

—Creo que será mejor que no se pare a pensar en lo que podría haber ocurrido —le aconsejó Rupert, al que no le había costado adivinar el motivo de su repentina palidez.

—¿Que no me pare a pensarlo? —preguntó, emocionada—. ¿Cómo no voy a pensarlo cuando de no ser por usted ese hombre podría haber...?

—¡Vaya por Dios, ahora se pone a llorar! —Rupert, que se sabía tan impotente como cualquier hombre ante una mujer llorosa, soltó un suave gruñido al ver cómo rebosaban las lágrimas por sus largas y sedosas pestañas antes de caer por sus mejillas delicadas y pálidas—. Recuerde que he llegado a tiempo, señora, y déjelo estar —le suplicó atropelladamente.

Aquellas largas y sedosas pestañas se alzaron, permitiéndole ver por fin los ojos «exquisitamente bellos» de Pandora. Unos ojos, pensó enseguida, que eran, en efecto, del color de las violetas más oscuras y aterciopeladas de la primavera. Unos ojos en los que un hombre (o dos, como mínimo, que él supiera) podía zozobrar hasta perder por completo la razón y ahogarse en sus seductoras profundidades de color violeta.

—Le pido disculpas por molestarlo con mis lágrimas, Excelencia —Pandora se esforzó visiblemente por contener el llanto mientras se enjugaba las mejillas con un pañuelo de blonda que había sacado del bolsito de lentejuelas colgado de su fina muñeca.

Rupert se había molestado, en efecto, y a decir verdad seguía estando molesto, pero por el efecto hipnótico que surtían sobre él aquellos ojos violetas, más que por las lágrimas que había vertido Pandora.

—Si tiene un ápice de sentido común, no intentará salir de la biblioteca hasta que yo vuelva de avisar al carruaje para que la lleve a casa.

Pandora no pudo menos de dar un respingo al advertir la inconfundible dureza que se adivinaba en el tono autoritario del duque, junto con la expresión de profunda irritación de su bello y aristocrático rostro. Stirling la miraba de pronto con condescendencia, desde lo alto de su altiva nariz, como si se arrepintiera de haber acudido en su auxilio. O quizá se trataba simplemente de que, tras haberla socorrido, estaba ansioso por librarse de aquella carga lo antes posible.

—Le aseguro que soy plenamente consciente del apuro en que me hallo, Excelencia —dijo ella con suavidad—. Pero ¿conviene que salga usted al pasillo sin su chaqueta? —sus ojos se desorbitaron cuando vio consternado que eso era lo que se proponía.

—Yo diría que no me queda otro remedio, teniendo en cuenta que, obviamente, en estos momentos le hace más falta a usted que a mí —lanzándole una última y breve mirada, el duque giró bruscamente sobre sus tacones, salió al pasillo y cerró la puerta con firmeza—. Eche la llave —dijo alzando la voz desde el otro lado.

Pandora se apresuró a obedecer. Después se ciñó la chaqueta de Rupert Stirling y se apoyó desmayadamente contra la puerta. Estaba ya un poco más tranquila, pero no se sentiría del todo segura hasta que estuviera muy lejos de Clayborne House y de la mayoría de sus ocupantes.

¿Incluido su salvador?

Sí, incluido el duque, se dijo. De pronto parecía incapaz de atajar sus temblores. Había visto algo en la mirada de Rupert Stirling cuando la había contemplado a la luz de las velas, hacía un momento, una expresión calculadora y puramente masculina en su semblante austero y aristocrático, como si se fijara en todo lo relativo a ella de un solo vistazo. Pero a aquella expresión había seguido su rápida salida de la biblioteca, lo cual sin duda indicaba que, tras haberla visto bien, tenía prisa por librarse de ella.

Sin duda el duque ya se habría marchado de la fiesta si su sentido de la responsabilidad no lo hubiera impelido a hacerse cargo de la situación.

Empezaron a temblarle las piernas al pensar de nuevo, horrorizada, en lo que había estado a punto de ocurrir minutos antes. En efecto, si Rupert Stirling no hubiera intervenido, estaba segura de que lord Sugdon habría conseguido lo que se proponía. Con o sin su consentimiento. Y, tratándose de lord Sugdon, habría sido indudablemente sin él.

Era muy consciente de lo que pensaba y decía la gente sobre ella, estaba al corriente de que todo el mundo creía que había engañado a su marido con sir Thomas Stanley y que por esa razón ambos caballeros se habían batido en duelo al amanecer y habían muerto como resultado de sus mutuos disparos.

Todo ello mentira, de principio a fin.

Pero la alta sociedad había decidido creer aquella infamia un año atrás, cuando Pandora había intentado defender su inocencia. Por desgracia, lo ocurrido esa noche demostraba que tampoco ahora dudaban de su culpabilidad.

De la conversación que había oído poco antes entre Rupert y Dante cabía deducir que ellos también habían oído y creían los rumores que tanto revuelo habían levantado un año antes.

Antes de su boda con Barnaby, hacía cuatro años, ella había sido la ingenua y confiada señorita Pandora Simpson, hija única de sir Walter Simpson, un terrateniente de Worcestershire venido a menos, muy versado en cultura griega, y de su esposa, lady Sarah.

Tras su debut y su primera Temporada, durante la cual había recibido varias ofertas de matrimonio de caballeros que le agradaban pero a los que su padre consideraba inadecuados, Pandora se había dado cuenta de que ninguno de aquellos hombres era lo bastante rico para proporcionar a su padre los fondos necesarios para aliviar la mala situación que atravesaba la familia debido a su incompetencia como terrateniente. Su padre siempre había preferido los libros a la administración de sus tierras.

Después, durante su segunda Temporada, había llegado la oferta de Barnaby Maybury, duque de Wyndwood, un joven guapo y extremadamente rico, una oferta que sir Walter había aceptado con avidez, aferrándose a ella con ambas manos.

Quizá Pandora estuviera siendo un poco injusta al culpar a su padre de su matrimonio cuando ya no estaba vivo ni podía defenderse. En efecto, sir Walter había muerto víctima de la gripe hacía tres inviernos, y su esposa había corrido la misma suerte apenas unas semanas después. A fin de cuentas, Pandora se había sentido igual de halagada que su padre por las atenciones de un caballero tan apuesto y rico como Barnaby Maybury, y se había entusiasmado ante la perspectiva de convertirse en duquesa.

Durante los embriagadores días de su corto noviazgo, ni su padre ni ella habían visto señal alguna que presagiara la pesadilla en la que iba a convertirse su vida en cuanto se casara con el duque de Wyndwood. Una pesadilla que no había concluido tras el escándalo que la perseguía a cada paso desde la muerte de su marido en un duelo supuestamente librado en nombre de su honor y que había culminado esa noche con el asalto de lord Sugdon, la humillación final y definitiva.

Final, porque lo sucedido esa noche le había demostrado que lo mejor para todos, y en especial para ella, sería que considerara seriamente la posibilidad de retirarse por completo de la vida social.

La fortuna de Barnaby había ido a parar en su mayor parte a un primo lejano, su heredero varón, pero su contrato matrimonial había asegurado a Pandora algún dinero propio, además de una casa en Londres que no estaba vinculada al ducado. La casa no se hallaba en una zona muy elegante de Londres, pero en ella había podido recluirse para pasar en serena soledad su año de luto. Con el dinero que tenía ya y con el que podía proporcionarle la venta de su casa londinense, sin duda podría comprar una finca adecuada en el campo, donde con suerte podría pasar el resto de sus días en paz y soledad.

Sabía que Sophia y Genevieve pondrían el grito en el cielo cuando se enteraran de que esas eran sus intenciones. Ambas habían sido la bondad personificada desde que, al trabar amistad con Pandora, nada más conocerse, habían declarado, la una con serenidad y la otra con vehemencia, que a qué mujer no le daban a veces ganas de engañar a su marido y hasta de matarlo.

A pesar de lo íntima que era ahora su amistad,

ni siquiera a ellas se atrevía a decirles que no era culpable de ninguna de las dos cosas. Tenía razones de peso para ello, y había otras personas aún más inocentes que ella a las que la verdad haría sufrir enormemente.

Pero después de lo sucedido esa noche, y pese a lo mucho que valoraba su amistad con Sophia y Genevieve, se había convencido de que el único futuro que la esperaba en Londres era convertirse en presa de oportunistas como lord Sugdon. Un destino que le parecía absolutamente intolerable.

—Ya puede abrir la puerta, Pandora —un enérgico golpe en la puerta acompañó a la voz del duque de Stratton.

Rupert comprendió nada más entrar y cerrar la puerta que Pandora había recuperado en parte la calma.

Seguía estando muy pálida, claro, con una palidez que ahondaba el violeta profundo de sus ojos, pero su rostro de rasgos bellos y delicados tenía ahora una expresión de resignada dignidad.

La suya era una belleza tan sutil, cutis de marfil, frente alta e inteligente, aquellos increíbles ojos violetas, la nariz corta y recta sobre el arco perfecto de los labios carnosos y sensuales y la barbilla pequeña y apuntada, con una ligera inclinación que le daba un aire obstinado, que Rupert descubrió que no le sorprendía lo más mínimo que dos caballeros, su marido y su amante, se hubieran batido en duelo para reclamar el derecho exclusivo sobre ella.

Apretó los labios.

—Nuestra anfitriona ha sido informada de su partida y el carruaje la está esperando fuera para llevarla a casa. Le he traído esto para que se lo ponga —levantó el manto negro que había pedido al mayordomo de la duquesa de Clayborne—. Tiene la ventaja de que así podré recuperar mi chaqueta y usted cubrirse el... el vestido roto.

—Gracias —su voz sonó ronca y mantuvo las pestañas bajadas sobre los ojos mientras cambiaba la chaqueta de Rupert por uno de los mantos de noche de la duquesa de Clayborne.

Rupert se puso la chaqueta y se enderezó los puños. Después la miró con desaprobación.

—¿Cómo rayos se le ocurrió salir a la terraza con un hombre como Sugdon?

Los ojos de Pandora se dilataron, indignados, cuando notó su tono de reproche.

—¡Yo no salí con lord Sugdon! Llevaba un buen rato sola en la terraza cuando él salió... —se interrumpió bruscamente y comenzó a ponerse colorada al darse cuenta de que acababa de desvelar que había estado en la terraza mientras Rupert y Dante conversaban en privado.

¿Qué parte de su conversación habría oído?, se preguntó Rupert, malhumorado. Sin duda los últimos comentarios relativos a ella, a juzgar por el intenso rubor que acababa de cubrir sus mejillas.

—¿De veras? —sus aletas nasales se hincharon—. ¿Y oyó algo de interés mientras estaba ahí fuera?

Pandora se irguió en toda su estatura, poco más de un metro cincuenta.

—En absoluto, Excelencia.

Él enarcó una ceja, burlón.

—¿No?

—No.

No pensaba reconocer que había escuchado lo que Stirling había dicho de su madrastra. Los comentarios relativos a ella, al menos por parte de Dante Carfax, no habían sido muy ofensivos y, tal y como le sucedía con casi toda la alta sociedad, la opinión poco halagüeña que el duque tenía de ella se basaba únicamente en rumores, puesto que no se conocían personalmente.

O, al menos, así había sido hasta que se había visto obligado a rescatarla de las garras de lord Sugdon.

Exhaló un profundo suspiro.

—Creo que será mejor que me marche ya, Excelencia.

—Yo también lo creo —convino él—. El mayordomo de la duquesa ha ordenado que lleven el carruaje a la parte de atrás de la casa para que podamos salir por los pasillos de servicio y la cocina.

De ese modo no correremos el riesgo de tropezarnos con otros invitados que quieran saber cómo ha llegado a tal... estado —añadió secamente cuando Pandora le lanzó una mirada sobresaltada.

—¿Para que podamos salir, Excelencia? —repitió lentamente.

Ah, pensó Rupert, su sorpresa no se debía, como él había esperado, a la extraña forma en que iban a abandonar la casa, sino más bien a su intención de partir con ella.

—En efecto, usted y yo —afirmó en tono autoritario y, tomándola ligeramente del hombro, abrió la puerta y le indicó que saliera.

Pandora lo miró con evidente indecisión.

—Sé desde hace tiempo lo que se dice de mí, Excelencia, pero me siento en la obligación de advertirle que...

—Yo también sé desde hace tiempo lo que se dice de mí, señora —la miró con severidad—, pero puede estar segura de que esta noche no estoy de humor para confirmar con los hechos ninguno de los... poco halagüeños comentarios que quizás haya oído respecto a mi modo de conducirme con las damas.

Pandora se alegró de saberlo, pues se había preguntado fugazmente si no habría escapado de una situación comprometida solo para hallarse en otra aún peor, aunque dudaba seriamente de que la mayoría de las mujeres encontrara intolerable el interés de un hombre tan atractivo y complejo como el octavo duque de Stratton.

En efecto, en otra época, antes de su desgraciada boda, ella misma se habría sentido loca de alegría por atraer el interés de un caballero tan apuesto y deseable como Rupert Stirling. Ya no, sin embargo. Ahora, su único deseo era llamar la atención lo menos posible.

—Entonces, marchémonos ya, Excelencia —dijo con cierta reticencia, mientras se echaba la capucha del manto sobre la cabeza para cubrir parte de su cara y todo su cabello.

Un disfraz que no sirvió en absoluto para que pasara desapercibida por los pasillos de servicio y la cocina.

¿Y cómo iba a ser de otro modo, yendo acompañada por un caballero tan reconocible como Rupert Stirling? Los criados de Sophia Rowland se quedaron atónitos al ver al apuesto duque pasar entre ellos y observaron con curiosidad a la mujer embozada que caminaba a su lado.

—Nuestra partida no ha sido tan discreta como habría sido deseable —reconoció el duque de mala gana cuando salieron al oscuro callejón de la parte de atrás de la mansión.

—No —Pandora frunció el ceño al ver que solo había un carruaje esperándolos. Un carruaje negro y elegante, con el escudo de armas de los Stratton grabado en la puerta, que un mozo se apresuró a abrir—. Parece que mi carruaje no ha llegado aún, Excelencia.

—Ni llegará —respondió el duque enérgicamente, y, sin soltar su codo, la condujo hacia su coche—. Duquesa, digan lo que digan sobre mí, mi niñera y mis preceptores se encargaron de que aprendiera perfectos modales, aunque no siempre decida ponerlos en práctica —levantó una ceja, expectante, mientras esperaba que Pandora subiera al carruaje ducal—. Uno de los preceptos que me enseñaron fue que un caballero nunca abandona a una dama en apuros —añadió suavemente.

¡Pero el único apuro que sufría Pandora en ese momento era que la vieran cruzar las calles de Londres en el carruaje del duque de Stratton y llegar a su casa en él, y no en el suyo propio!

Tres

Respiró hondo, trémula.

—Creo que preferiría que por esta vez se olvidara usted de las enseñanzas de su niñera y sus preceptores, Excelencia.

Pasaron unos segundos de silencio expectante. Después, el duque soltó una carcajada espontánea.

—Mi amigo Carfax olvidó mencionar que es usted única, Pandora Maybury —murmuró por fin en tono halagador.

—Posiblemente porque no lo soy —comenzó a azorarse al ver de nuevo aquella mirada especulativa en sus ojos fríos y calculadores.

—Permítame disentir —repuso el duque.

—Nada se lo impide, desde luego —inclinó la cabeza con serenidad—. Pero preferiría regresar a mi casa como salí de ella, sola y en mi carruaje.

—¿Por qué?

Su nerviosismo se redobló.

—Pues porque...

—¿Puede que sea, quizá, porque le inquieta la idea de montar a solas conmigo en el carruaje ducal?

—¡Claro que no! —Pandora lo miró con enojo en la oscuridad.

—Bien —esbozó una sonrisa satisfecha al mismo tiempo que prácticamente la levantaba en volandas y la subía al carruaje iluminado por faroles.

La hizo sentarse en uno de los mullidos asientos, subió sin perder un instante, se sentó frente a ella e indicó al mozo con una inclinación de cabeza que cerrara la puerta. Unos segundos después, el carruaje se puso en marcha con un suave balanceo.

Pandora no estaba muy segura de adónde se dirigían, pues el duque no había preguntado por las señas de su casa en Londres.

Rupert estuvo observándola con los párpados entornados. El cálido resplandor del farol que iluminaba el interior del carruaje le permitió contemplarla detenidamente. Su cabello y sus pestañas eran de un rubio dorado, puro e intenso, un envoltorio perfecto para aquellos ojos de color violeta. Su tez era de color marfil y sus labios, carnosos y perfilados, del color de las frambuesas maduras, permitían adivinar aquella naturaleza sensual que quizás había empujado a dos caballeros a batirse en duelo por ella. Aquellos labios tenían el mismo color que los pezones que Rupert había vislumbrado poco antes a través de su camisa, coronando sus pechos sorprendentemente voluptuosos...

Si se quitaba las horquillas, ¿serían sus rizos rubios lo bastante largos para caer sobre aquellos pechos turgentes y bellísimos, de modo que las frambuesas maduras asomaran, invitadoras, entre su pelo? Y lo que era aún más interesante, ¿una vez desvestida del todo, serían los rizos de su pubis de aquel mismo irresistible color dorado?

Santo cielo, ¿acaso su vida no era ya lo bastante complicada sin necesidad de ponerse a fantasear sobre qué aspecto tendría desnuda la famosa Pandora Maybury?

—No era necesario que me avasallara de esa manera, Excelencia —dijo ella puntillosamente, rompiendo el silencio—. Le aseguro que soy lo bastante joven y ágil para subir a un carruaje sin su ayuda.

—Y sin embargo no ha hecho esfuerzo alguno por subir —repuso Rupert con calma, molesto por los derroteros que habían tomado sus pensamientos.

—Porque, como ya le he dicho, tenía intención de ir en busca de mi carruaje.

—Y yo le he explicado por qué no me convencía esa solución —Rupert, que empezaba a perder la poca paciencia que tenía, miró con frialdad a su acompañante, sentada al otro lado del carruaje.

El rubor cubrió las mejillas de marfil de Pandora, que bajó las pestañas.

—Ya le he dicho lo agradecida que le estoy por acudir en mi ayuda...

—Nadie lo creería al ver cómo se comporta conmigo.

Pandora arrugó el ceño y lo miró, herida. Tal vez su reproche fuera merecido. Se había mostrado hosca con él esos últimos minutos porque, a pesar de que hubiera deseado que no fuera así, la turbaba enormemente hallarse a solas en un carruaje con Rupert Stirling.

Toda su cautela, toda su prudencia, se había puesto en guardia al ver el descaro con que recorría él con la mirada su cara y su cuerpo. Y a pesar de que la razón le decía que tuviera cuidado, también tenía plena conciencia de su turbadora presencia.

El cabello rubio le caía sobre la frente y se le rizaba alrededor de las orejas y la nuca. La luz del farol confería severidad a sus altos pómulos y a su mandíbula recta y firme, y su postura ociosa, arrellanado como estaba sobre el asiento tapizado, contrastaba vivamente con la agudeza de sus ojos grises e inteligentes mientras seguía observándola con los párpados entornados. Era sin duda alguna uno de los hombres más guapos que Pandora había visto nunca, incluso más que Barnaby, con su belleza de efebo, su cabello negro y sus ojos azules.

Por desgracia, la fama del duque de Stratton hacía también de él el hombre potencialmente más peligroso que Pandora había conocido, razón por la cual se sentía tan a disgusto en su compañía.

—Si he pedido regresar a casa en mi coche ha sido precisamente para no causarle más molestias.

Las aletas de la aristocrática nariz de Rupert Stirling parecieron hincharse de nuevo.

—¿Cree usted que podríamos hablar de otra cosa, Pandora?

Ella pestañeó.

—Desde luego que sí, si lo desea.

Él asintió enérgicamente.

—En efecto, así es. Repetir una y otra vez esta conversación me aburre enormemente.

Sin duda ahora se arrepentía de haberla llevado a casa, pensó Pandora apesadumbrada, cuando el duque se volvió desdeñosamente para mirar por la ventanilla los carruajes que circulaban por las calles de Londres, iluminadas por la luna.

Pandora había tenido una agitada vida social durante los años de su matrimonio. Barnaby, de hecho, había considerado parte de sus deberes como esposa el acompañarlo a todos los bailes y fiestas que daba la alta sociedad, de modo que había aprendido hacía tiempo a mantener la cháchara cortés y banal que componía en buena parte la conversación en tales veladas, y a guardar para sí sus ocurrencias y sus reflexiones más originales.

En efecto, hasta que no conoció y trabó amistad con Sophia y Genevieve poco después del comienzo de aquella Temporada, tenía asumido que no quedaban en la alta sociedad damas o caballeros inteligentes, o que encontraran aquella banalidad tan tediosa como la encontraba ella.

Daba la impresión, sin embargo, de que Rupert «Diablo» Stirling tampoco era partidario de la cháchara intrascendente.

Pandora se inclinó ligeramente hacia delante, llena de curiosidad.

—Quizá le apetezca hablar de literatura, o de política.

Él levantó las cejas.

—¿Lo dice en serio?

Pandora asintió con la cabeza, mirándolo muy seria.

—Mi padre era un estudioso de la Grecia clásica y se aseguró de que su hija pudiera hablar de ambas materias.

Rupert esbozó una sonrisa reticente al caer de nuevo víctima de aquellos ojos hipnóticos.

—Deduzco que por eso lleva usted el poco frecuente nombre de Pandora.

Si no recordaba mal sus estudios de cultura clásica, la Pandora original había sido una mujer a la que cada uno de los dioses había concedido un don a fin de que llevara a la perdición a los mortales. No cabía duda de que aquella Pandora poseía la belleza que el mito atribuía a su tocaya griega, pero ¿poseía también el poder de llevar a los hombres a su ruina? Si había que creer las habladurías que habían circulado un año antes respecto a aquel aciago duelo, la respuesta a esa pregunta era un sí rotundo.

Pandora miró con recelo a Diablo Stirling.

—Sospecho que, al llamarme así, mi padre creía que tal vez me sería concedido el don de la belleza y de la gracia.

—Entonces no vio defraudadas sus expectativas —el duque inclinó la cabeza en un gesto de asentimiento—. Pero ¿olvidó acaso que, según se cuenta, al abrir la caja de Pandora se desataban toda clase de desgracias sobre la humanidad y el reino animal?

Pandora no se sintió mejor al oírle reconocer que se le había concedido el don de la gracia y la belleza. ¿Cómo iba a sentirse mejor, cuando un instante después había proferido en voz queda aquella ofensa?

—Estoy segura de que, si viviera aún, mi padre habría disfrutado debatiendo con usted acerca de si la perdición de la que se la acusa fue cosa de Pandora o de los propios hombres.

Las cejas rubias de Rupert Stirling se alzaron sobre sus ojos grises e irónicos.

—¿Acaso opinaba su padre que todo hombre, y toda mujer, se busca su propia perdición?

Ella enarcó sus finas cejas.

—¿No está usted de acuerdo?

Rupert no recordaba haber mantenido nunca una conversación acerca de mitología griega con una mujer, y menos aún acerca de cuestiones filosóficas. Evidentemente, su padre había sido un hombre culto y no había tenido reparos en instruir a su única hija en sus saberes.

Rupert se arrepentía ya de haber montado con ella en el carruaje, debido a la atracción física que ejercía sobre él. Así pues, no deseaba descubrir que Pandora Maybury era mucho más que una joven bella, frívola y perversa, como le habían hecho creer las malas lenguas.

—¿... decirme adónde vamos exactamente, Excelencia?

—Disculpe, ¿cómo dice? —Rupert arrugó el ceño cuando ella lo sacó de sus cavilaciones.

—Le he preguntado si le importaría decirme adónde vamos —la suave ronquera de su voz, sensual por naturaleza, se había agudizado a causa de su evidente nerviosismo.

Rupert le lanzó una sonrisa perezosa.

—No sabía si, una vez estuviéramos a salvo en

mi carruaje, iba a encontrarme con el dudoso placer de vérmelas con una señora histérica, de modo que ordené a mi cochero que diera vueltas por Londres hasta que se calmara usted lo suficiente para indicarme dónde reside exactamente.

—Vivo en la calle Jermyn, Excelencia —Pandora sonrió, reticente, y esperó mientras el duque daba las señas a su cochero. Después añadió—: Reconozco que el comportamiento de lord Sugdon me ha alterado enormemente, Excelencia, pero creo que nadie puede acusarme de ser de esas mujeres que se desmayan con facilidad.

Stirling no tenía por qué saber que había estado a punto de desmayarse cuando Sugdon le había rasgado el vestido y la había estrujado entre sus brazos.

—Entonces, ¿qué clase de mujer diría usted que es?

Lo miró con desconfianza, pero no supo interpretar su enigmática expresión mientras el duque se recostaba en el asiento, frente a ella.

—La gente le habrá hecho creer...

—Sin duda ya he dejada claro lo que opino respecto a lo que diga o crea la gente en lo relativo a usted o a cualquier otra persona —hizo un ademán desdeñoso con una de sus largas y elegantes manos.

Pandora se humedeció los labios con la punta de la lengua.

—Me temo que no entiendo su pregunta, dado que la opinión que tengo de mí misma difiere en extremo, obviamente, de la que tienen los demás.

Él frunció el ceño.

—¿Por qué obviamente? La gente me cree orgulloso y arrogante, y un tanto bribón con las damas, y lo cierto es que no encuentro argumento alguno con el que rebatir esa opinión.

Ella sonrió.

—Pero usted es mucho más que eso, ¿no es así?

Él levantó las cejas.

—¿Lo soy?

Pandora asintió con un gesto.

—Esta noche se ha mostrado usted amable y caballeroso.

—Le aconsejo que no me atribuya virtudes que no poseo, ni deseo poseer —le advirtió él.

Ella sacudió la cabeza con leve gesto de reproche.

—Después de la facilidad con que ha... despachado a lord Sugdon esta noche, tengo motivos sobrados para creer que es usted ambas cosas.

El duque apretó los labios.

—¿Y si le dijera que mis actos han tenido muy poco que ver con usted? ¿Que esta noche estaba de un humor tal que ardía en deseos de pelearme con alguien, con quien fuera y por la razón que fuera?

Al recordar su conversación con el conde de

Sherbourne, Pandora dedujo el motivo de su mal humor.

—Entonces le diría que el motivo por el que ha actuado como lo ha hecho es irrelevante, dado que tuvo como consecuencia mi rescate.

Rupert la miró inquisitivamente.

—Pues, si me permite decírselo, Pandora Maybury, no es usted en absoluto como la pinta la gente.

Ella soltó una risa musical.

—Claro que le permito decirlo, Excelencia...

—Rupert.

Su risa cesó de pronto y su expresión se volvió indecisa.

—¿Disculpe?

Él la miró por debajo de los párpados entornados.

—Creo que me gustaría oírle llamarme Rupert.

Pandora se echó hacia atrás todo lo que le permitió el asiento.

—Me sería imposible dirigirme a usted con tanta familiaridad, señor.

—¿Por qué? Usted es duquesa, yo soy duque. Ocupamos, por tanto, la misma posición. ¿O acaso tiene tantos amigos que no le hace falta uno más? —añadió con humor cortante.

La fina garganta de Pandora se movió con nerviosismo cuando tragó saliva antes de responder:

—Sin duda sabe usted que no.

Sí, Rupert había observado esa noche que las únicas personas que se molestaban en hablar con ella eran caballeros que, evidentemente, tenían en mente algo más que una simple amistad. Hombres como Sugdon.

—Nuestra anfitriona y su amiga la duquesa de Woollerton parecen tener en gran estima su amistad.

El semblante de Pandora se suavizó.

—Sí, han sido las dos muy generosas al honrarme con su amistad estas últimas semanas.

—Eso he oído comentar.

Ella lo miró ansiosamente.

—Confío en que no en detrimento suyo.

—¿Le molestaría si así fuera? —preguntó Rupert con curiosidad.

—Naturalmente —parecía estar agitada. Su cara se había acalorado y sus dedos enguantados sujetaban con fuerza su manto, ciñéndolo alrededor de su cuerpo—. No quisiera que ciertas personas les dieran la espalda por mi causa.

—¿Como se la dan a usted? —insistió él.

—Sí —reconoció con voz queda.

El duque se encogió de hombros.

—Estoy seguro de que ambas señoras tienen edad y criterio suficientes para escoger a sus amigos. Igual que yo —añadió con voz ronca.

Pandora lo miró con recelo.

—Pero nosotros no somos amigos, Excelencia. Somos simples conocidos.

—Esa no es razón para suponer que no podamos llegar a ser algo más con el tiempo —Rupert la observó astutamente—. Dígame algo de su matrimonio con Maybury.

Aquel brusco cambio de tema pareció sobresaltarla.

—¿Con qué fin?

—¿Mi curiosidad no le parece natural, teniendo en cuenta cómo falleció su marido? —preguntó Rupert.

Ella levantó la barbilla airosamente.

—No veo nada de natural en ella, Excelencia.

El duque se encogió de hombros con elegancia.

—Será posiblemente porque el asunto le toca muy de cerca.

Los ojos de Pandora brillaron turbiamente.

—¿Cómo iba a ser de otro modo, siendo Barnaby mi marido?

—¿Acaso la suya fue una boda por amor? Presumo que al menos por parte de Maybury debió serlo —pareció pensativo.

Pandora frunció el ceño.

—Como suele suceder en nuestro círculo, el nuestro fue un matrimonio pactado.

—Pero ¿feliz, al menos al principio? —preguntó él.

¡Ni siquiera al principio!

Pandora había comprendido casi inmediatamente después de su boda que Barnaby solo se había casado con ella porque necesitaba una esposa joven y, por tanto, maleable que lo acompañara durante la Temporada y desempeñara el papel de anfitriona en sus muchas casas, tanto en Londres como en el campo. Una esposa que no se entrometiera en su vida privada.

No habiendo expresado un amor profundo ni apasionado por ella antes de su boda, Barnaby había dejado bien claro que consideraba fuera de toda lógica que Pandora esperara que sus sentimientos fueran otros una vez convertidos en marido y mujer.

Tras muchas cavilaciones, Pandora había llegado a la conclusión de que no le quedaba otro remedio que resignarse a aquel matrimonio falto por completo de afecto. Y si esa resignación entrañaba dejar a un lado todos sus sueños y sus esperanzas juveniles, la desilusión era solo suya y de nadie más, y como tal tendría que soportarla.

No pensaba, desde luego, hablarle de su desengaño al aristócrata altanero y burlón sentado ante ella, pese a su insistencia en hacerle preguntas comprometidas.

—Parece que hemos llegado a mi casa, Excelencia —dijo, gratamente sorprendida. Se echó hacia delante ávidamente con intención de apearse del carruaje, que se había parado.

El mozo se apresuró a abrirle la puerta.

—Le doy de nuevo las gracias por acudir en mi auxilio esta noche.

—Vendré a verla mañana.

Pandora, que acababa de bajar del carruaje, se volvió bruscamente.

—¿Con qué propósito?

Los dientes del duque brillaron en una blanca sonrisa a la luz de la luna cuando él también se apeó.

—Pues con el propósito de comprobar que se ha recobrado por completo del susto de esta noche, por supuesto.

Nada de lo que hacía o decía aquel caballero arrogante y desdeñoso podía darse «por supuesto». Y Pandora no deseaba que la visitara ni al día siguiente ni ningún otro día. Sospechaba que, pese a sus esfuerzos, la noticia de que una dama embozada había abandonado el baile de Sophia en el carruaje del duque de Stratton se habría extendido por todo Londres en cuanto amaneciera, y no deseaba dar más pábulo a las habladurías dejando que Stratton la visitara al día siguiente.

—Le aseguro que estoy plenamente recuperada, gracias, Excelencia.

—Con todo, ya que la he rescatado me siento

obligado a visitarla para asegurarme de que se encuentra bien —insistió él.

Pandora lo miró con exasperación, consciente de que apenas hacía unos minutos que Stratton había negado poseer sentimientos tan nobles, y sabedora al mismo tiempo de que debía sopesar con mucho cuidado lo que decía delante del mozo, que permanecía en silencio pero sin duda atento a su conversación. Aunque aparentara ser sordo como una tapia, estaría escuchando y tomando buena nota de todo cuanto dijeran para poder contárselo a los demás sirvientes del duque esa misma noche, cuando acabara su jornada. Era un síntoma de pura arrogancia por parte de la nobleza creer que sus criados no conocían al dedillo cuanto hacían sus amos, así como sus debilidades.

Pandora se irguió en toda su estatura antes de responder con frialdad:

—Haga lo que crea conveniente, Excelencia.

—Acostumbro a hacerlo —contestó Rupert con sorna al tiempo que se llevaba su mano a los labios para besar sus nudillos enguantados—. Hasta mañana, Pandora —añadió con una intensa mirada.

Ella apartó la mano como si se hubiera quemado.

—Adiós, Excelencia.

—Hasta muy pronto, puedes estar segura, mi querida Pandora —murmuró Rupert guturalmente mientras la veía subir a toda prisa los escalones de la mansión.

La puerta se abrió cuando llegó arriba, y entró en silencio, sin lanzar una sola mirada atrás.

Rupert frunció el ceño, pensando en regresar a su casa y a la mujer que sin duda estaría esperándolo allí cuando llegara.

Cuatro

—¡Qué amable por su parte venir a verme, Excelencia! —Pandora sonrió con vacua cortesía cuando, a última hora de la mañana siguiente, se puso en pie para hacer una reverencia ante Rupert.

El duque acababa de entrar con su habitual arrogancia en el salón de su residencia londinense, decorado en tonos de azul y crema. Pandora inclinó la cabeza para despedir a Bentley, su mayordomo, y haciendo un esfuerzo logró ocultar la turbación que le había causado el cumplimiento de su promesa de ir a visitarla esa misma mañana.

Ni siquiera movió una ceja, lo cual no le resultó fácil teniendo en cuenta lo guapo y rebosante de vida que estaba el duque esa mañana. Llevaba el cabello rubio algo revuelto sobre la frente y sus ojos grises tenían una mirada penetrante y maliciosa, a pesar de la angelical belleza de su rostro.

Lucía una levita gris clara y, debajo de ella, un chaleco plateado y una camisa blanca como la nieve. La levita realzaba la anchura y fortaleza de sus hombros, y los pantalones negros se ceñían perfectamente a sus piernas largas y musculosas por encima de los botines negros bien bruñidos.

—Excelencia, permítame presentarle al abogado de la familia, el señor Anthony Jessop —Pandora se volvió hacia el caballero relativamente joven y de cabello oscuro que había junto a ella en la habitación—. Señor Jessop, su Excelencia el duque de Stratton.

El abogado se inclinó en una elegante reverencia y el duque inclinó enérgicamente la cabeza. Pero, después de saludarse mutuamente, el señor Jessop pareció incómodo al hallarse bajo el escrutinio de los ojos grises de Rupert y comenzó a recoger sus papeles de la mesa.

—¿Me avisará en cuanto todo esté arreglado, Pandora? —se volvió para sonreírle.

Pandora, que le había mandado recado a su despacho a primera hora de la mañana, lamentó que hubieran concluido con tanta eficacia el asunto que los ocupaba. Habría preferido tener una excusa para animar al duque a abandonar su casa.

—Así lo haré —llamó al mayordomo y sonrió cordialmente al hombre que había sido el abogado de Barnaby durante algunos años antes de su muerte y que después había pasado a su servicio. La ayuda de Jessop le había resultado inapreciable durante ese último año, mientras intentaba no solo administrar su casa de Londres sino también sus finanzas personales.

El abogado se volvió hacia el duque, algo más joven que él, e inclinó la cabeza.

—Excelencia.

—Jessop —Rupert no sonrió mientras esperaba a que el abogado saliera acompañado por el mayordomo. Después dijo—: ¿Está haciendo la limpieza primaveral, Pandora?

Ella lo miró con sorpresa.

—¿Cómo dice?

—Parece haber varios baúles en su pasillo. ¿Están a la espera de que los recojan para repartir su contenido entre los pobres?

Pandora contuvo la respiración, asombrada por lo directo de la pregunta. Evidentemente, iba a seguir comportándose con la misma desenvoltura de que había dado muestras esa noche. O séase, prescindiendo de cortesías protocolarias.

Ella, por su parte, intentaría encarrilar las cosas.

—¿Puedo ofrecerle un refrigerio, Excelencia? —lo miró inquisitivamente.

Rupert arrugó el ceño, molesto por su tono formal.

—No.

—En ese caso, quizá le apetezca sentarse, Ex-

celencia —dijo con amabilidad, indicándole el sillón más alejado del sofá de color crema en el que
ella se había sentado, junto a la ventana.

Él ignoró descaradamente su invitación, cruzó
con paso enérgico la sala y se sentó en el sofá, a su
lado. Su cercanía abrumó al instante a Pandora, que
intentó en vano hacer caso omiso de su energía re-
frenada a duras penas.

—¿Le importaría explicarme qué está pasando,
Pandora? —preguntó.

—¿Pasando, Excelencia?

Una sonrisa desprovista de humor tensó sus labios firmes pero sensuales.

—Me refiero a esos baúles que hay en el pasillo
y a la presencia de ese abogado, que, dicho sea de
paso, se toma demasiadas confianzas, en su salón.

—¿Verdad que hace una mañana deliciosamente
soleada, Excelencia? —se volvió para mirar el es-
merado jardín de la parte de atrás de la casa—. ¿Ha
venido a caballo o en carruaje?

—¿Qué importa eso? —respondió Rupert con
impaciencia.

—Yo solo...

—Sé muy bien lo que pretendía, Pandora y no
tengo intención de quedarme aquí intercambiando
naderías con usted —la miró adustamente—. Se lo
preguntaré otra vez: ¿qué hacía aquí su abogado tan
temprano y qué hacen esos baúles en el pasillo?

Ella arrugó el ceño, enojada por su terquedad.

—¿No podría al menos... fingir que domina el arte de la conversación galante?

—No.

Pandora se levantó, inquieta.

—Tal y como le dije, estoy perfectamente recuperada del... percance de anoche. Gracias por preguntar —levantó sus cejas afiladas.

Rupert hizo oídos sordos a su regañina. Veía claramente que, al menos en apariencia, Pandora estaba, en efecto, plenamente recuperada del asalto de Sugdon. Había vuelto a recogerse hacia arriba el cabello dorado, dejando algunos mechones sueltos a la altura de las sienes y la nuca, un suave rubor cubría sus mejillas marfileñas y el lila claro de su elegante vestido era el trasfondo perfecto para sus ojos de intenso color violeta.

Sí, a primera vista Pandora Maybury era la anfitriona amable y gentil que tanto se esforzaba por encarnar. Y sin duda en circunstancias normales habría conseguido encarnarla a la perfección, a condición de que su interlocutor no hubiera reparado en las ligeras ojeras que orlaban sus ojos violetas, unos ojos que, pese a los esfuerzos que hacía Rupert por convencerse de lo contrario, seguían siendo tan bellos como le habían parecido la noche anterior.

O si ignorara por completo que el rubor de sus mejillas, lejos de ser natural, había sido aplicado con todo esmero. O pasara por alto las leves arrugas de tensión que flanqueaban su obsequiosa sonrisa, e ignorara, también, el pálpito acelerado de una vena en la larga y grácil columna de su cuello y el rápido sube y baja de sus pechos por encima del amplio escote del vestido color lila.

O si no concediera importancia alguna a la presencia de su abogado (el cual, en opinión de Rupert, se tomaba demasiadas confianzas al llamarla por su nombre de pila), ni a la aparición de aquellos malditos baúles en el pasillo.

Sí, si uno no reparaba en todos esos detalles sin duda podía afirmar que Pandora Maybury parecía plenamente recuperada del susto que había sufrido la noche anterior.

—Sin duda le alegrará saber que he hecho averiguaciones esta misma mañana y he sabido que lord Sugdon ha rechazado todas las invitaciones que había recibido para las veladas de los próximos días y que en estos momentos está haciendo los preparativos para regresar a la casa de su familia en Yorkshire. Se irá a finales de esta semana.

—Me alegra saberlo —Pandora asintió con evidente alivio.

Rupert se levantó con impaciencia antes de añadir ásperamente:

—¿Lo suficiente como para responder a mi pregunta?

—¡Preferiría que no me levantara la voz, señor!

«Mejor», se dijo Rupert con satisfacción al ver aparecer una chispa de rebeldía en sus ojos. «Muchísimo mejor».

—Muy bien, Pandora —dijo con sorna, y añadió en tono más razonable—: Haga el favor de explicarme por qué ha guardado parte de sus pertenencias en esos baúles y por qué ha venido a verla su abogado esta mañana. Al menos supongo que llegó esta mañana.

Ella lo miró con enojo.

—Hay baúles en el pasillo y mi abogado ha venido a verme esta mañana —agregó puntillosamente— porque pienso marcharme de Londres.

Rupert arrugó el entrecejo, contrariado al ver confirmadas sus sospechas.

—¿Le parece sensato abandonar Londres al mismo tiempo que Sugdon?

Un intenso rubor cubrió las mejillas de Pandora.

—Es pura coincidencia.

—Soy consciente de ello, pero el resto de la gente no.

—Creía que estábamos de acuerdo en que la gente dirá lo que se le antoje, haga lo que haga yo.

Rupert arrugó más aún el ceño.

—No me gusta que utilicen en mi contra lo que yo mismo he dicho.

Pandora se encogió de hombros.

—¿Ni siquiera cuando es verdad?

—¿Cuándo se marcha? ¿Adónde? ¿Y por cuánto tiempo?

Ella hizo un ademán con la mano enguantada, quitándole importancia al asunto.

—En cuanto esté todo empaquetado y listo para la mudanza. A dónde y por cuánto tiempo... Eso lo decidiré en los próximos días.

Rupert la miró con los ojos entornados. ¿Se había equivocado la noche anterior al calibrar la valentía de aquella mujer, su obstinación en conservar el aplomo tras la agresión física y verbal de Sugdon, la firmeza con que había salido al paso de cada una de sus ofensas durante el trayecto en carruaje hasta su casa?

—En otras palabras: ha decidido huir y permitir que ganen ellos.

—¡Eso es injusto! —el color de sus mejillas era ahora del todo auténtico.

Rupert se encogió de hombros.

—Es la vida la que es injusta, Pandora, no yo.

Ella levantó la barbilla.

—No voy a huir a ninguna parte, Excelencia. Simplemente he decidido que la gente no está aún lista para... para perdonar, u olvidar, lo sucedido hace un año.

En la boca de Rupert se dibujó una sonrisa burlona.

—Y nunca lo hará si escapa con el rabo entre las piernas y corre a esconderse —decir que le había decepcionado habría sido conceder demasiada importancia a su reciente y somera amistad. Una importancia que sus muchos años de descreimiento hacían imposible.

¡Diablos!, solo tenía que pensar en la desagradable escena que había tenido lugar a su regreso a Stratton House la noche anterior para recordar lo volubles que eran las mujeres. No podía permitir que aquella situación con Patricia Stirling continuara un solo día más. No, una sola hora más.

—Para usted es fácil decirlo —lágrimas contenidas humedecieron sus bellos ojos violetas—. Yo confiaba en que... —sacudió la cabeza y parpadeó, decidida a no llorar—. Después de lo que pasó anoche, me he dado cuenta de que en estos momentos no tengo nada que hacer en Londres.

—Están sus dos amigas, las duquesas de Clayborne y Woollerton.

Pandora suspiró.

—Sí, y agradezco infinitamente su amistad, pero creo que también por ellas es preferible que abandone Londres, al menos durante un tiempo.

Ruperto resopló, enojado.

—Lo que yo decía: está usted huyendo.

—¡Quiere parar de decir eso como si fuera culpable de un crimen horrendo! —Pandora lo miró llena de frustración, enfadada con él y consigo misma por haber permitido que llevara la conversación hacia asuntos tan personales.

La noche anterior, mientras yacía insomne en su cama, había decidido que si el duque iba, en efecto, a visitarla esa mañana, pues tras haber tenido tiempo de reflexionar acerca de las desventajas de seguir tratando con ella era de esperar que finalmente decidiera no hacerlo, haría todo cuanto estuviera en su mano por que se encontraran y se despidieran como lo que eran: dos desconocidos. Sin embargo, el empeño de Rupert en prescindir de convenciones sociales le hacía imposible mantener esa distancia.

Sacudió la cabeza cansinamente.

—Estuvo usted en el ejército, ¿no es cierto? —preguntó.

Rupert arrugó aún más la frente al oír hablar de los años que había pasado luchando contra Napoleón.

—¿Qué tiene eso que ver?

Ella sonrió levemente.

—¿Esos años de conflicto no le enseñaron que solo es de valientes librar las batallas que uno puede ganar y que por el contrario es razonable y prudente retirarse de las que están perdidas de antemano?

—No —contestó con su arrogancia habitual y

una mirada dura y firme en sus ojos grises—. No considero perdida de antemano ninguna batalla. Y usted debería haber aprendido ya que el mundo en el que nos movemos es voluble y antojadizo, y que lo único que jamás perdona u olvida es la cobardía. Si decide abandonar Londres por un incidente aislado, yo no dudaré en considerarlo una absoluta cobardía por su parte, y ellos, por tanto, tampoco.

—No es un incidente aislado —repuso indignada—, sino el último de una larga serie.

—Está siendo una cobarde, Pandora.

De haber tenido alguna inclinación hacia la violencia, en ese instante habría disfrutado abofeteando las enjutas y altivas mejillas de Rupert Stirling. Pero, quitando a Richard Sugdon, no había abofeteado a una sola persona en sus veinticuatro años de vida. Creía que los años que había pasado casada con Barnaby la habían despojado poco a poco pero inexorablemente de la espontaneidad que había poseído antaño, y que por ello se comportaba ahora con frío aplomo en casi todas las situaciones, si no en todas. Sería una insensatez por su parte permitir que Rupert Stirling la ofuscara hasta el punto de hacerle perder los nervios.

—Si eso es lo que opina de mi proceder, me temo que no puedo desengañarlo, Excelencia.

—Si vuelve a llamarme «Excelencia» una sola vez más, me temo que me veré obligado a tomar una resolución que no le gustará lo más mínimo, se lo aseguro —le advirtió él entre dientes.

—¿A qué viene tanto interés por mi situación, Ex... quiero decir, señor? —Pandora lo miró con enfado, y los ojos glaciales de Rupert se entornaron amenazadoramente—. ¿Considera quizá mi posible redención a ojos del mundo como un acto caritativo con el que entretenerse por un día o hasta que se aburra o alguna otra distracción capte su interés?

Esa era una pregunta a la que Rupert no estaba dispuesto a contestar aún. En ese momento le bastaba con admitir que necesitaba a Pandora Maybury tanto como creía que ella necesitaba la protección del duque de Stratton.

Se encogió de hombros.

—El motivo por el que he venido hoy, aparte de querer cerciorarme de que estaba usted bien después de lo sucedido anoche, naturalmente... —dijo en el mismo tono puntilloso que Pandora había empleado unos minutos antes.

—Naturalmente —repitió ella con sarcasmo.

—... es ofrecerle una invitación —continuó Rupert con firmeza—. De la condesa de Heyborough. Desea que la acompañe a ella y al duque en su palco de la ópera esta noche.

Pandora contuvo la respiración, asombrada.

—Que yo sepa, ni siquiera conozco a los condes de Heyborough.

—Pero yo sí.

Pandora se crispó al oír su tono de satisfacción.

—No entiendo.

—La condesa es tía mía por parte de madre.

—¿Y desea invitarme a la ópera esta noche?

El duque levantó las cejas.

—Eso he dicho, sí.

Pandora frunció el ceño.

—¿Me equivoco al suponer que usted también está invitado a su palco esta noche?

Rupert inclinó altivamente la cabeza.

—Sí, está previsto que yo también esté entre los asistentes.

—¿Que son...?

—El conde y la condesa de Heyborough, usted y yo mismo.

—¿Por qué?

Rupert levantó más aún las cejas.

—¿Qué quiere decir?

—¿Por qué quiere acompañarme a la ópera?

Sus labios esculpidos parecieron adelgazarse.

—Tengo mis motivos.

Tal y como Pandora había sospechado.

—¿Y piensa explicármelos?

—No.

«Diablo de nombre y diablo por naturaleza», pensó de nuevo Pandora.

—¿Tan decidido está a presenciar de nuevo mi

humillación pública que incluso está dispuesto a pedir ayuda a sus parientes para lograrlo?

La mandíbula del duque se tensó peligrosamente.

—¿Le importaría explicarme en qué sentido el hecho de que la acompañe a la ópera puede considerarse una humillación?

Pandora suspiró, impaciente.

—Lo será cuando otros miembros de la alta sociedad no solo me ignoren esta noche en la ópera, sino que me den premeditadamente la espalda. Y tal vez hagan extensivos sus desaires incluso a usted y a sus tíos.

Rupert la miró altivamente.

—Le aseguro, señora, que ningún miembro de la alta sociedad se atreverá a ignorarla, y menos aún a darle la espalda premeditadamente, estando en compañía del duque de Stratton.

Quizá tuviera razón, pensó Pandora con renuencia. Sin duda era un hombre a tener en cuenta tanto en lo social como en lo político, y como tal era improbable que alguien se atreviera a ofenderlo de esa manera.

—¿Y qué me dice de sus parientes? ¿Merece la pena poner en peligro su posición social por lo que solo puede considerarse una diversión, un capricho por su parte?

El duque de Stratton le lanzó una mirada compasiva.

—A mis tíos les importa tan poco como a mí el qué dirán.

—Aun así...

Rupert perdió la paciencia.

—¡Basta ya de discusiones sin sentido, Pandora! Esta noche vamos a ir a la ópera en compañía de los condes de Heyborough, y se acabó.

Las lágrimas brillaron nuevamente en aquellos bellos ojos de color violeta.

—¿Qué motivos puede tener para hacerme pasar por esa tortura? ¿Acaso mi marido o yo le hemos ofendido de algún modo en el pasado? ¿Por eso exige mi humillación pública? ¿Como reparación?

—No sea ridícula, Pandora.

—No soy yo quien está siendo ridícula, Rupert... —se interrumpió y una expresión de aturdimiento empañó su rostro delicadamente bello al darse cuenta de que, en su angustia, lo había llamado por su nombre de pila—. Lo siento, pero la sola idea de acompañarlo a la ópera me resulta del todo intolerable —añadió con firmeza—. Solo asistí al baile de ayer por complacer a Sophia, que ha sido muy amable y generosa conmigo este último mes. Pero le aseguro que en lo que a usted respecta no me siento en esa obligación.

Rupert sintió de nuevo admiración por la dignidad y el aplomo de aquella joven. Quizá fuera una impostura por su parte, pero aun así resultaba impresionante de contemplar. Además, su preocupación por los demás, por sus dos amigas y ahora también por él y por sus tíos, contradecía la reputación que tenía entre la alta sociedad, una reputación que la tachaba de adúltera y la acusaba de haber provocado perversamente la muerte de su marido.

—¿Acaso no acudí en su auxilio anoche?

Ella lo miró, dubitativa.

—Sí.

Rupert asintió enérgicamente.

—¿Y acaso Sugdon no ha seguido mi consejo y se está preparando para partir hacia climas más frescos y ventosos?

Pandora sonrió ligeramente al oírle hablar de «consejo».

—Sí.

—De lo cual se deduce sin lugar a dudas que está usted en deuda conmigo.

—Pero...

—Vendré a recogerla en mi carruaje a las siete y media —añadió con firmeza.

Pandora meneó ligeramente la cabeza, aturdida.

—Ha de ser usted el hombre más terco que he conocido.

Él sonrió tranquilamente.

—Creo que no es la primera vez que me lo dicen.

Pandora lo miró inquisitivamente. Rupert Stirling era arrogante, autoritario, sarcástico, incluso implacable... además de extremadamente terco, como ella acababa de afirmar. Pero también poseía un sentido del honor que lo llevaba incluso a ofrecer su ayuda a una dama caída en desgracia, un sentido del humor que a menudo lo impulsaba a reírse de sí mismo y una presencia física que a Pandora cada vez le resultaba más difícil ignorar.

La apariencia y el carácter de Rupert eran muy distintos de los de su marido. El duque de Stratton tenía una presencia imponente, un rostro bellísimo, una estatura impresionante y una complexión fornida y musculosa. Barnaby era tres o cuatro años mayor que él, pero en vida había parecido más joven, con su belleza juvenil y su complexión delgada y ligera. A pesar de que parecía decidido a salirse con la suya, Rupert la hacía sentirse protegida, le producía la impresión de que nada malo podía ocurrirle hallándose a su lado. Con Barnaby, en cambio, nunca había tenido esa sensación durante sus tres años de matrimonio.

Rupert la hacía sentirse a salvo de todo, salvo de Rupert mismo, naturalmente...

No era tan tonta como para creer que iba a ofrecerle públicamente su apoyo solo por bondad.

—Aun así me gustaría saber qué espera conseguir dejándose ver conmigo en público.

Rupert levantó las cejas.

—¿Qué le hace creer que espero conseguir algo?

Sus ojos centellearon, violetas.

—Puede que sea unos años menor que usted, Excelencia, y que se me considere una paria, pero le aconsejo que no piense ni por un segundo que mi juventud o mi posición social me convierten en una idiota.

—No sabía que la hubiera tratado como tal.

Ella sacudió la cabeza.

—Hasta anoche ni siquiera nos habían presentado, y cuando nos conocimos no fue precisamente en las circunstancias más agradables, ni en las más halagüeñas. Por tanto ha de haber otra razón para que, en un arranque de generosidad, haya persuadido a sus tíos de que me inviten a la ópera. Quizá sea una maniobra de distracción, una forma de hacer que la gente se olvide momentáneamente de... de alguna otra relación que mantiene actualmente.

Rupert sabía ya que aquella mujer era hermosa y tan obstinada como él, además de poseer una inteligencia deslumbrante. Ahora sabía, además, que su astucia era tal que habría hecho arrugarse a cualquier otro hombre. A condición, al menos, de que dicho hombre no supiera que había escuchado por casualidad una conversación privada entre él y uno de sus dos mejores amigos. Aunque Rupert dudaba de que la conversación que había escuchado Pandora le hubiera desvelado la complejidad de sus relaciones con la mujer que era ahora la viuda de su padre.

Le dedicó una sonrisa dura y desprovista de humor.

—Confío, mi querida Pandora, en que cuando pase a buscarla esta tarde a las siete y media estará usted esperándome, lista para asistir a la ópera y convenientemente vestida para tal fin.

Una respuesta que eludía la pregunta de Pandora, sin duda deliberadamente. Al parecer, Rupert no tenía reparos en inmiscuirse en la vida de otras personas y al mismo tiempo se negaba a revelar nada acerca de la suya propia.

Con todo, Pandora no pudo menos de sospechar que su inesperada invitación a la ópera estaba de algún modo relacionada con su madrastra. Que, al dejarse ver en público con la famosa duquesa de Wyndwood, conseguiría distraer la atención pública y apartarla de otra relación aún más escandalosa. Aunque su instinto la impulsaba a seguir rehusando la invitación, su sentido de la equidad dictaba lo contrario: por más que deseara que no fuera así, Rupert la había rescatado la noche anterior y estaba, por tanto, en deuda con él.

Suspiró y se obligó a enderezar los hombros.

—Muy bien, Excelencia. Acepto la amable invitación de la condesa de Heyborough para asistir a la ópera esta noche.

Rupert la miró con enfado.

—¿Por qué no ha podido decirlo hace cinco minutos?

—Pero solo a condición —añadió ella con firmeza— de que no se espere de mí que acepte una segunda invitación de usted —lo miró fijamente a los ojos, sin pestañear.

Dado que técnicamente la invitación no procedía de él, sino del bondadoso corazón de su tía Cecelia, a la que había ido a visitar esa mañana para explicarle lo sucedido la noche anterior, Rupert no vaciló en aceptar la condición de Pandora. Además, tener que asistir una sola noche a la ópera cada diez años era más que suficiente para su hastiada sensibilidad.

Cinco

—Confío sinceramente en que su interés por esta memez sea fingido. No me dirá que de veras está disfrutando de la función.

Pandora no dio muestras de haber oído el comentario que Rupert acababa de susurrarle al oído. Siguió con la mirada fija en el escenario, donde el protagonista de la ópera se estaba lamentando a voz en grito de su mala suerte en el amor.

Tal y como Rupert le había prometido, el carruaje ducal había ido a recogerla a las siete y media en punto. El duque se había vestido para la ocasión con chaqué negro y camisa blanca, y llevaba una capa echada sobre la ancha espalda. Cuando se quitó el sombrero de copa negro, sus hermosos rizos rubios aparecieron elegantemente despeinados. Pandora había tenido que reconocer para sus adentros que estaba arrebatador.

Ella había aceptado serenamente sus amables cumplidos acerca de su apariencia. Un tocado azul oscuro con plumas adornaba su cabello rubio. Su vestido de seda, del mismo tono de azul, dejaba al descubierto sus hombros y su cintura alta realzaba el volumen de sus pechos. Unos guantes de blonda azul pálido cubrían sus manos y sus brazos hasta justo por encima de los codos.

Había seguido mostrándose fría y distante durante el trayecto hasta el teatro de la ópera, y solo se había deshelado ligeramente al recibir la bienvenida cálida y sincera de la condesa de Heyborough y ver el brillo de los ojos azules del conde cuando se había inclinado solícitamente para besar su mano. Pero su deshielo había cesado en cuanto Rupert la había agarrado del hombro con gesto posesivo para acompañarla al interior del teatro. El duque había respondido con imperiosos cabeceos y reverencias a los saludos que había recibido, varios de ellos con un notorio matiz de sorpresa, cuando las personas en cuestión se habían percatado de quién era la dama que le acompañaba. Pero, tal y como le había asegurado Rupert, ni una sola de aquellas personas había osado hacerle un desaire en su presencia.

Aun así, a Pandora le temblaban tanto las piernas al llegar al palco privado de los Heyborough que había sido un alivio dejarse caer en el asiento que le había ofrecido Rupert. Él, por su parte, había tomado asiento justo detrás de ella. Una cercanía de la que acababa de aprovecharse: cuando le había hablado al oído, el roce cálido de su aliento había sido casi como una caricia sobre la piel desnuda de Pandora.

—No sé si se ha percatado, Excelencia, pero la heroína acaba de fallecer y su amante está sumido en la más completa aflicción —susurró ella discretamente, consciente de que los cuchicheos se habían desatado ya tras los abanicos y de que a cada momento, durante la representación, alguien los miraba de reojo.

—Más tonto es él —respondió Rupert con desinterés—. Yo me consideraría afortunado por haberme librado de una criatura tan débil y quejumbrosa. Dígame, ¿por qué nunca lleva joyas, Pandora?

Sus hombros tersos parecieron tensarse un instante ante aquel brusco cambio de tema. Después, Pandora se dominó y respondió con aquella misma exasperante frialdad con que llevaba tratándolo toda la noche:

—De vez en cuando me pongo las perlas de mi madre.

—Pero no ayer, ni esta noche.

Ella apretó los labios.

—No.

—¿Por qué?

—¿No puede esperar esta conversación hasta que haya acabado la ópera, Excelencia? —lanzó una mirada expresiva hacia sus tíos, sentados en el palco con ellos.

Los condes parecían estar enfrascados en la barahúnda procedente del escenario.

Rupert fingió bostezar.

—Porque puede que antes me muera de aburrimiento.

Pandora se mordió el labio para refrenar la carcajada que estuvo a punto de soltar en respuesta a su irreverente comentario. A decir verdad, aquella era una de las óperas más deprimentes y morbosas que había visto... y había visto muchas durante sus años de matrimonio con Barnaby.

—Creo que sus padecimientos están tocando a su fin —le aseguró.

—Alabado sea Dios —masculló Rupert con evidente alivio—. Me cuesta creer que la gente venga a estas cosas con idea de entretenerse de verdad.

—Puede que su idea del entretenimiento difiera de la suya.

—Creo que encontraría más divertido un velatorio.

Esta vez, Pandora no pudo refrenar su sonrisa.

—Confío, en todo caso, en que no asista usted a muchos.

—A más que a óperas, gracias a Dios.

Pandora frunció el ceño ligeramente.

—¿Por qué se ha molestado en venir si odia tanto la ópera?

Pasaron unos segundos de silencio hasta que Rupert contestó tras ella, en voz baja:

—¿Quizá para ver y ser visto?

Ella se puso tensa.

—¿Puedo preguntar a quién deseaba ver y que lo viera, Excelencia?

—Puede preguntarlo, sí —contestó él tranquilamente.

Pandora dejó que su mirada se apartara del escenario, donde era de esperar que el protagonista estuviera a punto de poner fin a sus lamentos, y observó subrepticiamente a los demás miembros de la aristocracia que habían asistido esa noche a la ópera, esperando ver a la duquesa viuda de Stratton entre ellos.

No era amiga personal de Patricia Stirling. La duquesa viuda era varios años mayor que ella y frecuentaba círculos de más altos vuelos, pero habían coincidido varias veces a lo largo de los años, y Pandora sabía que su físico cuadraba a la perfección con los gustos de Rupert en cuestión de mujeres, tal y como los había descrito Dante Carfax la noche anterior: era alta y escultural, de cabello oscuro, ojos de un azul muy claro y rostro de belleza clásica.

Pero a pesar de que la buscó discreta y exhaustivamente, no la halló entre el público.

—¿Encontró antes lo que estaba buscando? ¿O a quién estaba buscando, mejor dicho? —preguntó Rupert con leve gesto burlón un rato después, cuando la ayudó a subir al carruaje que esperaba a la puerta del teatro.

Sus tíos ya se habían marchado, pues la condesa estaba ansiosa por llegar a casa y comprobar cómo se encontraba su hija menor, que ese día había tenido fiebre.

Rupert había tomado nota de que a la mañana siguiente debía enviar unos ricos bombones a su primita Althea.

La mirada de Pandora no perdió su frialdad cuando, quitándose el sombrero de copa, Rupert entró en el coche y se acomodó en el asiento de enfrente.

—No sabía que estuviera buscando a nadie en particular, Excelencia.

Rupert esbozó una sonrisa al escuchar su envarada respuesta, a pesar de no haber nadie allí que pudiera oírla.

—¿No?

—No, Excelencia.

—Creo que he expresado en varias ocasiones lo

mucho que me desagrada que se dirija a mí de esa manera tan melindrosa.

La velada en la ópera no había hecho nada por aliviar el opresivo desasosiego que sentía desde la noche anterior. Ni siquiera habiendo asistido en compañía de sus tíos favoritos y de una mujer tan bella como Pandora Maybury. En todo caso, se sentía aún más inquieto.

¿Inquieto o... excitado?

No podía negar que se había excitado esa noche, cuando había ido a recoger a Pandora y había visto sus ojos de terciopelo violeta y su bella y pálida cara. El azul profundo de su vestido prestaba una luminiscencia nacarada a sus hombros desnudos y a sus pechos turgentes, visibles por encima del pronunciado escote. Las horas interminables que había pasado sentado tras ella en el palco del teatro, admirando aquellos hombros tersos y la fragilidad de su cuello esbelto y despojado de adornos, mientras su leve perfume le inundaba los sentidos, solo habían conseguido agudizar su tensión física.

Una tensión que ahora lo impulsó a removerse ligeramente en el asiento tapizado con la esperanza de aliviar el malestar que le ocasionaba su evidente erección.

Pandora pareció totalmente ajena a sus molestias físicas cuando añadió con voz firme:

—¿Y el hecho de que exprese usted en voz alta

su desagrado suele ser razón suficiente para que los demás dejen de hacer lo que le molesta?

—Invariablemente —contestó con satisfacción.

Ella levantó las cejas altivamente.

—Pese a que pueda parecer lo contrario, no nos han presentado formalmente, Excelencia.

—Rupert Algernon Beaumont Stirling, duque de Stratton, marqués de Devlin, conde de Charwood, etcétera, etcétera —dijo con toda formalidad—. Su seguro servidor, señora.

—Lo dudo mucho.

Él puso cara de sorpresa al oír su tono burlón.

—Estoy seguro de que podría encontrar a varias señoras que darían fe de que les he... servido muy bien en el pasado.

Pandora se sonrojó al contestar con firmeza:

—Por otro lado, no me gusta que me utilicen como una... maniobra de distracción para ocultar otra... amistad considerada aún menos aceptable que la mía —su labio superior se curvó hacia arriba en una mueca de desagrado.

Así pues, la gatita tenía garras, pensó Rupert con admiración mientras la miraba. Sus ojos despidieron un brillo de plata bajo los párpados entornados. Garras que se imaginaba perfectamente clavándose en su espalda musculosa mientras él se hundía sin remordimientos en su...

¡Qué diablos...!

Su interés por Pandora era un medio para alcanzar un fin, el fin de Patricia Stirling, o eso esperaba, y no tenía nada que ver con lo mucho que disfrutaría, o no, haciéndole el amor. Tenía que reconocer que, si tal y como había sugerido Dante, lograba atraer a la bella Pandora a su cama, ello sería un placer añadido, pero no era necesario en modo alguno para sus planes.

—Esta mañana me hizo un comentario parecido —la miró divertido—. Si se refiere a la viuda de mi padre, preferiría que hablara sin rodeos y se dejara de burdas indirectas.

Los ojos de color violeta centellearon, llenos de exasperación.

—¿Por qué he de explicarme cuando evidentemente sabe usted muy bien a quién me estoy refiriendo?

¿Cómo no iba a saberlo, cuando todo Londres parecía estar al corriente de que su madrastra y él vivían bajo el mismo techo desde la muerte de su padre, acaecida nueve meses atrás? Si no había sido esa la causa de su muerte, claro...

Solo el abogado de Rupert, la propia Patricia Stirling y los dos mejores amigos del duque, Dante y Benedict, sabían por qué razón tenía que sufrir la presencia constante de la duquesa viuda en sus casas.

Y su difunto padre, desde luego, el enamorado

Charles Stirling, séptimo duque de Stratton, el único responsable del dilema en el que se hallaba Rupert. Un dilema que ahora, con ayuda de Pandora, tenía esperanzas de resolver satisfactoriamente.

—Las cosas no son siempre lo que parecen, Pandora —contestó.

Ella lo sabía mejor que nadie, aunque no entendía cómo podía explicar Rupert Stirling, en caso de que se molestara en hacerlo, por qué compartía abiertamente casa con la viuda de su padre, una mujer con la que había mantenido relaciones íntimas antes de que el difunto duque se casara con ella.

Miró al duque airadamente.

—Creo que esta noche he saldado mi deuda con usted, y puesto que no espero ni deseo volver a verlo, el asunto de su poco ortodoxa forma de vida es de escaso interés para mí.

—Ah.

La mirada de Pandora se afiló cuando miró con recelo el bello y aristocrático rostro que tenía delante. Pero ni el destello de humor que vio en los ojos grises de Rupert Stirling, ni la mueca cínica de su boca, bastaron para tranquilizarla.

—¿Qué quiere decir con «ah»?

—Otro tema que creo que convendría discutir cuando estemos a solas —repuso el duque con una expresiva mirada hacia la parte de atrás del coche, donde iba encaramado el mozo.

Muchos aristócratas apenas prestaban atención a la presencia de sus sirvientes cuando se hallaban conversando. Parecían considerarlos piezas de mobiliario: útiles, pero carentes de emociones u opiniones propias. Un error gracias al cual a menudo los criados sabían más de los asuntos personales de sus señores de lo que aconsejaba la prudencia. Como muy bien sabía Pandora.

Sacudió la cabeza.

—No veo en qué otra ocasión podemos conversar a solas.

—Habrá ocasión, Pandora, cuando me invite a su casa a tomar una copita de licor para agradecerme el que la haya llevado a la ópera esta noche —contestó Rupert tranquilamente.

—¡Yo no quería ir a la ópera!

—Bueno, no —convino él con sorna—, pero aun así es de buena educación dar las gracias.

¿Había conocido a un hombre más exasperante que aquel? Si así era, no lo recordaba. Y desde luego se habría acordado si alguna vez hubiera conocido a alguien que la sacara de sus casillas como el duque de Stratton. Pero lo que más la enfadaba, lo que más la ponía fuera de sí, era saber que esas no eran las únicas emociones que provocaba en ella Rupert Stirling.

Bajo el enojo había también un sentimiento de... de emoción, de nerviosismo, que Pandora no había experimentado nunca antes. Un temblor, o algo parecido, que la hacía estar pendiente de cada gesto y cada cambio de humor de Rupert Stirling incluso cuando no podía verlo, como le había ocurrido poco antes en el palco del teatro. Había sentido su presencia tras ella, indudablemente. Había notado su calor, su sugerente perfume a sándalo y limones, y otra vez aquel aroma a algo más que era propio de él, único. Aquel calor, aquella fragancia, habían agitado sus sentidos hasta el punto de hacerla consciente de cada una de sus inhalaciones, de cada cambio de postura. Ignoraba cómo describir aquellas sensaciones, que nunca antes había experimentado. Solo sabía que las había sentido en lo más profundo de su ser y que seguía sintiéndolas en el estrecho interior del carruaje, agitándose dentro de ella y excitándola hasta el punto de que los pezones parecían cosquillearle el vestido y notaba un incómodo ardor entre los muslos.

Temiendo de pronto hallarse a solas con él en la intimidad de su hogar, enderezó la espalda contra el asiento tapizado del coche.

—Entonces prefiero darle las gracias ahora. Así nos ahorraremos molestias. No serán necesarias más muestras de cortesía.

—Oh, no, Pandora, eso no es posible —Rupert

se rio roncamente—. Ofrecerme una copa de buen coñac es lo menos que puede hacer después de haberme hecho tragar la ópera de esta noche.

—¡Ir a la ópera fue idea suya!

—Solo porque pensé que le gustaría.

Ella abrió los ojos de par en par.

—¡Eso no es cierto!

Rupert la miró con gesto escéptico.

—¿Supone usted, Pandora, que habiéndome conocido hace apenas veinticuatro horas, conoce mi carácter lo bastante bien como para saber lo que pienso?

—Bueno... no. Claro que no, no le conozco lo suficiente —el rubor volvió a caldear sus mejillas—. No lo conozco en absoluto, en realidad —puntualizó con el ceño fruncido—. Si me permite decirlo, es usted un hombre decididamente enigmático, como poco.

—Como poco —repuso Rupert con ironía.

—Desde luego que sí —los ojos violetas de Pandora centellearon, llenos de irritación.

Él se echó a reír.

—Descuide, Pandora, se lo contaré todo en cuanto estemos a salvo en la intimidad de su hogar.

Pero su respuesta no la tranquilizó en modo alguno.

—Debería hablar con el servicio de la cantidad de velas que han dejado encendidas en su ausencia.

Pandora, que había caído en un silencio glacial durante el resto del trayecto en carruaje hasta su casa, un silencio al que el duque se había sumado de buena gana, pues él también parecía absorto en sus pensamientos, lo miró inquisitivamente desde el otro lado del coche.

—Su casa está tan iluminada como Carlton House —explicó él en respuesta a su pregunta tácita.

Pandora lo vio al inclinarse para mirar por la ventanilla. Cuando el mozo abrió la puerta, comprobó que todas las habitaciones de la parte delantera de la casa parecían estar iluminadas por la luz de las velas.

—No entiendo —murmuró vagamente mientras se apeaba.

—¿Es posible que el servicio haya aprovechado su ausencia para celebrar una fiesta de despedida de Londres? —sugirió Rupert con sarcasmo al bajar del carruaje y ponerse el sombrero en la cabeza.

—No sea ridículo —Pandora lo miró con enfado cuando la agarró del codo y empezaron a subir los escalones de la puerta principal.

Rupert torció el gesto.

—Es la segunda vez que me dice eso hoy.

—Se lo merecía —le espetó Pandora.

Sin duda, reconoció Rupert de mala gana, y sin

embargo nadie, aparte de Dante y Benedict, se habría atrevido a hablar con semejante familiaridad y en tono tan despectivo.

Su respeto y su admiración por Pandora Maybury parecían estar creciendo a pasos agigantados.

—Es usted... —se interrumpió cuando el mayordomo abrió la puerta, dejando salir el ruido del interior de la casa: un lamento que casi le hizo tanto daño en los oídos como las arias de la ópera a la que acababan de asistir—. ¿Qué diantre...?

En medio de aquel griterío, apartó a Pandora y entró en el pequeño vestíbulo de su casa. Los sirvientes, parecía haber docenas de ellos, aunque Rupert dudaba de que Pandora necesitara tantos criados en aquella mansión tan pequeña, merodeaban por allí sin propósito aparente. Los gemidos procedían de una mujer delgada de mediana edad que estaba sentada en el primer peldaño de la escalera.

Rupert la miró con reproche.

—¡Deje ya de hacer ese ruido infernal, mujer! —asintió con satisfacción, cuando el ruido cesó de pronto y todos los ocupantes del abarrotado pasillo se volvieron para mirarlo con los ojos como platos.

Entonces vio que en realidad solo había otras seis personas en el pasillo, aparte de él: el anciano caballero que sabía era el mayordomo, dos muchachas de aspecto atolondrado que sin duda eran las doncellas de arriba y abajo, una señora de mediana edad, a la que por su oronda figura y por el delantal que llevaba sobre el vestido beis, supuso la cocinera y una chiquilla desarrapada, de doce o trece años, que podía ser o no la criada de la cocina. Un grupo pintoresco, a decir verdad, al que Rupert no se imaginaba sirviendo en ninguna de sus residencias.

La mujer sentada en las escaleras comenzó a gimotear de nuevo en cuanto Pandora entró en la casa, tras él.

—¡Lo siento muchísimo, Excelencia! —las lágrimas corrían por las mejillas de la mujer, que se levantó y miró a su señora con los ojos enrojecidos y expresión suplicante—. Ninguno de nosotros lo sabía. Estábamos todos abajo, cenando... Me he dado cuenta cuando he subido a sacar su camisón. ¡Todas las cosas bonitas de su alcoba...! —se echó a llorar otra vez.

Rupert hizo una mueca de fastidio al oír de nuevo aquel chillido que parecía atravesarlo como una flecha y le daba dolor de cabeza.

—La sacaré de aquí por la fuerza si no para al instante —le advirtió con frialdad a la mujer.

—Basta, Rupert —Pandora se volvió y lo miró con reproche—. ¿Es que no ve lo disgustada que está? —lo recriminó—. Intente calmarse, Henley

—su voz se volvió amable y suave cuando se acercó a la desconsolada sirvienta—. Dígame al menos qué ha pasado —tomó las manos de la mujer y se las apretó para tranquilizarla.

Rupert, que no tenía paciencia para seguir aguantando los gimoteos de la mujer, y menos aún para soportar sus balbuceos, se volvió hacia el mayordomo, que seguía esperando a su lado.

—Haga el favor de explicarnos qué ha pasado —dijo con calma.

—Es como ha dicho Henley, Excelencia —el mayordomo arrugó el ceño—. Mientras estábamos abajo, cenando, alguien ha tenido que entrar en la casa y ha subido a la alcoba de su Excelencia.

—¿Y?

El hombre hizo una mueca.

—Y la habitación está toda revuelta, Excelencia.

Rupert levantó las cejas.

—¿Han avisado a las autoridades?

El mayordomo pareció incómodo.

—Todavía no, Excelencia.

Rupert arrugó el ceño.

—¿Y eso por qué, si se puede saber?

—Bueno, yo...

Miró un instante a Pandora, que seguía hablando en voz baja con la criada.

—Hace unos minutos que nos dimos cuenta,

Excelencia, y de todos modos no estaba del todo seguro de...

—Creo que ya ha habido suficiente charla por esta noche —dijo de pronto Pandora, que ya sabía por Henley lo que había pasado en su ausencia y no tenía deseo alguno de hablar de ello delante de Rupert Stirling. El duque ya sabía demasiado de sus asuntos personales.

No quería que Bentley le dijera al inteligente y curioso aristócrata que, si no había avisado a las autoridades, era porque no sabía si ella querría o no que lo hiciera.

Pandora se volvió hacia el mayordomo.

—Bentley, vuelvan a la cocina y ocúpese de que tomen todos un poco de coñac para calmar los nervios...

—Pero primero traiga una botella y dos vasos al saloncito azul de su Excelencia —ordenó Rupert imperiosamente, al tiempo que agarraba a Pandora del brazo—. Está usted blanca como una sábana —añadió severamente al ver que Pandora se disponía a protestar.

Pues... sí, seguramente lo estaba, pero había pensado o esperado que...

¿Qué importaba lo que hubiera pensado o esperado, cuando lo sucedido esa noche había demostrado hasta qué punto estaba equivocada?

—Haga lo que dice el duque, Bentley —ordenó

cansinamente, consciente de que no podría persuadir a Rupert de que se marchara hasta que le hubiera ofrecido alguna explicación razonable.

Aunque aún no estaba segura de qué explicación quería o podía darle.

Seis

—Sigo esperando, Pandora —insistió Rupert.

—¿Qué espera exactamente? —Pandora arrugó la frente marfileña, sentada en el sofá, junto a la chimenea apagada, y miró a Rupert, que estaba de pie al otro lado de la sala.

La copa de coñac que el duque le había servido unos minutos antes seguía intacta en su mano enguantada. Se habían quitado ambos sus mantos y sus sombreros al entrar en el salón y Bentley se los había llevado discretamente tras dejar la bandeja de plata con la botella de coñac y dos copas.

Rupert fue a llenar de nuevo su copa vacía. Después respondió en tono comedido:

—Espero una explicación, naturalmente.

Ella levantó las cejas.

—No estoy segura de entenderle...

—Se lo advierto, Pandora —la interrumpió él,

muy serio, y ella lo miró al instante con desconfianza—. Nunca me ha gustado que me mientan.

—Hay poca gente a la que le guste —repuso
ella con ligereza. Bebió indecisa un sorbo de coñac
y enseguida puso cara de desagrado.

—Y menos aún me gusta que me mienta una
mujer —agregó Rupert.

—¿Incluye eso a todas las mujeres o en eso también tiene preferencias específicas? —dejó la copa
medio llena sobre el velador, bien lejos de ella.

Rupert apretó los labios al oír su respuesta mordaz.

—Creo que mi humor le parecerá mucho más...
llevadero si no intenta distraerme con comentarios
sarcásticos.

—Quizá no sintiera la necesidad de hacerlo si
supiera qué es lo que desea que le cuente —murmuró ella.

—Deseo la verdad, señora.

Pandora se encogió de hombros con aire desdeñoso.

—Sé por experiencia que lo que es verdad para
una persona no siempre lo es para otra... ¡Rupert!
—exclamó cuando él la agarró por los brazos y
acercó su cara a la de ella, ceñudo.

—Pandora, no ha parecido usted ni sorprendida
ni alterada al enterarse de que alguien había entrado
ilícitamente en su habitación mientras estaba en la

ópera. Ni siquiera ha subido para ver qué se han llevado, si es que se han llevado algo. ¿Puede explicarme por qué? —su voz era de pronto suave como la seda, tan suave que sonó amenazadora.

Ella tragó compulsivamente.

—He tenido preocupaciones más urgentes...

—¿Más urgentes que descubrir si se han llevado algún objeto de valor? —insistió él resueltamente.

Pandora casi se echó a reír con amargura al pensar que pudiera quedar algún objeto de valor en su poder. Casi, pues la expresión de Rupert era tan vehemente, y su cara estaba tan próxima a la de ella, que no pudo hacer otra cosa que seguir mirando sus ojos grises, en los que centelleaba un destello de furia.

—Tendré tiempo de sobra para subir cuando usted se haya ido.

—Pues puede que tarde mucho rato, porque no tengo intención de marcharme hasta que me haya explicado del todo cuál es el problema —le aseguró el duque implacablemente.

—No hay ningún problema —contestó ella—. Por lo visto, una o varias personas desconocidas han entrado en mi casa esta noche, mi doncella se ha llevado un gran disgusto y el resto del servicio está alborotado. Es todo lo que sé sobre este asunto hasta el momento.

Rupert siguió mirándola inquisitivamente unos

segundos, pero no pudo deducir nada de su expresión impertérrita, ni de la mirada serena de aquellos ojos de color violeta. Unos ojos tan bellos, tan extraordinarios... De un violeta tan profundo que parecían un poco hondo y oscuro. Y lleno de misterio...

¡Rayos, aquel no era momento para ponerse a pensar en los ojos de Pandora, ni en ninguna otra parte de su anatomía!

La soltó y se irguió bruscamente, pero siguió mirándola desde su altura.

—Subiré con usted ahora mismo...

—No es necesario.

—Aun así, pienso acompañarla a su alcoba —Rupert entornó los párpados al ver que parecía alarmada—. ¿De qué tiene miedo, Pandora?

—¡Yo no tengo miedo de nada! —se levantó de repente, acalorada por la furia—. Muy bien, si insiste, suba conmigo —sus magníficos ojos brillaron—. Aunque ignoro qué espera encontrar allí. ¿Un amante, quizá? —añadió, burlona—. ¿Cree que tengo a un hombre escondido en mi alcoba para que comparta mi cama por las noches?

Rupert había olvidado las acusaciones de infidelidad vertidas contra aquella mujer durante su matrimonio. Unas acusaciones que no le habían interesado entonces, cuando las había oído en boca de terceras personas, y que aún menos le interesaban ahora que conocía a Pandora.

No: si alguna vez deseaba saber la verdad sobre aquellas acusaciones, sería la propia Pandora quien se la contara.

Pandora Maybury se mostraba fría y distante, pero ¿habría adoptado quizá aquella pose premeditadamente para mantener a raya comentarios hirientes?

Rupert era consciente de que había estado intentando romper aquella frialdad por cualquier medio posible desde el instante en que la había conocido.

Esbozó una sonrisa.

—No sé por qué, pero lo dudo.

—¿Sí? —lo miró con aire desafiante.

Rupert sonrió de nuevo tranquilamente.

—Sí.

Pandora lo miró con frialdad.

—Entonces es usted el único.

Él sacudió la cabeza.

—Ya le he dicho que tengo por norma no seguir nunca a ciegas el camino que me marcan otros.

La sonrisa de Pandora carecía por completo de humor.

—¡Cuánto me alegra saber que la amistad que me ofrece no es para usted más que otro modo de desairar a sus iguales!

Rupert confiaba en que fuera mucho más que eso.

—Si confía en enojarme más aún, no se moleste, Pandora. Le aseguro que soy completamente inmune a los insultos.

—¡Cuán afortunado es usted!

Rupert cruzó la habitación para abrir la puerta.

—Después de usted —se apartó para dejarla salir del salón.

Ella salió agitando enérgicamente las faldas de su vestido al pasar a su lado, con la cabeza muy alta, un brillo de furia en los ojos y las mejillas de nuevo enrojecidas. Rupert la siguió más despacio. No sabía qué esperaba conseguir al empeñarse en acompañarla a su habitación, pero su instinto le había sido de enorme ayuda durante sus años en el ejército y estaba seguro de que allí pasaba algo raro.

—¡Dios mío! —Pandora creía estar preparada para lo que iba a encontrarse cuando entrara en su alcoba.

Henley le había hecho una descripción tan vívida del desorden reinante que sabía ya que las sábanas de la cama estaban hechas jirones, que las plumas de las almohadas y el colchón rajados se habían dispersado por toda la habitación, que los frascos de perfume estaban volcados o rotos sobre su tocador, los cajones abiertos y vacíos y la ropa tirada por el suelo. Sí, sabía que eso era lo que la esperaba cuando entrara, pero aun así se llevó una fortísima impresión al ver sus pertenencias más íntimas rotas o rasgadas. Era como si, al no encontrar lo que había ido a buscar allí, el culpable se hubiera empeñado en destruir todo cuanto le era más querido.

—Siéntese, Pandora —Rupert levantó una silla volcada y le indicó que se sentara en ella... antes de que se desmayara, o eso pensó él.

Estaba mortalmente pálida cuando se dejó caer sobre la silla de brocado y se llevó una mano temblorosa a los labios. Rupert se puso en cuclillas delante de ella y tomó su otra mano.

—¿Quién ha hecho esto, Pandora? —preguntó en tono ronco.

Ella parpadeó, rozando con sus largas pestañas las lágrimas que se habían acumulado en sus ojos y haciéndolas rodar por sus mejillas mientras lo miraba, atónita.

—¿Pandora? —Rupert apretó sus manos—. Dígame quién ha sido y me encargaré de que reciba el castigo que merece —añadió con gravedad.

—Yo... ¿Por qué cree que sé quién ha sido? —sacudió la cabeza y, apartando la mano, se levantó y cruzó la habitación para empezar a recoger las cosas volcadas o rotas que había encima del tocador.

Rupert arrugó el ceño y se incorporó lentamente.

—¿Quizá porque no es la primera vez que ocurre?

Pandora se giró bruscamente, con los ojos dilatados.

—¿Por qué dice eso?

Rupert no había estado seguro... hasta ese momento. La reacción de Pandora acababa de confirmar sus sospechas.

—Ya le he dicho que hace un rato, al llegar, no parecía sorprendida, ni alterada. Y Bentley la ha mirado cuando le he preguntado por qué no había avisado a las autoridades. ¿Es... es posible que alguien haya hecho esto por malicia, para hacerle daño?

Sus hombros se relajaron ligeramente.

—¿Una esposa celosa, quizá? —preguntó con desdén burlón.

Rupert respiró hondo para conservar la calma.

—No sería tan descabellado, ¿no cree? Si no me equivoco, Stanley estaba casado.

Pandora cerró los ojos. Oh, sí, sir Thomas Stanley, el hombre que había muerto en el mismo duelo que Barnaby, estaba casado. Y tenía dos hijos pequeños. Razón por la cual Pandora nunca había revelado la verdad acerca de lo sucedido un año antes, ni lo haría nunca.

Levantó los párpados y lo miró fijamente.

—Sí, en efecto —dijo en tono fatigado.

El duque asintió.

—Siendo así, es lógico sospechar que su esposa haya podido...

—No, no ha podido —contestó Pandora con firmeza—. Clara Stanley se fue a vivir a Cornualles con sus dos hijos poco después de... de asistir al entierro de su esposo.

—Lo cual no significa que no haya podido pagar a alguien para que...

—¡Por amor de Dios! No ha sido ella, Rupert —Pandora estaba perdiendo por completo la paciencia.

Él la miró detenidamente: se fijó en su mirada tensa, en el ligero temblor de su labio inferior, en el nerviosismo de sus manos cuando se agachó a recoger algo del suelo para depositarlo sobre el tocador.

Pandora se llevó una mano a la frente.

—Es muy tarde, Rupert, y sin duda comprende usted que no puede quedarse aquí. Es demasiado indecoroso.

—Tiene razón: es demasiado tarde para que nos preocupemos por nuestras respectivas reputaciones. Dicho lo cual, creo conveniente que no pase la noche sola en esta casa.

—Pero no estoy sola...

—Lamento disentir —la interrumpió Rupert enérgicamente.

—Están los criados...

—Un hombre mayor, dos muchachas aturulladas, una cocinera gorda y su ayudante, que dicho sea de paso es muy joven y parece un poco falta, y una doncella histérica.

—Bentley no es tan mayor —repuso ella, ofendida—. Esas dos muchachas son sus nietas, a las que acogió cuando murieron sus padres hace tres años. La señora Chivers está algo entrada en carnes y su ayudante es su hija, Maisie, que aunque ligeramente... lenta de reflejos, no es en modo alguno falta. En cuanto a Henley... Prefiero mil veces su histerismo a verme obligada a soportar a mi anterior doncella —levantó la barbilla con aire obstinado y lo miró, desafiante.

Rupert la miró ceñudo.

—¿Y por qué se veía obligada a soportarla?

Ella se sonrojó ligeramente.

—Mi marido ya había contratado previamente a todo el servicio.

Y Rupert comprendió que aquel último año, después de enviudar, Pandora había decidido contratar a un mayordomo anciano porque tenía a su cargo a dos nietas, a una cocinera y a su hija, sin duda ilegítima y «un tanto lenta de reflejos» y una doncella que caía en el histerismo por cualquier cosa.

Sin duda a todos ellos les había costado encontrar empleo antes de entrar al servicio de la duquesa, y pese a todo Pandora les había dado trabajo. Un dato más que contradecía su fama de perversa y egoísta, además de adúltera.

Rupert exhaló un suspiro, apesadumbrado.

—Pandora, ¿es que no comprende que la persona que ha entrado en su casa esta noche podría volver?

—Las otras veces no volvieron... —se interrumpió, consternada, y lo miró con reproche—. ¡Lo ha dicho a propósito para tenderme una trampa!

Sí, en efecto, y habría vuelto a hacerlo con tal de conocer la verdad.

—Entonces, tengo razón, ¿esto ha ocurrido otras veces?

—Sí.

—¿Cuántas?

—Tres en el último año. Y no, eso no significa que la responsable sea Clara Stanley —lo miró, enojada—. ¿Es que no puede dejar en paz a esa pobre mujer? ¿No ha sufrido ya bastante?

De nuevo un sentimiento inexplicable en una mujer que presuntamente había sido la causa de muchas de las desgracias de Clara Stanley.

Allí había muchas cosas que no cuadraban. Muchas preguntas a las que sin duda Pandora no estaría dispuesta a responder aún. Sinceramente, al menos. No tenía motivos para creer que alguna vez le hubiera mentido, pero estaba seguro de que se las arreglaba para eludir la verdad cuando le convenía.

Durante los cuatro años anteriores había oído a los caballeros de su club comentar la belleza de Pandora Maybury y su infidelidad, y había sido imposible no enterarse de las habladurías que habían rodeado la escandalosa muerte de su marido y de su presunto amante. Desde el escándalo, sin embargo, apenas circulaban rumores sobre ella. Nadie había dicho que hubiera tomado un nuevo amante. O amantes. Y ningún caballero de su club había alardeado de haberse acostado con la hermosa y mortífera duquesa.

Ello podía deberse, desde luego, a que era demasiado notoria, a que su fama era demasiado escandalosa para que alguno de aquellos caballeros sintiera deseos de entablar relaciones íntimas con ella, aunque fuera secretamente, pero Rupert no creía que ese fuera el caso. Sugdon, por ejemplo, no había mostrado tales escrúpulos.

Rupert tensó la boca e hinchó las aletas de su nariz al recordar la escena que había interrumpido la noche anterior: el vestido rasgado de Pandora, sus pechos casi visibles a través de la fina tela de su camisa...

—¿Nota que falte algo?

Ella negó con la cabeza.

—Evidentemente no puedo tener la certeza hasta que vuelva a estar todo en su sitio, pero creo que no.

Rupert entornó los ojos.

—¿Las otras tres veces se llevaron algo?

—No que yo sepa.

—¿Que usted sepa? ¿No lo sabe con seguridad?

Su evidente incredulidad hizo suspirar a Pandora.

—Mi contrato matrimonial estipulaba que, si Barnaby moría antes que yo y no habíamos tenido hijos, yo heredara una casa en la que vivir y fondos suficientes para mantenerme. Esta casa nunca ha formado parte del ducado de Wyndwood. De hecho, yo desconocía su existencia hasta que supe que Barnaby me la había dejado en su testamento. La heredé ya amueblada y apenas la he cambiado desde que me mudé aquí hace un año, pero creo que los muebles siguen siendo los mismos y que en las paredes siguen colgando los cuadros de siempre.

Rupert sabía por experiencia que normalmente solo había un motivo para que un caballero poseyera una casa en Londres de la que su esposa no tenía conocimiento. ¿Era posible que, antes de su muerte prematura, Barnaby Maybury hubiera mantenido allí a su amante, en la misma casa que había legado a su esposa en su testamento? Si así era, Rupert no podía concebir mayor ofensa hacia la esposa. Sin embargo, la limpidez de la mirada y de la expresión de Pandora parecían dar a entender que ignoraba por completo aquel ultraje.

Otro indicio, en caso de que necesitara alguno más, de que no era en absoluto la mujer sofisticada y mundana de la que hablaban las malas lenguas. De hecho, su bondad, incluso respecto a la contratación de sus sirvientes, daba la impresión de que no era ninguna de las dos cosas.

¿Era posible que la amante de Barnaby Maybury hubiera regresado a aquella casa tres veces, no, cuatro, para intentar recuperar algo que había olvidado allí cuando se había visto obligada a sacar sus cosas, sin duda precipitadamente? Cabía esa posibilidad, desde luego, y Rupert pensaba hacer averiguaciones para descubrir si estaba en lo cierto, pero actuaría con discreción. Si en efecto Pandora ignoraba el uso que su marido había dado a aquella casa, quizá fuera mejor que siguiera en la ignorancia, al menos de momento.

Ella siguió afanándose en ordenar las cosas de su tocador, y Rupert solo pudo ver la fragilidad de su nuca y de sus hombros. Una fragilidad que suscitaba en él, a su pesar, el impulso de protegerla.

Pasó cuidadosamente sobre las prendas de seda dispersas por el suelo y se acercó a ella.

—Pandora... ¿qué ha hecho? —preguntó cuando ella dejó escapar un leve gemido al tiempo que retiraba rápidamente la mano enguantada.

—Me he cortado en el dedo con un trocito de cristal —mantuvo vuelta la cara y apretó la mano herida contra sus pechos, consciente de que había sido la cercanía de Rupert lo que la había sobresaltado. Hasta ese momento, mientras había permanecido absorta en sus pensamientos, reflexionando sobre lo sucedido esa noche, no se había percatado de que estaba tan cerca de ella.

—Déjeme ver.

Se envaró instintivamente cuando él agarró con firmeza sus hombros desnudos y la hizo darse la vuelta para mirarlo. Rupert tomó su mano herida e inclinó la cabeza con intención de inspeccionar la herida.

—Tendrá que quitarse el guante. Se está manchando de sangre —comentó con cierta hosquedad.

Pandora, que había estado mirando hipnotizada su cabeza rubia, miró sobresaltada su mano y se sorprendió al ver que, en efecto, la sangre empezaba a calar el encaje del guante.

—¡Ay, Señor! —apartó la mano para bajarse el guante y se lo quitó con cuidado—. No tiene tan mal aspecto... —parecía haber un pequeñísimo corte en la yema de su dedo índice.

—Déjeme ver —el duque agarró de nuevo su

mano y frunció el ceño al mirar la sangre que manaba de la herida—. ¿El cristal sigue dentro?

—Creo que no —ya no le inquietaba aquel pequeño percance, sino el hecho de que Rupert estuviera sujetando su mano. Contuvo el aliento, pendiente de cada matiz del contacto de aquellos dedos largos y finos que sostenían delicadamente los suyos.

—Quizá lo mejor sea que... —no acabó la frase: se llevó la mano de Pandora a sus labios entreabiertos e introdujo su dedo herido en el húmedo calor de su boca.

—¿Qué está haciendo? —Pandora sofocó un grito de sorpresa y se olvidó por completo de su herida al sentir el roce húmedo de su lengua sobre la piel.

Rupert comenzó a chupar suavemente su dedo.

—¡Rupert! —exclamó, respirando agitadamente.

Las largas pestañas rubias del duque se alzaron y sus ojos brillantes y grises la miraron fijamente mientras seguía chupando su dedo.

Pandora dejó de respirar, fascinada por aquellos ojos turbadores y por la deliciosa intimidad de aquel gesto. Era tan... sensual, tan prohibido, tan íntimo que de pronto sintió que sus pechos se hinchaban bajo el vestido, que sus pezones se endurecían y que un insidioso ardor brotaba entre sus muslos.

Se sintió incapaz de apartar la mirada de los labios perfectamente cincelados que rodeaban su dedo. Fue al mismo tiempo el instante más tierno y erótico de su vida. Aquella suave succión le produjo un hormigueo en los pezones, como si los labios tersos de Rupert estuvieran chupando sus pechos y no su dedo. El calor que sentía entre las piernas se hizo más intenso y humedeció los pliegues delicados, obligándola a apretar los muslos en un vano intento de sofocarlo.

—¡Ay, Dios mío! —exclamó alguien al otro lado de la habitación.

Henley acababa de entrar sin previo aviso.

—¡Yo no sabía...! No habría... Pensaba que su Excelencia ya se había marchado... —se interrumpió, azorada.

Rupert ignoró a la aturdida doncella y se movió para ocultar a Pandora de la mirada curiosa de Henley. Ella intentó apartar la mano, pero él la retuvo y siguió mirándola a los ojos fijamente mientras chupaba despacio su dedo herido, una, dos veces, antes de soltarlo con un ruido suave, un tenue estallido.

—Creo que no tiene ningún trozo de cristal en el dedo —dijo con voz enronquecida.

Pandora estaba agitada, se había acalorado y sus pechos subían y bajaban suavemente.

—Suélteme —siseó al ver que él se resistía a soltar su mano.

Rupert esbozó una sonrisa burlona al posar de nuevo sus labios sobre el dedo herido. Luego la soltó.

—Mi niñera creía firmemente en las virtudes curativas de los besos.

¿Las virtudes curativas de los besos?

¡Pero si ahora sentía en carne viva partes del cuerpo de las que antes ni siquiera tenía conciencia! Aunque aquel desasosiego no era desagradable. No, lo que sentía en los pechos y entre los muslos era, por el contrario, sumamente placentero.

Siete

Pandora tragó saliva para aliviar la sequedad de su garganta. Después contestó con aspereza:

—En ese caso, creo que ya estoy curada, Excelencia —le lanzó una mirada de reproche, antes de volverse para mirar a la doncella, que seguía al otro lado de la habitación—. ¿Qué ocurre, Henley?

La pobre doncella parecía tener los nervios deshechos por la impresión.

—Venía a ayudarla a... Bueno, pensaba que... Quizá debería venir más tarde... —lanzó a Rupert una mirada nerviosa.

—Yo...

—Hágalo —contestó el duque altivamente.

Pandora lo miró con enojo. Después dijo dirigiéndose a su doncella:

—No es necesario, Henley. El duque ya se marchaba —añadió con énfasis.

Rupert levantó tranquilamente las cejas.

—Creo que nuestra... conversación no ha terminado todavía, Pandora.

Ella se sonrojó, pero no supo si de ira o de vergüenza.

—Yo creo que ya hemos agotado el tema por esta noche, Excelencia.

—¿De veras?

—Sí —apretó los labios—. Henley, haga el favor de acompañar a su Excelencia hasta la puerta.

—Yo...

—Encontraré el camino yo solo, gracias, Pandora —repuso él en tono rebosante de frialdad.

«¡Pues márchese de una vez!», deseó gritarle ella. Sabía que era una ingrata por sentir así. Rupert había sido la amabilidad personificada desde que había entrado en la casa y había encontrado a todo el servicio alborotado. Bueno, quizá no hubiera sido solo amable todo el tiempo... como demostraba el cosquilleo que aún sentía en los pechos y los muslos.

—Si lo considero necesario —continuó el duque implacablemente— y cuando lo considere necesario.

¿Si lo consideraba necesario?

¡Era de una arrogancia inconcebible!

¡Por ella podía haberse marchado hacía mucho rato!

—Déjenos, ¿quiere, Henley? —dijo suavemente,

sin apartar los ojos relucientes del arrogante imbécil que tenía delante.

—Sí, Excelencia —Henley hizo una reverencia—. Claro, Excelencia. ¿Quiere que...?

—Por amor de Dios, váyase, ¿quiere? —estalló Rupert—. ¿Cómo demonios soporta a esa mujer todos los días? —preguntó en cuanto Henley hubo cerrado la puerta de la habitación—. A mí me sacaría de quicio con sus nervios y sus balbuceos.

—Entonces es una suerte que no tenga que sufrirla más —replicó Pandora en tono cortante—. ¿Cómo se atreve a darle la impresión de que usted y yo...? ¿A insinuar que...? ¡Creo que debería marcharse inmediatamente! —lo miró con perfecta frustración.

—Ya me he dado cuenta —inclinó la cabeza tranquilamente.

—¿Y bien? —preguntó Pandora unos segundos después, al ver que seguía sin marcharse.

Rupert la miró con calma, levantando las cejas.

—Hay un asunto importante del que quería hablarle esta noche.

Pandora se puso alerta.

—¿De veras?

Rupert sonrió desganadamente al observar su reticencia.

—Evidentemente, después de lo que ha ocurrido, este no es el momento más adecuado para hablar de ello.

—Evidentemente —contestó con sequedad.

La sonrisa de Rupert se hizo más amplia.

—Así pues, volveré mañana para proseguir esta conversación.

Pandora dio unos golpes con el pie en el suelo, exasperada.

—¿Sabe, Rupert?, puede que me encontrara usted de un humor mucho más complaciente si se molestara en preguntar, en vez de hacer su voluntad.

—*Touché* —sonrió al escuchar cómo le devolvía su comentario de poco antes, demostrando así de nuevo su aguda inteligencia, pero también que no se parecía en absoluto a las mujeres que solía conocer, mujeres a las que la presencia del duque de Stratton hacía revolotear extasiadas.

Su reacción física de unos minutos antes: el rubor de sus mejillas, la hinchazón de sus pechos, su respiración agitada demostraba que tampoco era inmune a la intimidad física que estaba surgiendo rápidamente entre ellos.

Pero ¿haría su turbación física que lo que Rupert deseaba decirle le pareciera más aceptable, o menos?

Confiaba en que su conversación del día siguiente despejara sus dudas al respecto.

—Siéntate, Pandora, y cuéntame todo lo que ha pasado desde la última vez que nos vimos —dijo ávidamente Genevieve Forster en cuanto se quedaron a solas en el saloncito privado, la tarde siguiente—. Y no me digas que no ha pasado nada, porque esta mañana han venido varias personas a verme y no hablaban de otra cosa que de tu visita al teatro en compañía de Diablo Stirling.

Miró a Pandora con el ceño fruncido, obviamente por no habérselo contado ella misma.

Diablo Stirling...

Pandora sabía ahora lo mucho que le convenía el apodo. Rupert podía tener la apariencia de un ángel, pero era un demonio al que nada le gustaba más que atormentarla.

¿O tentarla, quizá?

Se sofocaba cada vez que pensaba en aquellos breves instantes de intimidad que habían compartido en su alcoba, la noche anterior. Ignoraba, sin embargo, por qué se sentía tan acalorada, tan turbada, por el mero hecho de que Rupert Stirling le chupara el dedo. Por eso precisamente había ido a ver a su amiga esa tarde, con la esperanza de que Genevieve supiera de esas cosas y le aclarara las extrañas sensaciones que experimentaba.

Se echó hacia delante en la silla para tomar la taza de té que su amiga acababa de servirle.

—También estaban los condes de Heyborough. De hecho, fueron ellos quienes me invitaron, no Rupert Stirling.

Genevieve levantó las cejas rojizas.

—Pero sin duda a instancias de Stratton.

Pandora notó que se sonrojaba.

—Creo que animó a su tía a invitarme, sí...

—¡Pues claro que sí! ¿Y?

—Y la ópera fue especialmente tediosa...

—¡La ópera no me interesa, Pandora! —contestó su amiga en tono de reproche—. Lo que quiero saber es otra cosa —añadió con ansiedad—. Por ejemplo, cómo es que conoces a Diablo Stirling lo bastante bien como para que sugiriera a su tía que te invitara a la ópera. Y, sobre todo, qué pasó cuando te llevó a casa después de la función —los ojos azules de Genevieve brillaron alegremente.

Pandora se puso aún más colorada. Se le aceleró el pulso con solo pensar en el roce de la lengua de Rupert sobre su piel, en cómo había chupado su dedo, en el húmedo calor de su boca, en cómo la había cautivado con su mirada gris y demoníaca... Había sido un gesto tan íntimo, tan turbador, que durante unos minutos Pandora había olvidado por completo el desorden que la rodeaba.

Se lamió los labios antes de responder:

—Nos conocimos en la terraza, la noche del baile de Sophia. Por casualidad —añadió apresuradamente.

Había preferido no decirles a Genevieve y a Sophia que alguien había entrado a hurtadillas en su casa varias veces durante ese último año, y tampoco quería contarle a Genevieve que lord Sugdon se le había echado encima la noche del baile de Sophia. Apreciaba enormemente la amistad de ambas mujeres, pero no quería importunarlas contándoles sus sinsabores.

—Por cierto... ¿has visto o hablado con Sophia desde entonces?

Los rizos de Genevieve, de un rojo intenso, brillaron cuando sacudió la cabeza.

—Las dos me habéis tenido abandonada estos días. ¿Por qué? —preguntó con interés—. ¿También a ella le ha pasado algo que yo deba saber?

Tal vez sería una indiscreción por su parte mencionar lo que había oído comentar la noche del baile acerca del interés de Dante Carfax por su amiga Sophia.

—Solo me preguntaba si estaba contenta con cómo salió el baile —dijo con ligereza.

—Y yo creo que solo intentas distraerme para no hablarme de tu reciente amistad con Diablo Stirling —Genevieve hizo un lindo mohín.

—Nada de eso —le aseguró Pandora con una risa suave—. La verdad es que yo estoy tan sorprendida por sus... atenciones como pareces estarlo tú.

—No veo por qué. Eres preciosa y encantadora...

—¡Y estoy tan rodeada por el escándalo que los

caballeros tienden a esquivar mi compañía en público y a asediarme en privado para llevarme a la cama!

Genevieve soltó un bufido poco delicado.

—Ese caballero en concreto está bastante familiarizado con el escándalo.

—Bueno... sí —frunció el ceño ligeramente al oír hablar de la mala fama que había tenido siempre Rupert, incluso antes de vivir abiertamente con su madrastra. Una relación de la que parecía haberse desentendido por completo la noche anterior, en su alcoba.

—Pero no es lo mismo para un caballero que para una dama.

—Nada en la vida lo es —repuso Genevieve con una mueca.

Pandora la miró con curiosidad.

—No me has contado si has hecho algún progreso respecto a esa idea tuya de tomar un amante.

—Porque aún no hay nada que contar —Genevieve parecía profundamente ofendida porque así fuera—. ¡Y ahora, por amor de Dios, deja de darme largas y cuéntamelo todo, Pandora!

Pandora, sin embargo, no se lo contó todo: prefirió omitir en qué circunstancias se habían conocido, así como la escena que había tenido lugar en su alcoba la noche anterior. Lo demás, se lo contó todo mientras su amiga la escuchaba con avidez.

Los ojos azules de Genevieve relucían llenos de emoción cuando acabó su relato.

—¿Y habéis tenido ocasión de hablar hoy?

—Todavía no —pero Pandora sabía que Rupert había ido a verla esa mañana, mientras ella estaba fuera, de compras, y que había dejado su tarjeta con la promesa de regresar por la tarde.

Razón por la cual había decidido hacerle una visita a Genevieve, aunque dudaba seriamente de que pudiera esquivar al duque eternamente.

—¿Qué crees que puede ser lo que quiere decirme?

—¿No lo adivinas? —los ojos de Genevieve brillaron con malicia.

Durante las horas transcurridas desde la última vez que había visto a Rupert Stirling, Pandora había imaginado diversos motivos, a cada cual más fantástico. Por eso había acudido a su amiga, en busca de consejo.

—¡Va a pedirte que seas su amante, naturalmente! —anunció Genevieve, eufórica.

Exactamente la misma conclusión a la que había llegado Pandora.

—Pero, si es así, ¿no estaría su cama algo abarrotada, estando ya ocupada por otra mujer? —repuso con énfasis.

—¡Pandora! ¡Qué barbaridad! —Genevieve se rio alegremente—. Salta a la vista que por fin se ha cansado de Patricia Stirling y ahora quiere que tú la sustituyas.

—¡Qué halagador! —su tono mordaz evidenciaba que quería decir lo contrario.

—Pero ¿acaso no habíamos hablado de ello ya? —preguntó su amiga—. ¿No habíamos acordado que cada una de nosotras tomaría un amante, o varios, antes de que acabara esta Temporada tan tediosa?

Sí, eso era lo que había propuesto Genevieve, una sugerencia escandalosa y atrevida, a la que Pandora había preferido no contestar en su momento. Después había llegado a la conclusión de que Sophia tampoco parecía muy entusiasmada con la idea.

Se levantó, inquieta.

—Eso no significa que quiera a Rupert Stirling como amante.

—¿Por qué no, si puede saberse? —Genevieve la miró con incredulidad—. Tiene el físico de un dios griego. Un ángel caído, un auténtico...

—Demonio disfrazado... y con un disfraz muy tenue, además —respondió Pandora con firmeza.

—¿He oído a alguien pronunciar mi nombre?

Pandora se giró tan bruscamente al oír la voz divertida de Rupert que estuvo a punto de marearse. Sobre todo, cuando vio delante de sí la hermosa cara del «ángel caído» detrás del mayordomo de

Genevieve. Su corazón pareció detenerse cuando se fijó en la impecable indumentaria del duque.

La finísima levita gris se ceñía a la perfección a sus anchos hombros. Bajo ella, llevaba un chaleco gris claro y una camisa de un blanco impoluto, y los pantalones negros se amoldaban a sus piernas largas y musculosas. El sastre de Rupert Stirling sin duda lloraba de felicidad al ver lo bien que lucía su ropa aquel caballero.

Pandora, por su parte, se quedó sin respiración al verlo en la puerta del salón de Genevieve.

El enfado que se había apoderado de Rupert al descubrir que Pandora seguía evitándolo remitió ligeramente al ver su cara de pasmo.

Después de ir a su casa esa mañana y de nuevo esa tarde, y de que en ambas ocasiones le informaran de que su Excelencia había salido, Rupert había procurado enterarse de adónde había ido exactamente la duquesa. Y al ver lo desconcertada que parecía Pandora por su súbita aparición, no pudo menos de sentir cierta taimada satisfacción.

—Su Excelencia el duque de Stratton —anunció el mayordomo, compungido por no haber logrado informar a su señora de la identidad del recién llegado antes de que se presentara en el salón.

Pero Rupert lo había hecho a propósito: después

de pasarse casi todo el día en pos de Pandora, no había querido darle ocasión de escapar nuevamente intentando, por ejemplo, salir de la casa por la puerta de atrás.

Que una mujer eludiera así su compañía era una experiencia completamente novedosa para él. Normalmente, era él quien tenía que dar esquinazo a mujeres a las que no deseaba ver ni dirigir la palabra.

—Stratton —Genevieve Forster se había puesto en pie para hacer una elegante reverencia, que acompañó con un brillo malévolo de sus ojos azules, lanzando una mirada a Pandora, que seguía paralizada en el sitio.

Rupert entregó su sombrero y su bastón al mayordomo y entró en el pequeño y acogedor saloncito en el que las dos damas se habían sentado a conversar.

—A sus pies, señora —se inclinó solícitamente sobre la mano que le tendía la duquesa de Woollerton—. Y a los de Pandora —añadió con intención al volverse para mirarla con arrogancia.

Pandora intentó salir de su aturdimiento al ver la inconfundible expresión burlona y desafiante de sus ojos grises. Si el duque pretendía desconcertarla, y obviamente lo había conseguido, no pensaba dar pábulo a su euforia manteniendo aquella cara de estupefacción.

—Rupert —dijo con calma—, ¿qué lo trae por aquí en una tarde tan hermosa de primavera?

Ella también podía lanzar un desafío si era preciso.

—Pues usted, naturalmente, mi querida Pandora —repuso él con sorna—. Le pido disculpas si suena poco... galante para con usted, Excelencia —se volvió con una sonrisa encantadora hacia Genevieve.

—Le aseguro que no me ofendo, Stratton —contestó ella en tono irónico—. ¿Le apetece quedarse a tomar un té con nosotras?

—Hoy no, si no le importa. Pensaba llevar a Pandora a dar un paseo en carruaje antes de que se haga muy tarde.

Pandora se puso tiesa.

—Tengo fuera mi carruaje...

—Me he tomado la libertad de hablar con su mozo antes de entrar. Le he dicho que podía marcharse, dado que va a volver usted a casa en mi carruaje, conmigo.

Ella contuvo el aliento, indignada.

—No tenía usted ningún derecho a...

—Tengo todo el derecho.

—¿No sería preferible que los deje solos para que puedan resolver este asunto en privado? —sugirió Genevieve al ver la expresión furiosa de Pandora.

—¡No!

—Sí.

Pandora lo miró con rabia, y se enfadó aún más al ver la cara de dolida inocencia que acababa de poner. ¡Ja! ¡Aquel hombre no tenía un ápice de inocencia!

—No podemos pedirle a Genevieve que se marche de su propio salón.

—Lo haré encantada, Pandora —le aseguró la dama.

Pandora la miró con reprobación.

—Quizá sea mejor para todos que Su Excelencia y yo te dejemos cómodamente instalada en tu salón y concluyamos esta... discusión en su carruaje, de vuelta a mi casa, dado que el duque ha decidido por su cuenta despedir al mío.

Un carruaje en el que irían solos, puesto que Pandora había decidido no llevar a Henley para ir a visitar a Genevieve.

—Una idea excelente —dijo «Su Excelencia" sin disculparse por sus actos, a pesar del evidente reproche que acababa de hacerle Pandora—. Ha sido un placer, Excelencia —le dijo a Genevieve.

—En efecto, lo ha sido —contestó ella con ligereza.

—Puede estar segura de que llevaré a Pandora sana y salva a su casa —Rupert esbozó aquella sonrisa encantadora, y a Pandora le dieron ganas de borrársela de un bofetón, lo cual, teniendo en cuenta que nunca había sido una persona inclinada a la violencia, demostraba hasta qué punto la sacaba de sus casillas la arrogancia del duque.

—¡Vamos, alegra esa cara, Pandora! —Rupert la miró con impaciencia minutos después, cuando estuvieron de nuevo sentados el uno frente al otro dentro del carruaje—. Aunque, ya que de todos modos estás enfadada conmigo, tal vez convenga que te diga que esta tarde, mientras estabas fuera, he hecho cambiar las cerraduras de Highbury House.

Aprovechó el breve y atónito silencio de Pandora para admirar lo mucho que le favorecía el color del vestido y el lindo sombrerito que llevaba ese día, del tono exacto de sus bellísimos ojos violetas. Unos ojos violetas que en ese momento despedían chispas de indignación dirigidas hacia él.

—¿Ha hecho cambiar las cerraduras de mi casa? —preguntó ella con aspereza.

Rupert asintió altivamente.

—La persona que entró anoche en tu casa no forzó la puerta...

—¡Usted qué sabe!

—Sé que no había ninguna ventana rota, ni ninguna cerradura golpeada, de lo cual se deduce...

—¡Lo que usted quiera deducir! —lo atajó ella, cerrando los puños, furiosa—. ¡Es usted verdaderamente la arrogancia personificada! El hombre más... —la diatriba que pensaba lanzarle se vio interrumpida de pronto cuando Rupert, harto ya de perseguir a aquella mujer de un lado para otro, se acercó rápidamente a ella, la tomó con firmeza entre sus brazos y besó su boca suave y atrayente.

Pandora se quedó tan estupefacta que durante unos segundos solo pudo permanecer inmóvil en sus brazos, mientras aquellos labios cincelados se movían enérgicamente sobre los suyos.

Enérgica y deliciosamente.

No podía permitir que aquello continuara, pero al mismo tiempo comprendió que no tenía fuerzas para impedirlo.

Las horas transcurridas desde que Rupert había besado su dedo parecieron esfumarse de pronto. Fue como si la pasión que había estallado repentinamente entre ellos fuera inevitable. Irresistible.

Levantó ligeramente la cabeza para apreciar mejor la caricia de la boca de Rupert sobre la suya, y él lamió y saboreó sus labios a placer. Pandora levantó despacio los brazos, hasta que sus dedos enguantados pudieron tocar sus hombros bajo la levita. Sus pechos, erizados de nuevo por aquel extraño hormigueo, se aplastaron contra el torso duro de Rupert cuando la enlazó con fuerza por la cintura y la atrajo hacia sí. A su alrededor, el aire parecía cargado de tensión erótica.

Pandora jadeó levemente al sentir que él tocaba uno de sus pechos, y su jadeo se convirtió en gemido cuando pasó la suave yema de su pulgar sobre el pezón hinchado y duro. Una oleada de placer recorrió sus venas, y los pliegues esponjados de entre sus muslos se humedecieron.

Se olvidó de todo, excepto de aquel placer, mientras Rupert aprovechaba que había entreabierto los labios para deslizar la lengua sobre ella e invadir su boca. Su lengua exploró cada hueco, cada resquicio, apoderándose de ella, haciéndola suya, mientras con la mano seguía acariciando su pecho.

Sus dedos, deliciosamente frescos sobre la piel acalorada de Pandora, tocaron la piel visible por encima del vestido y después apartaron la suave tela y abarcaron por completo su seno desnudo, apretándolo suavemente antes de apoderarse del pezón fruncido.

Pandora nunca había conocido un placer semejante al que la embargó mientras Rupert seguía tocando su pecho desnudo, pellizcando y acariciando alternativamente el pezón al mismo tiempo que hundía rítmicamente la lengua en la caverna ardiente de su boca. Aquel lugar secreto entre sus piernas comenzó a palpitar con aquel mismo ritmo fogoso y vehemente, para perverso regocijo de Pandora.

Ignoraba qué habría pasado después si el discreto carraspeo que se oyó fuera del carruaje no la hubiera hecho volver en sí. De pronto, la voz del mozo de Rupert se abrió paso entre la neblina que parecía envolver su cerebro.

—Hemos llegado a casa de la duquesa, Excelencia.

Pandora se apartó y miró a Rupert atónita, con los ojos desorbitados, y al instante advirtió un destello plateado en la mirada del duque y un ligero rubor en sus mejillas. Sus labios parecían más carnosos, más sensuales que nunca.

Sacudió la cabeza, intentando salir de su estupefacción y recordar por qué estaba convencida de que era mala idea permitir que aquello ocurriera.

Una pésima idea.

Ah, sí, ya se acordaba.

—¡La respuesta es no, Stratton! —dijo tajantemente al apartarse por completo de sus brazos y volverse para indicar al mozo que le abriera la puerta del carruaje.

Intentó no reparar en que el criado procuraba esquivar su mirada mirando al cielo.

Rupert la agarró del brazo y le impidió bajar. Ella se volvió bruscamente y le lanzó una mirada furibunda. Pero el rubor de sus mejillas, la hinchazón de sus pechos, la dulce curva de sus labios ligeramente hinchados por la pasión de sus besos, parecían contradecir su furia.

—¿La respuesta a qué? —preguntó, malhumorado.

Sus ojos se agrandaron, llenos de indignación.

—¡No intente jugar conmigo, Stratton!

El pálpito de su verga dejaba claro cuál era el único juego al que deseaba entregarse: tener a Pandora desnuda y en posición horizontal y hundirse hasta lo infinito entre sus muslos sedosos.

Exhaló un suspiro cargado de frustración.

—Lo cierto es que no tengo ni idea de a qué te refieres, Pandora.

Sus ojos brillaron con un púrpura intenso.

—Entonces permítame decirle aquí y ahora con toda claridad que no tengo ningún deseo, ni ahora ni en el futuro, de aceptar el dudoso honor de convertirme en su nueva querida.

El asombro de Rupert fue tal que soltó momentáneamente su brazo desnudo y Pandora se desasió, bajó del carruaje y cruzó con aire majestuoso la puerta abierta de su casa, que el mayordomo se apresuró a cerrar tras ella, como sin duda le había ordenado su señora.

Rupert se recostó contra el asiento del carruaje, tan sorprendido que se sintió incapaz de hacer otra cosa.

¿Pandora creía que su invitación a la ópera, que su deseo de hablar con ella y el beso que le había dado hacía un momento eran una especie de preámbulo para pedirle que fuera su «querida»?

¡Demonios!

La idea podía haberle hecho gracia, y su reacción aún más, si no fuera tan insultante. ¿Y qué había querido decir al tacharlo de «dudoso honor»?

—¿Su Excelencia desea regresar ya a Stratton House?

Rupert miró desconcertado al mozo unos segundos. Después salió de su asombro, más resuelto que nunca.

—¡No, por Dios, nada de eso! —salió impetuosamente del carruaje—. Espere aquí, Gregson —miró adustamente las ventanas de la casa de Pandora—. Puede que tarde un rato.

Pandora apenas había tenido tiempo de subir las escaleras, entrar en su alcoba, ya ordenada, y quitarse el sombrero cuando la puerta se abrió de golpe tras ella y Rupert apareció en el umbral, hecho una furia.

—¿Se puede saber qué...?

—Para su información, señora —cerró de un portazo a su espalda y echó a andar resueltamente hacia ella—, es costumbre esperar a que a uno le pidan algo para negarse.

Pandora, que había retrocedido hasta su tocador,

levantó las manos como si quisiera defenderse y lo miró asustada, con los ojos muy abiertos. Rupert se paró a unos centímetros de ella. Su altura y la anchura de sus hombros se cernieron sobre ella, amenazadores.

—Yo no... Pensaba que...

—No, señora —replicó él entre dientes—, no creo que haya pensado en absoluto en esto antes de ofenderme tan atrozmente.

Pandora ni siquiera fingió no saber a qué se refería.

—Genevieve está de acuerdo conmigo en que es evidente por las atenciones que me ha dispensado estos últimos dos días que tiene intención de pedirme que sea su amante.

—Por más que me halague que haya hablado de mí tan íntimamente con su amiga —el tono gélido de su voz indicaba claramente todo lo contrario—, he de informarlas de que la conclusiones a las que han llegado respecto a mis recientes «atenciones», como ustedes las llaman, son completamente erróneas.

—Ah —Pandora nunca se había sentido tan humillada, tan abrumada por la emoción. De pronto deseó escapar, ir a esconderse a cualquier parte, una opción que obviamente le estaba vedada, pues Rupert seguía cerniéndose sobre ella, amenazador.

Se humedeció los labios y los ojos brillantes del

duque siguieron atentamente el movimiento de su lengua.

—Le pido disculpas si lo he ofendido, Excelencia... digo, Rupert —se corrigió al ver que sus ojos se entornaban, llenos de furia—. No era esa mi intención. Solo quería...

—Rehusar el «dudoso honor» de convertirse en mi amante antes de que me sintiera impelido a proponérselo.

Pandora se encogió por dentro. Había dicho aquello, sí. Y, obviamente, él se había sentido insultado.

—Bueno, la verdad es que... Naturalmente, estoy segura de que muchas mujeres se sentirían profundamente halagadas por el solo hecho de que pensara en ellas para...

—¡Bah, déjalo, Pandora! —le espetó él con aspereza—. Y reconoce que tu insulto no tiene marcha atrás.

Ella dio un respingo.

—He dicho eso porque estaba enfadada...

—Porque dabas por hecho que yo pretendía ofenderte haciéndote semejante proposición —un nervio vibró en su mandíbula apretada.

—Bueno... sí. Rupert... ¿cree usted que quizá podría... apartarse un poco? —empezaba a dolerle el cuello de mirar hacia arriba para verlo. De hecho, Rupert parecía haberse tragado todo el aire de la habitación, haciéndole imposible respirar.

—No.

Parpadeó al oír su respuesta tajante.

—Ha entrado usted en mi alcoba sin que lo invitara, señor —dijo—. Es la segunda vez que sucede en otros tantos días. Lo menos que puede hacer es cejar en su empeño de intimidarme.

Rupert se lo pensó un momento, decidió que quizá tenía razón y dio un paso atrás.

—¿Mejor? —preguntó con aire desafiante.

—Un... poco mejor, sí —reconoció ella con un ligero suspiro.

Rupert pensó en lo divertida que era la situación en la que se hallaban y sintió que su enfado comenzaba a disiparse.

Pandora Maybury, con su rara belleza, sus rizos rubios y sus hipnóticos ojos violetas, acababa de insultarlo y de ofender su honor más de lo que se había atrevido a hacerlo cualquier otra persona. Quizá porque, si algún caballero hubiera osado hablarle en ese tono, Rupert lo habría desafiado de inmediato a un duelo.

Su regocijo se desvaneció en parte cuando recordó que ese había sido el destino del marido de Pandora y de su amante.

Se apartó de ella y, dando la espalda a la habitación, se quedó mirando por la ventana, hacia la calle. Su carruaje de cuatro caballos seguía parado en la calzada de adoquines, esperando para llevarlo de vuelta a Stratton House. Y quizá eso fuera lo más sensato: volver a casa.

Si no fuera porque allí lo esperaba otra mujer.

Cuadró los hombros con renovado brío y se volvió para mirar a Pandora, que lo observaba con cautela.

—Contrariamente a lo que pueda pensarse, la proposición que pensaba hacerle no es que se convierta en mi amante, sino en mi esposa.

Ocho

Pandora se quedó mirándolo, atónita, convencida de que no podía haber oído correctamente. Rupert Stirling no podía haberle pedido que... No, en realidad el disparate que acababa de salir de aquellos labios bellamente trazados había sonado a afirmación: el arrogante duque de Stratton jamás pedía nada.

Aun así, estaba segura de que no había oído bien. De que el encumbrado, el elegante Rupert Stirling, duque de Stratton, marqués de Devlin, conde de Charwood, etcétera, etcétera, no podía haber expresado su deseo de que ella, Pandora Maybury, perseguida por el escándalo, se convirtiera en su esposa.

—Aunque en cierto modo su silencio me produce cierto alivio, también se me antoja algo menos halagüeño que sus insultos de antes —comentó él con sorna en medio del tenso silencio.

Pandora pestañeó antes de fijar la mirada en él.

—¿Esto es lo que usted llama una broma? —preguntó en tono retador—. Porque si lo es, es de muy mal gusto —avanzó impaciente hasta el centro de la habitación—. Creo que debo pedirle que se marche —lo miró gélidamente.

No era aquella la respuesta que esperaba Rupert. Resultaba irónico que la primera vez y, con suerte, la última que hacía una proposición de matrimonio, la dama en cuestión la considerara una broma por su parte. Sí, aquello era muy poco halagüeño, desde luego.

—¿Le importaría explicarme exactamente por qué piensa que la idea de casarme pueda ser para mí motivo de chanza? —preguntó.

Sus ojos violetas centellearon, llenos de desagrado.

—Por quién soy, señor. O por lo que la gente piensa que soy, al menos —añadió con ligera amargura.

Durante los días anteriores Rupert se había informado en lo posible sobre aquella mujer. Era muy consciente, por tanto, del desprecio con que la alta sociedad había tratado a Pandora desde las muertes de su marido y su amante, de cómo la mayoría de sus conocidos había preferido olvidar que existía durante su año de luto y de cómo le habían dado la espalda desde su regreso a Londres hacía unas semanas. Solo las duquesas de Clayborne y Woollerton valoraban y frecuentaban su compañía.

A su modo de ver, sin embargo, nada de aquello era impedimento para que Pandora se convirtiera en su esposa. De hecho, prefería conocer el verdadero talante de la mujer que iba a convertirse en su esposa en lugar de descubrirlo a posteriori, brutalmente.

Levantó las cejas.

—¿Y qué es lo que piensa la gente exactamente, Pandora?

Ella le lanzó una mirada ofendida.

—Mi marido y sir Thomas Stanley murieron en un duelo.

—¿Y?

Ella tensó la boca.

—Sin duda es evidente lo que quiero decir.

—Para mí no lo es.

—¡Por favor! —bufó ella—. He caído en desgracia, señor. Solo se me recibe en ciertas casas porque mis amigas insisten en ello. ¿Por qué iba a querer usted, o cualquier otro caballero, ofrecer su amistad a una mujer así, y mucho menos proponerle matrimonio? A decir verdad, el hecho de que haya entrado dos veces en mi dormitorio sin que yo lo haya invitado demuestra la total falta de respeto que me tiene.

Rupert la miró con los párpados entornados

mientras se movía inquieto por la habitación. Sus mejillas habían palidecido hasta quedar de un delicado color marfil y sus ojos violetas parecían casi morados.

—Quizá demuestren el ansia que siento de compartir su cama.

Ella lo miró bruscamente, con sospecha, durante unos segundos. Después suspiró con aire cansino:

—Cualquier miembro de nuestro círculo le dirá encantado que para conseguir eso no hace falta que me proponga matrimonio.

—Creo haberle dejado claro ya muchas veces que rara vez, por no decir ninguna, hago caso de las opiniones de los miembros de nuestro círculo —contestó Rupert—. Desde luego, no tengo intención de pedir su aprobación para escoger esposa.

—Entonces es usted un necio, señor —siguió paseándose agitadamente. El color había vuelto a sus mejillas y sus rizos rubios se agitaban con cada paso que daba—. Su nombre quedará mancillado si se une al mío.

Rupert la miró altivamente.

—Soy el duque de Stratton, señora, y si acepta usted mi proposición de matrimonio, se convertirá en la duquesa de Stratton. Ergo, su apellido será el mío. No habrá mácula posible.

—Usted...

—Sí, Pandora, soy yo quien ha de decidir con quién voy a casarme y cuándo —su labio superior se crispó en una mueca de altivo desdén—. Ningún miembro de nuestro círculo conocía los detalles íntimos de su matrimonio, ¿no es cierto? ¿Ninguno fue testigo de sus relaciones con Stanley? Al menos, eso presumo.

—No sea ridículo —le espetó Pandora con impaciencia.

Él asintió enérgicamente.

—Prefiero saber la verdad sobre mi futura esposa.

¿La verdad? ¡La verdad era muy distinta a lo que imaginaba la gente!

¿Podía confiarle los «detalles íntimos» de su matrimonio nada menos que a Rupert Stirling? Si él la creía, quedaría limpia de todas las acusaciones que se habían vertido contra ella el año anterior. Si la creía...

Pero ¿la creería alguien si aseguraba que sus tres años de matrimonio con Barnaby Maybury habían sido una farsa de principio a fin? ¿Una pantalla de humo detrás de la cual Barnaby escondía sus verdaderas inclinaciones?

Y lo que era aún más chocante, ¿creería, aceptaría alguien que el duelo que habían disputado Barnaby y sir Thomas Stanley hacía un año no había sido por su causa, sino por causa de otro hombre con el que ambos, según habían descubierto poco antes, mantenían una... relación íntima?

Pandora había descubierto la escandalosa verdad de las inclinaciones de su marido en su noche de bodas, cuando Barnaby se había presentado en su alcoba con la sola intención de decirle que no volvería a aparecer por allí, que la mera idea de tocar el cuerpo de una mujer le resultaba absolutamente repulsiva.

Pandora se había quedado perpleja, espantada, cuando seguidamente Barnaby le había revelado que solo le contaba aquellos detalles de su vida privada porque, tras haber saldado todas las deudas de su padre, ella jamás podía contarle a nadie la verdad de su matrimonio si no quería provocar también la ruina de su progenitor. La humillación que había sentido al saber que su marido deseaba a otros hombres había mantenido sellados sus labios incluso después de muerto su padre.

Por ese mismo motivo no había hecho intento alguno de limpiar su nombre un año antes: sabía que, si lo hacía, sería a costa de la felicidad de tres personas inocentes. Era preferible que todo el mundo siguiera creyéndola culpable a que la viuda y los dos hijos de sir Thomas se convirtieran en objeto de mofa, más que de piedad.

Y era precisamente por eso por lo que sabía que no podía contarle aún la verdad a Rupert.

Levantó la barbilla con orgullo.

—¿No hay acaso otra dama que tiene motivos sobrados para esperar convertirse en su esposa?

Rupert se enfureció con solo pensar en la mujer a la que sin duda se refería Pandora. Patricia Stirling, la viuda de su padre. La misma mujer con la que todo el mundo creía que había vivido abiertamente esos últimos nueve meses, desde la muerte del duque.

Una mujer a la que no habría vuelto a tocar íntimamente ni aunque hubiera sido la última de su género sobre la faz de la Tierra.

Que por suerte no lo era.

—Si se refiere a la viuda de mi padre, ¡dígalo de una vez, maldita sea!

—¡Si insiste! —sus ojos centellearon—. ¿No debería, en justicia, hacerle esa proposición a ella?

—Le aseguro, señora, que en lo que respecta a Patricia Stirling tengo la conciencia completamente limpia —contestó Rupert con firmeza.

—¿De veras? —Pandora pareció escéptica.

—De veras —un nervio vibró en su mandíbula—. Sería inaceptable que me casara con la viuda de mi padre, para la sociedad en general y también para mí.

Pandora le lanzó una mirada burlona.

—Entonces quizá confíe en servirse de su matrimonio con otra mujer para ocultar su... poco ortodoxa relación con su madrastra.

Rupert la miró gélidamente.

—Ahora que ha recuperado el habla, parece haberle salido una lengua viperina.

Las mejillas marfileñas de Pandora se cubrieron de rubor.

—No soy yo quien ha inventado esas habladurías, Excelencia.

—¡Ni yo tampoco! —replicó él. Sabía exactamente a quién debía culpar de ello—. ¿Podríamos olvidarnos de Patricia por el momento y retomar nuestra conversación?

Ella levantó las cejas.

—¿Se refiere a su sugerencia de que considere la posibilidad de casarme con usted?

Rupert tensó la mandíbula al oír su tono de burlona incredulidad.

—Sí.

—Entonces la respuesta es no, no creo que podamos olvidarnos de la existencia de la mujer que, si aceptara su proposición, se convertiría en la tercera en discordia en nuestro matrimonio. Los franceses tienen una expresión para tales cosas, según creo.

—*Ménage à trois* —respondió él.

—En efecto —dijo Pandora, todavía acalorada—. ¿Sería esa la condición a la que debería acceder para casarme con usted, Excelencia?

—¡No, por supuesto que no, maldita sea!

—No hace falta maldecir...

—¡Claro que hace falta, rayos y truenos! —Rupert la miró con frialdad—. Para que lo sepa, no he vuelto a poner ni un solo dedo sobre Patricia desde el día en que supe que era la esposa de mi padre. Ni pienso volver a hacerlo —añadió en el mismo tono gélido.

Su vehemencia sorprendió a Pandora.

—Me resulta muy difícil de creer.

—Aun así, le aseguro que es la verdad.

¿Era posible que Rupert fuera tan víctima inocente de las malas lenguas como lo era ella? No creía ni por un segundo que fuera un ingenuo: no todos los rumores acerca de sus hazañas podían ser falsos.

Pero ¿cabía acaso la posibilidad de que no tuviera nada que reprocharse respecto a Patricia Stirling, del mismo modo que ella no tenía nada que reprocharse respecto a sir Thomas Stanley?

Pese a la vehemencia con que lo negaba Rupert, le costaba creer que fuera así, cuando Patricia y él vivían juntos bajo el mismo techo desde la muerte de su padre.

No, tenía que haber otra razón para que el duque de Stratton le hubiera propuesto matrimonio, y la única que se le ocurría era la conclusión a la que había llegado desde el principio: que Rupert confiaba en que, casándose con otra, la gente se olvidara del escandaloso idilio que mantenía con su joven y bella madrastra.

Pero ella ya había sufrido un matrimonio falso y sin amor y no sentía deseo alguno de repetir la experiencia.

—Mi respuesta a su proposición solo puede ser no...

—¿Por qué? —la atajó él.

—¿No es evidente, señor? —dijo Pandora mientras él la miraba de nuevo altivamente.

—No, para mí, no —replicó él con aspereza.

Ella suspiró.

—Hace apenas unos días que nos conocemos y confío en que no me crea tan cándida como para creer que se ha enamorado locamente de mí en ese plazo —a decir verdad, su candor se había hecho añicos por completo en su noche de bodas—, del mismo modo que yo no puedo afirmar lo mismo respecto a usted —añadió con firmeza, a pesar de que sabía que, en otras circunstancias, era muy posible que se hubiera enamorado perdidamente de él.

Cuando quería, Rupert Stirling podía ser tan encantador como apuesto. Su proceder de la noche anterior, cuando al llegar del teatro habían descubierto que alguien había irrumpido en su casa, había sido al mismo tiempo amable y valeroso. Y en cuanto a aquellos instantes de intimidad que habían tenido como escenario su alcoba y luego el carruaje...

Tenía solo veinte años cuando se había casado con Barnaby Maybury. En aquel entonces, lo ignoraba todo sobre los hombres. Nunca, salvo la noche anterior y ese día, en el carruaje de Rupert, había saboreado el placer físico. Un placer físico delicioso, que hacía que sus pechos se hincharan y se encresparan con solo recordarlo.

Pero ya no era aquella muchacha cándida y recién casada. Sus sueños juveniles, su esperanza de que un hombre se enamorara locamente de ella, su ilusión de amar apasionadamente, todo eso se había esfumado. Y por tanto no podía ni debía dejarse seducir por la tentación del placer físico que ahora le ofrecía Rupert.

—Creo que esta conversación ha terminado... Rupert... —lo miró con sobresalto cuando él la agarró con fuerza del antebrazo.

—Sí, soy Rupert —sonrió sin ganas, enseñando los dientes—. No Barnaby Maybury, ni sir Thomas Stanley, sino Rupert. Y creo que he intentado ser franco contigo en todo momento desde que nos conocemos, ¿no es así? —sus ojos brillaron fríamente cuando la miró, y en sus tensas mejillas sus pómulos parecían afilados como espadas.

—Sí, eso creo —reconoció Pandora de mala gana.

Él inclinó la cabeza.

—Así pienso seguir. Me ha preguntado por qué deseo casarme con usted. Voy a decírselo y luego dejaré a su elección si puede o no aceptar mis motivos y juzgarlos suficientes para aceptar casarse conmigo. ¿Le parece razonable?

Le parecía... frío, desapasionado, calculador incluso...

—¿Está seguro de que quiere confiarme esos motivos, habiendo rechazado ya su oferta?

La tensión abandonó en parte su rostro bello y aristocrático, y aflojó un poco la mano con la que sujetaba el brazo de Pandora.

—Quizá cuando haya escuchado mis razones reconsidere su decisión.

Pandora lo dudaba mucho.

—Debo decirle que mis preparativos para abandonar Londres en los próximos días están muy avanzados. Y no tengo intención de cambiar de planes.

Él asintió.

—Ya he notado que la mayoría de sus efectos personales han desaparecido de esta habitación.

Pandora sonrió melancólicamente.

—Quizá sea porque muchos de ellos estaban rotos sin remedio.

—¿Sigue sin saber quién fue ni por qué?

Ella se encogió de hombros.

—Lo ignoro por completo.

Rupert tampoco sabía quién había podido ser, pero tenía sus sospechas respecto a por qué habían entrado en su casa cuatro veces en el último año. Alguien, casi con toda seguridad la examante de Maybury (que sin duda tenía una llave de Highbury House, razón por la cual Rupert había hecho cambiar todas las cerraduras) había olvidado allí alguna prueba comprometedora tras enterarse de la repentina muerte de Maybury. Rupert ignoraba aún cuál podía ser esa prueba, pero pensaba averiguar la identidad de la amante en cuanto tuviera ocasión.

—Nos estamos apartando de la cuestión —dijo, soltando el brazo de Pandora—. Quizá convenga que se siente en esa silla mientras le cuento los motivos por los que he de casarme.

—¿Por los que ha de casarse? —repitió Pandora, incrédula, mientras se sentaba al borde de la silla.

—Sí, por los que he de casarme —contestó él sombríamente—, si quiero librarme alguna vez de la odiosa espina clavada en mi costado.

Sus ojos violetas se agrandaron.

—¿Patricia Stirling?

Rupert esbozó una tensa sonrisa.

—En efecto.

Pandora levantó las cejas.

—No entiendo...

—Nadie, salvo dos amigos íntimos y mi abogado, conocen lo que estoy a punto de revelarle —Rupert comenzó a pasearse por la habitación—. Permítame empezar diciendo que tiene razón al suponer que antaño tuve una relación íntima con mi madrastra, cuando aún se llamaba Patricia Hampson —puso una mueca burlona—. Un error que he pagado con creces, se lo aseguro.

—Continúe.

Rupert exhaló un profundo suspiro.

—Empezaré por el principio.

—Es invariablemente el mejor lugar para empezar.

Rupert respondió a su broma como una mirada gélida.

—No soy hombre acostumbrado a hablar de sus errores.

—Estoy segura de que son tan pocos que no le importará hacer una excepción en este caso.

—¡Pandora!

—Lo siento, Rupert —sonrió con desgana—. Es solo que parece usted tan... tan enojado por tener que reconocer que ha cometido un solo error...

Rupert no solo estaba enojado: tenía motivos sobrados para maldecir el día en que había puesto sus ojos en la bella y pérfida Patricia Hampson.

—Quizá comprenda mejor mi enfado cuando le explique la situación —hizo una mueca—. Hace siete años, ingresé en el ejército. Era una vida dura, pero fue allí donde trabé amistad íntima con Lucifer y Dante. Luchábamos juntos, bebíamos y nos reíamos juntos cuando ganábamos, sin saber nunca si la siguiente batalla sería la última... —sus pensamientos se deslizaron hacia aquellos días en cierto modo apacibles.

Apenas conocía a Lucifer y a Dante cuando se habían enrolado en su regimiento, pero luchando juntos, bebiendo juntos y entregándose juntos a su afición por las mujeres habían formado un vínculo tan estrecho que ahora estaban tan unidos como hermanos, quizá más.

—Debí intuir lo que se proponía Patricia cuando nos presentaron durante uno de mis breves viajes de permiso a casa —sacudió la cabeza, enfadado consigo mismo—. Era la hija menor de un barón de Devonshire venido a menos y hacía ya varios años que había debutado. A los pocos minutos de presentarnos, me dejó claro que estaba dispuesta a... en fin, a divertirse, por decirlo de algún modo. Y yo fui tan necio que acepté —arrugó el ceño al ver que ella levantaba las cejas con expresión burlona—. No me importa reconocer que en lo tocante a esa mujer he sido, como muy bien ha dicho usted antes, un necio, Pandora.

—No pretendía ofenderlo, Rupert.

Él suspiró.

—Durante unas semanas, después de conocernos, Patricia y yo estuvimos... juntos a solas. Después llegó el momento de regresar a mi regimiento. Entonces ella dejó claro por qué no había aceptado ninguna de las proposiciones de matrimonio que había recibido. Al parecer, había estado esperando a que se le declarara un caballero de mayor rango. Y había decidido que yo iba ser ese caballero —su mirada se endureció—. Una aspiración que yo no dudé en echar por tierra.

Pandora abrió los ojos de par en par.

—Pero ¿acaso no estaba ya deshonrada por su relación con usted?

—Esto es más difícil de lo que había imaginado —pareció incómodo—. Pese a lo que piense de mí, Pandora, soy un caballero, y un caballero no suele hablar de la... virtud de una dama con terceras personas.

Pandora lo miró unos segundos sin entender. Luego, cuando entendió lo que quería decir, un profundo rubor cubrió sus mejillas.

—Usted no fue su primer amante.

—Ni mucho menos —respondió Rupert con voz crispada—. Y no tenía duda alguna de que tampoco sería el último. Lamento que esto la haga sentir incómoda, Pandora —hizo una mueca cuando ella esquivó su mirada—. Solo intento explicarle por qué jamás se me pasó por la cabeza casarme con Patricia. Yo... Ella no se tomó muy bien mi rechazo.

—No, supongo que no.

Pandora apenas conocía a la duquesa viuda de Stratton, pero había coincidido con ella en varias ocasiones y, aunque bella, Patricia Stirling era demasiado coqueta, demasiado frívola y mundana para que congeniara con ella, cuanto más para que trabaran amistad.

Los ojos de Rupert parecieron de pronto fríos como el hielo.

—Me temo que tuvimos una discusión durante la cual ella amenazó con vengarse de mí por haberla rechazado. En aquel momento no le di importancia y me marché para reunirme con mi regimiento, como tenía previsto, sin volver a acordarme de su amenaza. Lo cual fue sin duda un error por mi parte —de nuevo pareció apesadumbrado—. La siguiente carta que recibí de mi padre me informaba de que iba a casarse nada menos que con Patricia Hampson.

Pandora sofocó un grito de sorpresa.

—¿Esa fue su venganza? ¿Casarse con su padre?

—Sí —Rupert recordaba aún la impresión que le había causado recibir aquella carta de su padre, leer que el duque tenía intención de casarse con la misma mujer con la que él se había acostado hacía tan poco tiempo.

—¿No podía haber impedido el matrimonio?

Sus ojos relucieron con furia renovada cuando contestó sombríamente:

—Era demasiado tarde. La fecha prevista para la boda ya había pasado cuando recibí la carta.

—¿Y... pudo discutir la cuestión con su padre?

—¿Y decirle qué? —Rupert hizo una mueca—. ¿Que su mujer había ocupado mi cama antes que la suya?

—Bueno, no, claro, no podía decirle eso, pero... ¿Su padre no había oído los rumores que circulaban sobre ustedes dos?

Rupert negó con la cabeza.

—Mi padre malgastaba aún menos tiempo que yo en esas cosas y nunca estuvimos muy unidos. Me parezco demasiado a mi madre, y el suyo fue un matrimonio pactado e infeliz. Mi padre y yo siempre nos sentimos incómodos el uno en presencia del otro, y puesto que él no lo sabía ya, pensé que no debía decírselo. No podía confesarle que su flamante esposa y yo habíamos sido... íntimos.

—No, imagino que no —reconoció Pandora—. ¿Y el segundo matrimonio del duque fue feliz?

Rupert esbozó una mueca llena de amargura.

—Estaba ciego de amor por su joven y deslumbrante esposa, como sin duda preveía ella —arrugó el ceño—. Patricia, por su parte, aprovechó todas las oportunidades que se le ofrecieron para intentar atraerme de nuevo a su cama.

Pandora levantó las cejas.

—¿Y alguna vez...?

—¡Ni lo mencione siquiera, Pandora! —le advirtió ásperamente—. Ya se lo he dicho, esa mujer me repugna. Prefiero tocar a una serpiente antes que a ella.

Habló con tanta vehemencia y con tal desagrado que Pandora no pudo de que creerle. Era una emoción perfectamente lógica, teniendo en cuenta las circunstancias del matrimonio de aquella dama con el padre de Rupert.

—¿Cree que su padre se enteró alguna vez de sus intenciones respecto a usted?

—No, estoy seguro de que no, gracias a Dios —respondió Rupert—. De hecho, así se deduce de las cláusulas de su testamento —añadió con pesar.

Pandora lo miró, desconfiada.

—¿Y son acaso esas cláusulas las que lo han impulsado a proponerle matrimonio a una mujer a la que conoce desde hace solo unos días?

Rupert la miró con admiración. Cuanto más conocía a Pandora, más le gustaba. En efecto, hacía solamente unos días que se conocían, pero en ese breve periodo de tiempo había podido darse cuenta de que no solo era bella y deseable, sino que también poseía una intuición, una inteligencia, que hacían imposible que se aburriera con ella, como le sucedía con otras muchas mujeres. Con todas, en realidad.

—En efecto, así es —reconoció—. Quiero que entienda que, aunque nunca estuvimos muy unidos, yo respetaba a mi padre por la solidez de sus principios y lo admiraba por su astucia y su inteligencia.

Pandora asintió con un gesto. Recordaba al difunto duque de Stratton como un sesentón apuesto que había gozado del agrado y la aprobación de la alta sociedad y que, según había oído comentar a Barnaby alguna vez, se había granjeado el respeto del Parlamento por la sensatez y la prudencia de sus convicciones políticas.

—Por desgracia, en lo que respecta a su esposa esas virtudes suyas brillaban por su ausencia —añadió Rupert con aspereza—. De ahí, en mi opinión, que, habiendo perdido por completo la cabeza por su joven y bella esposa, incluyera en su testamento una cláusula mediante la cual le permitía seguir viviendo en cualquiera de las residencias ducales hasta el momento en que yo me casara.

—Ah —Pandora dejó escapar un suspiro al comprender por fin a qué se debía la extraña y escandalosa situación de Rupert con su madrastra—. ¿Y desde que falleció su padre ella ha decidido vivir en cualquiera de las residencias ducales en las que se encuentre usted?

Rupert dejó escapar un gruñido.

—Así es.

—¿No podría haber buscado usted otro alojamiento?

Él se encogió de hombros.

—Intenté quedarme en casa de lord Benedict Lucas, pero resultaba demasiado engorroso y confuso a la hora de administrar las numerosas propiedades e inversiones de los Stratton, y se cometieron errores que no habrían tenido lugar si hubiera estado viviendo en Stratton House. Por fatigoso y desagradable que sea, hace ya seis meses que me veo obligado a padecer la presencia constante de la duquesa viuda en todas mis casas.

Pandora no podía imaginarse imponiendo su presencia a un caballero que le había demostrado de todas las maneras posibles que no la deseaba a ella, ni su compañía.

De hecho, después de su noche de bodas, Barnaby y ella habían preferido vivir en casas separadas siempre que las circunstancias se lo habían permitido. De ahí que le resultara inconcebible que Patricia Stirling careciera de orgullo hasta el extremo de perseguir a Rupert de casa en casa con una idea fija en la cabeza.

—¿Tan penoso sería para usted casarse conmigo, Pandora?

Ella levantó los párpados, sobresaltada, al darse

cuenta de que Rupert estaba tan cerca que había tomado suavemente su mano. Tiró de ella hasta que solo unos centímetros los separaron, y Pandora recordó de pronto cómo la había besado un rato antes y su desenfrenada respuesta a aquella pasión.

Nueve

Aun así...

Pandora se desasió y, apartándose de él, descubrió que le costaba menos respirar cuando no estaba a su lado.

—¿Se le ha ocurrido pensar que, después de casarse con su padre, quizá Patricia se dio cuenta del error que había cometido? ¿Que tal vez siga enamorada de usted?

—Le aseguro que esa mujer solo ama a una persona: a sí misma —Rupert hizo una mueca cargada de desdén—. Y sea cual sea el motivo de sus maquinaciones, eso no va a cambiar por mi causa.

Pandora se mordió el labio.

—Si eso es cierto...

—Lo es.

Hablaba con tanta seguridad que no podía dudar de él.

—Entonces es realmente una pena y cuenta usted con toda mi simpatía, pero...

—¡No repita su negativa aún, Pandora! —dijo Rupert enérgicamente—. Piénselo esta noche y hágame saber su decisión mañana, a la luz del día.

Ella arrugó la frente.

—¿Me permite acabar?

Rupert se irguió al oír su tono recriminatorio.

—Naturalmente, discúlpeme —le hizo una reverencia.

Pandora inclinó la cabeza con calma.

—Iba a decir que quizá casarse conmigo lo libre de una situación inaceptable, pero es casi seguro que lo pondrá de inmediato en otra igual de mala. Se encontraría usted casado con una mujer de la que se rumorea que fue infiel a su anterior marido. De hecho, es de todos sabido que su marido murió batiéndose en duelo con el hombre al que se creía su amante, el cual también resultó muerto.

Rupert advirtió que había empleado las expresiones «se rumorea» y «el hombre al que se creía su amante».

—Pero ¿acaso era inocente su difunto marido?

Sospechaba ya que Barnaby Maybury distaba mucho de ser un alma cándida, y si no se hubiera pasado la mayor parte del día persiguiendo a Pandora tal vez ya habría tenido pruebas de ello.

Ella lo miró con sorpresa.

—¿Es que cree usted que alguna falta o algún desliz por su parte excusaría tal conducta en su esposa?

Rupert la observó con los párpados entrecerrados, consciente otra vez de que aquellos ojos de color violeta parecía ocultar un sinfín de secretos, secretos que la firme mueca de su boca indicaba que no estaba dispuesta a revelarle.

Secretos que, si accedía a ser su esposa, estaba decidido a sonsacarle, empleando para ello todo el tiempo y las energías que fueran necesarios.

Si accedía a ser su esposa...

Lo cual parecía sumamente improbable en aquel momento, razón por la cual Rupert estaba cada vez más decidido a persuadirla.

—Eso dependería de cuáles fueran sus faltas —contestó por fin lentamente.

Ella dio unos golpecitos con el pie en el suelo.

—Como ya le he dicho, hay docenas de mujeres, cientos quizá, que aceptarían encantadas su proposición de matrimonio, así que ¿por qué insiste en presionarme?

La miró con expresión burlona.

—Creo que «cientos» quizá sea una exageración, Pandora. En cuanto a por qué la prefiero a ellas... —dio un paso decidido adelante y notó de nuevo el rubor que teñía sus mejillas y lo acelerado de su respiración, pruebas ambas, si es que necesitaba alguna, de que era tan sensible como él a la atracción física que había entre ellos—. Estos últimos días me han demostrado que nos entenderíamos a la perfección, Pandora. Tanto en la cama como fuera de ella.

Ella lo miró con los ojos desorbitados, sofocando un gemido.

—No debería hablar abiertamente de esas cosas.

Aquella mujer era un perfecto enigma, se dijo Rupert con cierta renuencia. De ahí, tal vez, su interés por ella. Por un lado, había estado casada tres años, llevaba uno de viuda y, si había que hacer caso a los rumores, no había sido una esposa fiel. Por otro lado, en cambio, reaccionaba ante sus comentarios más atrevidos como una muchachita, hasta el punto de sonrojarse y ser incapaz de sostenerle la mirada. Aquello, pensó Rupert, resultaba tan curioso como frustrante, y reforzaba su empeño en conocer todos sus secretos.

—Lo único que le pido es que piense detenidamente en las ventajas de convertirse en mi esposa, Pandora, antes de rechazarme sin más —dijo juiciosamente.

Ella volvió a ponerse colorada.

—¿Las ventajas?

—Si fuera usted mi esposa, la duquesa, no tendría necesidad de mudarse al campo, ni de renunciar a su amistad con las duquesas de Clayborne y

Woollerton —añadió rápidamente al ver que ella se disponía a decir algo más—, cosa que, estoy seguro, no siente ningún deseo de hacer.

—No —un destello de esperanza apareció en sus ojos.

Aquello no resultaba muy halagüeño respecto a sus encantos, se dijo Rupert, pero estaba tan decidido a casarse con ella, que se serviría de cualquier medio a su alcance para lograrlo.

—Ahora la dejo para que sopese mi ofrecimiento con calma y en soledad.

—Pero...

—Vendré a verla mañana para que me dé su respuesta. A sus pies, señora —hizo una reverencia formal: una muestra de cortesía completamente absurda, teniendo en cuenta que llevaban una hora o más hablando a solas en su dormitorio.

—Yo... Sí —Pandora estaba tan alterada que solo pudo hacer otra reverencia antes de llamar al timbre para que acudiera a Bentley.

En cuanto Rupert salió de su alcoba en compañía de su mayordomo, se reprochó no haber insistido más en que aceptara su negativa. Tal y como estaban las cosas, ya solo le quedaba esperar la visita de Rupert Stirling al día siguiente.

Pero ¿acaso no era eso lo que había deseado en realidad desde el principio...?

Se dejó caer desmayadamente a un lado de la

cama, confusa y rebosante de ideas contradictorias. El escándalo que rodeaba aún su pasado le impedía casarse con Rupert Stirling. ¿O no? Como él mismo había señalado, si accedía a ser su esposa ya no sería la tan traída y llevada duquesa de Wyndwood, sino la mucho más respetable duquesa de Stratton, la esposa de un hombre al que ningún miembro de la aristocracia se atrevería a cuestionar, y menos aún a insultar a su esposa a las claras, ni a sus espaldas.

Y como también había señalado el propio Rupert, si se convertía en su esposa ya no tendría que retirarse al campo, ni renunciar a la amistad de Sophia y Genevieve. Después de años sin atreverse a trabar amistades íntimas por miedo a que le preguntaran por su matrimonio, tenía en altísima estima a sus dos nuevas amigas.

Visto así, convertirse en la esposa de Rupert Stirling no tenía ninguna desventaja.

De no ser el propio Rupert Stirling...

El duque era, sin lugar a dudas, el hombre más arrogante que había conocido, además de ser el más guapo y excitante.

Pero, siendo así, ¿cómo iba ella, una mujer con poca o ninguna experiencia en tales cosas, a confiar en retener su interés más allá del tiempo que tardara en acostarse con ella y darse cuenta de que lo aburría? Lo cual la condenaría a un matrimonio tan infeliz como el anterior, aunque por distintos motivos.

No, no podía en conciencia aceptar la oferta de Rupert, y así se lo diría cuando fuera a verla al día siguiente.

Tras despejar sus dudas, se reafirmó en su decisión de alejarse de Londres y prosiguió con sus planes tal y como tenía previsto.

—Estás un poco raro esta noche, Rupert —dijo perezosamente lord Benedict Lucas, Lucifer, esa misma noche, mientras estaban arrellanados en sendos sillones de su club, a ambos lados del pequeño fuego que ardía en la chimenea.

A Rupert le costó volver a prestar atención al hombre sentado frente a él, señal segura de que, en efecto, estaba muy distraído esa noche.

—Puede que sea porque estoy pensando seriamente en casarme, Benedict.

Su amigo levantó sus oscuras cejas.

—¿De veras?

—No pongas esa cara de sorpresa, Benedict. Los dos sabemos por qué necesito una esposa.

Lucifer hizo una mueca.

—¿Y estás pensando en alguna dama en particular?

Rupert tensó la boca.

—En una con unos seductores ojos de un maravilloso color violeta.

Benedict se incorporó bruscamente.

—¿No te referirás a Pandora Maybury?

La sorpresa de su amigo hizo sonreír a Rupert.

—La misma.

—Pero... sé que ayer fue contigo a la ópera, ¿quién no lo sabe?, pero... Mi querido amigo, ¿estás seguro de que te conviene casarte con ella? —pareció ligeramente nervioso—. Me refiero a... ¿Qué hay de ese escándalo?

El buen humor de Rupert se disipó y sus ojos se volvieron glaciales.

—Hace mucho tiempo que valoro nuestra amistad, Benedict, y espero sinceramente que siga siendo así muchos años, pero ni siquiera a ti voy a permitirte que calumnies a la mujer a la que le he pedido que sea mi esposa.

Su amigo lo miró con perplejidad.

—¿Ya has hablado con ella?

—Sí —respondió, cortante.

Benedict sacudió la cabeza, ligeramente aturdido.

—Entonces, ¿por qué no te has limitado a decirme que te diera la enhorabuena?

—Porque aún no hay por qué darla. La dama aún no me ha dado una respuesta —explicó.

—¿Cómo dices? —Benedict frunció el ceño—. Cualquiera pensaría que habría echado mano de esa oportunidad tan rápidamente que te habría arrancado el brazo... o alguna otra parte vital de tu anatomía.

Rupert pareció pensativo.

—Podrían pensarse muchas cosas sobre Pandora, pero he llegado a la conclusión de que muchas de esas suposiciones serían completamente erróneas.

Benedict estuvo un rato mirándolo con curiosidad. Luego afirmó:

—Te gusta.

—No pediría en matrimonio a una mujer a la que no deseara —contestó evasivamente.

—No, me refiero a que te gusta de verdad, y no solo por la belleza cautivadora de sus ojos violetas, ni por su físico —murmuró Benedict reflexivamente.

Si así era, y de momento Rupert no se había permitido meditar detenidamente sobre esa cuestión, no pensaba hablar de ello con otras personas. Ni siquiera con un amigo tan íntimo como Benedict Lucas.

—Por razones obvias necesito una esposa y, puesto que Pandora Maybury cumple todas las condiciones, he decidido casarme con ella —contestó en tono hastiado.

—¿Y cuáles son esas condiciones?

—Belleza, cerebro y atractivo sexual.

—Belleza, cerebro y atractivo sexual —repitió

171

Benedict lentamente—. ¿Y qué me dices de su capacidad para darte herederos? Como sabes, no tuvo hijos con Maybury aunque estuvieron casados varios años.

Rupert había dedicado a aquel asunto aún menos tiempo que a su gusto por Pandora. Y tampoco deseaba pensar en ello en ese momento. De hecho, la idea de que Pandora hubiera mantenido relaciones íntimas con otro hombre, aunque fuera su marido, le resultaba profundamente desagradable. Lo cual era muy extraño en un hombre que ni siquiera recordaba el nombre de muchas de sus amantes.

—Creo que ese es un asunto del que tendremos que hablar cuando estemos casados —dijo hoscamente.

—¿Antes no?

—Mi madre me dijo una vez que los hijos eran una bendición para un matrimonio, no un derecho concedido por Dios.

—¿Y si tu flamante esposa no puede darte un heredero?

—Entonces sin duda se ganará la gratitud eterna de mi primo segundo Godfrey, que de ese modo heredará el título —respondió Rupert—. Dime una cosa, ¿qué sabes de Maybury?

Benedict se encogió de hombros.

—No mucho. Era dos o tres años mayor que nosotros, creo, y no lo conocía bien. Solo recuerdo que era un tipo delgado y un poco tieso.

Nada de lo cual lo ayudaba a saber más acerca del difunto.

—Es igual, estoy seguro de que conseguiré que Pandora me hable de él en cuanto nos conozcamos mejor.

Benedict levantó las cejas.

—Entonces, ¿crees que piensa aceptarte?

—No tengo intención de permitir que me rechace —anunció Rupert con adusta determinación—. Pero basta de eso, Benedict. ¿Cómo va lo tuyo?

—Como siempre: despacio y con buena letra —su amigo encogió sus anchos hombros—. Ahora permíteme que te hable de un caballo estupendo que vi ayer en Tattersalls.

Rupert aceptó el cambio de tema, consciente de que Benedict no tenía permitido hablar de la labor que desempeñaba en secreto para la Corona.

Rupert no supo por qué ordenó a su cochero esa noche, mucho más tarde, que de camino a Stratton House pasara por delante de la casa de Pandora, pero así lo hizo, y le sorprendió ver que, pese a que era más de la una de la madrugada, la mansión estaba de nuevo profusamente iluminada por la luz de las velas.

Pandora debía hablar en serio con su servicio sobre aquel despilfarro de...

¿Qué demonios...?

El anciano mayordomo acababa de abrir la puerta principal de la casa para dejar salir a un caballero. A un hombre vestido de negro de los pies a la cabeza, en la que acababa de colocarse el sombrero. ¿Tal vez no deseaba que lo reconocieran?

—Pare el carruaje —ordenó Rupert, tocando en el techo—. ¡He dicho que pare el carruaje! —repitió con aspereza, al ver que el mozo no obedecía a la primera.

Apenas esperó a que el coche se detuviera para abrir la puerta y bajar de un salto a la calle empedrada. Su capa onduló a su alrededor cuando echó a andar con paso decidido hacia el hombre vestido de negro.

—¡Usted! ¡Sí, usted! —añadió cuando una cara pálida se levantó para mirarlo—. ¿Qué cree que está haciendo?

—¿Quién es usted, si no le importa que se lo pregunte? —replicó fríamente el desconocido.

—Soy el duque de Stratton, un amigo de la señora cuya casa acaba de abandonar a estas horas de la madrugada —respondió Rupert con aire altivo, decidido a averiguar qué había estado haciendo aquel caballero en casa de Pandora a la una de la madrugada.

El otro lo miró con calma.

—¿De veras?

—Eso he dicho, sí —contestó Rupert gélidamente.

El desconocido estuvo mirándolo unos segundos. Luego se volvió a mirar a Bentley, que seguía en la puerta, tras ellos, y el mayordomo hizo un breve gesto de asentimiento.

—En ese caso, soy el alguacil Smythe, y este es mi ayudante —añadió cuando un hombre más joven, vestido de uniforme, salió de la casa tras él—. Nos han pedido que viniéramos. Al parecer, alguien ha entrado en la casa de su Excelencia la duquesa y ha prendido fuego a su alcoba —prosiguió con aplomo.

—¡Santo cielo! —Rupert sintió que palidecía—. ¿Pandora está bien?

—Su Excelencia no ha resultado herida, más allá de inhalar un poco de humo. Pero está muy afectada, como es lógico... —el alguacil Smythe interrumpió su explicación cuando Rupert giró sobre sus talones y entró precipitadamente en la casa.

—Estoy perfectamente, de veras, Henley —aseguró Pandora con voz ronca y no muy sincera, mientras su doncella revoloteaba alrededor del sillón donde se había sentado, en la salita contigua a su alcoba.

Se había despertado un rato antes y había encontrado las cortinas de su cama en llamas. El calor y el humo le habían impedido respirar y escapar a las llamas. Solo sus gritos aterrorizados la habían salvado, pues Bentley y algunos otros sirvientes habían acudido corriendo al oírlos, y el anciano mayordomo la había tomado en brazos y la había sacado a toda prisa de la habitación mientras la cocinera organizaba a las criadas para apagar el fuego subiendo cubos y cubos de agua de la cocina.

Ni siquiera ahora, cuando hacía ya más de una hora que se había apagado el fuego, se atrevía Pandora a mirar los restos abrasados de su cama. Pero más perturbador aún había sido que el alguacil al que había insistido en llamar Bentley le hubiera preguntado, tras descubrir una ventana rota en el antiguo despacho de Barnaby, si el fuego podía haber sido intencionado, en lugar de creer la explicación de Pandora: que debía de haber volcado en sueños, sin darse cuenta, la palmatoria de su mesilla de noche.

Ella había tachado de absurda aquella idea, desde luego. Era impensable, inconcebible, que alguien pudiera desear hacerle daño de esa manera atroz.

—¿Qué es todo ese ruido, Henley? —arrugó el ceño, extrañada, al oír voces fuera, en el pasillo.

Henley se quedó petrificada al volverse hacia la puerta.

—¿Cree usted que ha vuelto?

Pandora se sorprendió.

—¿Quién?

—¡El monstruo que ha intentado quemarla viva en la cama! —Henley se encogió cuando las voces se hicieron más fuertes.

Pandora se estremeció al oír a la doncella, consciente de que sus palabras muy bien podrían haberse hecho realidad si no se hubiera despertado tosiendo y no hubiera visto las llamas que la rodeaban, extendiéndose rápidamente. De hecho, el fuego había destruido casi por completo las sábanas y la cama misma antes de que lograran apagarlo, y había dejado la habitación ennegrecida y la casa entera llena de un intenso olor a humo.

Esa noche, de todos modos, no pensaba dormir en su alcoba. De hecho, después de que el alguacil le explicara su teoría, no sabía ya si soportaría la idea de volver a dormir en aquella casa.

—¡Si no se aparta inmediatamente, me veré obligado a usar la fuerza!

—Su Excelencia está muy nerviosa...

—Y a usted van a temblarle hasta los dientes si no se aparta antes de que cuente tres...

—¡Bentley, deje usted entrar a su Excelencia el duque de Stratton! —dijo Pandora cansinamente, levantando la voz, al comprender cuál era el motivo de aquel tumulto.

Rupert, que había sentido el olor a quemado nada más entrar en la casa, lanzó una última mirada fulminante al mayordomo, que por fin se apartó para dejarle abrir la puerta de lo que parecía ser un saloncito privado. No había, ciertamente, ninguna cama en él, solo varios sillones de aspecto confortable y algunas mesitas cargadas con libros y jarrones con flores.

Pandora estaba sentada en uno de aquellos sillones y a su alrededor merodeaba, nerviosa, la misma irritante doncella de dos días antes. El cabello rubio y rizado le caía por la esbelta espalda en completo desorden, tan largo que por delante cubría sus pechos firmes y generosos. Sus ojos se veían tan grandes y oscuros que parecían morados en medio de su cara pálida y ennegrecida por el hollín, y su bata de seda y encaje, de color lila, presentaba también indicios del fuego reciente en las manchas oscuras de los puños y el bajo, al igual que las pantuflas a juego que cubrían sus pequeños pies.

Rupert advirtió que el olor a quemado era allí aún más fuerte y adivinó que el dormitorio de Pandora estaba al otro lado de una de las puertas del saloncito. Tenía intención de verlo con sus propios ojos en un momento más conveniente, pero por ahora Pandora era su principal preocupación.

—Váyase, por favor —ordenó suavemente a la mujer a la que Pandora llamaba Henley, y vio con alivio que obedecía al instante. Esa noche tenía aún menos paciencia para vérselas con el histrionismo de la doncella—. ¿Está herida? —Rupert se puso en cuclillas junto a Pandora y tomó una de sus manos tiznadas de negro.

—Desearía que no hubiera gritado así a Bentley —le dijo ella en tono recriminatorio—. De no ser por él, podría haber... —se detuvo y tragó saliva—. Fue él quien se enfrentó a las llamas y me sacó de la habitación.

—Entonces le pediré disculpas antes de marcharme y le expresaré mi más sentida gratitud —le aseguró Rupert con firmeza—. Pero por ahora... ¿Está herida, más allá de lo que veo? —preguntó suavemente al ver que tenía varias ronchas enrojecidas en las manos, como si hubiera intentado apagar las llamas a manotazos antes de que Bentley acudiera en su auxilio.

—Estoy ilesa —su voz sonaba mucho más ronca que de costumbre, y en otras circunstancias Rupert la habría encontrado extremadamente erótica. Sabía, sin embargo, que si ahora sonaba así era por la peligrosa inhalación de humo.

La escrutó con la mirada y tensó la boca al ver el temor que acechaba en lo profundo de sus ojos violetas, la palidez traslúcida de su piel y el suave temblor de su labio. Hasta su barbilla puntiaguda y obstinada parecía de pronto vulnerable.

Rupert tomó al instante una decisión.

—No puede quedarse aquí —se levantó bruscamente, con expresión adusta, y se inclinó para tomarla en brazos.

—¡Rupert! —chilló Pandora, pero le rodeó los hombros—. ¿Adónde me lleva? —preguntó casi sin aliento cuando él salió con paso decidido del saloncito, solo para pararse en seco cuando vieron que Bentley seguía montando guardia en el pasillo.

Rupert se dirigió al mayordomo en tono grave y sincero:

—Creo que le debo una disculpa por mi conducta de hace un momento y mi más sincera gratitud por la valentía que ha demostrado al salvar a su Excelencia, así como por su sensatez al avisar a las autoridades de lo ocurrido.

—Su Excelencia me es tan querida como mis propias nietas —respondió el mayordomo rígidamente—. Y lo mismo puede decirse de todos los demás que han tenido la fortuna de encontrar trabajo en su casa.

Rupert asintió al recordar la bondad que había demostrado Pandora al emplear a aquellos sirvientes, que seguramente no habrían encontrado trabajo de otro modo, una bondad que sin duda había redundado en su beneficio esa noche.

—Su Excelencia volverá dentro de unos días para cerrar esta casa, pero pueden estar seguros de que habrá trabajo para todos ustedes en alguna de las casas del duque de Stratton.

—Rupert...

—¿Sí, Pandora? —apenas le lanzó una mirada al volverse hacia la escalera.

Ella contempló su rostro adusto sin saber qué había querido decir con aquel último comentario.

—Si, como dice, voy a regresar dentro de unos días, entonces debo de estar yendo a alguna otra parte.

—En efecto.

—¿Adónde?

—A casa, desde luego.

—Yo... —ella parpadeó—. Pero ya estoy en casa.

—A mi casa —afirmó Rupert—. Es a mi casa adonde voy a llevarla, Pandora.

Lo miró con incredulidad, segura de que no podía tener intención de sacarla de su casa vestida con un camisón y una bata de raso y encaje chamuscados.

Diez

—No es que no se lo agradezca, Rupert...

—¿No?

—Claro que no.

—Pues no parece agradecida, Pandora.

—Es solo que... desearía que al menos hubiera dejado que me vistiera antes de sacarme de mi casa. O que Henley preparara una maleta para que pueda vestirme cuando lleguemos.

—Es hora de irse a la cama, Pandora. Hora de desvestirse, no de vestirse. Además —añadió con dureza—, no me apetece vérmelas con esa cabeza hueca esta noche.

—No tiene mala intención.

—Estoy seguro de que Atila el Huno tampoco.

—Se está usted poniendo muy descortés...

—Un rasgo por el que es bien conocido, se lo aseguro —terció otra voz en tono altivo y mordaz, poniendo brusco fin a la conversación que había tenido lugar entre Rupert y Pandora desde que él la había sacado de su casa y la había depositado en su carruaje unos minutos antes, dando después instrucciones a su cochero de que partiera hacia Stratton House.

—Santo cielo, ¿cómo te atreves a traer a una de tus furcias a mi casa, Diablo? —preguntó acusadoramente aquella voz de mujer.

—Le recuerdo que es mi casa, señora, y le aconsejo que no lo olvide —replicó Rupert con frialdad al volverse con Pandora todavía firmemente sujeta entre sus brazos—. Además, no pienso tolerar que insulte así a esta dama.

—Haré exactamente lo que me... ¿Esa es...? ¿Es esa tal Maybury? —preguntó Patricia con evidente incredulidad.

Pandora se había quedado quieta en los brazos de Rupert nada más oírla hablar, aliviada de nuevo por hallarse envuelta en su capa. Miró con desconfianza a Rupert, que había vuelto a tomarla en brazos al apearse del carruaje y que la sostenía prisionera contra su pecho musculoso.

Notó su tensión y un escalofrío le recorrió la espalda al sentirse incapaz de apartar la mirada de su rostro iracundo. Sus ojos se habían vuelto de un gris gélido y duro mientras miraba ceñudo a su madrastra, y sus pómulos parecían afilados como cuchillas bajo su piel tensa. Su boca se había transformado en una línea delgada y severa y su mandíbula aparecía rígida y crispada.

No habían dejado de discutir desde que habían salido de Highbury House, pero ni una sola vez durante el trayecto la había mirado Rupert con el intenso desagrado con que contemplaba ahora a Patricia Stirling. Una mujer de cuya existencia Pandora se había olvidado por completo hasta ahora.

—En efecto, es Pandora Maybury, duquesa de Wyndwood —respondió Rupert con voz rasposa—. Y confío en que muy pronto consienta en ser mi esposa, la duquesa de Stratton.

—¡La duquesa de Stratton soy yo!

—No por mucho tiempo —repuso Rupert con agria satisfacción.

El chillido furioso que siguió habría bastado para romper los tímpanos de Pandora, que por fin miró hacia lo alto de la ancha escalera curva, donde se erguía la otra mujer. Alta y de rizos negros como el ébano cuidadosamente dispuestos alrededor de su bello y aristocrático rostro, crispado en una mueca de furia, la duquesa viuda llevaba sobre el camisón una bata de seda cuyo frío tono gris, notó vagamente Pandora, se conjuntaba a la perfección con el color de los ojos de Rupert. ¿Sería a propósito?

—¡Deja ya ese ruido infernal, mujer! —bramó

Rupert—. Mejor aún: apártate de mi vista y vete con tu histerismo donde no pueda oírte.

Patricia contuvo la respiración, furiosa.

—¿Cómo te atreves a hablarme en ese tono?

—Como sin duda ya habrá notado, señora, le hablo como se me antoja —añadió gélidamente mientras subía las escaleras con Pandora en brazos.

Después echó a andar por uno de los pasillos, lanzando una mirada de desprecio a su madrastra.

—¡No te atreverás a dormir con esa mujer mientras yo esté en esta casa!

—Te aseguro que si llevara a Pandora a mi cama no sería con intención de dormir —su paso ni siquiera vaciló cuando respondió fríamente a la mujer que antaño había sido su amante. Una mujer a la que ahora despreciaba mucho más de lo que habría creído posible despreciar a nadie—. Y dado que la presencia de Pandora parece herir hasta ese punto tu sensibilidad, tanto ella como yo te agradeceríamos que desalojaras esta casa lo antes posible —agregó.

—Solo haces esto por despecho y me niego a...

—¿Tú te atreves a acusarme de actuar por despecho? —Rupert soltó una risa mordaz al inclinarse para abrir una puerta a mitad del pasillo—. Lo que hagas o dejes de hacer no nos interesa lo más mínimo ni a Pandora ni a mí —le informó.

—Eso cuesta un poco saberlo, dado que tu ratoncito no ha abierto la boca desde que me ha visto —replicó Patricia, burlona.

Pandora dio un respingo, ofendida por que la hubiera llamado «ratoncito» y por su tono de condescendencia. No había nacido duquesa, pero Patricia tampoco, y ambas portaban ese título desde hacía el mismo tiempo.

—Mi silencio no tiene nada que ver con su presencia y sí con el hecho de que son casi las dos de la mañana y estoy cansada y deseosa de meterme en la cama —contestó, crispada.

—Así pues le deseamos ambos buenas noches, señora —dijo Rupert con satisfacción, antes de entrar en la habitación y cerrar la puerta tras él de una patada.

El dormitorio estaba iluminado por la vela encendida que había sobre la mesilla de noche. Un dormitorio muy masculino, advirtió Pandora al mirar a su alrededor: una cama de caoba grande, de cuatro postes, rodeada por cortinas doradas, un armario a juego, alto e imponente, y una cómoda alta, de seis cajones, también de caoba. De las paredes colgaban varios cuadros de caballos de muy buen gusto, las cortinas de las ventanas iban a juego con las de la cama y una alfombra Aubusson, mullida y dorada, cubría el suelo.

Aquella era sin duda alguna la alcoba de un caballero.

¿La del propio Rupert, quizá?

Pandora tenía aún las mejillas ligeramente sonrojadas por el descaro con que Rupert había dado a entender que estaban a punto de convertirse en amantes.

—Cuando he dicho que estaba deseando meterme en la cama, no me refería a la suya.

—«Deseosa de irse a la cama», creo que ha dicho —repuso él con sorna al depositarla suavemente sobre la colcha dorada que cubría la cama. Luego se incorporó.

—Me refería a mi cama —puntualizó Pandora, enojada, y se sentó para ceñirse su capa alrededor del cuerpo—. ¡Y esta no lo es, desde luego!

—Su cama y su dormitorio no están en situación de usarse —le recordó Rupert mientras se quitaba la chaqueta manchada de hollín y la dejaba sobre una silla.

—Y pese a lo que ha dicho hace un momento, esta es su alcoba —sacudió la cabeza—. Creo que habría sido preferible para todos que me hubiera llevado a casa de Sophia o de Genevieve.

—¿De veras quiere poner a alguna de esas dos damas en el mismo peligro que parece correr usted?

Pandora se puso blanca como la nieve.

—¿Usted también cree que el fuego de esta noche ha sido provocado?

La mandíbula de Rupert se tensó.

—Creo que Bentley ha hecho lo que debía al avisar a las autoridades. Sin duda usted habría preferido que no lo hiciera, como le ordenó las otras veces en que alguien irrumpió en su casa —levantó las cejas con gesto de reproche.

Ella esquivó su mirada penetrante.

—Sencillamente no tenía ganas de... de molestar a las autoridades con un asunto tan trivial...

—El fuego de esta noche no es trivial, Pandora —repuso Rupert—. Por eso quiero que esté usted bajo mi protección.

—¿Pasando la noche aquí?

Él apretó los dientes.

—De momento bastará, sí.

Pandora se pasó la lengua por los labios resecos.

—Si insiste en esto...

—Insisto.

Como ella pensaba...

—Entonces ¿haría el favor de buscarme otra habitación en la que dormir?

—Preferiría que se quedara aquí.

—Pero...

—¿Cómo voy a protegerla si está en otra parte de la casa? —la atajó Rupert.

Pandora frunció el ceño.

—Es una indecencia que duerma en su habitación.

—¿Y quién va a saber dónde duerme?

Pandora torció el gesto, enojada.

—La duquesa viuda lo sabrá.

La boca de Rupert se tensó.

—Dudo mucho que quiera decirle a nadie que hay otra mujer en la casa, y mucho menos que esa mujer ha pasado la noche en mi habitación.

No, eso no convenía a sus planes respecto a Rupert. Pero aun así...

—Yo dormiré en el vestidor contiguo si así se queda más tranquila —le aseguró Rupert—. Y ahora quizá quiera un poco de agua caliente para quitarse el hollín y el polvo antes de acostarse —añadió cambiando de tema deliberadamente.

—Rupert...

—Pandora.

—Es demasiado tarde para pedir agua caliente para bañarme —dijo ella, todavía aturdida por la idea de dormir en su cama. Era demasiado escandaloso, aunque él no estuviera en la habitación.

—Quizá deba dejar que eso lo juzgue yo —arqueó una ceja con aire arrogante.

Pandora se había animado momentáneamente ante la idea de quitarse el hollín y el humo, pero su alegría se había empañado al recordar que eran las dos de la madrugada y que la mayoría de los sirvientes, si no todos, estarían durmiendo.

A decir verdad, seguía estupefacta por que el alguacil Smythe creyera que la ventana rota del despacho de Barnaby tenía alguna relación con el fuego que se había declarado en su alcoba, y aún se resistía a creer que alguien hubiera intentado asesinarla en su cama a sangre fría.

¿De veras podía alguien odiarla hasta el punto de desear su muerte?

Sabía que muchas personas la miraban con reproche y desconfianza, al menos las mujeres, porque los hombres la miraban de muy distinta manera, pero nunca había pensado que alguien la detestara hasta ese extremo.

Pensar en lo cerca que había estado de morir bastó para hacerla temblar como una hoja.

Rupert había estado aguardando el instante en que asimilaría por fin lo sucedido. De hecho, había procurado sacarla de sus casillas mientras iban camino de Stratton House, con idea de posponer su reacción hasta que estuvieran en un lugar donde pudiera confortarla más tranquilamente. Le había parecido lo más sensato en su momento, cuando el solo hecho de mirarla, con la rubia y rizada cabellera cayéndole por la espalda, había bastado para inflamar su deseo. Un deseo totalmente inapropiado por su parte, se dijo, teniendo en cuenta que Pandora había estado a punto de morir un rato antes.

—Pandora... Pandora, míreme —insistió, agachándose ante ella.

Ella levantó por fin las pestañas y lo miró con

ojos ligeramente desenfocados, aunque todavía bellísimos. Rupert tomó sus manos temblorosas.

—Aquí, conmigo, está a salvo —le aseguró con
voz ronca.

La punta de su lengua apareció para humedecer
sus labios antes de que respondiera:

—¿Sí?

Rupert le sostuvo la mirada sin vacilar.

—Sí.

—¿Cómo puede estar tan seguro? —susurró
ella.

Lo cierto era que no podía estarlo, pero pensaba
hacer todo cuanto estuviera en su mano para protegerla. Ahora y en el futuro. De hecho, tenía intención de pedirle a Benedict que se sirviera de sus
contactos en el gobierno para informarse acerca del
difunto Barnaby Maybury y descubrir la identidad
de la mujer que sin duda había habitado antes en
Highbury House en calidad de amante del duque
de Wyndwood.

—¿Duda que sea capaz de protegerla, Pandora?

Su tono burlón pareció contradecir el duro brillo
de su mirada mientras pensaba en la suerte que co-
rrería la persona que a partir de entonces se atreviera a dañar un solo pelo de la cabeza de Pandora.

Ella le dedicó una sonrisa melancólica.

—No, claro que no. Solo me pregunto si alguna
vez volveré a sentirme segura por completo.

Rupert la escrutó con la mirada.

—¿Tiene alguna familia?

—No, ninguna —sacudió la cabeza con tristeza—. Mis padres eran los dos hijos únicos y murieron de gripe hace casi dos años. Yo tampoco he tenido hermanos.

Rupert tampoco tenía parientes cercanos, aparte de sus tíos y sus primos, y aunque seguía echando de menos a su madre, que había muerto cuando él apenas tenía doce años, su relación con su padre no había sido nunca estrecha, y aunque había llorado su muerte, no lo añoraba especialmente.

Apretó sus manos para tranquilizarla.

—Entonces, ya que parece que estamos prácticamente solos en el mundo, quizá debamos considerar seriamente la idea de casarnos y fundar una familia propia.

Los ojos de Pandora se agrandaron en medio de la palidez de su cara.

—¿Todavía desea casarse conmigo?

Él la miró extrañado.

—¿Todavía?

—Si el alguacil Smythe está en lo cierto, quizá usted también corra peligro de morir abrasado en su cama si nos casamos —se estremeció al recordar las llamas que la habían envuelto esa noche.

—En nuestra cama —puntualizó Rupert roncamente.

Ella pestañeó, los ojos abiertos de par en par, y un cálido rubor tiñó sus mejillas al ver el ardor que reflejaban los ojos grises de Rupert. Parecían decirle, o advertirle quizá, que si aceptaba su proposición compartirían, en efecto, la cama una vez estuvieran casados. O incluso antes de casarse, a juzgar por cómo recorrió con la mirada sus pechos.

Pandora apartó los ojos.

—Yo... ¿Es esta...? ¿Es esta la alcoba principal? —era, ciertamente, lo bastante suntuosa para serlo. Aunque ordenada y limpia, sin ropa dejada por ahí que permitiera distinguirla de otra habitación, el ambiente estaba impregnado de un leve olor a sándalo y limón. El mismo olor límpido que Pandora asociaba ya con Rupert.

Él apretó los labios.

—No.

Ella lo miró inquisitivamente.

—¿No?

—No —repitió él—. Esas habitaciones están al otro lado de la casa, junto a la alcoba que todavía ocupa la viuda de mi padre. Esta es la que, hasta hace cuatro años, siempre estaba preparada para mi uso cuando estaba en la ciudad.

Hasta hacía cuatro años... Hasta que su padre se había casado con Patricia Stirling.

Tras escucharles hablar un rato antes, Pandora ya no abrigaba ninguna duda respecto al odio que Rupert sentía hacia la mujer que antaño había sido su amante. Como tampoco podía abrigar duda alguna respecto a la ira que se había apoderado de Patricia al anunciar Rupert su intención de casarse con ella.

—Una de las primeras cosas que le pediré cuando haya aceptado ser mi esposa, Pandora, es que elija muebles y adornos completamente nuevos para las habitaciones ducales —prosiguió él—. No es que desee que las usemos. Solo quiero borrar todo rastro del paso de esa mujer por esta casa.

Pandora comprendió que la dureza de su tono y su expresión no iba dirigida contra ella.

—De veras la detesta...

—La detesto absolutamente —sus ojos brillaron—. ¿Alguna vez lo ha dudado?

Sí, había tenido sus dudas. Hasta esa noche, se había preguntado si la inquina que Rupert demostraba hacia la duquesa viuda era del todo sincera o simple resultado del despecho porque ella se hubiera casado con su padre poco después de su ruptura. Una duda que se había borrado por completo al oírle hablar con ella un rato antes.

Se encogió de hombros.

—Sé por experiencia que lo que dice un caballero no siempre se corresponde con la verdad.

Rupert estudió su rostro bello y atormentado.

—¿Puedo preguntar qué caballero le inculcó esa desconfianza?

—¿Se pregunta quizá si fue mi marido o uno de mis amantes? —replicó ella con aspereza.

Rupert soltó sus manos para sentarse a su lado en la cama. Después se volvió y colocó tiernamente las manos a ambos lados de su cara, mirando hacia lo hondo de sus bellos ojos.

—¿Acaso nadie le ha advertido que esa amargura solo consigue destruir a la persona que la siente? —preguntó con voz suave.

El propio Rupert había aprendido la lección a lo largo de esos últimos cuatro años, mientras veía cómo Patricia tomaba el pelo a su padre, y no deseaba que el tierno corazón de Pandora fuera víctima de un desengaño semejante. De hecho, confiaba en que muy pronto emprendieran una nueva vida juntos, una vida que no incluiría pasados desengaños.

Pandora arrugó el ceño y lo miró con desconfianza.

—En realidad no es el Diablo, ¿verdad?

Rupert se rio suavemente al oírle emplear el apodo que le habían puesto durante los años desenfrenados de su juventud y por el que todavía lo llamaban en ocasiones.

—Confío en que no intente convencer a nadie de eso, porque estoy seguro de que nadie la creerá.

Quizá no, se dijo Pandora. Claro que ellos no habían visto esa cara de Rupert que él había decidido mostrarle aquellos últimos días. Nunca dejaría de ser el arrogante e imponente duque de Stratton, pero Pandora tenía ahora la certeza de que era mucho más que eso.

Era el mismo caballero que la había rescatado en el baile de Sophia, literalmente de las garras de lord Richard Sugdon, antes de acompañarla sana y salva a su casa. Le había robado un beso por el camino, sí, pero no había intentado sobrepasarse con ella más allá de eso. Solo se había limitado a afirmar que tenía intención de visitarla al día siguiente, momento en el cual la había obligado a acompañarlo a la ópera esa noche con sus tíos (para robarle después mucho más que uno o dos besos), y a continuación había ido a buscarla a casa de Genevieve y le había hecho una proposición de matrimonio...

¿De veras había sucedido todo aquello hacía solo unas horas? Habían pasado tantas cosas desde entonces... Entre ellas, el pánico que había sentido esa noche, tumbada en la cama, mientras las llamas bailoteaban a su alrededor. De no ser por la oportuna intervención de Bentley...

Se estremeció.

—¿Sabe usted si lord Sugdon se ha ido ya de la ciudad?

Rupert frunció el ceño.

—Tengo entendido que está previsto que parta pasado mañana.

—¿Cree que puede haber tenido algo que ver...?

La otra noche, en el baile de Sophia, estaba tan enfadado...

—No piense más en eso esta noche, Pandora —la tranquilizó Rupert, que ya había contemplado la posibilidad de que el culpable fuera Sugdon, en venganza por la humillación a la que lo había sometido él, y había descartado enseguida la idea.

Alguien había entrado en casa de Pandora otras tres veces antes, y que Rupert supiera Sugdon no había tenido relación alguna con Barnaby Maybury. Aun así, le hablaría de ello a Benedict Lucas.

—Lo de antes, ¿lo decía en serio? —Pandora lo miró con ansiedad—. ¿Eso de encontrar trabajo en alguna de sus casas para todos mis sirvientes si acepto casarme con usted?

Rupert lo había dicho, en efecto, en un arrebato de gratitud por que Pandora hubiera escapado de una muerte segura. Y, puesto que lo había dicho, no pensaba desdecirse.

—Aunque puede que Henley me saque de quicio —reconoció con sorna.

El semblante de Pandora pareció suavizarse.

—Tiene buen corazón.

—Como le he dicho antes, estoy seguro de que Atila el Huno también tenía sus ratos buenos —Rupert alisó el cabello de sus sienes—. Pero me apetecería tan poco tenerlo por sirviente como tener a esa atolondrada de Henley.

—Henley es mi compañera, además de mi doncella personal.

—Si acepta casarse conmigo, yo seré su compañero. Y también su doncella personal si me lo permite —añadió en voz baja, convencido de que nada le gustaría más que ayudarla a desvestirse.

Ella se puso colorada.

—Tendría otros deberes de los que ocuparse y no siempre estaría disponible.

—Para usted sacaría tiempo —le prometió él.

Pandora sonrió.

—No puedo despedir a Henley. Sería una crueldad, no tiene a nadie más en el mundo.

Rupert esbozó una sonrisa.

—Si la condición para que se case conmigo es que acepte a esa atolondrada, la respuesta es sí, acepto —levantó una ceja inquisitivamente.

¿Era eso lo que había querido decir?, se preguntó Pandora, insegura. ¿Estaba contemplando la idea de casarse con Stirling, después de todo?

No cabía duda de que con él se sentía segura. Al menos, de otros peligros, aparte de él. Y el peligro que suponía para ella era puramente sensorial: una excitación física de la que había disfrutado, indudablemente, y por la que todavía sentía curiosidad. Pero ¿eran esas razones suficientes para que pensara seriamente en aceptar su proposición?

Rupert Stirling no solo era maravillosamente

apuesto, hasta el punto de que con solo mirarlo se le aceleraba el pulso y se sentía temblar; también poseía una bondad profundamente arraigada que prefería ocultarse a sí mismo tanto como a aquellas personas a las que permitía acercarse a él. Como en ese momento estaba haciendo con ella...

Pero lo que resultaba aún más sorprendente era que parecía traerle absolutamente sin cuidado su reputación de adúltera y de haber causado la muerte de su marido y su amante en un duelo. A lo que respondía que prefería conocer el verdadero talante de su futura esposa, antes que ignorarlo por completo.

En otras palabras: Rupert Stirling podía ser la única oportunidad que tuviera Pandora de volver a casarse, en caso de que deseara casarse de nuevo, de lo que, a decir verdad, no estaba segura. Su matrimonio con Barnaby se había convertido en una pesadilla de la que había creído que nunca podría despertar, y su matrimonio con Rupert podía correr la misma suerte, aunque en otro sentido, cuando él se aburriera de su compañía y comenzara a frecuentar a otras mujeres.

Y eso era algo que ni siquiera soportaba pensar, cuanto más experimentarlo.

—No hablemos más de estas cosas por hoy, Pandora —Rupert, que había visto la miríada de emociones que desfilaba por el delicado y pálido rostro de Pandora, se levantó enérgicamente para zanjar la cuestión—. Ha sido una noche muy larga y agotadora y este no es momento para tomar decisiones. Voy a bajar a buscar agua caliente para que pueda bañarse.

—Pero...

—Ya que no quiere que despierte a una de las criadas para que le traiga el agua caliente, he decidido ocuparme yo mismo de esa tarea —añadió Rupert con sorna.

Los ojos de Pandora se agrandaron.

—No puedo pedirle eso...

—No me lo ha pedido, yo me he ofrecido —sus ojos reflejaban su regocijo.

Pandora lo miró con aire burlón.

—¿Ha bajado alguna vez a su cocina?

—No, que yo recuerde —reconoció sin ambages—. Pero siempre hay una primera vez para todo, ¿no? Y le aconsejo que disfrute de la experiencia, porque tardará en repetirse.

Igual que pensaba disfrutar él ayudándola a bañarse en cuanto tuviera el agua caliente...

Once

—¿Quiere que baje con usted a la cocina? —preguntó Pandora levantándose, indecisa, aunque en el fondo sabía que se sentía demasiado débil para arriesgarse a un nuevo encuentro con la astuta y desdeñosa Patricia Stirling.

—Soy muy capaz de arreglármelas solo, gracias, Pandora —Rupert cruzó la habitación y abrió la puerta—. En el armario encontrará camisas de dormir limpias. Le sugiero que aproveche mi ausencia para elegir la que quiera ponerse después del baño —cerró la puerta sin hacer ruido al salir.

Pandora se puso colorada con solo pensar en ponerse una de sus camisas de dormir. Sentir su tela suave y sedosa sobre la piel y acostarse en su cama para intentar dormir se le antojaba demasiado... demasiado íntimo. Intentar dormir, porque dudaba mucho que pudiera conciliar el sueño sabiendo que

Rupert estaba en la habitación contigua, al otro lado de la puerta.

Un rato después, al volver a entrar en su dormitorio, Rupert se detuvo y recorrió la habitación con la vista buscando a Pandora, pero solo vio su capa sobre la cama. Se preguntó si, mientras él estaba en la cocina Pandora habría cometido la estupidez de marcharse vestida únicamente con su camisón y su bata chamuscados. Sin duda no le temía lo suficiente como para arriesgarse a afrontar los peligros que aún la acechaban fuera.

—¿Rupert?

Sus manos se crisparon alrededor de la jofaina y las toallas que llevaba cuando Pandora salió de detrás de la puerta abierta del armario. Llevaba una de sus camisas de dormir blancas pegada al pecho, como si quisiera escudarse tras ella, y la cabellera le caía aún en desorden sobre los hombros y la espalda. Sus ojos, cuando lo miró por entre las pestañas sedosas, parecían tan grandes como pensamientos violetas en medio de su pálida tez.

Rupert dejó la jofaina y las toallas sobre el aparador, luego cruzó la habitación y la miró inquisitivamente, agarrándola por los hombros con delicadeza.

—Pensaba que se había ido —frunció el ceño al ver que hacía una mueca de dolor—. Pandora...

—Me duelen un poco los hombros —dijo—. Por el calor de las llamas.

Rupert la miró con preocupación, le quitó la camisa de las manos y se dispuso a abrir el broche de su bata.

—¿Qué hace? —Pandora lo miró, extrañada.

Él la apretó suavemente para tranquilizarla.

—Quiero ver... ¡Santo cielo, Pandora! —su semblante se ensombreció de pronto.

Le había apartado la bata de los hombros, dejándola caer al suelo, y pudo ver al fin los restos ennegrecidos de su camisón blanco. Porque eso era lo quedaba de él: restos. De la parte de arriba se habían desprendido varios trozos de tela quemada y por los huecos se veían sus hombros enrojecidos y la curva suave de uno de sus pechos. Pero los daños eran mucho mayores más abajo: a través de un agujero, cerca de la curva de su cadera izquierda, se veía la carne enrojecida, y el bajo del camisón, quemado casi por completo, dejaba al descubierto sus pantorrillas y sus muslos, con la piel teñida de aquel mismo color.

Una rabia asesina se apoderó de Rupert.

—Cuando descubra quién le ha hecho esto, pienso estrangularlo con mis propias manos.

La risa ronca de Pandora acabó en un sollozo.

—Solo es un poco incómodo.

—¿Un poco? —Rupert alargó la mano para

tocar sus hombros enrojecidos—. Debería mandar a buscar al médico...

—No —contestó ella de inmediato, a pesar de que hasta el aire quieto de la habitación parecía arañar su piel caliente y desnuda—. Estaré... estaré perfectamente en cuando me haya lavado. Y quizá tenga usted un bálsamo que pueda ponerme en las quemaduras para aliviar el escozor.

Él se metió la mano en el bolsillo del pantalón negro y sacó un frasquito que llevaba escrita a mano en una etiqueta: *para las quemaduras*.

—La señora Hammond lo guarda en un estante, cerca del fogón. Lo he traído por si acaso —murmuró distraídamente mientras seguía mirando la piel que dejaba al descubierto su camisón hecho jirones—. Darle las gracias a Bentley no es suficiente. Recuérdeme que le estreche la mano de todo corazón cuando vuelva a verlo.

Pandora profirió otra risa ronca.

—Pensará que se ha vuelto completamente loco.

Rupert meneó la cabeza despacio.

—Quizá me habría vuelto loco si no la hubiera rescatado.

—Pero me rescató —Pandora agarró las manos de Rupert entre las suyas—. Ahora, si no le importa, márchese. Quiero desvestirme y lavarme mientras el agua está todavía templada.

—No.

204

Sus ojos se agrandaron.

—¿No?

La miró a los ojos fijamente.

—Iba a servirle de doncella en ausencia de Henley, ¿recuerda?

—Sí...

Rupert hizo un gesto de asentimiento.

—Y si Henley estuviera aquí, la ayudaría a lavarse y a curarse esas quemaduras.

Pandora tragó saliva antes de hablar.

—No estará sugiriendo en serio que...

—No estoy sugiriendo nada, Pandora, lo estoy afirmando —dijo Rupert con expresión resuelta , y agarrándola ligeramente de la mano tiró de ella hacia la cama—. Y cuando haya visto sus quemaduras, si lo juzgo necesario, mandaré llamar a un médico.

El corazón de Pandora latía con violencia en su pecho. De pronto le ardía la piel, pero no por las quemaduras, sino por la posibilidad de que Rupert la asistiera tan íntimamente. No podía permitirlo... No debía...

Sofocó un gemido de sorpresa cuando él le bajó los tirantes del camisón y lo dejó resbalar lentamente por su cuerpo, hasta que quedó arrugado a sus pies. De pronto se halló completamente desnuda ante la penetrante mirada de Rupert.

Sabía muy bien lo que vería él: hombros estrechos, pechos grandes y altos, coronados por pezones rosados, cintura estrecha, caderas curvilíneas y piernas delicadamente torneadas. Todo ello teñido del color rojo de las quemaduras allí donde las llamas habían rozado su piel.

Para ella era escandaloso hallarse desnuda ante un caballero al que conocía desde hacía apenas unos días. ¡O más bien hallarse desnuda ante un hombre, al margen del tiempo que hiciera que se conocían!

Comenzó a respirar agitadamente, temblando de pies a cabeza bajo la mirada intensa de sus ojos grises. Sentía la piel caliente y febril, sus pezones se endurecieron, sus pechos se tensaron y notó que entre sus piernas su sexo se hinchaba y se humedecía.

La punta de su lengua recorrió sus labios húmedos antes de que dijera roncamente:

—No creo que esto sea sensato, Rupert...

Pero la sensatez de Rupert, si tenía alguna, había volado en cuanto había puesto los ojos sobre el cuerpo perfecto de Pandora: sobre aquellos pechos grandes y redondeados que sin duda cabrían perfectamente en sus manos, sobre su esbelto talle, que podía abarcar fácilmente con esas mismas manos, sobre sus caderas deliciosamente torneadas, sobre el pequeño triángulo de sedosos rizos rubios de su pubis y sobre sus piernas largas y tersas.

Un cuerpo perfecto, a pesar de las rojas manchas dejadas por las llamas sobre su delicada piel.

—Déjame ver tu espalda —se quedó sin aliento al volverla con cuidado y ver las quemaduras que tenía a lo largo de la columna y en las blancas y suaves nalgas—. ¡Pandora!

—Te aseguro que no es para tanto —repuso ella con voz queda.

—Quédate donde estás —ordenó él hoscamente y, dando media vuelta, mojó un paño en el agua todavía templada. Después comenzó a quitar suavemente el tizne que se había adherido a su piel—. Avísame si te hago daño.

—Seguro que no me lo harás —su voz sonó baja y ronca.

Rupert arrugó el ceño, concentrado, mientras pasaba el paño con delicadeza por su espalda, procurando no tocar las quemaduras. Después, con idéntico cuidado, secó la piel con otro paño.

—Voy a ponerte el bálsamo. Puede que lo notes un poco frío. Lo último que quiero es hacerte daño —gruñó al empezar a extender el bálsamo sobre sus hombros y su espalda, haciendo que Pandora diera un suave respingo. Después comenzó a untar con el bálsamo el rojo verdugón que cruzaba sus nalgas.

Pandora no sabía qué sensación predominaba en ella en ese instante, si el dolor o el placer. Dolor, porque el bálsamo estaba frío al principio, cuando entraba en contacto con su piel recalentada, y placer por la suavidad con que Rupert lo extendía sobre su piel, aliviándola y excitándola al mismo tiempo.

Contuvo el aliento cuando él se sentó sobre la cama y, abriendo las piernas, la atrapó entre ellas para aplicarle el bálsamo sobre el trasero. Sus dedos acariciaron su piel suavemente, una y otra vez, en círculos, y un estremecimiento recorrió a Pandora al sentirlos en unión de sus nalgas.

—Rupert... —murmuró, indecisa.

—Tienes un trasero precioso, Pandora —tocó de nuevo, ligeramente, aquella zona sensibilizada.

Pandora se puso roja de vergüenza al volver la cabeza y mirarlo por encima del hombro. Rupert estaba concentrado en su tarea y solo pudo ver su coronilla rubia, pero su aliento cálido le acariciaba la piel palpitante.

—No puedo creer que también me haya quemado ahí.

—No —no levantó la mirada a pesar de que sabía que ella lo estaba mirando. Siguió con la mirada fija mientras sus manos extendían el bálsamo sobre sus blancos glúteos, acariciándolos antes de volver una y otra vez a la irresistible línea que los separaba.

—¡Rupert! —la oyó gemir, jadeante, cuando de nuevo cedió a la tentación de tocarla allí.

—Eres perfecta. Absolutamente perfecta —masculló al retirar la mano, pero al instante la agarró de las caderas y la hizo volverse despacio para mirarlo.

Ella levantó las manos y se agarró ligeramente a sus hombros, tambaleándose un poco. Rupert comenzó a respirar agitadamente al ver la hermosa ladera de sus pechos a pocos centímetros de su cara: esferas blancas y tersas que, rematadas por pezones de color rosa, hicieron que su verga, ya hinchada, comenzara a latir, cada vez más enhiesta.

—¿Qué estás haciendo? —preguntó Pandora, un poco alarmada al ver que se inclinaba hacia delante.

Él levantó la vista, los labios a escasa distancia de las puntas tensas de sus pechos.

—Solo iba a recoger el paño —masculló.

Su mirada mantuvo cautiva la de Pandora mientras estiraba los brazos hacia la jofaina y escurría el agua del paño. Luego se echó hacia atrás y comenzó a lavar sus pechos.

Pandora clavó los dedos en sus hombros. Sintió el paño fresco sobre la piel, y sus pezones se marcaron más aún.

Intentó convencerse de que por eso se agarraba a Rupert con tanta fuerza mientras seguía lavándola, pero en el fondo sabía que solo se estaba engañando y que era la cercanía de Rupert y el contacto de sus manos lo que la excitaba por dentro y por fuera.

Cerró los ojos, intentando no ver la cabeza rubia de Rupert inclinada tan cerca de sus pechos desnudos. Su aliento era una caricia ardiente que le erizaba el vello de los brazos y la nuca.

—Rupert, no creo que... ¡Ah! —dejó escapar un gemido bajo y agudo y abrió los ojos de golpe. Luego volvió a cerrarlos, entregándose al roce suave y delicioso de los labios de Rupert en la parte de abajo de su pecho.

—El poder curativo de los besos, Pandora —susurró él antes de besar de nuevo su carne caliente, esta vez más arriba, tan cerca de uno de sus pezones que casi pareció besarla allí.

Si Pandora se movía ligeramente, rozaría su pezón erizado con los labios entreabiertos de Rupert, conocería de nuevo el éxtasis que él le había mostrado en su carruaje, al besar sus pechos...

—¿Te duele aquí también, Pandora?

Sintió el suave roce de las yemas de sus dedos en el pezón, y esa leve caricia bastó para hacerla gemir, embargada por un placer que fue a aposentarse entre sus muslos.

—Pandora... —Rupert la miró con ojos de un gris tormentoso mientras aguardaba una respuesta.

Ella tembló ligeramente al mirarlo. Se sentía suspendida al borde de un precipicio, un precipicio en el que, si se arrojaba a él, encontraría un intenso placer, más que dolor. ¿No era de aquello de lo que había hablado Genevieve aquella noche, en el baile de Sophia? ¿La emoción de tomar un amante? ¿De disfrutar de todos los placeres que la experiencia de Rupert podía sin duda enseñarle?

¿Iba a negarse ese gozo? Sabía, sin necesidad de que él se lo dijera, que si le decía que no, él aceptaría su negativa. Que la ayudaría a acabar de lavarse, le aplicaría el bálsamo y luego se marcharía.

Respiró hondo, trémula.

—Sí, me duele, Rupert —dijo con voz ronca—. Me duele muchísimo —arqueó la espalda y acercó su pecho a los labios de él.

Rupert no necesitó otra invitación: abrió los labios y metió la yema hinchada del pezón en el calor de su boca, chupándola al principio con delicadeza y luego con más ansia al oír los gemidos de placer de Pandora.

Cubrió con la mano su otro pecho y pasó el pulgar por su pezón fruncido. Después, lo apretó suavemente entre el pulgar y el índice.

—¡Dios mío! —Pandora se arrimó más a él, entre sus piernas abiertas, cuando comenzó a chupar con más ansia.

Los muslos de ambos se tocaron, y Rupert sintió el olor de su deseo, al mismo tiempo dulce y salobre, y deliciosamente tentador. Respiraba agitadamente cuando se apartó de ella.

—Pon tus piernas sobre las mías, Pandora.

Ella parpadeó, desconcertada.

—No...

—Así —le levantó una pierna y la colocó sobre su muslo; luego le levantó la otra para que quedara sentada sobre sus muslos, sujetó con cuidado su trasero desnudo y la atrajo hacia sí.

Los pliegues sedosos de entre sus muslos se abrieron por completo y ciñeron su verga dura como el hierro a través de los pantalones.

—Oh, sí... —gimió roncamente mientras comenzaba a frotarse lentamente contra los pliegues hinchados de su sexo.

Se metió de nuevo uno de sus pezones en la boca y lo lamió y lo mordisqueó mientras sentía y oía cómo se iba apoderando el placer de ella.

Pandora arqueó la espalda, hundió los dedos entre el pelo revuelto de Rupert y apretó su pecho contra su boca ardiente. Nunca había soñado que existiera un placer semejante, que un hombre pudiera hacer aquellas cosas con sus labios, su lengua y sus manos...

No, no era cierto: muchas veces, durante los estériles años de su matrimonio, había soñado con hacer el amor con un hombre, pero sus sueños nunca habían sido así.

Tan íntimos. Tan desenfrenados. Tan absolutamente deliciosos.

Aquello no se parecía a nada que ella hubiera conocido. Entre sus muslos empapados, la verga de Rupert se movió rítmicamente, apretándose contra una parte de su ser que le daba un placer casi insoportable, que le hacía desear, que ansiaba algo más...

—Por favor —jadeó con voz entrecortada—, por favor, Rupert...

Se sintió fugazmente desamparada cuando él apartó la mano de su pecho, y gimió con renovado placer cuando la introdujo entre los dos, deslizándola entre sus muslos separados, y comenzó a acariciarla. Poco a poco, sus caricias se fueron concentrando sobre el botoncillo hinchado que encontró cobijado entre los pliegues. Primero lo acarició suavemente; luego, con más fuerza, una y otra vez.

Pandora gimió, presa del placer que se agitaba dentro de ella, y comenzó a frotarse instintivamente contra sus dedos. Gimió de nuevo cuando sintió que él hundía uno de sus largos dedos dentro de ella, empujando lentamente para ensancharla. Después, a ese primer dedo se sumó otro, mientras la suave yema de su pulgar seguía acariciando y apretando el botoncillo de más arriba. Siguió hundiendo los dedos una y otra vez en su sexo tenso, llenándolo por completo y llevándola aún más cerca del precipicio.

Apartó la boca de su pecho y respiró hondo.

—Ahora, Pandora —masculló junto a su pezón caliente e hinchado—. Quiero... necesito que llegues ahora.

Pandora estaba tan absorta en su propio placer que no entendió a qué se refería. Dejó escapar un grito cuando el placer estalló por fin entre sus muslos en una interminable oleada, en un éxtasis ciego.

Rupert se extasió con la belleza de su rostro acalorado mientras seguía hundiendo los dedos dentro de ella, al tiempo que frotaba y acariciaba el botoncillo erizado, sin detener aquel doble asalto a sus sentidos hasta que el clímax la dejó tan saciada que solo pudo derrumbarse desfallecida sobre su hombro, envolviéndolo en la rubia y salvaje maraña de su pelo.

Él apoyó la frente en su hombro húmedo y, jadeando, intentó controlar el pálpito de su miembro, pero al sentir la incómoda humedad de sus calzoncillos, comprendió que no lo había logrado del todo.

Santo Dios, una sola caricia de los delicados dedos de Pandora y estaba seguro de que se vertería en su mano como un muchacho inexperto. Hacía muchos años que no se sentía tan fuera de control.

Y era todo por culpa de Pandora, desde luego. De la bella, deliciosa e irresistible Pandora. Incluso con aquel verdugón cruzando su piel, tenía el trasero más seductor que había tenido el placer de tocar, los pechos más sensibles, ¡y qué decir de la embriagadora hendidura de entre sus muslos...!

Dios, si no salía de la habitación inmediatamente, estallaría dentro de los pantalones con solo pensar en su cuerpo sensual y lujurioso.

Pero ¿era aquella la misma lujuriosa belleza que había esclavizado tanto a Maybury como a Stanley, que los había llevado a la locura y los había inducido a luchar a muerte, en su afán por acaparar la pasión de la dama?

¿Iba a ser ese también su destino?

Pandora volvió en sí lentamente. Parecían dolerle todos los músculos del cuerpo, y se sentía tan débil y saciada que era absolutamente incapaz de moverse. Y sin embargo debía hacerlo. No podía seguir toda la noche así, recostada, desnuda, sobre los muslos de Rupert.

Lo que acababa de ocurrirle, se preguntó, ¿era del todo natural? Sus ojos se habían abierto de par en par y había mirado la cara de Rupert cuando aquel placer desconocido se había apoderado de ella en oleadas ardientes e incontrolables. Su abandono había sido tan total que no había podido refrenarse: ansiosa por ahondar en aquel placer, había bajado y subido una y otra vez sobre los dedos de

Rupert mientras se hundían en ella. Y la mirada atormentada de Rupert mientras la observaba le había parecido más propia del dolor que del éxtasis en el que ella había zozobrado por completo.

La misma mirada que crispaba aún sus facciones aristocráticas cuando por fin, lentamente, levantó la cabeza para mirarlo...

Doce

—Tranquila —Rupert fue el primero en romper el silencio que había caído sobre ellos.

La ayudó a deslizarse de sus muslos y a levantarse, y devoró con los ojos la curva de su espalda y su delicioso trasero cuando ella se giró para recoger la camisa de noche, que había caído al suelo un rato antes.

Siguió de espaldas a él al pasarse la prenda por la cabeza y levantarse el pelo para dejarlo caer nuevamente sobre su columna.

Su columna rígida e inflexible, tan rígida e inflexible como su cara cuando se volvió hacia él y dijo con voz firme y distante:

—Ha sido... un impulso insensato por nuestra parte y creo... creo que es mejor que te vayas ahora.

Sí, sin duda sería lo mejor, reconoció Rupert de mala gana. Alejarse de Pandora, sustraerse a la tentación que aún representaba para él, cuando su miembro palpitaba aún entre sus piernas.

Se levantó de pronto y dijo con voz rasposa:

—Siempre conviene dejar al hombre con la miel en los labios, ¿no es eso, Pandora?

Ella se volvió bruscamente, con expresión dolida.

—Yo... tú... ¡No era esa mi intención!

Rupert suspiró, sabedor de que su enfado no iba dirigido hacia Pandora, sino hacia sí mismo. Había tenido intención de gozar de las delicias de su cuerpo mientras la lavaba y la acariciaba, pero no había esperado encontrarse tan cautivado por su belleza y su respuesta a sus caricias que corría grave riesgo de rendirse por completo al impulso de poseerla.

Por completo. Totalmente. Una y otra vez. Hasta que Pandora no se acordara de ningún otro amante, solo de él.

Para un hombre como Rupert, que siempre había poseído a cualquier mujer a la que deseara y luego había prescindido de ella con toda facilidad, sin pesar alguno, no era fácil, ni cómodo darse cuenta de que eso era lo que sentía por Pandora.

—Te pido disculpas por lo que he dicho, Pandora, ha sido ofensivo y de mal gusto —tomó sus manos entre las suyas y se las llevó a los labios—. No debería haber llevado las cosas tan lejos. Estabas cansada y dolorida, y sin duda no estabas en condiciones de... —se interrumpió y sacudió la cabeza, enojado consigo mismo. Soltó su mano y se irguió—. ¿Necesitas alguna otra cosa antes de que me vaya?

¿Necesitaba algo más?

Tantas cosas... Palabras amables. Incluso tiernas. Cualquier cosa, menos la tensión que se había alzado de pronto entre ellos como una barrera.

Se fijó en la apariencia desaliñada de Rupert, en su pelo revuelto, en el que había hundido los dedos en el culmen de su pasión, en sus labios, que parecían más gruesos, en la camisa que colgaba suelta de sus pantalones... Se sonrojó y apartó la mirada al ver el abultamiento de su erección, todavía visible bajo esos mismos pantalones.

—No, creo que esta noche no necesito nada más —intentó esbozar una sonrisa, convencida de que no se había sentido tan incómoda, tan avergonzada, en toda su vida.

Nadie la había tocado como la había tocado Rupert. Excitándola, haciéndola suya. Llevándola a una cima de placer con la que ni siquiera había soñado. ¡Y mientras ella había estado completamente desnuda entre sus brazos, él había seguido vestido con su camisa, su corbata meticulosamente atada, su chaleco, sus pantalones y sus botas!

¿Qué podía pensar Rupert ahora de su abandono? ¿De cómo había perdido por completo el control? Ciertamente, no había ni rastro de la cercanía que tanto ansiaba. El yacer el uno en brazos del otro, los tiernos murmullos que, en su imaginación, seguían siempre al encuentro físico.

Pero ¿qué sabía ella en realidad de esas cosas?

Hasta esa noche, su única experiencia en ese campo había sido la humillación de su noche de bodas, cuando Barnaby había entrado en su alcoba con el solo propósito de informarla de que no la encontraba atractiva en lo más mínimo y que por tanto no pensaba tocarla con ternura, y mucho menos con ardor.

No, quizá fuera así, con aquella distancia, con aquella frialdad, como solían acabar las cosas entre un hombre y una mujer que no estaban casados, una vez satisfecho el deseo.

Todos aquellos años, Pandora se había preguntado cómo era la intimidad física con un hombre, y había deseado ardientemente conocerla. Ahora, sin embargo, se daba cuenta de que no era como ella pensaba.

El placer era, ciertamente, mucho más intenso de lo que nunca había imaginado, pero ni siquiera por ese placer, por esos minutos maravillosos de gozo embriagador, mereciera la pena padecer aquello, aquella distancia, aquella frialdad que sentía interponerse entre Rupert y ella.

—Hablaremos por la mañana —dijo él con suavidad.

—Yo... Sí, por supuesto, hablaremos por la mañana —su sonrisa se hizo más tensa. La mantuvo hasta que Rupert pasó al vestidor contiguo y cerró la puerta sin hacer ruido.

Después, se dejó caer en la cama, escondió la cara entre las manos y cedió a las lágrimas que habían estado amenazando con caer desde el momento en que había recuperado la razón y Rupert se había convertido para ella en un extraño frío y distante.

Genevieve se equivocaba: tener un amante no era divertido. No lo era en absoluto. Hacer el amor había sido todo un descubrimiento, mucho más bello de lo que había imaginado incluso en sus sueños ávidos de cariño. Pero lo de después... Lo de después era perturbador y doloroso, y Pandora no creía que quisiera repetirlo nunca.

—¿Qué diantre estás haciendo?

Pandora dio tal respingo al oír la voz de Rupert tan cerca de ella, a su espalda, que durante unos segundos corrió peligro de caerse de la silla en la que se había subido para alcanzar el guante de encaje que parecía haberse escondido tercamente al fondo de su armario.

Se apoyó en la estantería para no perder el equilibrio y se volvió para mirar a Rupert, que aguardaba en medio de su alcoba quemada, elegantemente vestido con levita azul cobalto, chaleco plateado, pantalones grises claros y botines negros. Su cara de ángel caído parecía tan atractiva y maliciosa como siempre, y un mechón rubio le caía desafiante sobre la frente cuando levantó una ceja y la miró con aire burlón.

Pandora se humedeció los labios con la punta de la lengua antes de responder:

—Creía que el baúl abierto a su lado hablaba por sí solo.

Rupert apretó los labios.

—Puede que a ti te hablen los baúles, Pandora, pero a mí ninguno me ha dirigido aún la palabra.

Ella entornó los párpados, soltó la estantería y se volvió para mirarlo.

—Me refería a que del número de cosas que ya he guardado en él se deduce que me marcho.

Sí, eso justamente había deducido Rupert cuando, al volver a Stratton House una hora antes, había descubierto que su dormitorio estaba vacío y que Pandora se había ido. Su mayordomo había confirmado sus sospechas y le había informado de que su Excelencia la duquesa de Wyndwood había mandado a por su carruaje y su doncella esa mañana temprano y se había marchado un rato después en dicho carruaje y con su doncella.

Rupert, por su parte, había deducido que su destino era Highbury House, y así lo había constatado al llegar allí hacía un rato, cuando Bentley había salido a recibirlo a la puerta.

El tono ceniciento de la cara del mayordomo atestiguaba la mala noche que había pasado y la fuerte impresión que había sufrido por tener que salvar a su señora de morir abrasada en su propia cama. Tras informarse de que Pandora estaba en efecto arriba, en su alcoba, Rupert había pasado unos minutos dando las gracias al mayordomo por su oportuna intervención.

Mientras hablaban, Rupert no había podido evitar fijarse en que la cantidad de cajas que había en el pasillo había crecido desde el día anterior, de lo cual había deducido que Pandora seguía preparando su marcha.

El hecho de que, al entrar en la habitación, le hubiera parecido tan joven y vulnerable, encaramada precariamente a la silla y ataviada con un vestido de color limón muy claro y una cinta a juego entrelazada en los rizos rubios, lo había dejado momentáneamente sin aliento y sin habla mientras intentaba reconocer en aquella joven elegantemente vestida a la mujer sensual a la que había abrazado, desnuda, la noche anterior y a la que había hecho alcanzar un clímax arrebatador.

Cuando miró su rostro terso, fresco y bellísimo,

siguió sin poder creer que hubiera hecho el amor con aquella mujer apenas unas horas antes.

—Te has marchado sin despedirte siquiera —no era aquello lo que tenía pensado decir, y sin embargo se alegró de haberlo dicho. Estaba... desconcertado porque Pandora se hubiera ido, porque lo hubiera dejado y hubiera desaparecido sin decirle siquiera adónde iba o si pensaba volver.

Pandora desvió los ojos de su mirada acusadora.

—Creía que era lo que querías.

Rupert entornó los párpados.

—¿Y eso por qué?

Ella se encogió de hombros.

—La doncella que me subió la bandeja del desayuno me dijo que habías salido.

—¿Y...?

Pandora sacudió impaciente la cabeza y se volvió para mirarlo con el ceño fruncido.

—¿No es evidente?

Él levantó de nuevo las cejas.

—Para mí, no.

—¡Entonces es que es usted singularmente insensible, señor mío! —exclamó Pandora con altivez.

—¿Porque mientras tú dormías he preferido salir a ocuparme de varios asuntos?

Ella parpadeó.

—¿Asuntos?

—Asuntos, sí —repitió él ásperamente—. ¿Podrías hacer el favor de bajar de esa silla, Pandora? Está empezando a dolerme el cuello de mirar hacia arriba.

—Todavía no he alcanzado mi guante... —volvió a su tarea con renovado vigor, aliviada por perder de vista su mirada inquisitiva aunque fuera solo unos segundos, los que tardaría en alcanzar el guante perdido.

—Esta mañana no estoy de humor para juegos, Pandora. ¡Oh, maldita sea! —Rupert había levantado los brazos con intención de bajarla de la silla, pero al volverse para mirarlo, a ella se le trabó una zapatilla en el bajo del vestido, perdió el equilibrio y, soltando un gritito, cayó derecha en sus brazos—. Bueno, he conseguido lo que quería —murmuró él con sorna al apretarla contra sí.

Ella lo miró con enfado mientras se debatía en vano entre sus brazos.

—Bájame, por favor.

Él arqueó las cejas, burlón.

—¿Así es como me das las gracias por haber impedido que te cayeras?

Sus bellos ojos brillaron.

—¡Si no me hubieras dado un susto, no me habría caído!

—Mucho me temo, Pandora, que desde el instante en que te conocí no he hecho otra cosa que rescatarte de una u otra calamidad —se mordió el labio superior para no echarse a reír al ver su expresión indignada.

—Bájame inmediatamente, te digo —de haber estado de pie, sin duda le habría dado un pisotón.

Rupert cerró los ojos y contó hasta diez, y luego hasta veinte mientras intentaba contener la risa para no enfurecerla aún más. Una hora antes, incluso diez minutos antes, se había sentido furioso y frustrado porque Pandora hubiera huido de Stratton House en su ausencia. Ahora, en cambio, con Pandora a salvo entre sus brazos, solo tenía ganas de reír.

Ella se quedó quieta y lo miró con sospecha.

—Confío en que no esté a punto de reírse, Stratton.

¿Cómo podía dirigirse con tal severidad al hombre en cuyos brazos había yacido completamente desnuda y excitada solo unas horas antes?

Porque era ella, Pandora Maybury. La mujer en cuya compañía no se había aburrido ni un solo instante. ¡Qué demonios! ¿Cómo iba a aburrirse cuando ella parecía ir de tropiezo en tropiezo?

Rupert fue incapaz de contener la risa un solo segundo más. Pandora lo miró cuando estalló en una repentina carcajada. No en una sonrisa educada, ni en una risilla irónica, sino en una auténtica risotada. Retrocedió hasta que pudo sentarse en la silla de la que ella se había caído un momento antes y siguió riéndose mientras la miraba y sacudía la cabeza.

Pandora se había sentido afligida y avergonzada esa mañana, cuando la doncella de Stratton House la había informado de que el duque había salido de casa hacía más de una hora sin decir cuándo volvería. Para ella, su repentina partida, sabiendo que no deseaba pasar ni un momento sola en aquella casa con Patricia Stirling, solo podía tener una explicación: que Rupert confiaba en que se hubiera marchado cuando regresara a Stratton House. De ahí que hubiera mandado inmediatamente una nota a Henley pidiéndole que le llevara ropa limpia y el carruaje.

¡Que ahora la acusara de haberse marchado sin despedirse le parecía el colmo!

—¡No eres más que un bruto, insensible, frío y arrogante...!

La risa de Rupert cesó repentinamente.

—¿Anoche fui frío e insensible? —preguntó con voz ronca—. ¿Fui arrogante? ¿O bruto?

Pandora se puso colorada.

—Pues...

—Lamento mucho interrumpir, Excelencia... digo, Excelencias —Bentley apareció en la puerta, visiblemente incómodo—, pero el señor Jessop ha venido a ver a su Excelencia.

Rupert mantuvo la vista fija en Pandora cuando respondió distraídamente:

—Dígale que espere en el saloncito azul, ¿quiere, Bentley?

—Serás...

—Enseguida, si hace el favor, Bentley —añadió Rupert cortésmente mientras Pandora parecía a punto de estallar.

—Sí, Excelencia.

Rupert no tuvo que volverse para saber que el mayordomo se había ido.

—¿El señor Jessop? —preguntó sin soltar a Pandora.

Ella frunció el ceño, enojada.

—Es mi abogado.

—Lo sé, Pandora, ya me lo has presentado —contestó él suavemente—. Lo que quiero saber es qué hace aquí otra vez.

Ella exhaló un profundo suspiro.

—Ha venido porque yo lo he mandado llamar, desde luego.

—¿Para qué?

Pandora comenzó a forcejear de nuevo para que la soltara.

—Suéltame, Rupert.

—No.

Sus ojos se oscurecieron.

—Ya me has avergonzado suficiente abrazándome delante de mi mayordomo. ¿También piensas avergonzarme delante de mi abogado?

Él tensó la mandíbula.

—No, a no ser que ese abogado tenga por costumbre subir a tu habitación.

—¡Eres tú quien no debería tenerlo por costumbre!

Rupert se encogió de hombros despreocupadamente.

—Lo tendré en cuenta.

—¡Serás...! —Pandora tenía las mejillas coloradas, los ojos muy abiertos—. Suéltame y sal inmediatamente de mi casa, y no vuelvas a decirme que no, Stratton —le advirtió cuando él estaba a punto de decirle justamente eso—, o te advierto que me veré obligada a utilizar la violencia.

Rupert ignoraba cómo pensaba hacerlo estando todavía sujeta entre sus brazos, pero optó por la prudencia. Además, por tentadora que fuera la idea, no podían hacer esperar al señor Jessop en el saloncito azul mientras él le demostraba de nuevo, parsimoniosamente, por qué tenía perfecto derecho no solo a estar en su casa, sino a estar en su habitación.

Una demostración que solo estaba dispuesto a posponer, no a cancelar definitivamente.

—Señor Jessop —dijo Pandora cordialmente al entrar en el saloncito azul, quizá con más cordialidad de la que hubiera empleado de no haber sentido la arrogante presencia de Rupert a su lado.

Decirle que no había razón alguna para que la acompañara no había servido de nada, pues él se había limitado a esbozar aquella exasperante sonrisa suya y la había seguido hasta el saloncito azul. Como si ella fuera una cabeza hueca y no hubiera sido capaz de manejar sus asuntos durante su año de viudez.

—Pandora, Excelencia —Anthony Jessop se inclinó ante ella cortésmente, pero miró al duque, extrañado.

—Es usted muy amable por haber venido tan pronto al recibir mi nota —ella siguió ignorando la hosca presencia de Rupert y sonrió al abogado.

—De todos modos tenía intención de venir a verla esta mañana —le aseguró el abogado.

Pandora lo miró con sorpresa.

—¿Sí?

Él asintió.

—Pero de eso hablaremos dentro de unos minutos. Su mayordomo acaba de informarme de que anoche hubo un incendio en la casa. Confío en que nadie resultara herido.

—Yo...

—Se agradece su preocupación —respondió Rupert con calma—, pero, como podrá imaginar, Pandora se encuentra todavía algo aturdida por lo que pasó anoche, así que si hace el favor de exponer el asunto que lo ha traído aquí...

Pandora arrugó el ceño, enfadada.

—¿Te importaría dejar que yo me encargue de esto, Rupert? La verdad es que no sé qué habría hecho sin la ayuda del señor Jessop este último año.

—Para mí ha sido un placer servirla, Pandora —le aseguró el caballero calurosamente—. Y estaba ansioso por informarle de que he recibido una oferta por la casa más que generosa, en mi opinión.

—¿De veras? —Pandora se animó—. Es una noticia estupenda.

—En efecto —Anthony Jessop hizo una reverencia—. He traído los papeles necesarios para que los firme si la oferta le parece aceptable —se volvió para abrir el maletín de cuero que había colocado sobre una de las mesitas que había junto al sofá y sacó unos papeles.

Pandora los agarró con avidez.

—Esto es realmente...

—Interesante —dijo Rupert con suavidad—. Resulta sorprendente que haya recibido una oferta por esta casa a los pocos días de informarle Pandora de que quería venderla —arrancó los papeles de las manos de Pandora y les echó un vistazo.

Pandora lo miró con exasperación.

—No hay razón para que te molestes con este asunto, Rupert...

—Veo que la oferta la hace un caballero llamado Michael Jessop —haciendo caso omiso de la indignación de Pandora, miró al abogado levantando una ceja—. ¿Pariente suyo, quizá?

—Mi tío —Anthony Jessop pareció un tanto incómodo—. Tiene varias propiedades en Londres.

—¿De veras? —preguntó Rupert con sorna—. Entonces cabe preguntarse para qué quiere otra.

—Rupert, no creo que...

—Quizá deberías llamar a Bentley para que traiga el té, Pandora —sugirió él tranquilamente—. Creo que vamos a pasar un buen rato discutiendo este asunto y estoy seguro de que al señor Jessop le vendrá bien un tomar algo.

En aquel momento, Pandora solo deseaba asestar un puñetazo en la aristocrática nariz de Rupert Stirling.

¿Cómo se atrevía a apropiarse de la conversación y de la oferta de compra, como si ella fuera ya su mujer y tuviera tan poca idea de aquellos asuntos como... como una mosca posada en la pared? ¡Era el colmo de la arrogancia!

—Tienes mucha razón, Rupert: el señor Jessop y yo vamos a pasar un buen rato hablando de este asunto. Por eso no quiero entretenerte más. Sin duda tú también tienes asuntos urgentes de los que ocuparte —le dedicó una sonrisa insincera y expeditiva.

Él hizo oídos sordos.

—Ya te he dicho, Pandora, que atendí mis asuntos muy de mañana, así que estaré encantado de ayudarte con los tuyos —se volvió para sonreír al abogado—. ¿Le apetece un té, señor Jessop?

El abogado pareció azorado por la invitación. A fin de cuentas, aquella seguía siendo la casa de Pandora.

—No quisiera molestarles si su Excelencia y usted tienen asuntos más urgentes que atender.

—No los...

—¡Excelente! —exclamó Rupert—. Lo cierto es que Pandora y yo tenemos otras cosas de las que hablar esta mañana y varias decisiones que tomar. De hecho, estábamos a punto de discutir los preparativos de nuestra boda cuando ha llegado.

Pandora sofocó un grito de sorpresa y se puso pálida de pronto.

—Pero... —se interrumpió, tan estupefacta que no pudo formular una respuesta coherente.

Rupert esbozó una sonrisa satisfecha, la enlazó por la cintura y la apretó contra su costado.

—No hay por qué ocultárselo al señor Jessop, Pandora, cuando, como tú dices, ha sido tan buen amigo este último año —se volvió hacia el abogado—. El obispo nos ha concedido una licencia especial de matrimonio esta misma mañana. También he hablado con el vicario de Saint George, en Hanover Square, y estará encantado de celebrar la ceremonia hoy mismo. Quizá, si el señor Jessop está libre esta tarde, quiera asistir a nuestra boda.

Trece

—¡No puedo creer que seas tan arrogante, que te atrevieras a pedir al obispo una licencia especial para que nos casáramos cuando ni siquiera me habías pedido en matrimonio ni yo te había aceptado! ¡Y que luego hayas ido a ver al vicario de Saint George para que celebre la ceremonia esta misma tarde, y para colmo hayas invitado al señor Jessop sin consultármelo primero...!

Rupert llevaba unos minutos arrellanado en el sillón, escuchando la reprimenda de Pandora, que no había dejado de pasearse de un lado a otro por el saloncito azul desde que el abogado había tenido la prudencia de excusarse, recoger sus papeles y escapar de allí a toda prisa.

Suponía que en algún momento se quedaría sin fuelle, y que él tendría que responder de alguna manera.

—Por espléndida que estés cuando te enfadas, Pandora, ¿no crees que va siendo hora de que pares a tomar aliento?

—¡Ni siquiera de ti me esperaba una cosa así...! —ella se interrumpió bruscamente y se detuvo ante él con los ojos abiertos de par en par—. ¿Qué has dicho? —se quedó mirándolo con incredulidad.

Él se encogió de hombros despreocupadamente.

—Estabas empezando a repetirte, cariño.

—¡Claro que estaba empezando a repetirme...!

—Y ahora estás empezando a repetir mis comentarios.

—¡Uf! ¿Puede haber hombre más exasperante que tú? —sus mejillas se tiñeron de rojo. Parecía estar a punto de ponerse a dar zapatazos en el suelo.

—Evidentemente no, en tu opinión —repuso él blandamente.

Pandora tomó aire.

—¿Alguna vez se te ha ocurrido pensar que quizá no quiera volver a casarme?

—Creo que lo sucedido anoche zanjó esa cuestión. A no ser que los rumores sean ciertos —al decir esto, Rupert levantó una ceja—, y tengas por costumbre alojarte en casa de caballeros de la aristocracia y hacer el amor con ellos sin tener intención de casarte.

Pandora, que estaba a punto de lanzarle otra invectiva, cerró la boca y guardó un silencio furioso.

¿Cómo se atrevía? ¿Cómo podía...? ¡Qué pregunta!, pensó, llena de frustración. Ya sabía que Rupert Stirling se atrevía a hacer cualquier cosa que se le antojara, y que así había sido desde el instante en que se habían conocido.

¡Pero que hubiera salido de casa esa mañana para recoger la licencia matrimonial concedida por el obispo, una licencia que había solicitado al día siguiente del baile de Sophia, que a continuación hubiera ido a la iglesia de Saint George para hablar con el vicario y que por último hubiera tenido la audacia de invitar al señor Jessop a la boda, era algo que ni siquiera se esperaba de Rupert «Diablo» Stirling!

—¿Cómo están tus quemaduras hoy, Pandora?

—Esta mañana he vuelto a darme el bálsamo de tu cocinera y han desaparecido casi todas —reconoció—. Y, por favor, no intentes cambiar de tema, Rupert. Sigo estando muy enfadada contigo.

Después de saber que había mejorado de sus quemaduras, Rupert decidió contestarle:

—La noche que te conocí, decidí que sería conveniente para ambos que nos casáramos, y nada de lo que ha pasado después me ha hecho cambiar de idea...

—¿Lo decidiste? ¡Tu arrogancia no tiene...!

—Sí, sí, ya me lo has dicho —repuso Rupert con fastidio—. Evidentemente, habría preferido hablarte del asunto esta mañana antes de salir, pero estabas tan profundamente dormida cuando fui a verte y habías tenido una noche tan... agitada que pensé que era mejor no despertarte.

El incendio de su dormitorio la había agitado enormemente, desde luego. Y el tiempo que había pasado con Rupert más aún, aunque en un sentido completamente distinto. Razón por la cual había tardado en conciliar el sueño y se había quedado durmiendo hasta tarde.

—Estoy seguro de que estarás de acuerdo conmigo en que, después de nuestro... encuentro de anoche, nuestro matrimonio se ha convertido en una especie de hecho consumado.

Arrugó el ceño.

—No, no estoy de acuerdo. Reconozco que anoche hubo momentos muy... intensos entre nosotros —se sonrojó al recordarlo—, pero no creo que sea razón suficiente para que hayas dado por descontado que iba a aceptar tu proposición de matrimonio.

—¿No?

—¡No!

Rupert levantó las cejas altivamente.

—Entonces quizá quieras explicarme por qué sucedió.

—¿Porque eres un amante consumado, quizá? —reconoció Pandora a regañadientes.

—Y tú muy fogosa.

—Lo cual supongo que es lógico, después de todos los años que has pasado... ¿Cómo has dicho? —clavó la mirada en él, horrorizada.

Rupert frunció ligeramente el ceño mientras se acercaba a ella. Pandora pareció dar un respingo al verlo acercarse. Él se detuvo a unos pasos de distancia.

—Mi comentario no pretendía ser una crítica, Pandora —dijo con sinceridad.

Ella pestañeó.

—¿No?

Sacudió lentamente la cabeza.

—Al contrario. Me considero muy afortunado por haber encontrado una esposa cuya pasión puede equipararse con la mía.

Ella tragó saliva.

—Yo aún no soy tu esposa.

—Es solo cuestión de horas —sacudió la mano con gesto desdeñoso.

Pandora lo interrogó con la mirada.

—¿Estás seguro de que casarte conmigo es lo que quieres de verdad?

—Sí.

Nada más, pensó ella aturdida. Solo un sí inequívoco.

—¿Has olvidado que una persona desconocida parece querer hacerme daño por razones que ignoro? Eso por no hablar de mi reputación.

—No he olvidado nada, Pandora —le aseguró él, muy serio—. En el primer caso, estarás más segura en Stratton House, conmigo, que aquí o que en el campo. Y en lo que respecta a tu reputación, como tú la llamas, se trata exactamente de eso: de rumores y conjeturas. Espero sinceramente que algún día confíes en mí lo suficiente para contarme la verdad de lo ocurrido.

Ella pareció aún más alarmada.

—¿Y qué te hace pensar que lo que piensa la gente de mí no es la verdad?

¿Cómo lo sabía Rupert? Quizá porque había llegado a conocer bien a Pandora durante esos días. Lo suficiente para saber que no era la adúltera perversa que las malas lenguas hacían de ella. Era bondadosa y leal con sus amigas y con el grupo de inadaptados al que había contratado para servir en su casa, e incluso lo había sido en sus tratos con él.

No, si Pandora era de veras culpable de haber sido infiel, Rupert solo podía concluir que se había visto empujada a ello por su marido. Aún ignoraba cómo o por qué, pero era de esperar que las pesquisas que estaba haciendo Benedict Lucas acerca de las personas que habían frecuentado a Barnaby Maybury en Highbury House en los años anteriores a su muerte le dieran la respuesta a esa pregunta y también a algunas otras.

—No lo es —contestó con firmeza—. ¿Y acaso

has olvidado que yo te confesé cuáles eran mis motivos para casarme?

Pandora no había olvidado, desde luego, que si Rupert quería casarse con ella no era porque le tuviera afecto sincero, sino para librarse de una vez por todas de la viuda de su padre. Una certeza que no podía soslayarse cuando había solicitado una licencia especial de matrimonio a las pocas horas de conocerla, lo cual confirmaba que no le había pedido su mano porque la amara o la deseara a ella concretamente como esposa, sino porque creía que su situación era tal que no podía rechazarlo.

Y tenía razón, por supuesto.

La huida de Pandora de Stratton House esa mañana y su frenético afán de acabar de hacer el equipaje no habían sido más que un intento de negar lo que sabía innegable e inevitable: que con Rupert se sentía a salvo y que no le cabía ninguna duda de que él la protegería, tanto de las malas lenguas como del peligro que la acechaba de noche.

El hecho de que no pudiera defenderla de sus propias emociones, de la certeza de que se estaba enamorando de él, no era culpa de él, sino suya.

La noche anterior, después de que Rupert se fuera a dormir al vestidor, había pensado largo y tendido, al principio maravillada por el placer físico cuya existencia él acababa de revelarle, así como por su propia fogosidad, una fogosidad que Rupert acababa de asegurarle que no le horrorizaba, sino todo lo contrario.

Después, superado ya el asombro por el frenesí que se había apoderado de ella entre sus brazos, había llegado a una conclusión que explicaba su conducta.

Se estaba enamorando de él.

Si no lo había hecho ya...

Rupert era, tenía que reconocerlo, todo lo que una mujer podía desear en su marido: guapo, fuerte, defensor de aquello que consideraba suyo, considerado y fogoso como amante, además de extremadamente rico y en posesión del título de duque.

Así pues, la mujer que rechazara una proposición de matrimonio suya, fueran cuales fuesen sus motivos para hacerla, sería una necia. Pandora, que estaba ya, como poco, medio enamorada de él, habría tenido que estar loca para seguir resistiéndose a su impulso de aceptarlo. Además, cuando estuvieran casados siempre cabía la esperanza, aunque fuera remota, de que Rupert llegara a tenerle un cariño sincero.

Respiró hondo.

—Muy bien, Rupert, si sigues empeñado en casarte conmigo...

—Así es.

—Incluso sabiendo lo que sabes sobre mí —

añadió Pandora con firmeza—, entonces acepto tu proposición.

Rupert ignoraba qué concatenación de ideas la había llevado a tomar esa decisión, y tampoco estaba seguro de querer saberlo. Lo que importaba era el resultado final.

—¿Y podemos casarnos esta misma tarde?

Ella tragó saliva antes de contestar:

—Sí, si eso es lo que deseas.

¡Lo que Rupert deseaba era que no pareciera un cordero a punto de ir al matadero!

—Te prometo... confío en que este segundo matrimonio será mucho más feliz para ti que el primero.

Pandora sonrió, escéptica.

—¿A qué hora nos esperan en Saint George?

Rupert se sacó el reloj del bolsillo para mirar la hora.

—Tenemos más de una hora para...

—¿Una hora? —repitió ella incrédula, con expresión de pánico—. ¡Pero no estoy vestida como es debido para asistir a mi propia boda, ni hay tiempo para invitar a nuestros amigos!

—Esta mañana me he reunido con lord Benedict Lucas y ha aceptado ser mi testigo. Estoy seguro de que Genevieve Forster estará encantada de hacer lo mismo por ti —añadió Rupert, impertérrito.

—¿Y Sophia?

243

Él hizo una mueca.

—Creo que en estos momentos está teniendo lugar una lucha de voluntades entre tu amiga Sophia y mi amigo Dante, y que quizá sea mejor dejar que... lo resuelvan en privado, en lugar de arriesgarnos a que la situación estalle en nuestra boda.

Pandora lo miró con curiosidad.

—¿El conde está enamorado de Sophia?

—Lleva tantos años enamorado de ella que ya he perdido la cuenta —contestó Rupert.

Y Pandora sabía que Sophia siempre había asegurado que consideraba a Dante Carfax solamente un viejo amigo y condiscípulo del sobrino y heredero de su difunto marido. Quizás incluso lo aseguraba con excesiva vehemencia.

—Muy bien —asintió enérgicamente con la cabeza—. Mandaré recado a Genevieve inmediatamente.

—A pesar de mi invitación de antes, ¿me creerías si te dijera que preferiría que Jessop no asistiera a la boda? —dijo Rupert con desgana.

Ella le lanzó una sonrisa irónica.

—Vamos a casarnos dentro de una hora. De ti me espero ya cualquier cosa.

Él se encogió de hombros.

—¿Es culpa mía que el señor Jessop me parezca un advenedizo adulador que posiblemente tenía sus miras puestas en ti? —lo cual le irritaba enormemente, hasta el punto de que se sentía incapaz de dominar su irritación cuando se encontraba en presencia del abogado.

Pandora soltó un bufido.

—Eso es ridículo.

—¿Sí? —murmuró Rupert—. Ese hombre te trata con demasiada familiaridad para mi gusto.

Ella meneó la cabeza.

—Ya te he dicho que me ha sido de gran ayuda desde... desde que murió Barnaby.

—¿Con la esperanza, quizá, de meterse en tu cama?

—¡Rupert!

Él no se inmutó.

—Solo estoy especulando.

—Pues estás muy equivocado, te lo aseguro —contestó ella puntillosamente—. El señor Jessop siempre se ha portado como un perfecto caballero.

Rupert se quedó pensando.

—Aun así, te aconsejo que no firmes ningún documento relativo a la venta de la casa hasta que haya examinado el asunto más detenidamente.

—Estoy segura de que no hay nada sospechoso.

Él se encogió de hombros.

—En ese caso, no importa posponerlo unos cuantos días, ¿no?

Pero Pandora no tenía tiempo para trivialidades como las sospechas de Rupert respecto a Anthony

Jessop, ni para ninguna otra cosa. Estaba ya concentrada pensando en qué iba a ponerse para su boda...

—Puede besar a la novia —el vicario sonrió con benevolencia cuando la ceremonia religiosa acabó sin ningún tropiezo.

Rupert se volvió hacia su esposa. Pandora estaba guapísima con un vestido de encaje de color crema y un sombrerito a juego. El collar de perlas de su madre adornaba su garganta, y sus manos enguantadas sostenían un ramo de rosas rojas procedentes del jardín de Genevieve Forster mientras lo miraba tímidamente, con aquellos ojos bellísimos.

—Excelencia —Rupert esbozó una reverencia.

—Excelencia —repuso ella en voz baja.

—¿Me permite robarle un beso, Pandora Stirling, duquesa de Stratton?

Ella sonrió.

—No creo que sea robar si se concede libremente.

—¿Y así es?

—Ahora somos marido y mujer —murmuró al levantar la cara hacia él.

Rupert posó una mano a cada lado de su cara,

contempló sus asombrosos ojos violetas y bajó despacio la cabeza para besarla con ternura.

Al menos esa era su intención, besarla con ternura antes de volverse para recibir los parabienes de sus amigos. Pero se olvidó de sus intenciones al primer roce de sus labios deliciosos, y apretó ligeramente sus mejillas mientras pasaba la punta de la lengua por sus labios para abrirlos. Luego comenzó a besarla con ansia.

—Ejem.

Absorto en el placer de besar a Pandora, a su flamante esposa, Rupert notó vagamente que alguien carraspeaba con fuerza.

—Amigo mío, guárdate eso para cuando estéis a solas, ¿quieres? —masculló Benedict divertido.

Pandora parpadeó y miró a Rupert con un ligero aturdimiento cuando él se apartó de mala gana. Cuando se volvió hacia sus amigos, que los observaban con mirada indulgente y afectuosa, estaba muy colorada.

Por imposible que pareciera, había vuelto a casarse.

Ahora era la esposa de Rupert Stirling, duque de Stratton.

Genevieve y Benedict les dieron la enhorabuena y Rupert los invitó a cenar con ellos en Stratton House esa noche, pero los dos rehusaron amablemente. Benedict, además, dio una palmada a su amigo en la espada, y en sus ojos brilló un destello. Después, Genevieve y él salieron juntos de la iglesia.

Pandora se quedó mirándolos, pensativa, mientras parecían charlar alegremente.

—¿Crees que...?

—Procuro no hacer cábalas respecto a mis amigos, Pandora —bromeó Rupert.

Y ella no tuvo más tiempo para hacerlas, porque Rupert la agarró enérgicamente del brazo y la acompañó a su carruaje, la ayudó a acomodarse y tomó asiento junto a ella.

Había ocurrido todo tan deprisa que Pandora todavía no se lo creía. Era como un sueño del que podía despertar en cualquier momento para descubrir que seguía siendo Pandora Maybury, la viuda caída en desgracia de Barnaby Maybury, y no Pandora Stirling, la esposa del duque de Stratton.

—¿Tienes frío? —Rupert le pasó el brazo por los hombros y la apretó contra su costado al ver que temblaba—. Puede que no estés tan recuperada del susto de ayer como me aseguraste antes.

—Estoy muy bien, gracias, Rupert —lo miró indecisa entre sus espesas pestañas.

—Quizá deba asegurarme de ello en cuanto lleguemos a Stratton House, para mi satisfacción y confío en que también para la tuya —sugirió con voz ronca.

Pandora notó que se ruborizaba.

—Si lo crees necesario...

—¡En este momento me parece tan necesario como respirar! —estrechó sus hombros al apretarla contra sí.

—Y yo no deseo que por mi culpa te falte la respiración —ella se echó a reír.

—Si no te beso pronto, Pandora, es muy posible que así sea —repuso él con vehemencia.

Pandora levantó la cara hacia él y, al posar la mano sobre su pecho, notó lo rápidamente que latía su corazón. ¡Igual que el suyo!

Ahora era la esposa de Rupert, un caballero admirado y muy solicitado.

Cualquier mujer se enorgullecería de tenerlo por esposo, y a pesar de sus dudas iniciales, Pandora sabía que sentía cierto orgullo porque Rupert la hubiera elegido a ella precisamente para ser su mujer.

Mientras Rupert seguía besándola con una pasión que presagiaba una nueva noche de placeres, Pandora se preguntó si, a fin de cuentas, su historia iba a tener un final feliz en brazos de aquel hombre, por improbable que pudiera parecer en un principio.

Una esperanza que se vino abajo apenas unos minutos después, cuando Rupert, tras apearse del carruaje, cruzó el umbral de Stratton House con ella en brazos en cuanto el mayordomo les abrió la puerta.

—Pensaba que anoche había dejado bien claro lo que opino de que traigas a esa mujer a mi casa.

El inconfundible tono gélido de Patricia Stirling atajó de golpe las risas felices de Pandora y Rupert.

Catorce

Rupert torció el gesto y la alegría abandonó de inmediato su semblante. Sin dejar de sujetar a Pandora en sus brazos, hizo una indicación al mayordomo y esperó a que se marchara antes de fijar una mirada heladora en la viuda de su padre, que aguardaba en la puerta abierta del salón dorado.

—«Esa mujer», como tú tan groseramente la llamas, es ahora la duquesa de Stratton.

El bello rostro de Patricia se crispó en una expresión de incredulidad y, a continuación, de rabia asesina cuando miró a Pandora. Sus ojos brillaron, llenos de malevolencia.

—¿De veras te has casado con una mujer que no solo es una conocida adúltera, sino que además fue la causante de la muerte de su marido?

Rupert oyó que Pandora contenía el aliento y notó que se tensaba en sus brazos, pero no se atrevió a mirarla. Sabía que, si veía su expresión de dolor, no podría dominarse. Así pues, siguió apretándola con firmeza contra su pecho y clavó una mirada gélida en la duquesa viuda.

—No volverá usted a dirigirse a mi esposa con ese desdén, ni en ese tono, señora.

Patricia soltó una carcajada desabrida.

—¿De veras te has casado con una mujer con la que se han acostado docenas de otros caballeros de nuestro círculo? ¿Hombres con los que puedes encontrarte en tu club todos los días y que se reirán a tu espalda sabiendo que ellos la poseyeron primero? ¿Tu flamante esposa es una mujer que engañó de manera tan notoria a su primer marido que se vio obligado a batirse en un duelo a muerte por ella?

—¡Te aconsejo que refrenes tu lengua, mujer! —replicó Rupert con aspereza.

Patricia ignoró su advertencia y siguió mirándolos con una mueca de desdén.

—Vaya, vaya. Vas a ser el hazmerreír de Londres. ¡Cómo se van a reír cuando sepan que Diablo Stirling, tan arrogante, tan altivo él, se ha dejado seducir, ha permitido que la célebre Pandora Maybury lo llevara agarrado por el miembro hasta el altar! —se rio en su cara—. ¡Qué maravilla, Rupert! ¡Qué espantoso ridículo vas a hacer!

De haber tenido una mano libre, habría abofeteado de buena gana a aquella mujer. No por él, la gente podía decir lo que quisiera sobre él y le importaba un bledo, sino por la virulencia con que insultaba a Pandora con cada palabra. No le cabía ninguna duda de que lo hacía a propósito. Patricia lo hacía todo con premeditación, con un fin último, desde seducirlo a él hasta seducir a su padre cuando él había escapado de la ratonera en la que había pretendido atraparlo. De pronto comprendió que se proponía abrir una grieta en su matrimonio antes incluso de que hubiera empezado.

—¿Puedes hacer el favor de bajarme, Rupert?

Miró a Pandora con preocupación.

—Quiero llevarte en brazos hasta nuestra habitación.

—Luego, quizá. Primero bájame, Rupert, por favor —repitió con firmeza, mirándolo fijamente.

Él frunció el ceño, pero la dejó suavemente de pie sobre el suelo de mármol del vestíbulo. Pandora se alisó el vestido y se enderezó el sombrero antes de levantar la mirada. Sonrió a Rupert para tranquilizarlo y a continuación se volvió hacia Patricia.

—Tiene usted razón al suponer que Rupert ha sido objeto de ciertas... conjeturas respecto a las mujeres con las que se relacionó en el pasado —dijo con calma pero con perfecto aplomo.

Sabía perfectamente lo que se proponía Patricia y no pensaba demostrarle lo mucho que le habían dolido sus acusaciones, que no solo ofendían a Rupert, sino que al mismo tiempo sembraban en él la duda de si había hecho bien al casarse con ella. No iba a darle esa satisfacción.

Toda su confianza se apoyaba en el hecho de que Rupert le hubiera asegurado que sabía perfectamente lo que hacía al tomarla por esposa. Ella misma, además, le había advertido varias veces del ridículo al que se exponía si se casaba con ella, advertencias que él había desdeñado tajantemente.

Así pues, teniendo esas cosas en cuenta, no pensaba permitir que la lengua viperina de Patricia Stirling levantara una barrera entre ellos cuando aún no llevaban casados ni un solo día.

—Pero a decir verdad, en esta situación, ¿no cree que es usted quien más tiene que callar? —preguntó Pandora dulcemente.

Patricia pareció a punto de estallar.

—¡Cómo se atreve!

Pandora se encogió de hombros delicadamente.

—Bueno, creo que si alguna vez llegara a conocerme mejor, y estoy segura de que ninguna de las dos quiere que así sea, descubriría que soy capaz de mayores audacias. De hecho, creo que la primera orden que voy a dar en mi calidad de duquesa de Stratton va a ser pedirle que desaloje Stratton House. Por el bien de todos.

La cara de Patricia se volvió de un rojo intenso.

Sus ojos azules parecieron a punto de saltar de sus órbitas.

—¡Usted...! ¡Zorra! ¿Cómo se atreve a decirme lo que tengo que hacer y dónde tengo que ir?

Pandora suspiró con fastidio.

—Estoy intentando mostrarme razonable.

Patricia la miró con odio.

—¡Maldita advenediza de tres al cuarto!

—Evidentemente, pierdo el tiempo al intentar mostrarme educada —contestó Pandora con aire aburrido.

—¡En mi opinión pierde su tiempo por completo! —Patricia soltó un bufido cargado de desdén—. ¿Cómo puede creer que va a conseguir retener el interés de un hombre con la experiencia de Rupert? ¡No puede! —anunció, eufórica—. ¡Ni aunque bailara desnuda ante él dos semanas seguidas!

A pesar de lo muy torpe que se sentía en la cama, Pandora no iba a permitir que Patricia adivinara que su dardo envenenado había dado en el blanco.

—Eso carecería por completo de inspiración —replicó en tono más duro—. En mi opinión, los hombres prefieren que la mujer en la que ponen su interés sea un poco... esquiva. Les agrada cierto misterio. Por lo menos, a los hombres jóvenes y viriles. Porque estoy segura de que ha de ser mucho más fácil complacer a un caballero en su madurez, incluso en sus años, digamos, de senectud e impotencia.

Rupert había temido por Pandora unos minutos antes, creyendo que la crueldad de Patricia la haría trizas si no conseguía refrenarla. Pero, sorprendiéndolo de nuevo, Pandora había logrado mantener la dignidad. No obstante, el ligero temblor que advertía en ella le hizo comprender que no estaba tan calmada como aparentaba. Sus mejillas se habían vuelto de color marfil y sus ojos violetas habían adquirido un tono morado. El gesto airoso de su barbilla y su mirada decidida revelaban, sin embargo, que no estaba dispuesta a amilanarse delante de aquella víbora, bajo ningún concepto y fueran cuales fuesen las ofensas que le dirigiera.

—¿Vas a quedarte ahí parado y a permitir que esta mujer ultraje a tu propio padre sin hacer ningún intento de defenderlo? —preguntó Patricia.

Rupert levantó las cejas con aire burlón.

—Señora, está usted refiriéndose a mi esposa, la duquesa de Stratton. Y el comentario de Pandora puede ser una ultraje dependiendo de si hay alguna verdad en él. Si la hay, no veo en qué sentido puede considerarse una ofensa.

Patricia pareció furiosa.

—Para tu información, tu padre era perfectamente capaz de...

—Puede que sea excesivo explicar ciertos detalles a su hijo, señora —la atajó Pandora en suave tono de reproche—. Sobre todo cuando es de todos conocido que compartió usted la cama con él antes que con el padre.

Patricia crispó las garras.

—¡Usted no sabe nada de mi relación con Diablo...!

—Rupert ha confiado en mí lo suficiente como para saber que no era ni mucho menos una «relación» —añadió Pandora—. A fin de cuentas, por su parte solo fueron unas pocas semanas de diversión. Un soldado que regresa de permiso a casa después de haber estado en la guerra, cansado y ansioso por disfrutar de todo lo que se le ofrezca.

Como reprimenda era soberbia, y Rupert comprendió que no habría podido superarla aunque lo hubiera intentado. Pero ni siquiera hacía falta que lo intentara, siendo Pandora tan capaz de defenderse a sí misma y, de paso, a él.

—Supongo que es consciente de que Rupert solo se ha casado con usted en un intento desesperado de librarse de mí —replicó Patricia.

—Es usted muy valiente por reconocerlo a las claras —Pandora le dedicó una sonrisa gentil—. Admiro la sinceridad en una persona.

—¡Guárdese su admiración para quien la quiera! —la duquesa viuda la miró con furia antes de volverse hacia Rupert—. Pensándolo bien, creo que os merecéis el uno al otro.

—Es de esperar que así sea —Rupert apretó de nuevo a Pandora contra su costado y le sonrió antes de volver a mirar a la viuda de su padre—. ¿Necesitas ayuda para hacer el equipaje?

Patricia se irguió, gélida.

—Soy perfectamente capaz de hacer los preparativos para mudarme a la Casa de las Viudas, gracias.

—Entonces te sugiero que lo hagas... inmediatamente —contestó Rupert en tono amenazador—. Y ahora, si nos disculpas... —se inclinó y volvió a tomar a Pandora en sus brazos—. Mi esposa y yo nos disponíamos a retirarnos a nuestra habitación unas horas antes de cenar —le dio premeditadamente la espalda, cruzó el vestíbulo y comenzó a subir las escaleras, sin dejar de notar el temblor de Pandora—. Aguanta unos segundos más y llegaremos a nuestra habitación —dijo en voz baja para que solo ella pudiera oírlo.

Pandora tembló aún más al oír hablar de su habitación. El enfrentamiento con Patricia la había hecho olvidar por completo su alegre coqueteo con Rupert, y ya no se sentía la novia expectante de unos minutos antes. Al contrario: Patricia Stirling le había recordado con toda claridad por qué se había casado Rupert con ella. La única razón por la que se había casado con ella.

Rupert la miró frunciendo el ceño cuando ella dejó escapar un profundo suspiro. Acababan de entrar en la habitación y, tras cerrar la puerta con el pie, la había depositado suavemente sobre la cama.

—¿Qué ocurre? —preguntó al sentarse a su lado.

Ella esbozó una sonrisa melancólica.

—Creo que me encuentro un poco... fatigada. Ha pasado todo tan deprisa: los acontecimientos de anoche, los de hoy, y luego esa horrible escena...

Rupert sintió ganas de abofetearse por su falta de sensibilidad. Claro que se sentía fatigada. Hacía apenas unas horas que se había salvado por los pelos de morir abrasada, y al poco rato él le había hecho el amor hasta conducirla a un clímax desgarrador. Horas después se había casado y por último había regresado allí para verse insultada por su examante y exseñora de aquella casa. Las tres primeras cosas eran ya bastante traumáticas de por sí, pero la última habría hecho poner el grito en el cielo a cualquier otra recién casada. Pandora, en cambio, solo había expresado cansancio.

Volviéndose hacia un lado de la cama, le quitó con cuidado el sombrero y le apartó el pelo de las sienes, acariciando las venillas azuladas visibles bajo la piel. Vio también las sombras púrpuras del cansancio bajo aquellos encantadores ojos violetas.

—Creo que tienes razón. Lo mejor será que descanses aquí un rato antes de cenar —sonrió animosamente—. A fin de cuentas, tenemos el resto de nuestras vidas para disfrutar de estar casados.

—¿Y crees que disfrutaremos de estar casados?

Rupert la escrutó con la mirada. El rostro de Pandora reflejaba inequívocamente su incertidumbre.

—¿Es posible que ya te arrepientas de haberte casado conmigo?

Ella dejó escapar un suspiro trémulo.

—Solo me pregunto si hemos hecho lo correcto al actuar tan precipitadamente.

Sus dudas resultaban muy poco halagüeñas, pero Rupert no podía reprocharle que las sintiera. ¿Cómo iba a reprochárselo cuando había sufrido una andanada de insultos apenas unos minutos después de la boda? Insultos que había rechazado a la perfección y sin perder la dignidad, lo cual Rupert encontraba admirable. Pero ¿a qué coste para ella misma?

—Quizá deberíamos esperar un poco más antes de responder a esa pregunta —dijo en suave tono de broma.

Ella dejó escapar otro suspiro.

—Al menos parece que nos hemos librado de Patricia Stirling.

Rupert la miró con admiración.

—Has estado magnífica, Pandora.

Ella parpadeó.

—¿Sí?

—Ni yo mismo habría afrontado mejor la situación —contestó con una sonrisa.

Pandora sonrió melancólicamente.

—Menudo cumplido.

Rupert arrugó el ceño en broma.

—Te aseguro que soy famoso por la altivez de mis broncas.

—Eso no hace falta que me lo jures —esbozó una sonrisa, algo menos aturdida—. Si no tenemos cuidado, muy pronto nos conocerán como «esos arrogantes de los Stratton».

—De mí ya se dice que miró por el encima del hombro a todos aquellos que me irritan o me molestan.

—¡Y es cierto! —Pandora sintió regresar su buen humor mientras hablaban. A fin de cuentas, era el día de su boda, Rupert era su marido y, al menos por esa noche, aquella sería su cámara nupcial—. Puede que no me encuentre tan fatigada, después de todo... —sus mejillas comenzaron a colorearse al sentir el tono ronco y seductor de su propia voz.

Rupert dejó inmóvil la mano sobre su sien, entornó los párpados y durante unos segundos la miró con intensidad.

—Quizá... —hizo una pausa, como si buscara las palabras adecuadas—. La noche de ayer fue traumática para los dos. ¿Te relajaría darte un baño sin prisas y que luego nos tumbemos los dos a descansar antes de la cena?

El corazón de Pandora comenzó a latir con violencia.

—Creo que me encantaría.

—Voy a pedir que nos suban agua caliente —sus ojos se oscurecieron—. ¿Quieres que haga otra vez de doncella?

Pandora sonrió, tímida.

—Quizá podamos... atendernos el uno al otro...

Rupert sabía que, pese a lo que dijera, estaba en realidad muy cansada por todo lo ocurrido. Y sabía también que, al no haber podido alcanzar el clímax la noche anterior, no podría dominarse. Lo primero significaba que Pandora estaba seguramente demasiado agotada para hacer el amor. Y lo segundo que, si la ayudaba a bañarse, o compartía la cama con ella, quizá no pudiera evitar hacerle el amor.

Pero estaba dispuesto a intentarlo, desde luego. Estaba convencido de que disfrutaría viéndola darse un baño y luego tumbándose a su lado y durmiendo abrazados.

Inclinó ligeramente la cabeza.

—Si te apetece...

Ella tragó saliva antes de responder con voz ronca:

—Creo que sí.

Rupert se levantó para tirar de la campanilla. Después vio que Pandora se incorporaba en la cama antes de levantarse. Por primera vez en su vida, no sabía cómo conducirse con una mujer. Con una esposa. Su esposa. Iba a tardar algún tiempo en hacerse a la idea.

Llegó el mayordomo, Rupert le dio orden de llevar agua caliente para la duquesa y, cuando el sirviente se hubo marchado, Pandora miró a Rupert sin saber qué hacer ni qué decir. Se sentía aún un tanto tímida y le parecía... atrevido por su parte tomar la iniciativa. Rupert, sin embargo, parecía igual de indeciso, o reticente, quizá, a dar el primer paso.

Ella esbozó una sonrisa nerviosa .

—Anoche no parecíamos tan... tímidos el uno con el otro.

Rupert también sonrió.

—Anoche no éramos marido y mujer.

Ella lo miró con curiosidad.

—¿De veras crees que eso importa?

Él se encogió de hombros.

—No lo sé, nunca antes había estado casado.

Pandora frunció el ceño.

—¿Y no te arrepientes de que nos hayamos casados con tanta prisa?

—Fui yo quien lo dispuso así, y te aseguro que no me arrepiento en absoluto. Pero, aun así, ¿no te parece natural que sienta el nerviosismo de cualquier marido?

—¿Nerviosismo?

Rupert asintió con la cabeza.

—Me sabría muy mal decir o hacer algo que te hiciera desgraciada.

Su preocupación le pareció a Pandora extrañamente conmovedora, sin duda porque a su primer marido siempre le había traído sin cuidado su felicidad.

—Eres muy bueno por decir eso, Rupert.

—¿Muy bueno? —posó una mano bajo su barbilla y, levantándole la cara, la miró inquisitivamente—. ¿Alguna vez fuiste feliz con Maybury, aunque fuera solo un día? No, cariño, no te apartes de mí —le rogó al ver que se disponía a hacerlo—. ¿No lo querías en absoluto? ¿Ni él a ti?

—No.

Su respuesta tajante le hizo arrugar el ceño sombríamente.

—¿Siempre fue un matrimonio acordado, nada más?

Ella bajó las pestañas.

—Yo... Los dos nos dimos cuenta casi desde el principio de que no... congeniábamos.

—¡Entonces es que Maybury era idiota! —exclamó él con aspereza.

Ella sofocó un gritito de sorpresa y lo miró con los ojos muy abiertos.

—Mis padres me educaron en la creencia de que está mal hablar de los muertos.

—Los míos también —Rupert dibujó una sonrisa burlona—. Pero al hacerme mayor he descubierto que el hecho de que una persona esté muerta no impide que en vida se comportara neciamente.

Pandora sonrió.

—No deberías decir esas cosas, Rupert.

—¿Por miedo a que el diablo me reclame como uno de los suyos cuando me llegue a mí la hora? —la miró con expresión malévola—. ¡La mayoría de la gente cree que así será, de todos modos!

Entonces, en opinión de Pandora, «la mayoría de la gente» se equivocaba. Sin duda Rupert se complacía perversamente en cultivar la reputación que le había granjeado el sobrenombre de Diablo Stirling, pero pese a todo era una fama inmerecida, que no tomaba en cuenta la lealtad y el afecto que demostraba hacia sus amigos y que ellos sentían a todas luces por él, ni la honradez con que había cumplido la última voluntad de su padre con respecto a la duquesa viuda, a pesar de las enormes molestias que ello le había causado. Como tampoco tomaba en cuenta la bondad que había demostrado hacia ella al darse cuenta de que estaba en peligro.

No, fuera cual fuese su reputación, Rupert era un hombre demasiado honorable para que el diablo lo reclamara como uno de los suyos.

—La gente no te conoce como te conozco yo —afirmó Pandora.

Él sonrió ligeramente.

—¿No?

—No —contestó con firmeza—. Pero aun así no creo que sea adecuado hablar de mi primer marido estando en mi cámara nupcial con el segundo.

Rupert se quedó mirándola unos segundos. Después soltó una carcajada que hizo brillar sus ojos, llenos de buen humor.

—Creo que nunca me había reído tanto a solas con una mujer como contigo.

Ella arqueó las cejas.

—¿Con una mujer o de una mujer?

—Con, desde luego —siguió riendo—. Tienes una forma de decir lo que piensas que encuentro absolutamente refrescante.

Pandora se quedó callada un momento.

—¿Quieres saber qué estoy pensando en este momento?

Rupert contuvo la respiración al ver su mirada cálida.

—Sí, creo que sí.

—¿De qué tamaño es tu bañera?

Rupert levantó las cejas.

—Creo que lo bastante grande y profunda para que estire las piernas y el agua me llegue hasta los hombros.

—Entonces ¿cabrán dos personas sentadas?

La sonrisa de él se hizo más amplia.

—Sin duda alguna.

Ella exhaló un suspiro trémulo.

—Entonces... ¿sería muy... muy escandaloso que nos bañáramos juntos?

—Terriblemente escandaloso, sí —afirmó él—. Pero puesto que apoyo la propuesta de todo corazón, ¿qué nos importa que lo sea o no?

Pandora se sonrojó por su propio atrevimiento al sugerir que se bañaran juntos.

O, mejor dicho, que se bañaran juntos desnudos...

Quince

—Ya puedes salir de detrás del biombo, Pandora —dijo Rupert con indulgencia, mirando el exótico biombo japonés detrás del cual había desaparecido ella hacía unos minutos para desvestirse—. Las criadas ya se han ido, han encendido el fuego y nos han traído el agua caliente, así que estamos completamente solos.

Una de las criadas le había informado asimismo, en voz baja, de que la duquesa viuda había abandonado Stratton House unos minutos antes.

Rupert había entrado en su vestidor para que su ayuda de cámara lo ayudara a desvestirse; después se había puesto una larga bata de seda negra y había esperado unos minutos para que Pandora hiciera lo mismo.

Ella, sin embargo, parecía reacia a salir de detrás del biombo lacado.

Aquella iba a ser la primera vez que se bañara con una dama.

Había visto a muchas mujeres en el baño, desde luego, pero no recordaba que ninguna de ellas lo hubiera invitado a compartir la bañera. Ni recordaba haber esperado nunca con tanta ansiedad un placer improvisado.

Detrás del biombo, vestida únicamente con su bata de color crema, Pandora se hallaba sumida en un estado de agitación.

Su corazón latía frenéticamente y estaba cada vez más nerviosa. Unos minutos antes todo le había parecido tan emocionante, tan osado... Sin embargo, ahora que estaba a punto de bañarse con Rupert, le parecía tener el estómago lleno de mariposas y estaba tan nerviosa que no se atrevía a salir de detrás del biombo.

¿Y si Patricia tenía razón y no lograba mantener el interés de Rupert más allá de su noche de bodas? ¿Cómo iba a soportarlo, si él acababa rechazándola como había hecho Barnaby desde el principio de su matrimonio?

No, Rupert no era Barnaby, se dijo de inmediato.

No se parecía ni lo más mínimo a su primer marido, ni físicamente, ni en sus maneras, ni en sus inclinaciones sexuales. Eso lo sabía con toda seguridad, después de los placeres que le había mostrado...

—No muerdo, Pandora —dijo Rupert seductoramente desde el otro lado del biombo—. Al menos, si no me lo piden.

—¡Rupert! —exclamó Pandora sin aliento, escandalizada y al mismo tiempo deseosa de saber cuándo y en qué circunstancias podían haberle pedido que mordiera a alguien.

A una mujer, sin duda. Pero ¿dónde y por qué la había mordido? ¿Y le había gustado a ella que Rupert hundiera sus preciosos dientes blancos en su carne?

—Pandora —dijo él en tono de broma—, si no sales pronto de detrás del biombo, temo que el agua de nuestro baño se quedará fría y tendremos que empezar otra vez desde el principio.

Ella sabía que se estaba comportando como una boba al esconderse detrás del biombo. A fin de cuentas, Rupert la había visto desnuda la noche anterior, cuando la había ayudado a lavarse antes de aplicarle el bálsamo. Luego, la había iniciado en los placeres deliciosos del amor, una experiencia que Pandora ansiaba vivir de nuevo, una y otra vez.

Evitó su mirada al salir de detrás del biombo,

pero alcanzó a ver que solo llevaba una larga bata negra que le llegaba hasta los tobillos y que, aunque anudada a la cintura, la bata dejaba ver gran parte de su pecho desnudo. Tenía la piel suavemente bronceada y cubierta de una fina pelusa de vello rubio.

Pero, al apartar la mirada, no vio que los ojos de Rupert se oscurecían al ver su larga cabellera suelta, que le caía sobre los hombros y la espalda. Llevaba solamente una bata de color crema anudada a la cintura que realzaba el contorno de sus pechos turgentes, coronados por aquellos pezones rojos como bayas maduras que él había devorado la noche anterior. Sus caderas eran curvilíneas y sus pies pequeños y delicados.

Rupert advirtió el rubor de sus mejillas. Notó que no se atrevía a mirarlo. De su timidez se deducía que ella tampoco se había bañado nunca con nadie, lo cual complació a Rupert enormemente.

Había conseguido sonsacarle muy pocos detalles acerca de su primer matrimonio, pero deseaba, por el bien de Pandora, que su matrimonio con él estuviera tan lleno de experiencias nuevas como fuera posible. Ciertamente, no tenía intención de poner casa a una querida en un barrio discreto de Londres, como creía que había hecho Barnaby Maybury.

—¿Quieres meterte tú primero en la bañera? —preguntó.

—Yo... sí, gracias —le tembló ligeramente la voz, y se dio la vuelta para desanudarse la bata—. ¡Uy! —exclamó casi sin aliento cuando Rupert se acercó a ella y le bajó la bata por los hombros y los brazos.

—Métete enseguida en el agua caliente —dijo él mientras disfrutaba de la esbelta belleza de su espalda desnuda y su delicioso trasero.

Como nunca había sentido la más ligera timidez respecto a su cuerpo desnudo, se quitó la bata y la dejó sobre la silla, junto a la de Pandora. A fin de cuentas, no era el primer hombre al que Pandora veía sin ropa. Muy al contrario, si los rumores...

¡Bah, al diablo con los rumores! ¿Quién era él para prestar oídos a los rumores? No creía, desde luego, en la máxima según la cual la mujer del César debía ser irreprochable mientras que el César podía hacer exactamente lo que se le antojara.

No, aquel había de ser un nuevo comienzo tanto para él como para Pandora, sin recriminaciones, sin amantes o cónyuges previos que se interpusieran entre ellos. Si no, su matrimonio naufragaría antes de empezar.

Miró a Pandora.

Estaba de espaldas a él, sentada en la bañera, muy envarada. Se había recogido los rizos en un moño suelto sobre la coronilla y el frágil arco de su nuca quedaba a la vista. Rupert vislumbró la curva suave de uno de sus pechos desnudos cuando posó el brazo sobre el borde de la bañera.

—Échate un poco hacia delante, Pandora —le pidió al acercarse a ella.

Pandora siguió mirando hacia otro lado cuando se metió en el agua, a su espalda. Deslizó las largas piernas a ambos lados de su cuerpo y se sentó lentamente en la bañera. Su pecho desnudo rozó la espalda de Pandora, sus muslos atenazaron los de ella, y su largo miembro erecto se apretó contra sus nalgas.

—Recuérdame que la próxima vez que vea a la señora Hammond le dé las gracias por ese bálsamo milagroso —murmuró al acariciar con suavidad sus blancos y tersos hombros—. Casi no quedan marcas sobre tu piel deliciosa. ¿Todavía te duele?

—Apenas nada —musitó ella, trémula al sentir tan cerca su cuerpo cálido. Se echó un poco hacia delante para despegar la espalda de su duro pecho.

—Estarás más cómoda si te recuestas contra mí —deslizó las manos para posarlas sobre sus caderas y la atrajo suavemente hacia sí.

Pandora comenzó a respirar entrecortadamente. Se agarró con fuerza a los lados de la bañera y procuró relajarse contra su pecho musculoso, cuyo vello le hizo cosquillas en la columna cuando apoyó la cabeza en uno de sus hombros.

—Tienes los pechos más bonitos que he tenido el privilegio de ver.

Ella dejó de respirar por completo cuando sus manos comenzaron a moverse despacio hacia arriba, acariciadoramente, hasta llegar a sus pechos, que abarcaron a la perfección. Miró las manos fuertes de Rupert mientras él frotaba la boca contra un lado de su cuello, y se estremeció de placer. Él tomó entre los dedos sus pezones tensos e hinchados y comenzó a acariciarlos y pellizcarlos.

Pandora arqueó instintivamente la espalda al sentir que el placer recorría su cuerpo y apretó las nalgas contra él mientras Rupert seguía mordisqueando su cuello. Gimió suavemente y cerró los muslos, consciente de nuevo de que sentía su sexo hinchado y de que el sensible botoncillo que yacía escondido entre sus pliegues había comenzado a palpitar de deseo.

—Rupert... —gimió, ansiosa.

—Relájate y disfruta, cariño —murmuró él junto a su cuello—. Te aseguro que no pienso dejar de tocarte hasta dentro de un buen rato.

Pandora, sin embargo, no podía relajarse. Toda su atención estaba fija en las manos que cubrían sus pechos, en los dedos que acariciaban y pellizcaban sus pezones. Un placer ardiente la inundó cuando él hundió una mano en el agua, la introdujo entre sus muslos y, tras encontrar aquel palpitante botoncillo, comenzó a frotarlo al mismo ritmo con que sus dedos apretaban la punta erizada de uno de sus pechos.

Dejó escapar un gemido, incapaz de apartar la mirada de las manos de Rupert. Una de ellas cubría su pecho; la otra acariciaba su sexo y, mientras ella miraba, separó los rizos dorados y dejó al descubierto el botón rojo como un rubí, que latía al son de sus dedos acariciadores.

Era... ¡Oh, Dios! Aquel doble asalto a sus sentidos era tan exquisito que comenzó a mover las caderas instintivamente, restregándose contra sus dedos. Entre sus muslos, el placer fue haciéndose más y más intenso, aumentado por cada pellizco en el pezón.

—¡Rupert! —exclamó, jadeante, cada vez más excitada—. ¡Por favor, Rupert...! —movió la cabeza de un lado a otro sobre su hombro, ansiosa por alcanzar la liberación de aquel delicioso tormento.

—Dime lo que quieres, cariño. Lo que necesitas.

—Más fuerte —le suplicó ella—. Por favor, Rupert, más fuerte.

—¿Así? —tiró del pezón y lo pellizcó, y el sexo de Pandora se contrajo espasmódicamente.

—¡Sí! —Pandora había perdido por completo el pudor. Levantó las caderas para salir al encuentro de los dedos de Rupert.

—¿Y así? —Rupert pellizcó el botón hinchado y palpitante de su sexo.

Pandora gritó al alcanzar la cúspide del placer.

Después cayó flotando en una oleada de placer mientras Rupert seguía pellizcando su pezón al mismo ritmo que dos de sus largos dedos se hundían dentro de ella, ahondando su orgasmo hasta que echó la cabeza hacia atrás débilmente, respirando con esfuerzo.

Sintió que el pecho iba a estallarle de satisfacción al ver a Pandora alcanzar el clímax, gozando de la belleza de su desnudez, de la respuesta ardiente de aquel cuerpo delicioso. Era una verdadera Venus hecha carne entre sus brazos, una mujer digna de adoración, y Rupert sabía que sería feliz si podía pasar el resto de su vida haciéndole el amor.

De momento, sin embargo, se conformaba con que pasaran aquella noche juntos. Su noche de bodas, horas y horas haciendo gozar a Pandora de todas las formas posibles, uniéndola a él, poseyéndola hasta que conociera cada recoveco de su cuerpo más íntimamente de lo que conocía el suyo.

—¿Adónde vamos? —preguntó Pandora, todavía jadeante, cuando se levantó y, tomándola en brazos, salió de la bañera. Le rodeó el cuello con los brazos y su pelo se soltó y cayó como una cascada sobre sus hombros y sobre el brazo de Rupert.

Él sonrió al dejarla de pie sobre la alfombra.

—Quiero asegurarme de que estés bien seca antes de ir a la cama.

Quedó completamente desnuda ante él mientras Rupert agarraba una de las gruesas toallas blancas, y sus mejillas se tiñeron de un rojo intenso cuando se colocó tras ella y comenzó a secarle la espalda. Todavía le temblaban un poco las piernas por la intensidad del placer que acababa de experimentar gracias a las caricias de Rupert.

Pero de nuevo había sido ella quien había gozado, no Rupert. Se humedeció los labios antes de hablar.

—Eres un amante muy generoso, Rupert, pero ¿no va siendo hora de que yo... de que los dos...?

—Tenemos todo el tiempo del mundo para darnos todo el placer imaginable, Pandora —le aseguró él con voz ronca mientras se ponía de rodillas sobre la alfombra y comenzaba a secar sus pantorrillas—. Toda la vida, de hecho.

Toda la vida...

Era maravilloso, increíble, hallarse casada con Rupert Stirling, duque de Stratton, marqués de Devlin, conde de Charwood. Suyo, para hacer con él lo que quisiera el resto de sus vidas.

—Rupert, ¿no puedo...? ¿Qué haces? —gimió al sentir el contacto de sus labios en uno de sus glúteos.

Él dejó escapar una risa maliciosa.

—No puedo evitarlo: tu trasero me parece absolutamente deliciosa, Pandora. Tanto, que no puedo resistirme a la tentación de besarlo —posó sus labios cálidos sobre el otro glúteo.

Aquello era... demasiado íntimo para la sensibilidad virginal de Pandora, pero si se daba la vuelta y lo miraba, se hallaría en una situación aún más comprometida. Dio un paso adelante para alejarse de él antes de volverse. Y entonces sus ojos se agrandaron y se cortó su respiración. Al bajar la mirada, vio a Rupert en cuclillas, mirándola con cálidos ojos grises, su miembro enhiesto y bellísimo entre sus muslos.

Había sentido su verga apretada contra ella en varias ocasiones, desde luego. Sobre todo la noche anterior, cuando se había sentado a horcajadas sobre sus piernas y él le había mostrado por primera vez el placer. Pero nada, ni siquiera lo sucedido la víspera, la había preparado para la belleza viril del cuerpo de Rupert.

Su piel era suavemente dorada, sus hombros anchos y poderosos, su pecho amplio y musculado, su vientre plano, y su largo y grueso miembro brotaba airosamente de entre los rizos rubios de su entrepierna.

—Rupert... —cayó de rodillas antes sus muslos separados—. ¿Puedo... puedo tocarte?

—Por favor —contestó roncamente—. ¡Santo cielo, Pandora! —gruñó al primer contacto de sus dedos sedosos sobre su verga ardiente.

—¿No te duele? —la piel parecía tan tensa, tan llena, como si fuera a estallar al más leve contacto.

—Es un dolor placentero —gimió él—. Acaríciame, cariño —suplicó—. Apriétala un poco con los dedos y mueve la mano arriba y abajo. Luego pon la otra mano debajo de... ¡Sí, así!

Aquellos últimos días con Pandora habían llevado al límite su capacidad de autocontrol, y al verla agarrar y mover ligeramente su miembro mientras miraba su cuerpo desnudo estuvo a punto de perder el dominio de sí mismo.

—Más fuerte, amor —dijo con voz rasposa, arqueando la espalda hacia atrás y frotándose contra sus dedos—. ¡Más fuerte! ¡Ah, Dios, más deprisa!

—¿Puedo...? —se humedeció los labios al ver aparecer una gota en la punta de su miembro—. ¿Puedo probarte?

—¡Sí! —gimió él al sentir cerca el orgasmo, y vio que Pandora se inclinaba despacio hacia él y que su larga melena caía sobre sus muslos.

Abrió los labios sobre su verga caliente y palpitante y se la metió tan profundamente en la boca que la punta tocó su garganta.

Si alguna vez había alcanzado un orgasmo tan feroz y poderoso, Rupert no lo recordaba. Alargó los brazos y hundió los dedos entre el pelo de Pandora mientras ella recibía por completo su potente orgasmo, que le hizo gruñir y retorcerse de éxtasis.

Minutos, horas después, por fin se inclinó hacia delante para apoyar la cabeza sobre sus rizos rubios, completamente agotado. Ni siquiera tenía fuerzas para pensar con claridad.

—Rupert, ¿estás bien? —preguntó ella, alarmada al verlo tan exhausto, y palideció de miedo pensando que tal vez le hubiera hecho daño.

Unos minutos antes, al preguntar si podía saborearlo, había actuado totalmente por instinto. Pero ¿le había causado algún daño? ¿Había herido a la persona a la que menos deseaba herir?

—No pasa nada, amor —Rupert se rio débilmente al levantar la cabeza para mirarla—. Solo necesito uno o dos minutos para recuperarme. Luego me tocará a mí probarte y... —se interrumpió y frunció el ceño, irritado, al oír que llamaban a la puerta del dormitorio—. ¡Ahora no! —gruñó, y cerró los ojos un momento antes de sacudir la cabeza—. No hagas caso, amor. Quizás así se vayan —la miró intensamente—. Pandora, no he sido demasiado rudo contigo, ¿verdad? ¿No te he hecho daño?

—¿Hacerme daño? —ella sabía que estaba pálida—. Eres tú quien parecía estar sufriendo hace un momento.

—Eso era éxtasis, no dolor —repuso él—. Un éxtasis que estoy deseando repetir. Tan a menudo como tú lo desees —añadió.

Ella se atrevió a mirarlo.

—¿De veras?

Rupert estaba asombrado.

—No entiendo, Pandora. Estuviste tres años casada con Maybury. ¿Nunca compartisteis...? —se interrumpió cuando ella se apartó bruscamente.

—¡No hablemos de él ahora! —sollozó con una mirada de reproche.

—Sé que has dicho que no congeniabais, pero sin duda... —frunció el ceño, malhumorado, cuando volvieron a llamar a la puerta—. ¿Qué ocurre? —preguntó con impaciencia.

—Siento muchísimo interrumpir, Excelencia —dijo su mayordomo al otro lado de la puerta cerrada—, pero abajo hay una señora que desea verlo. Se niega... Insiste en que debe hablar con usted inmediatamente, Excelencia —añadió en tono de disculpa.

Pandora parpadeó, desconcertada. ¿Qué señora podía estar esperándolo abajo? ¿Y cómo osaba interrumpirles el día de su boda?

Se le encogió el corazón al pensar que, ahora que por fin se habían librado de Patricia Stirling, tal vez tuviera que enfrentarse a otra de las mujeres pertenecientes a su pasado de libertino.

—Enseguida bajo, Pendleton —dijo ásperamente antes de volverse para mirar a Pandora—. Me libraré de esa mujer lo antes posible para volver contigo.

—No te des prisa por mí, Rupert —se apartó de sus brazos, se levantó y cruzó la habitación para recoger su bata—. Como tú dices, vamos a pasar juntos el resto de nuestras vidas —le dio la espalda para ponerse la bata y cubrir su desnudez.

—Pandora...

—Por favor, no dejes que te retrase más —procuró no mirarlo, pero al mismo tiempo estuvo pendiente de cada uno de sus movimientos cuando se puso su bata y se la anudó antes de acercarse a ella.

Él estiró los brazos para agarrarla de los hombros y le levantó la barbilla para que lo mirara a los ojos.

—Estoy seguro de que no puede ser nada urgente, por más que esa mujer insista —murmuró, lamentando que les hubieran interrumpido tan intempestivamente.

—Claro que no —compuso una sonrisa y apartó la barbilla de su mano—. Cuanto antes te vayas, antes podrás volver —añadió.

Rupert hizo una mueca tensando la boca y maldijo para sus adentros a la mujer que lo esperaba abajo. ¡Más le valía estar preparada para afrontar su ira!

—¿Te quedarás tal y como estás?

Pandora miró el reloj de la chimenea.

—Es casi la hora de vestirse para cenar.

Y que él supiera no había ni desayunado ni comido ese día y, por tanto, debía de estar hambrienta.

Procuró refrenar su enfado por que aquellos momentos de deliciosa intimidad hubieran quedado hechos añicos.

—Vístete para cenar, desde luego. Yo pasaré por mi vestidor y haré lo mismo antes de que bajemos a hablar con esa visita tan inoportuna.

Su voz se endureció al decir esto último. Se preguntaba quién sería aquella mujer. No era Patricia, desde luego, pues hacía una hora o más que se había marchado.

—Creo que Pendleton ha dicho que esa señora venía a verte a ti, no a mí —le recordó ella con frialdad, apartándose de nuevo.

Rupert entornó los ojos.

—Pandora...

—Por favor, Rupert, tienes que irte —insistió ella con firmeza.

Él le lanzó una mirada cargada de frustración.

—Quisiera que esto no hubiera ocurrido por nada del mundo, Pandora.

—Eso no puedes afirmarlo hasta que no sepas de qué se trata exactamente —arguyó ella.

Fuera quien fuese la persona que había osado interrumpirlos el día de su boda, iba a saber lo afilada que podía tener la lengua Rupert.

—Estaré de vuelta dentro de unos minutos —prometió antes de entrar en su vestidor.

Pero una sola mirada a la señora que había insistido en verlo bastó para convencerlo de que no podría cumplir su promesa...

Dieciséis

—Su Excelencia me ha pedido que le presente sus disculpas, señora, y le ruega que empiece a cenar sin él —dijo Pendleton, incómodo, cuando Pandora abrió la puerta del dormitorio, media hora después.

Pandora, que ya se había vestido, llevaba diez minutos paseándose nerviosa por la habitación mientras esperaba el regreso de Rupert.

Se quedó parada.

—¿Dónde está su Excelencia?

El mayordomo esquivó su mirada.

—Creo que ha tenido que salir un rato, señora.

Ella abrió los ojos de par en par.

—¿El duque no está en casa?

—No, Excelencia.

Pandora se había quedado perpleja. ¿Cómo podía haber salido Rupert en su noche de bodas y en compañía de aquella señora que tanto había insistido en verlo? ¿Era alguien de su pasado, quizá?

Pero ¿acaso no era una idea descabellada?, se preguntó con el ceño fruncido. A fin de cuentas, Rupert había parecido tan sorprendido por la visita como ella misma. Y sin embargo... sin embargo había salido sin molestarse siquiera en subir para avisarle de que se iba.

—¿Ocurre algo, Pendleton? —preguntó.

—No, que yo sepa, Excelencia.

Ella suspiró, irritada.

—¿El duque no le ha dicho por qué ha tenido que irse tan repentinamente?

—No, señora —ni el tono ni la expresión de Pendleton permitían adivinar lo que opinaba al respecto—. Solamente me pidió que le dijera que no lo espere para cenar.

Pero a Pandora no le apetecía lo más mínimo cenar sola y sin saber dónde había ido Rupert con aquella mujer misteriosa. A decir verdad, se sentía ligeramente mareada y enferma. Se humedeció los labios con la punta de la lengua.

—¿Y... se ha ido mi marido al mismo tiempo que esa señora que ha venido a verlo?

—Creo que sí, Excelencia.

Pandora sintió que algo dentro de ella se moría, como si un puño le hubiera asestado un golpe mortal en el pecho, dejándola sin aliento y vaciando por completo su mente. Solo sabía que Rupert se había ausentado de su lado en su noche de bodas y en compañía de otra mujer.

Resultaba irónico y humillante que no uno, sino dos maridos la hubieran abandonado en su noche de bodas. De hecho, de no haber sido tan doloroso, tal vez se habría reído de su propia necedad al creer que su matrimonio con Rupert tenía alguna posibilidad de ser más feliz que el primero.

Irguió los hombros airosamente.

—Creo que yo tampoco voy a molestarme en cenar, gracias, Pendleton. Si hace el favor de expresarle mis disculpas a la cocinera... —sin duda la pobre mujer, creyendo que el duque de Stratton iba a celebrar su boda, habría preparado algo especial para la cena. Unos manjares que quedarían tan intactos como la propia Pandora.

—Desde luego, Excelencia —el mayordomo hizo una ligera reverencia—. ¿Quiere que le suban algún refrigerio en lugar de la cena?

—No, gracias —consiguió mantener la compostura hasta que se marchó Pendleton.

Los demás criados sin duda sabían ya que su marido la había abandonado en su noche de bodas y la compadecían por ello. Al pensarlo, lágrimas ardientes comenzaron a caer por sus tersas mejillas.

Había creído que no podía haber mayor humillación que la que había sufrido cuatro años antes, en su noche de bodas, pero sin duda el que Rupert la hubiera dejado sola y abandonada para irse en compañía de otra mujer y sin darle ninguna explicación lo superaba con creces.

Cuando se había casado con Barnaby era cándida y confiada, estaba enamorada del amor más que del hombre que se había convertido en su marido.

A fin de cuentas, ¿cómo iba a estar enamorada de Barnaby cuando en realidad no lo conocía y él no había hecho absolutamente nada por alentar en ella esa emoción después de su boda?

Durante los cuatro años anteriores, tres de ellos pasados en la soledad del desamor, había madurado ella y habían madurado sus emociones. Ahora sabía muy bien qué era el amor.

Era un hombre con la cara y los rizos rubios de un ángel caído.

Era un hombre llamado Diablo...

Eran las dos de la madrugada y en la casa reinaba un silencio inquietante cuando Rupert subió sigilosamente por la ancha escalera, saltando los peldaños de dos en dos, y giró a la derecha para enfilar el largo pasillo.

Abrió la puerta del dormitorio sin hacer ruido, la cerró y miró a la mujer bañada por el claro de luna que yacía dormida sobre la colcha. Se acercó a la cama con sigilo para poder verla mejor.

Llevaba el mismo vestido de color crema y el collar de perlas con los que se había casado, pero el cabello rubio le caía sobre los hombros, casi plateado a la luz de la luna.

El largo abanico de sus pestañas descansaba sobre la tez marfileña de sus mejillas. Un ceño arrugó su frente, sus labios se entreabrieron y exhaló un suspiro, dormida.

Rupert sintió una opresión en el pecho al oír una nota de tristeza en aquel suspiro. Se inclinó para besar con ternura su frente y dejó que sus labios se deslizaran hasta la mejilla de ella.

Al notar el sabor salobre de las lágrimas, se preguntó si habría llorado por su abandono en su noche de bodas.

La opresión que sentía en el pecho se intensificó cuando se quitó la chaqueta y se tendió despacio, con mucho cuidado, en la cama, junto a ella. No quería despertarla.

Le apartó los rizos que le caían sobre las sienes y la rodeó con sus brazos cuando se giró instintivamente hacia él buscando consuelo y apoyó la cabeza sobre su hombro y una mano sobre su pecho.

Satisfecho por fin, Rupert cerró los ojos y se quedó dormido a su lado.

Pronto se haría de día y podría explicarle a Pandora por qué esa noche había tenido que irse tan de repente.

Pandora estaba teniendo un sueño maravilloso, acurrucada en aquellos brazos que la estrechaban con fuerza. Un sueño tan bello, tan reconfortante, que se resistió a que el sol de la mañana que caía sobre la cama la despertara.

En su sueño, Rupert la estrechaba entre sus brazos. Era su hombro sobre el que apoyaba la cabeza. Era su pecho musculoso el que sentía bajo sus dedos.

De ahí que supiera que estaba soñando. Porque Rupert no estaba allí. No había vuelto en toda la noche. No había regresado a casa.

En su noche de bodas.

Sintió de nuevo el aguijonazo ardiente de las lágrimas bajo los párpados cerrados, y le sorprendió un poco que aún le quedaran lágrimas después lo mucho que había llorado esa noche. Era...

—Sé que estás despierta, Pandora.

Al oír la voz de Rupert se quedó quieta, petrificada por la incredulidad.

—Abre los ojos y mírame, cariño.

No podía. No se atrevía. No tenía deseos de ver, de saber la verdad de por qué la había abandonado la noche anterior, como sin duda sucedería si veía sus cautivadores ojos grises.

—¿Pandora? —insistió él tiernamente.

—¡Vete! —mantuvo los ojos bien apretados, resistiéndose a responder a su ternura.

—No quiero dejarte, amor.

—Pues anoche no te costó ningún trabajo —replicó ella.

Rupert contuvo la respiración al oír su tono de dolor.

—Anoche tenía tan pocas ganas de dejarte como ahora.

Ella meneó la cabeza con vehemencia.

—No te creo.

—¿Por qué?

Abrió los párpados y lo miró con reproche, los ojos rebosantes de lágrimas.

—¡Quizá porque has pasado nuestra noche de bodas en brazos de otra mujer!

—No, amor.

—¡Sí, amor! —la furia coloreó sus mejillas—. Ni siquiera Barnaby tuvo la crueldad de... —se interrumpió con un gemido.

—¿Sí? —Rupert la estrechó entre sus brazos.

Ella evitó mirarlo y se apartó de su pecho.

—Suéltame, por favor.

—He dicho que no —contestó con firmeza.

Pandora lo miró ceñuda, fijándose en su pelo revuelto, en la expresión de cansancio de sus ojos, prueba de que no había dormido, en la sombra de barba que cubría sus mejillas y que demostraba que aún no se había afeitado esa mañana, y en su ropa, que aún llevaba puesta.

¡Se había metido en su cama recién llegado de pasar la noche en brazos de otra mujer!

Sus labios temblaron.

—Eres despreciable. No tienes moral de ninguna clase. Te has acostado con otra en tu noche de bodas —logró desasirse de sus brazos. Se puso en pie y se acercó a la ventana, todo lo lejos de Rupert que permitía la estrechez de la habitación. Una habitación que era la de Rupert, no la suya. Una habitación que no pensaba volver a compartir con él nunca más.

Soltó una risa ahogada al comprender que a su primer marido no le habían gustado nada las mujeres y que al segundo le gustaban demasiado.

Rupert se sentó en la cama y la miró con los párpados entornados. Miró a su esposa, a una esposa cuya expresión de repugnancia decía a las claras que ya no le gustaba, que ya no confiaba en él.

—No he pasado la noche en brazos de otra mujer, Pandora, ni siquiera una parte de la noche —dijo cansinamente.

—Eso es mentira...

—Yo nunca te mentiré.

Ella profirió un bufido.

—Me estás mintiendo ahora.

—Eran las dos de la mañana cuando regresé.

—¡No intentes engatusarme, Rupert! —sus ojos centellearon—. Da igual a qué hora regresaras, ¡venías de estar con otra!

—No, amor —hizo una mueca—. A no ser que consideres «otra» a Henley —añadió de mala gana—. Y te aseguro que no me acerqué a sus brazos ni de lejos.

Pandora se quedó de piedra.

—¿Henley? ¿Mi Henley?

—Bueno, mía no es, desde luego —contestó Rupert.

Pandora pareció confusa.

—No entiendo.

Rupert exhaló un profundo suspiro y se pasó una mano por el pelo, consciente de que su aspecto debía de hacerle parecer el adúltero que creía Pandora.

—Fue Henley quien vino anoche e insistió en hablar conmigo —explicó trabajosamente.

Los ojos de Pandora se agrandaron.

—¿Mi Henley?

—De veras, tienes que dejar de repetirte, amor —contestó él con sorna—. Y desde luego no he pasado nuestra noche de bodas, ni ninguna otra, claro, en la cama de esa señora —añadió con firmeza.

Pandora tragó saliva antes de hablar. Le temblaba ligeramente la mano cuando se apartó los rizos rubios del hombro.

—¿Por qué vino Henley y pidió hablar contigo, en vez de conmigo?

—Ah... —Rupert suspiró aliviado—. ¡Qué tranquilizador es saber que tu inteligencia le ha ganado por fin la partida a tus emociones!

Ella hizo una mueca al oír su evidente sarcasmo.

—¿Qué ha ocurrido? ¿Por qué quería hablar Henley contigo? —insistió al ver que no contestaba.

Rupert arrugó el ceño.

—Anoche alguien volvió a entrar en Highbury House.

—Santo cielo —Pandora empalideció y se agarró al respaldo de la silla que había delante del tocador—. Hay alguien herido —el miedo afiló su mirada.

Rupert asintió con la cabeza.

—Por desgracia, Bentley sufrió un fuerte golpe en la cabeza...

—¡Tengo que ir enseguida!

—Bentley no está allí, amor —le dijo Rupert.

—¿No está allí? —sus ojos se dilataron, se oscurecieron y pareció tambalearse ligeramente—. Dios mío, ¿está...? —tragó saliva con esfuerzo.

Rupert cruzó la habitación en dos zancadas y la

tomó en sus brazos al ver que corría peligro de desmayarse.

—Perdóname, amor, estoy cansado y no estoy llevando bien este asunto —apoyó la cabeza encima de sus rizos sedosos mientras ella se aferraba a su chaleco—. Bentley no ha muerto —le aseguró—. Es probable que tenga un fuerte dolor de cabeza esta mañana, pero está vivo.

Pandora se dejó caer contra él.

—¡Gracias a Dios! No podría haberlo soportado si le hubiera pasado algo —levantó la cabeza para mirarlo—. Pero si no está en Highbury House, ¿dónde está?

—En mi finca de Cambridgeshire —dijo Rupert—. Igual que todos tus sirvientes. Por eso no volví hasta casi las dos de la mañana. Estuve ocupándome de su traslado. El alguacil Smythe ha tenido la prudencia de apostar discretamente a dos de sus hombres cerca de Highbury House, pero aun así me pareció preferible que Bentley y los demás salieran de allí hasta que esta situación se aclare. Si ayer te hubiera dejado hablar con Henley, solo habría empeorado las cosas, porque estaba, como suele, presa de la histeria. Esta vez, sin embargo, estoy dispuesto a perdonarla, pues tuvo la precaución de preguntar por mí y no por ti para darnos la mala noticia —añadió con satisfacción.

—Gracias, Rupert, yo... —tembló ligeramente

en sus brazos. Luego lo miró con incertidumbre—. Te he acusado injustamente.

—Sí —su mandíbula se tensó—. Y creo que también has llorado innecesariamente por ello.

—Porque creía... pensaba...

—Has dejado muy claro lo que piensas de mí y de mi moral, Pandora —dijo él con acritud.

—Me... me recordó tanto a... —sacudió la cabeza y sus ojos volvieron a llenarse de lágrimas—. Lo siento de veras, Rupert. No debería haber... No tenía razones para pensar... —se mordió el labio inferior al interrumpirse, balbuciendo.

El semblante de Rupert se enterneció.

—Pandora, ¿no va siendo hora de que hablemos de tu matrimonio con Maybury?

Ella lo miró con sorpresa.

—¿Con Barnaby? Pero... —arrugó el ceño—. ¿Qué tiene esto que ver con mi primer matrimonio?

¡Todo, en opinión de Rupert! Aunque todavía ignoraba cómo y por qué.

Tras arreglar las cosas en Highbury House, había sacado a Benedict de la cama en plena noche para preguntarle si había averiguado algo acerca de la vida que había llevado Maybury en Highbury House durante los años que había estado casado con Pandora.

Los colaboradores de Benedict habían descubierto que Maybury había comprado el inmueble algunos años antes de su boda con Pandora y, al interrogar a los dueños de las casas vecinas, habían averiguado que Maybury tenía un ayuda de cámara y recibía las visitas de su administrador y su abogado, además de las de varios amigos de su edad. Nada de lo cual ayudaba en lo más mínimo a resolver el enigma de quién podía ser su amante.

Por duro que fuera para Pandora, por difícil que le resultara explicarle los detalles de su matrimonio, ella parecía ser la única persona capaz de arrojar un poco de luz sobre aquel asunto.

Tomó sus mejillas entre las manos y la miró con intensidad.

—Pandora, Maybury compró Highbury House casi diez años antes de dejártela en herencia.

Ella pareció desconcertada.

—Sí, ¿y qué?

Rupert respiró hondo.

—Lo cierto es que no hay un modo fácil de decir esto... —movió la cabeza—. Estoy convencido de que Maybury compró la casa para poder encontrarse allí en secreto con su querida...

—No.

Rupert arrugó el ceño al oír su respuesta tajante.

—Comprendo que sea un tema doloroso para ti, Pandora, pero... —se interrumpió cuando ella se desasió de sus manos y se alejó de él con los brazos cruzados alrededor de la cintura, como si hubiera recibido un golpe—. No deseo que sufras más de lo que has sufrido ya —suspiró, comprendiendo que, pese a todo, la había hecho sufrir—. Pero Maybury...

—No tenía una amante —le aseguró Pandora sin volverse.

—De eso no puedes estar segura, amor.

—Sí que puedo —se volvió para mirarlo con ojos atormentados—. De hecho, puedo afirmar con toda certeza que Barnaby no tuvo una amante ni antes ni después de nuestra boda.

Rupert se quedó mirándola unos segundos antes de preguntar lentamente:

—¿Era impotente?

Pandora sonrió sin ganas.

—No, creo que no.

—¿Qué quieres decir exactamente con que crees que no?

Pandora, que no tenía fuerzas para contarle los sórdidos detalles de su desastroso matrimonio con Maybury, cambió bruscamente de tema.

—No entiendo qué importancia puede tener que Barnaby tuviera o no una amante, ni qué tiene que ver con el hecho de que alguien haya entrado en Highbury House repetidamente este último año.

No se le había ocurrido pensar que Henley pudiera ser la señora que había insistido en hablar con

Rupert la noche anterior. Pero aun así se había equivocado gravemente al juzgar a Rupert y lo había acusado de serle infiel en su noche de bodas. Estaba convencida de que a él le costaría perdonarla por ello, sobre todo ahora que sabía dónde había estado y cómo se había ocupado de su servicio durante las horas que había pasado fuera.

Él se encogió de hombros.

—Teniendo en cuenta las circunstancias de la muerte de Maybury, creo que tal vez haya en Highbury House alguna prueba comprometedora que revele la identidad de su amante. Objetos personales, quizá. O incluso cartas.

—Antes de trasladarme a Highbury House ordené a Bentley que todos los objetos personales de Barnaby fueran metidos en un baúl y llevados al desván —frunció los labios al pensar en Barnaby y en su amante juntos en la que había sido su casa durante un año.

¿De veras había sido Barnaby tan cruel? ¿Había sido capaz, después de muerto, de infligir aquella última humillación a una esposa a la que nunca había querido ni apreciado? De vez en cuando se había mostrado hostil con ella, como si de algún modo la culpara de haber tenido que casarse. Pero ¿la detestaba hasta el punto de haberle dejado la casa en la que se reunía en secreto con su amante?

Sí, pensó con pesadumbre, le creía capaz de aquella ruindad. Cuanto antes aceptara la oferta de compra de Highbury House que le había hecho llegar Anthony Jessop de parte de su tío, tanto mejor.

—¡Por amor de Dios, Pandora, háblame! —Rupert la miró suplicante.

¿Podía confesarle ahora la verdad sobre su matrimonio con Barnaby? ¿Revelarle, al menos a él, el secreto que había guardado aquellos últimos cuatro años? ¿Comprendería él la humillación que había sufrido durante su matrimonio y su necesidad de guardar silencio incluso después de muerto Barnaby para proteger a Clara Stanley y a sus dos hijos?

¿Cómo no iba a decírselo ahora que sabía ya tanto sobre la situación?

—¿Pandora? —dijo con voz suave, manteniendo a raya su impaciencia. Había visto el desfile de emociones que había cruzado por su rostro durante aquellos últimos minutos. El dolor. La desilusión, seguida por una especie de digna resolución que la llevó a levantar la barbilla y a cuadrar los hombros antes de mirarlo.

Pero su determinación pareció vacilar ligeramente cuando se humedeció los labios, nerviosa, antes de hablar.

—Si había alguien en la vida de Barnaby... y estoy segura de que así era —añadió—, no era una mujer, sino... sino otra cosa.

Rupert la miró sin comprender. ¿A qué se refería? No tenía sentido, a no ser que...

—Dios mío, ¿quieres decir que Maybury estaba liado con otro hombre?

Pandora eludió su mirada incrédula.

—Creo que no es algo inaudito entre los caballeros de la alta sociedad.

No, no lo era, ni entre los caballeros de la alta sociedad, ni entre los hombres en general. Y, aunque Rupert no compartía esas preferencias, tampoco tenía nada que reprocharles. De hecho, varios amigos suyos del ejército tenían esa inclinación, y ello no había mermado en absoluto la estima que sentía por ellos. Pero, que él supiera, ninguno de esos hombres se había casado con una mujer tan bella y deseable como Pandora, como parecía haber hecho Maybury, con el único fin de ocultar sus verdaderas inclinaciones.

Pandora se volvió y se quedó mirando distraídamente la plaza de abajo.

—Barnaby tenía aspiraciones políticas —dijo desapasionadamente—. Y no creía que pudiera hacerlas realidad si alguna vez salía a la luz que...

—Que prefería la compañía de los hombres a la de las mujeres —concluyó Rupert.

—Sí —tembló ligeramente—. Me expuso la situación con toda claridad nada más casarnos. Me dijo que me mantendría, que me acompañaría durante la Temporada, que se aseguraría de que tuviera una vida cómoda, de que no me faltara de nada, pero que no tenía intención de convertirse en mi marido en... en un sentido físico. Que la sola idea de tocarme, a mí o a cualquier mujer, lo ponía enfermo.

—¿Y esperaba que aceptaras dócilmente esos términos? —preguntó Rupert, horrorizado.

—No —murmuró ella—, no lo esperaba, se aseguró de que no me quedara más remedio que aceptarlos. Saldó todas las deudas de mi padre y me advirtió que exigiría la devolución inmediata del dinero si me atrevía a dejarlo o a exponerlo públicamente.

Rupert sabía que en su clase social había muchos matrimonios que distaban de ser ideales, matrimonios acordados por cuestiones políticas o conveniencia social, en los que ambas partes preferían buscar consuelo en brazos de terceros después de que la esposa diera a luz a un heredero varón. De hecho, el matrimonio de sus padres había distado mucho de ser feliz.

Pero que un hombre engañara premeditadamente a su prometida, que se casara con una mujer tan joven y bella como Pandora sabiendo que no tenía intención de convertirse en su marido de verdad, resultaba increíble.

O no...

Pensándolo bien, Maybury había mostrado una enorme astucia al elegir esposa. En el momento de su boda, Pandora era muy joven y confiada, y por tanto maleable. Una maleabilidad que Maybury se había asegurado de prolongar incluso después de revelarle la verdad, pagando las deudas de su padre y haciendo, por tanto, que toda la familia estuviera en deuda con él.

Rupert comprendió de inmediato que era eso lo que había mantenido sellados los labios de Pandora. Demostraba una falta total de egoísmo en lo referente al bienestar de los demás, como probaba el grupo de inadaptados del que se había rodeado en Highbury House. Una falta de egoísmo que también lo incluía a él, como demostraba la firmeza con que se había enfrentado a Patricia el día anterior.

Sacudió la cabeza.

—¿Nadie lo adivinó nunca?

Él no había oído mencionar nada en sociedad, pero tampoco se molestaba en prestar atención a las habladurías y había estado seis años fuera, sirviendo en el ejército. Hacía poco que había vuelto a la vida civil, y para entonces las malas lenguas la habían tomado con Pandora, no con el duque.

Ella sonrió desganadamente.

—Después de la muerte de Barnaby me enteré de que su ayuda de cámara también lo sabía.

Rupert arrugó el ceño.

—¿El ayuda de cámara de Maybury? ¿Cómo conseguiste que guardara silencio? —entornó los ojos—. ¿Es por eso por lo que no tienes joyas, excepto las perlas de tu madre?

—Qué astuto eres, Rupert —lo miró con admiración—. No podía darle las esmeraldas de los Maybury, claro, pero sí, ese hombrecillo despreciable me exigió que le entregara mis joyas personales a cambio de su silencio —se encogió de hombros—. De todos modos no quería nada de lo que me había regalado Barnaby, así que no me costó desprenderme de ellas. ¿Qué ocurre, Rupert? —lo miró alarmada cuando comenzó a jurar con vehemencia.

Él logró controlarse con esfuerzo.

—¿Crees posible que ese ayuda de cámara sea quien ha estado entrando en Highbury House este último año?

Pandora se quedó pensando un momento.

—No creo. Yo no le tenía ningún aprecio, pero no creo que fuera... que fuera el amante de Barnaby —lo miró con nerviosismo—. ¿Te... te repugnan las circunstancias de mi matrimonio?

¿Repugnarle? ¡Le ponían furioso!

Le llenaba de rabia que Pandora hubiera sufrido todos esos años, hasta el punto de que habría deseado que Maybury no estuviera ya muerto.

Así habría tenido el placer de liquidarlo él mismo.

¿Era de extrañar que, casada con semejante hombre, Pandora hubiera acabado por caer víctima de los halagos de otros hombres? ¿Hombres que sin duda le habían dado el cariño y el consuelo que le había negado su marido?

—No, amor —cruzó la habitación para tomarla entre sus brazos—. Si estoy enfadado con alguien es con Maybury, no contigo —apoyó la frente sobre sus rizos sedosos—. Cuánto has sufrido, cariño.

Su comprensión, su ternura, conmovieron a Pandora hasta tal punto que dejó escapar un sollozo ahogado y las lágrimas volvieron a rodar por sus mejillas.

Escondió la cara contra su pecho y rodeó su cintura con los brazos, aferrándose a su fuerza.

—Siento mucho lo que te dije antes —dijo entrecortadamente—. He tenido pocos motivos para confiar en los demás estos últimos años, pero no debería haberte juzgado tan cruelmente cuando solo me has demostrado sinceridad y honradez. Pero lo de anoche me recordó tanto a lo que sentí en mi primera noche de bodas, que no podía creer que el destino me hubiera asestado otra vez ese golpe.

Rupert la estrechó entre sus brazos.

—No volveré a dejarte sola ni una sola noche, Pandora —prometió con vehemencia—. Pienso tenerte tan ocupada y satisfecha en nuestra cama —añadió en son de broma—, que no tendrás motivos para buscar consuelo en otros hombres. ¿Qué ocurre, amor? —arrugó el ceño cuando Pandora se apartó de él.

Ella levantó la barbilla con decisión, pero no alcanzó a levantar la mirada más allá de los botones de su chaleco cuando dijo en voz baja:

—Nunca ha habido otros hombres, Rupert.

—Peró ¿y Stanley?

—Eso solo son mentiras —por fin lo miró a los ojos—. Sir Thomas Stanley nunca fue mi amante, Rupert.

—Entonces, ¿el duelo...?

Ella apretó los labios.

—No se libró por mí.

Rupert pareció perplejo. Sintió una opresión en el pecho al ver la mirada valerosa de Pandora, a pesar de que le temblara el labio. ¿Por miedo a que no la creyera?

Si algo había aprendido esos últimos días, era que se podía confiar en que Pandora dijera la verdad. Y si decía que nunca había tenido una aventura con sir Thomas Stanley ni con ningún otro hombre, Rupert la creía. Absolutamente.

—¿Por quién se libró, entonces? —preguntó con ternura, animándola con la mirada.

Ella se encogió de hombros.

—Supongo que debió de ser por la persona que... por el hombre con el que tanto Barnaby como sir Thomas estaban... liados. El hombre que posiblemente ha estado entrando ilícitamente en Highbury House.

Rupert había llegado a la misma conclusión.

—¿Sir Thomas también se casó para ocultar sus verdaderas inclinaciones sexuales?

Pandora tragó saliva antes de contestar.

—Sí.

Rupert deseó que aquellos dos hombres no estuvieran ya muertos.

—Y has guardado silencio para proteger a la familia de Stanley —dijo ásperamente.

Pandora tenía aún los ojos llorosos cuando lo miró, suplicante.

—Por favor, compréndelo, Rupert, no podía permitir que lady Clara y sus dos hijos se convirtieran en objeto de burla, como sucedería si se sabía la verdad.

Claro que no. Pandora tenía un corazón de oro, prefería soportar sola el desdén y las habladurías, en lugar de poner en esa situación a otra mujer inocente y a sus dos hijos.

Por lo que a él respectaba, Pandora era una mujer sin igual. Una mujer bella y generosa que merecía que la cuidaran, que la mimaran, que la quisieran el resto de su vida.

¿Quererla?

Santo cielo, ¿y ahora qué?

Rupert se volvió hacia la puerta del dormitorio al oír que llamaban suavemente.

—¿Qué ocurre? —preguntó con impaciencia.

—Un caballero le ha traído una carta que, según dice, requiere su atención urgente, Excelencia —le informó Pendleton en tono de disculpa—. Está esperando abajo su contestación —añadió antes de que Rupert tuviera tiempo de decirle que informara al caballero de abajo de que podía agarrar su carta e irse al diablo con ella.

—Puede que sean noticias del alguacil Smythe, Rupert —dijo Pandora.

Él respiró hondo para calmarse, consciente de que había perdido parte de su acostumbrado aplomo. De hecho, se hallaba en tal estado de agitación que tenía la impresión de haber recibido un mazazo en el pecho. Benedict ya había insinuado que Pandora le gustaba, pero ¿y si...?

—¿Excelencia?

—¡Sí, maldita sea! —Rupert soltó a su esposa, cruzó la habitación, abrió la puerta y, casi sin mirar a Pendleton, agarró la carta que el mayordomo le había llevado en una bandejita de plata.

Pandora tembló mientras lo veía romper el sello y leer el contenido de la carta. Apenas podía refrenar su ansiedad, su necesidad de saber si aquella pesadilla había acabado por fin. Si ella y sus criados estaban al fin a salvo.

—Lo han arrestado, Pandora —le informó Rupert desapasionadamente.

Así pues, todo había acabado, en efecto.

Pero ahora se preguntaba si no estaría también a punto de acabar su matrimonio con Rupert, el hombre al que amaba con todo su corazón y que probablemente solo sentía piedad hacia ella.

Diecisiete

¡Anthony Jessop era el culpable!

Pandora se sentía aturdida por aquella noticia cuando, varias horas después, iba sentada en silencio en el carruaje junto a Rupert, de regreso a Stratton House.

Rupert no había querido que lo acompañara a las oficinas del alguacil Smythe, le había asegurado que no hacía falta que pasara por un nuevo mal trago por culpa de Barnaby. Ella, sin embargo, había insistido en ir. Quería estar allí, necesitaba saber por qué había fingido el abogado que era su amigo cuando Barnaby y él...

—No lo pienses más, amor —Rupert la enlazó con firmeza y la apretó contra su pecho—. Se acabó, y no tenemos por qué volver a hablar de ello.

Sí, se había acabado al fin. Un rato antes, Anthony Jessop había lanzado una mirada a Pandora antes de lanzarse a una hiriente diatriba contra ella. Era él, en efecto, quien había entrado ilícitamente en Highbury House varias veces a lo largo de ese último año, quien había prendido fuego a su alcoba y atacado a Bentley. La invectiva de Jessop había confirmado asimismo que Rupert tenía razón desde el principio respecto al contenido de la caja guardada en el desván con las escasas pertenencias personales de Barnaby procedentes de Highbury House. Anthony Jessop buscaba varias cartas comprometedoras que había escrito a su amante, cartas que necesitaba recuperar para impedir que alguien se enterara de su aventura amorosa.

Tras mucho negociar con el alguacil Smythe, Rupert había llegado a un acuerdo con él que beneficiaba a Pandora. No quería que los esfuerzos que había hecho ella por salvaguardar el honor de la viuda y los hijos de sir Thomas Stanley, renunciando incluso a su propia reputación, fueran en vano.

Finalmente se había decidido que, puesto que ni Pandora ni Bentley deseaban presentar una denuncia, Anthony Jessop abandonaría el país para no volver. Si regresaba, caería sobre él todo el peso de la ley.

Pandora no podía menos de sentirse agradecida con Rupert por haber pensado en su bienestar.

—Rupert...

—Hablaremos cuando estemos en casa y hayas

311

comido algo, amor —levantó la vista hacia arriba, donde estarían sentados los mozos.

Ella se recostó en el asiento con un suspiro.

—Creo que no voy a ser capaz de comer nada.

Rupert la miró, consciente de lo pálida que estaba y de lo profundas que eran sus ojeras. Pero ¿acaso era de extrañar, cuando otro hombre en el que había puesto su confianza la había engañado?

Lo cual no auguraba nada bueno para Rupert, si quería persuadirla de que confiara en él.

—¿Mejor?

—Mucho mejor —alentada por Rupert, Pandora había logrado comer un opíparo desayuno y se sentía mucho más fuerte, tanto física como anímicamente.

—Llamaremos si necesitamos alguna otra cosa, Pendleton —le dijo Rupert al mayordomo. Después, cuando estuvieron solos en el pequeño comedor, se levantó y comenzó a pasearse con gesto adusto y pensativo, sin decir nada.

Temiendo estar a punto de recibir un golpe, Pandora se preparó para encajarlo. La comida que acababa de tomar le pesaba en el estómago.

Él se paró por fin a su lado.

—Pandora, tengo que preguntarte una cosa... No,

tengo que preguntarte dos cosas —puntualizó—. No tienes que contestar a ninguna si prefieres no hacerlo.

Ella se puso aún más nerviosa.

—Ya sabes tanto, Rupert, que estoy segura de que podré contestarte sinceramente y sin temor.

—Eres realmente la más hermosa de las mujeres, Pandora, por dentro y por fuera —su semblante se enterneció cuando cayó de rodillas delante de ella y tomó sus manos.

Pandora lo miró con sorpresa.

—Rupert...

Él acercó una mano a sus labios antes de hablar.

—Mi queridísima, mi dulce y bella Pandora, ¿quieres casarte conmigo?

El corazón pareció subírsele de un salto a la garganta.

—Pero ¿no estamos ya casados?

Él siguió mirándola tiernamente, sin pestañear.

—Sí, lo estamos. Y estas últimas horas me he dado cuenta de que te empujé a casarte del mismo modo que lo hizo Maybury... —se interrumpió cuando Pandora puso los dedos sobre sus labios.

—No quiero que volvamos a hablar de él —dijo con firmeza.

—No lo haremos —repuso Rupert, muy serio—. Solo te diré que me gustaría que no estuviera muerto para matarlo con mis propias manos.

Pandora sofocó un gemido de sorpresa.

—Los hombres somos muy primitivos, amor —se disculpó Rupert roncamente, tomando su cara entre las manos—. Me dan ganas de matar a cualquiera que ose hacerte daño —sacudió la cabeza—. Es... Perdóname, Pandora. Nunca había tenido emociones tan fuertes y me siento perdido, no sé cómo decirte... cómo empezar a decirte que... ¡Maldita sea! —se interrumpió, mascullando un improperio—. Te quiero, Pandora —se llevó su mano a la mejilla—. Estos últimos días me han demostrado que te amo por completo. Tu corazón bondadoso, tu lealtad, tu bondad, tu belleza, tu pasión, tu... Detenme, Pandora, o acabaré haciendo el ridículo por completo y me arrastraré a tus pies para suplicarte que te cases conmigo y me hagas el hombre más feliz sobre la faz de la Tierra —gruñó antes de besar su palma.

Pandora estaba tan asombrada, tan feliz, que no podría haber hablado aunque su vida hubiera dependido de ello.

De hecho, su vida, su futura vida con Rupert, dependía de ello. Pero no a costa de que aquel hombre fuerte y valeroso tuviera que arrastrarse a los pies de nadie, y menos aún a los suyos.

Se deslizó de la silla y, arrodillándose frente a él, tocó su mejilla.

—Yo también me he enamorado de ti, Rupert. Te quiero muchísimo, cariño mío —lo miró con adoración—. Amo tu fortaleza, tu lealtad, tu bondad, tu pasión... Y en cuanto a tu belleza... —no pudo seguir, pues los labios de Rupert se apoderaron de los suyos en un beso tan lleno de amor y admiración que sintió que el corazón iba a estallarle dentro del pecho.

Rupert la quería. La quería de verdad, profundamente.

Era un milagro que hubiera sucedido algo así en medio de tanta infelicidad. Un verdadero milagro.

Él dejó de besarla por fin y la miró con todo ese amor brillando en sus intensos ojos grises.

—Dios, amor... —respiró hondo, entrecortadamente—. ¿Quieres casarte conmigo, Pandora? No en privado, como hicimos ayer, con solo dos amigos como testigos, sino con todo esplendor, con toda la alta sociedad presente. ¿Quieres recorrer el camino hacia el altar y permitir que proclame a los cuatro vientos mi amor por ti, por mi duquesa?

—¡Oh, Rupert! —comenzó a llorar de nuevo, pero esta vez eran lágrimas de felicidad.

Rupert la estrechó entre sus brazos y posó la mejilla sobre sus rizos dorados.

—¿Y querrás ir de blanco, Pandora, en honor a tu pureza?

Se quedó quieta en sus brazos. Luego levantó lentamente la cabeza y lo miró con timidez.

—No estoy segura de que, después de lo que ha

pasado entre nosotros estos últimos días, eso sea posible...

—Claro que sí, amor, todavía es posible —su voz se enronqueció cuando el amor que sentía por aquella mujer maravillosa y virginal amenazó con embargarlo por completo.

Porque Pandora era virgen. Se había dado cuenta de ello al repasar una y otra vez todo lo que le había contado esa mañana. No solo no le había sido infiel a su anterior marido, sino que nunca había yacido con él, ni con un ningún otro hombre. Milagrosamente, su novia era una virgen.

—Entonces iré de blanco por ti, mi querido Rupert —sus ojos violetas parecieron sonreírle—. Pero quiero, no, exijo que me hagas el amor completamente antes de que se celebre nuestra segunda boda.

Él sacudió la cabeza.

—No sabes cuánto lo deseo, amor mío. Dios, me muero de ganas de hacerte el amor —reconoció con vehemencia—. Pero ¿no sería mejor que esperáramos? ¿Que primero tengas la boda que mereces?

—Aun así tendremos esa boda, Rupert —prometió ella con voz ronca y, apartándose de él, lo tomó de las manos para que se levantara—. Pero ¿no crees que después de haber estado casada tres años la primera vez y un día y una noche la segunda, ya he esperado bastante? —sus ojos brillaron, traviesos.

Rupert la miró inquisitivamente.

—¿Estás segura, cariño?

—Nunca he estado más segura de algo —asintió con la cabeza—. Bueno, excepto de lo mucho que te quiero. Yo también me muero de ganas de hacer el amor contigo, Rupert.

—¡Cuánto te quiero! —exclamó él, y se inclinó para levantarla en brazos.

—Entonces, demuéstramelo —lo invitó ella, posando la cabeza sobre su hombro cuando salió del comedor y comenzó a subir las escaleras hacia el dormitorio.

Rupert contuvo el aliento cuando la depositó suavemente sobre la colcha y contempló a la mujer a la que amaba con todo su corazón.

Su duquesa.

Su Pandora...

CAROLE MORTIMER

El placer del escándalo

Él era bello como un ángel caído, no en vano era conocido entre sus amigos como Lucifer, y ella anhelaba descubrir aquel mundo de sutiles pecados que su amistad prometía. Después de un matrimonio lleno de dolor, Genevieve deseaba más que nada caer en la tentación que él suponía. Si ese mundo de refinados placeres llevará o no al amor verdadero es algo que os «incitamos» a descubrir. Y, para seguir con el leit motiv de la trama, esperamos que «caigáis en la tentación» de leer con avidez esta espléndida novela de Carole Mortimer que tenemos el «placer» de recomendaros. Su nombre es suficiente carta de presentación por si nuestros consejos no os «incitaran».

¡Feliz lectura!

Los editores

Uno

Mayo de 1817 en Londres

—¿Puedo llevarte en mi carruaje, Genevieve?

Genevieve se dio la vuelta para mirar al hombre que estaba al lado de ella en lo alto de las escaleras que bajaban de la iglesia de San Jorge, en la plaza Hanover. Los dos habían sido testigos de la boda de unos amigos comunes. Lo que le había sorprendido no había sido el tono, sino la pregunta en sí, ya que su propio carruaje y su doncella la esperaban visiblemente al pie de las escaleras para llevarla a su casa en la plaza Cavendish. Eso además de que ella era Genevieve Forster, duquesa viuda de Woollerton, y él era lord Benedict Lucas, conocido entre sus amigos y enemigos como Lucifer. Había una diferencia social entre ellos y hasta ese momento solo se conocían de vista, por lo que debería haberla llamado por su título y no por su nombre de pila...

—¿Genevieve...?

Sintió un estremecimiento de excitación por la intensidad de su voz ronca, por la mirada de sus enigmáticos ojos negros como el carbón y por la ceja que arqueaba burlonamente bajo el sombrero de copa que se había puesto al salir de la iglesia. Lucifer... Ese nombre le iba como anillo al dedo a ese caballero con un pelo moreno que se ondulaba suavemente sobre el cuello de la levita negra, con una nariz recta y afilada entre unos pómulos bien marcados y con una boca cincelada que, de vez en cuando, esbozaba un gesto de conformidad, pero que, normalmente, apretaba los labios para mostrar un desdén implacable sobre el mentón firme y arrogante.

Lucifer, de treinta y un años, solo era seis años mayor que ella, pero la profundidad de las emociones que se ocultaban tras esos ojos negros y brillantes indicaban que era un caballero mucho mayor que lo que decía su edad. Ella, y toda la sociedad, sabían que eso se debía en parte a la trágica muerte de sus padres hacía diez años. Lucifer los encontró asesinados en su residencia del campo y nunca se encontró al asesino. Quizá por eso siempre iba vestido de negro con inmaculadas camisas blancas, todo ello perfectamente hecho a medida, naturalmente, para realzar sus amplias espaldas, su musculoso pecho, su estrecha cintura y sus largas piernas con botas negras. Era una vestimenta que debería haberle dado un aire sombrío, pero que en él solo aumentaba su aspecto peligroso y esquivo. Aunque, si ella había entendido su oferta, no estaba siendo esquivo al ofrecerle llevarla en su carruaje... Si ella aceptase su oferta, sería coherente con lo que les dijo hacía una semana a Sophia y Pandora, sus mejores amigas.

Como eran viudas que acababan de volver a la sociedad después del preceptivo año de luto, deberían encontrar un amante antes de que terminara la Temporada. Había sido una idea casi inmoral por su parte, lo sabía, y dicha más como fanfarronada que como una verdadera intención porque, al fin y al cabo, su matrimonio con Josiah Forster había sido doloroso y humillante y la había dejado con muchos reparos físicos hacia todos los hombres.

—Es muy amable, milord, pero...

—Una mujer tan... atrevida como tú no puede ponerse nerviosa por montarse sola en mi carruaje, Genevieve...

El estremecimiento de excitación dejó paso a otro de alarma al oír la palabra «atrevida» dicha por él. Era exactamente la misma que había empleado ella hacía una semana cuando habló con Sophia y Pandora de encontrar un amante. Ella sabía que uno de los dos mejores amigos de Lucifer había oído la conversación. ¿Se la habría contado? Si lo había hecho, habría sido muy poco caballeroso. Levantó la barbilla y miró a Lucifer con la cautela reflejada en sus ojos azules.

—No sabía que alguna vez hubiese dado motivos para que mi comportamiento pudiese considerarse atrevido, milord.

Tampoco creía que fuese capaz de hacerlo. Una cosa era decirles una bravuconada a sus amigas y otra muy distinta llevarla a cabo. Además, toda la flor y nata de la sociedad hablaba en voz baja de Benedict Lucas, si se atrevía a hablar de él. Era un hombre de pasiones profundas y vehementes, que hacía diez años juró que encontraría a la persona que asesinó a sus padres tardara lo que tardase y que la mataría antes de confiar en la justicia. También era conocido como uno de los mejores tiradores de Inglaterra y como un espadachín muy bueno, habilidades que había perfeccionado durante los años que pasó en el ejército y que indicaban que era perfectamente capaz de cumplir su amenaza.

—¿Ha oído usted otra cosa, milord? —insistió ella al no recibir respuesta de él.

Benedict podría haberse reído porque esa expresión de recriminación y orgullo no encajaba en el hermoso rostro de Genevieve Forster, pero hacía diez años que no se reía ni se divertía con facilidad. Esbozó una sonrisa dura y burlona.

—Nada concreto, Genevieve —él siguió llamándola por su nombre de pila porque había notado que le molestaba—. Sin embargo, estoy seguro de que todavía estás a tiempo de subsanar esa carencia si decides...

Genevieve Forster era una mujer muy hermosa. Los abundantes rizos que asomaban por debajo de su sombrero azul eran como llamas y sus ojos como violetas. Su nariz era un poco chata, sus labios, carnosos y sensuales y su cutis, muy blanco y aterciopelado. Aunque era menuda, casi frágil, el escote de su vestido azul dejaba vislumbrar unos pechos exuberantes.

Sabía que había estado casada durante seis años y que llevaba uno viuda. No tenía familiares masculinos, salvo su hijastro, el duque, un caballero algunos años mayor que Genevieve, y se sabía que no se llevaban bien. Sus dos mejores amigas tenían sendas relaciones sentimentales y él sabía que eso las alejaba de Genevieve. Él nunca había acechado a mujeres desprotegidas, pero una viuda de veinticinco años no podía entrar en esa categoría. Una amistad pública con ella le vendría muy bien, por el contraste, para lo que tenía que hacer durante las siguientes semanas como espía de la Corona y, además, disfrutaría mucho de esa amistad con una mujer tan hermosa y jovial.

—Salvo que, naturalmente, te parezca demasiado atrevido ir conmigo en mi carruaje... —la desafió él con suavidad.

Genevieve se encrespó ante lo que le pareció un insulto a la independencia que había intentado conseguir con mucho esfuerzo desde que se quedó viuda... y tampoco era una joven que se cohibiera fácilmente. Era duquesa y viuda y, como tal, podía hacer lo que quisiera. Además, no le daría al arrogante y burlón Benedict Lucas el placer de que la considerara una cobarde.

—En absoluto, milord —replicó ella con una frialdad gélida—. Si me concedéis un minuto para que despida a mi carruaje...

—¿Y a tu doncella?

Ella se puso un poco más rígida por el nuevo desafío.

—Y a mi doncella —concedió ella con la misma frialdad, después de pensarlo unos segundos.

Benedict Lucas le ofreció el brazo para bajar las escaleras. Ella, con el corazón algo acelerado, apoyó la mano enguantada en su musculoso brazo y permitió que él la acompañara a su carruaje, donde él se excusó para dirigirse hasta su cochero para esperarla.

—¿Está segura, excelencia?

May, la doncella de Genevieve desde hacía siete años, miró con los ojos como platos al peligroso y atractivo Lucifer cuando supo que su señora quería volver a su casa en el carruaje de él.

—Sí, estoy muy segura —aseguró Genevieve con una firmeza que no sentía.

May sabía mejor que nadie lo espantoso que había sido el matrimonio de Genevieve con Josiah Forster.

—He oído muchas cosas de ese caballero... —insistió la doncella.

—Gracias, May.

Genevieve también había oído muchas cosas de Lucifer y todas depravadas, pero ¿qué podía hacer cuando la había desafiado tan abiertamente? Podía haber salido corriendo lo más lejos posible... ¡No! No podía ni quería seguir viviendo como tuvo que vivir durante su matrimonio con Josiah, cuando estaba asustada de su propia sombra casi todo el tiempo. Aunque la idea de estar a solas con un caballero le alterara el pulso y le encogiera el estómago hasta tener náuseas. Además, ¿qué podía hacerle Benedict Lucas en su carruaje y a plena luz del día?

—¿Le parece necesario, milord?

Benedict le sonrió mientras bajaba las cortinillas de las ventanas.

—¿No te parece que el sol brilla... demasiado? —le preguntó él en tono burlón.

Ella lo miró detenidamente durante unos segundos.

—Es un poco... fastidioso —concedió ella.

—Efectivamente —Benedict siguió mirándola a los ojos mientras bajaba la última cortinilla—. Así está mucho más agradable.

—Mucho más —añadió ella con una sonrisa fría, aunque el pulso le latía a toda velocidad en la base del cuello—. ¿La boda de hoy le ha sorprendido tanto como a mí?

—No —contestó él tajantemente.

Las confidencias del novio eran confidencias y no iban a dejar de serlo.

—¿Cree que...?

—No.

Genevieve arqueó las cejas doradas y algo rojizas.

—No ha oído mi pregunta.

Él esbozó una sonrisa implacable.

—Ni falta que hace cuando no pienso comentar los asuntos privados de la novia o el novio —replicó él mientras miraba el movimiento de los pechos de ella al tomar aliento—. Tiene un precioso... collar.

—Yo... Gracias. Fue un regalo de boda.

Sus dedos enguantados se dirigieron instintivamente al zafiro del tamaño de un huevo de petirrojo.

—Evidentemente, tu marido tenía un gusto muy refinado —murmuró Benedict—. Tanto por su esposa como por las joyas que le regalaba.

—Puede pensar lo que quiera, Lucas.

Ella lo dijo en un tono duro como el acero. Él la miró con los ojos entrecerrados y captó el rubor de sus mejillas y el brillo de enojo en sus preciosos ojos azules.

—¿Acaso el duque no era un caballero de gusto refinado...? —preguntó él lentamente.

—¡No era un caballero en absoluto! —exclamó ella como si se sintiera ofendida—. Además, le diré, Lucas, que si al invitarme a su carruaje pretendía trabar algún tipo de amistad, ha errado estrepitosamente al sacar el tema de mi difunto marido.

Benedict arqueó las cejas ante su franqueza.

—¿No fue un matrimonio feliz?

—Evidentemente, no.

Genevieve Forster estaba resultando mucho más entretenida de lo que él había podido imaginarse antes de mantener una conversación con ella.

—¿No te pareció que convertirte en duquesa... compensaba adecuadamente las carencias del duque como marido?

—No —el brillo burlón de los ojos de Benedict no mejoró en nada el humor de ella—. Le recomendaría que la próxima vez que se encuentre a solas con una mujer no le hable de su marido fallecido.

—Si te he ofendido...

—No me ha ofendido, milord, estoy aburrida por esta conversación.

Ella levantó la cortinilla que tenía al lado y miró hacia la calle. Él se quedó en silencio unos segundos que le parecieron eternos y se dio cuenta de que nunca se había encontrado con una mujer como Genevieve Forster, y, aunque siempre era discreto, había conocido íntimamente a unas cuantas mujeres durante los últimos doce años. Mujeres a las que había deseado físicamente, pero a las que no había querido conocer en ningún otro sentido, y mucho menos había querido conocer los detalles privados de sus vidas.

Sus intenciones con Genevieve Forster habían sido igual de desapasionadas. Había querido aprovechar su amistad con ella como excusa para aparecer en sociedad, igual que había hecho otras veces.

Siempre evitaba acudir a bailes o fiestas y solo aceptaba alguna de esas invitaciones cuando tenía que hacerlo como agente de la Corona. Era enojoso que Genevieve Forster expresara tan claramente su falta de interés por esa amistad, pero también era bastante intrigante.

—¿No puedo redimirme de alguna manera? —intentó congraciarse él.

Ella se volvió para mirarlo con el ceño levemente fruncido.

—Le diré que estuve casada durante seis desdichados años y que he pasado el último año de luto por un marido al que despreciaba con toda mi alma. Por lo tanto, en el futuro solo busco diversión y aventuras.

Él sabía que la diferencia de edad entre el duque y ella era muy grande, pero no sabía las circunstancias del matrimonio entre Genevieve y Josiah Forster. Ya las sabía, pero no podía evitar preguntarse por qué había sido un matrimonio tan infeliz.

—¿Crees que no puedo ofrecerte diversión y aventuras?

—Es posible que cierto tipo de aventura, sí —reconoció ella en tono comedido—. Al fin y al cabo, le conocen como el peligroso y esquivo Lucifer.

—¿De verdad? —preguntó él con las cejas arqueadas.

—Claro —ella asintió burlonamente con la cabeza—. Sin embargo, ¿diversión...? No, no lo creo, milord —replicó ella con una sonrisa fría y casi despectiva.

Benedict se sintió más molesto todavía por ese rechazo tan directo.

—¿Cómo puedes estar tan segura si haber estado en mi compañía?

—Estoy con usted en su carruaje, milord.

Ella lo miró con arrogancia.

—¿Y?

—He tenido tiempo suficiente para comprender que somos tan distintos que no congeniaríamos.

La impotencia que sentía Benedict por la conversación y por esa mujer aumentaba cada minuto que pasaba.

—¿Asistirás esta noche al baile de lady Hammond?

Ella se encogió de hombros con elegancia.

—Todavía no he decidido si asistir o cenar en privado con el conde de Sandhurst.

—¿Estás pensando en cenar con Charlie Brooks? —preguntó él inclinándose hacia delante.

Los ojos azules de ella adoptaron un gesto defensivo ante el evidente desdén de él.

—El conde no solo es encantador y amable, también es guapo como un dios griego.

El conde de Sandhurst era todo eso, pero también era famoso por ser uno de los mayores libertinos de Londres, algo que encajaba perfectamente en sus planes de entregarse a la diversión y las aventuras después de haber estado casada con un hombre que carecía de esas virtudes, un hombre al que despreciaba, según ella había dicho claramente. ¿Su enojo con Sandhurst podría deberse a que ella le había dicho que no congeniarían? Era posible, reconoció él con fastidio. ¡Qué lo rechazaran por un mamarracho como Charlie Brooks!

—Tengo una cita a última hora de la tarde, pero los dos podríamos cenar juntos por la noche si eso es lo que te parece que podría ser divertido y aventurado —ofreció él casi sin darse cuenta.

—No, pero gracias por ofrecérmelo —rechazó Genevieve sin inmutarse.

—¿Puede saberse por qué? —estalló él.

—Entre otras cosas, porque no me gusta que me digan que seré la segunda cita.

—¡Es una cita de trabajo!

Ella volvió a encogerse de hombros.

—Entonces, le deseo más suerte con esa cita que la que ha tenido conmigo.

—¡Estás siendo irracional! —exclamó Lucifer mirándola con rabia.

Genevieve lo miró con lástima.

—Estoy segura de que habrá muchas mujeres que agradecerán su interés, milord, pero habiendo pasado tan poco tiempo desde mi desdichado matrimonio, creo que necesito algo más... romántico que lo que parece ofrecerme.

—¡Romántico!

Él la miró como si se hubiese vuelto loca. Ella miró por la ventanilla.

—Creo que hemos llegado a mi casa, Lucas —lo miró inexpresivamente y recogió su bolso de mano para bajarse del carruaje—. Gracias por el paseo, milord, ha sido muy... revelador.

Él frunció el ceño sombríamente.

—Hay muchas formas de divertirse, Genevieve, y creo que si lo pensaras bien, te darías cuenta de que... las conozco mucho mejor que Sandhurst.

Ella arqueó las cejas.

—Es posible que algún día me plantee la posibilidad de comparar quién las conoce mejor, pero hoy, no.

Lucifer siguió frunciendo las cejas.

—Estás siendo muy ingenua si crees que alguien como Charlie Brooks se conformará con diversión y aventuras.

Genevieve estaba divirtiéndose en ese momento. Era muy joven cuando se casó con Josiah Forster y no había tenido muchas ocasiones de coquetear, pero, aun así, estaba completamente segura de que había despertado el interés de Benedict Lucas al no sentirse atraída por su belleza sombría y amenazadora. Efectivamente, podía ser tan ingenua como había dicho él en cuanto a los caballeros de la alta sociedad, pero no era tonta y sabía que un hombre como él no habría encontrado estímulo en una conquista tan fácil como la que se había imaginado que sería ella. Se maravilló al darse cuenta de que era muy emocionante haber despertado el interés de un caballero tan peligroso y esquivo... Se encogió de hombros.

—Como he dicho, quiero que me... cortejen un poco antes de plantearme siquiera la posibilidad de que un caballero se convierta en mi amante.

—Sandhurst...

—...me mandó flores y bombones esta mañana. Además de una tarjeta muy bonita —añadió ella con una sonrisa al recordarlo.

—¡Solo porque espera engatusarte y acostarse contigo esta noche!

—Lo sé, naturalmente —reconoció ella inclinando la cabeza con frialdad—, pero que Sandhurst espere que la noche acabe así no quiere decir que vaya a conseguirlo.

¿Se había sentido alguna vez tan impotente y enojado con una mujer? No lo recordaba. Además, muy pocas veces había expresado algún tipo de emoción intensa. Las sentía, claro, pero prefería no revelárselas a los demás.

—No veo qué tiene de romántico que Sandhurst te encandile con flores, bombones y tarjetas muy bonitas...—él hizo una mueca de disgusto— ...solo porque espera acostarse contigo en cuanto hayáis terminado de cenar.

Genevieve lo miró con un gesto burlón.

—¿No habría esperado lo mismo de mí si hubiese aceptado encontrarme con usted en el baile de lady Hammond y, encima, no habría recibido ni flores, ni chocolate, ni una tarjeta muy bonita?

Él resopló con impaciencia.

—Si fuese así, por lo menos habría sido sincero.

Ella volvió a mirarlo con lástima.

—Quizá, demasiado...

—¡Eres una mujer increíblemente ofensiva, Genevieve!

Ella dejó escapar una risa de sorpresa.

—Eso sí que es sinceridad, Benedict.

Él la miró con un brillo en los ojos negros y sacudió la cabeza con fastidio.

—Me encontrarás esta noche en el baile de lady Hammond si quieres.

Ella inclinó la cabeza con frialdad otra vez.

—Tendré en cuenta su amable oferta. Ahora, si no le importa...

Ella miró hacia la puerta del carruaje y Benedict tuvo que bajarse y ofrecerle la mano para ayudarla. Ella, cuando estuvo a su lado, volvió a inclinar la cabeza antes de darse la vuelta y subir con elegancia los escalones que llevaban a la puerta de su casa, que se abrió inmediatamente para que entrara y se cerró con firmeza detrás de ella.

Benedict se dio cuenta de que ni siquiera había vuelto la cabeza hacia él...

Dos

—¿Te ha molestado Sandhurst de alguna manera?

Benedict se dio la vuelta y arqueó las cejas al hombre bajo y fornido que se había acercado a él junto a la concurrida pista de baile de lady Hammond.

—¿Por qué crees que me ha molestado?

Él lo preguntó casi a gritos para que pudiera oírlo por encima de las risas y conversaciones de los casi trescientos integrantes de lo más granado de la sociedad que se amontonaban en el salón de baile.

—Porque llevas veinte minutos mirándolo con cara de muy pocos amigos.

Lord Eric Cargill, conde de Dartmouth y padrino de Benedict, se rio con ironía. Benedict dio la espalda a las parejas que bailaban.

—Solo intentaba entender en qué podía parecerse Sandhurst a un dios griego —replicó él lenta y pensativamente.

—Ah...

El conde, sin salir de su asombro, arqueó las cejas grises todo lo que dieron de sí. Benedict sonrió como si se riera de sí mismo.

—No porque tenga un interés personal, como comprenderás.

—Ah... —el anciano suspiró con alivio antes de sacudir lentamente la cabeza—. No, me temo que no comprendo nada.

—Da igual.

Benedict no pensaba reconocer que el motivo de su interés era la mujer que estaba bailando entre los brazos del otro hombre.

El conde lo miró un rato con los ojos entrecerrados antes de desechar el asunto.

—Si hubiese sabido que ibas a venir esta noche, no me habría molestado en venir yo.

Había sido coronel del ejército durante muchos años y en ese momento era el espía jefe de la Corona, bajo la tapadera de un puesto ministerial de poca categoría, pero le gustaban los bailes de sociedad tan poco como a Benedict.

—Pero también habrías privado a mi tía Cynthia del placer de venir —replicó Benedict en tono burlón.

El conde y la condesa, que desgraciadamente no habían tenido hijos, lo habían adoptado cuando murieron sus padres.

—Sí, hay que tener eso en cuenta —el conde se rio con un brillo en sus ojos marrones—, pero, aunque luego espero disfrutar con sus manifestaciones de gratitud, no sé si compensan las horas de aburrimiento que he pasado en cumplimiento del deber —él volvió a entrecerrar los ojos mientras miraba a las parejas que estaban bailando—. ¿Quién es esa preciosa joven que está bailando con Sandhurst?

—Creo que es la duquesa de Woollerton.

Benedict no tuvo que darse la vuelta para saber quién era esa preciosa joven.

—No sabía que Forster se hubiese casado... —comentó Eric Cargill mirándolo fugazmente.

—Quizá hubiese tenido que decir la duquesa viuda —se corrigió Benedict.

El conde volvió a arquear las cejas.

—¿Esa joven tan bella es la esposa que Josiah

Forster encerró en el campo desde el momento en el que se casó y se acostó con ella?

Benedict hizo una mueca ante la crudeza de la pregunta de su tío.

—Eso parece...

—No tenía ni idea... —murmuró el anciano en tono complacido.

—Deberías salir más y codearte con la sociedad.

Su padrino hizo un gesto de disgusto.

—Me he ocupado de contar con el servicio de gente como tú para no tener que hacerlo.

Benedict se alistó en el ejército poco después de que asesinaran a sus padres y descargó su ira y desesperación contra los ejércitos de Napoleón, hasta que el corso estuvo a buen recaudo en la isla de Elba; al menos, toda Inglaterra creyó que no podría escaparse. Volvió brevemente al ejército cuando Napoleón se escapó y hasta que volvieron a derrotarlo y enviarlo a la remota isla de Santa Helena. Entonces, se dio cuenta de que su inquietud no se adaptaba a la tediosa vida de civil. Su padrino le ofreció trabajar para él como agente de la Corona y eso le ayudó a sofocar en parte esa inquietud durante los dos últimos años, pero no completamente. No la sofocaría completamente hasta que supiera quién había asesinado a sus padres y le hubiera dado el trato que se merecía. Algo que podía seguir investigando de forma privada y sin que nadie lo sospechara gracias a su puesto como agente del conde de Dartmouth.

Excepto cuando se trataba de asistir a veladas como esa, cuando solía utilizar su interés por una mujer concreta para disimular el motivo real de su presencia allí. Aunque le espantaba el gentío de esos festejos, agradecía que fuesen la ocasión perfecta para dar o recibir información.

Todavía le escocía que Genevieve hubiese rechazado tajantemente ser su motivo de interés. Sobre todo, cuando llevaba una hora teniendo que observar la más que evidente persecución de Sandhurst y las risas de ella ante los halagos de él, que, sin duda, serían más que toscos.

Genevieve era como un sueño con su vestido de color crema con encaje, las perlas que adornaban sus rizos rojizos, los ojos azules como el mar y los labios rosados que contrastaban con su cutis blanco como la nieve. Más perlas le rodeaban el delicado cuello y el vestido permitía ver sus hombros desnudos.

—...todavía no he visto ni rastro del conde de Sevanne... Benedict, ¿estás escuchándome?

Benedict dejó de observar a Genevieve, que bailaba elegantemente con Sandhurst, y vio que el conde lo miraba con el ceño fruncido. Hizo un esfuerzo para dejar a un lado la belleza de Genevieve Forster y aparentó concentrarse en el conde francés, quien era el motivo para que Dartmouth y él estuvieran allí. Era posible que Napoleón se hubiese doblegado, pero no había motivos para pensar que lo haría para siempre. Además, no era el único enemigo de Inglaterra. Efectivamente, solo aparentó concentrarse en la conversación de su tío porque su atención se dirigía de vez en cuando hacia Genevieve, sobre todo, cuando Sandhurst y ella dejaron la pista de baile y fueron a buscar un refresco... o, conociendo a Sandhurst, una de las salas más discretas de lady Hammond para ahondar su... cortejo.

Genevieve, quien hacía unas horas le había comunicado a Charles Brooks que había decidido asistir al baile de lady Hammond en vez de cenar a solas con él, había notado la mirada de Lucifer clavada en ella desde que llegó. Razón de más, se dijo a sí misma, para estimular y aceptar las tenciones de Charles Brooks, quien había llegado justo después de Lucifer y había acudido a su lado inmediatamente para empezar a coquetear descaradamente con ella. Un coqueteo que no le gustó lo más mínimo a Lucifer a juzgar por el brillo de sus ojos y por cómo apretaba los dientes mientras la observaba disimuladamente. Hacía años que no se sentía tan exultante por la emoción. Si se había sentido alguna vez...

Josiah Forster, casi cuarenta años mayor que ella, la pretendió durante la primera Temporada de su vida y su hermano estuvo encantado de aceptarlo en nombre de ella. Era un duque y ella sería duquesa, argumentó Colin cuando Genevieve protestó por la idea de casarse con un hombre tan mayor.

Fue una boda de cuento de hadas y toda la flor y nata de la sociedad acudió a presenciarla. Si Genevieve tembló por la idea de convertirse en la esposa del obeso y mayor duque de Woollerton, nadie se dio cuenta mientras flotaba por el pasillo de la iglesia con su vestido de satén y encaje, ni durante la recepción posterior, cuando estuvo al lado del duque y saludó a todos los invitados con una sonrisa.

Sin embargo, una vez en el carruaje que la llevaba a la residencia de Woollerton en Gloucestershire, los nervios se adueñaron de ella al pensar en la noche que se avecinaba. Una noche que fue exactamente igual que la pesadilla que ella había temido que podía ser. Josiah no tuvo consideración ni a su juventud ni a su falta de experiencia.

Se estremeció al recordar los horrores que sufrió aquella noche y que solo fueron el principio de unos años aterradores de reclusión como esposa de Josiah Forster. Una prisión de la que solo escapó cuando él murió.

Por lo tanto, esa era la primera Temporada de la que podía disfrutar desde hacía siete años y estaba dispuesta a disfrutar cada segundo. ¿Qué mejor manera de disfrutar había que saber que el interés de Charles Brooks, guapo, rubio y con ojos azules, además de ser halagador en sí mismo, irritaba sobremanera al desdeñoso, distante y tentadoramente perverso Lucifer, quien era moreno y tenía los ojos negros? Era embriagador ser el centro de atención para dos caballeros tan apuestos, después de haber pasado tantos años recluida en el campo de Gloucestershire. Su marido había vigilado su tiempo y sus actos con la atención de un halcón a punto de caer sobre su presa y la había castigado adecuadamente si no hacía exactamente lo que él quería. Incluso en ese momento, se estremecía de repulsión al acordarse de la noche de bodas. Dejó a un lado esos recuerdos inmediatamente y volvió a concentrarse en las atenciones de Charles Brooks, mucho mejor recibidas. Él le ofreció una copa de champán y sus elegantes dedos le acariciaron levemente la mano enguantada.

—Por nosotros, mi querida Genevieve.

Los ojos de él dejaron escapar un destello mientras chocaba su copa con la de ella.

—Un sentimiento absolutamente inadecuado, Sandhurst.

Benedict Lucas lo dijo lenta y desdeñosamente mientras le quitaba la copa a Genevieve y la dejaba en la bandeja que llevaba uno de los lacayos de lady Hammond.

—Creo que es nuestro baile, Genevieve.

Él la miró con las arrogantes cejas arqueadas y un brillo desafiante en los ojos. Decir que Genevieve se quedó atónita por su interrupción era decir poco. Además, estaba furiosa por su atrevimiento al quitarle la copa de esa manera, tanto que se planteó rechazar su invitación. Ni siquiera la había saludado esa noche, ¿cómo podía decir que ese era su baile?

Benedict, que había captado el dilema que expresaban los ojos azules de Genevieve, la agarró con firmeza del brazo y la alejó del otro hombre. Algo que ella no aceptó e intentó zafarse de él.

—¿Cómo se atreve, Lucas?

—Me atrevo porque Sandhurst ha echado algo en tu champán para que... cedas más fácilmente a sus atenciones —contestó él mientras seguía andando hacia el salón de baile.

Ella se quedó pálida y giró la cabeza hacia Sandhurst, quien los miraba con el ceño fruncido.

—¿Qué ha dicho?

Benedict la miró con enojo y con los ojos entrecerrados.

—Bastará con un «gracias por su oportuna intervención, milord».

—Está diciendo un disparate.

Ella también lo miró con enojo y tuvo que acelerar el paso para no tropezarse.

—¿De verdad? —preguntó él sacudiendo la cabeza con desdén.

—Desde luego —contestó ella con las mejillas sonrojadas por la ira—. Que yo prefiera las atenciones de un hombre tan galante como Sandhurst no es motivo para... —se calló al oír el resoplido de Benedict—. ¡Es evidente, a juzgar por su comportamiento, que usted no es un caballero en absoluto!

—Y tú, mi querida Genevieve, has demostrado esta noche que estás en pañales en lo que se refiere a hombres como Sandhurst. Cuando te hubieras bebido el champán y la poción hubiese surtido efecto, habrías estado dispuesta, deseosa incluso, de retirarte a algún sitio más íntimo para acceder a cualquier depravación que tuviera pensada Sandhurst.

Ella se quedó boquiabierta.

—Dice estas cosas tan perversas de Sandhurst solo para asustarme o, más probablemente, para intentar que tenga un concepto más elevado de usted.

—Dudo mucho que puedas tener un concepto más bajo de mí —replicó él con los labios muy apretados.

—¡Estoy segura de que podría conseguirlo! —exclamó ella llevada por la furia.

—Tampoco lo dudo —aseguró él con una sonrisa seria.

Ella asintió con la cabeza y los rizos pelirrojos le oscilaron en la nuca.

—Además, ¿cómo conoce esas pociones si no es porque las ha usado?

Él soltó lentamente la respiración, apretó la mandíbula, se detuvo en el oscuro pasillo y se dio la vuelta para mirar con furia a Genevieve.

—Le aseguro, señora, que jamás he tenido que emplear esas tretas rastreras para que una mujer se acueste conmigo.

Ella levantó la barbilla y lo miró a los peligrosos y resplandecientes ojos.

—¿Por qué cree que Sandhurst sí lo hace cuando...?

—Es tan guapo como un dios griego —terminó Benedict con desprecio—. Estoy de acuerdo, Genevieve. No debería necesitarlo, pero, desgraciadamente, tu dios griego está cansado de conquistar y esos bombones y flores que recibiste habrían sido sus primeras y últimas galanterías. Sandhurst prefiere que su cortejo sea menos... prolongado y que la mujer quiera acostarse con él lo antes posible... y con algunos de sus menos apetecibles amigos para poder mirar y divertirse un poco más.

Genevieve no supo a dónde mirar ante la descarnada descripción de la depravación. ¿Era posible que Benedict Lucas, Lucifer, estuviera diciéndole la verdad? ¿Sandhurst le habría echado algo en el champán para que hiciera cosas indescriptibles con él y sus amigos? Parecía imposible a sus inocentes oídos, pero también tenía que reconocer que si bien a la alta sociedad le encantaba cotillear sobre Lucifer, nunca había oído que nadie dudara de su sinceridad. ¿La habría tomado por tonta Sandhurst? ¿Su necio enardecimiento por las atenciones de Sandhurst, que molestaban al arrogante Lucifer, le habría impedido ver lo que tenía delante?

Al fin y al cabo, ¿qué sabía ella de Charles Brooks aparte de que era conde, encantador y un apuesto sinvergüenza? También era un caballero al que las madres de la alta sociedad preferían que sus hijas casaderas evitaran. Ella había dado por supuesto que eso se debía a que él había dejado muy claro que no tenía intenciones de casarse, pero era posible que se hubiese equivocado y que esas jóvenes casaderas lo evitaran para no sufrir la deshonra que Lucifer le había descrito tan expresivamente.

Benedict captó el momento exacto en el que Genevieve empezó a pensar que lo que le había dicho sobre Sandhurst podía tener algo de verdad. Palideció más todavía, sus ojos azules se velaron y el tentador labio inferior empezó a temblarle ligeramente. Hizo un esfuerzo para aliviar algo de la tensión que sentía en los hombros.

—Vamos, Genevieve, no ha pasado nada —la tranquilizó él—. He podido rescatarte antes de que bebieras el champán y tanto tú como tu reputación seguís intactas.

Ella lo miró con unos ojos más sombríos todavía.

—¿Y cree que el asunto queda zanjado? —preguntó ella en un tono engañosamente delicado.

Benedict la miró con cautela.

—¿No...?

—En absoluto —contestó ella con una seriedad implacable.

Una seriedad implacable que a él le pareció algo inquietante.

—Genevieve...

—Creo que había dicho que este era nuestro baile, milord.

Él parpadeó por el repentino cambio de conversación.

—Casi ha terminado...

—Entonces, charlaremos hasta que empiece el siguiente —ella lo tomó del brazo—. A no ser, claro, que tema que su reputación se resienta si le ven acompañar a una mujer que abandonó el salón de baile con un hombre y vuelve del brazo de otro...

Ella arqueó desafiantemente las cejas.

—No me importa lo que los demás puedan pensar o dejar de pensar de mí.

Benedict la miró con seriedad.

—Entonces, es posible que no sepa bailar.

—Creo que no me equivoco si digo que mis tutores se ocuparon de que aprendiera perfectamente todas las habilidades sociales, además de educar mi mente.

—Entonces, es posible que no quiera bailar conmigo.

Benedict sabía que lo que más le gustaría sería tener a Genevieve entre sus brazos después de haberla observado durante una hora y haber admirado su belleza y elegancia. Incluso en ese momento, su cuerpo reaccionaba, se excitaba, al mirar la delicadeza de su cuello y la seductora curva de sus pechos.

—Claro que quiero bailar contigo, aunque solo sea para que esas arpías de la alta sociedad sepan que no te has marchado con Sandhurst, como todas ellas esperan que hayas hecho. Sin embargo, antes quiero que me prometas que en el futuro te mantendrás alejada de Sandhurst y de su despreciable grupo de amigos.

Ella lo miró entre sus largas pestañas.

—¿Por qué iba a importarle lo que yo decida hacer en el futuro?

—¡Haces una preguntas insoportables! Quizá sea porque una de tus mejores amigas se ha casado esta mañana con uno de mis mejores amigos y siento cierta responsabilidad por... ¿Qué pasa? —preguntó él al ver la sonrisa de ella.

—Es muy enternecedor que se sienta protector conmigo.

—¿Enternecedor? —él se retiró como si lo hubiesen golpeado—. ¡Te aseguro que es algo que nadie se había atrevido a decirme hasta esta noche!

Los ojos azules de ella dejaron escapar un destello burlón.

—Es posible que nadie conozca su gentileza como la conozco yo.

—Tú tampoco me conoces, Genevieve —replicó él con impaciencia.

Si lo conociera, sabría que en ese momento lo que sentía era casi tan despreciable como lo que sentía Sandhurst, ya que lo que más le gustaría sería llevarla a algún sitio retirado para hacer el amor con ella.

Ella le dio una palmada en el antebrazo.

—No se preocupe, Lucas, su secreto está a salvo conmigo.

Benedict la miró con el ceño fruncido y se puso rígido.

—¿Qué secreto?

—Que no es el terrible Lucifer en absoluto, sino unos de esos encantadores querubines que se ven en los cuadros de Rubens.

—¡Soy como...! Yo... Tú... —Benedict balbució con una torpeza impropia del dominio de sí mismo que siempre tenía—. ¿Te atreves a compararme con uno de esos querubines regordetes?

A Genevieve le costó contener la risa por la evidente repugnancia de Lucifer.

—Bueno, no es nada regordete, claro, y no tiene el pelo dorado...

—¡Le aseguro, señora, que se equivoca al pensar que hay el más mínimo parecido entre un querubín gordo y yo! —la miró con enojo—. Genevieve...

La miró con recelo cuando ella ya no pudo contener la risa.

—¡Si pudiera ver la indignación en su rostro...!

Ella siguió riéndose con un brillo deslumbrante en los ojos.

—¿Estabas burlándote de mí...? —preguntó él con incredulidad.

—Claro.

Genevieve asintió con la cabeza sin dejar de sonreír y se dio cuenta, por la reacción de él, que era algo que no le pasaba muy a menudo a ese caballero.

Su burla también había conseguido que él no se diera cuenta de sus comentarios sobre Charles Brooks, no había oído lo último que había dicho sobre sus intentos para que ella hiciera el ridículo. Si los años que había pasado casada con Josiah Forster habían conseguido algo, era afianzar en ella el deseo de tener la libertad de elección que tenía siendo viuda. Charles Brooks había intentado violentar esa libertad con sus artimañas y era algo que no pensaba perdonar ni olvidar fácilmente.

—Creo que ya va siendo hora de que bailemos.

Benedict no esperó que ella replicara y se metió entre la multitud de parejas que bailaban en la pista de baile.

Bailaba maravillosamente. Su imponente estatura hacía que fuese como treinta centímetros más alto que ella, su musculoso cuerpo estaba a muchos menos centímetros de ella mientras bailaban juntos el vals, una de sus manos la agarraba con firmeza de la cintura para guiarla y la otra le tomaba con delicadeza la mano enguantada. Ella apoyaba levemente la otra mano en uno de sus poderosos hombros cubierto por una levita negra perfectamente hecha a su medida. También olía maravillosamente. Era un olor limpio y terrenal, una mezcla de sándalo y alguna fruta exótica que hizo que se preguntara cómo había podido encontrar mínimamente atractivas la belleza y la fuerte colonia de Charles Brooks. Estaba tan absorta por su estatura, su fuerza y su olor tan viril que tardó unos minutos en darse cuenta de que la mayoría de los invitados los miraba fijamente y de que las conversaciones se habían convertido en meros susurros tras abanicos abiertos. Miró a Benedict a la cara y comprobó que él tenía la mirada clavada en algo por encima del hombro izquierdo de ella.

—Me parece que estamos llamando un poco la atención —murmuró ella.

—Sí —confirmó él apretando la mandíbula.

Ella bajó la mirada y se sonrojó.

—¿Sabe por qué?

—Sí.

—¿Cree que puede ser por mi error con Sandhurst?

Ella acababa de reincorporarse a la sociedad y no quería dar motivos para que la marginaran.

—No.

—¿Entonces? —preguntó ella con impaciencia ante lo lacónico de él.

Él resopló con fastidio.

—Creo que el motivo para que nos observen con tanto detenimiento es que hacía diez años o más que no me molestaba en bailar con ninguna mujer en uno de estos aburridos bailes.

—¿De verdad?

Benedict la miró al percibir la curiosidad en su tono.

—Sí, de verdad —contestó él con enojo por las conjeturas de los invitados y por el evidente agrado de ella—. ¿Te complace saber que todos los presentes están haciendo conjeturas sobre por qué habré elegido bailar con la duquesa viuda de Woollerton?

—Sí.

Él frunció el ceño por la inocencia de ella.

—¿Por qué?

—Porque es... es la diversión de la que hablamos antes —contestó ella encogiéndose levemente de hombros.

—Genevieve...

—Lucifer...

Sus ojos dejaron escapar un destello azul bajo las pestañas y un seductor hoyuelo le apareció en la mejilla izquierda mientras seguía mirándolo. Él también la miró fijamente unos segundos

—¡Se acabó!

Benedict se detuvo bruscamente en medio de la pista, la agarró del codo y la sacó de la pista de baile. Ella lo miró con curiosidad.

—Lucifer...

—¡Me llamo Benedict, maldita sea!

—Pero todo el mundo te llama Lucifer...

—Nunca a la cara.

—Ah... No lo sabía.

Ella se ruborizó delicadamente.

—Ya lo sabes.

Benedict sabía muy bien cómo lo llamaban en privado, pero nadie se había atrevido a dirigirse a él por ese nombre.

—¿Adónde vamos? —le preguntó Genevieve mientras Benedict recogía la capa de ella del atento mayordomo.

—Lo más lejos de aquí que podamos.

Benedict le puso la capa sobre los hombros antes de recoger su capa y su sombrero.

Había visto que Eric Cargill estaba hablando con el conde de Sevanne mientras él bailaba con Genevieve y su padrino le había hecho un gesto con la cabeza para confirmarle que había recibido la información que necesitaban. Ya no había ningún motivo para alargar más esa tortura, ni creía que fuese buena idea que Genevieve se quedara allí sola. Para ser una mujer de veintitantos años y viuda después de seis años de matrimonio, parecía increíblemente ingenua cuando se trataba del licencioso comportamiento de algunos hombres de la alta sociedad. Entre otros, él...

Tres

No le sorprendió que la velada acabase de una forma tan repentina y poco satisfactoria. No obstante, después del error que había cometido, quizá lo mejor fuese que se retirase y se reagrupase para poder librar otra batalla al día siguiente. Además, si tenía que abandonar el baile antes de lo previsto, ¿no sería mejor hacerlo en compañía de uno de los caballeros más solicitados de la flor y nata de la sociedad?

—No me has dicho a dónde vamos, Benedict.

Ella tuvo mucho cuidado de llamarlo por su nombre de pila, pero él no se molestó en contestarle mientras salían de la casa de lady Hammond y se adentraban en la noche de principios de verano.

—Benedict... —insistió ella.

—Es posible que no lo haya decidido todavía —él la miró y todas sus facciones le parecieron peligrosos ángulos a la luz de la luna—. Tu irreflexivo comportamiento de esta noche parece indicar que necesitas que haya un hombre constantemente a tu lado para que impida que te mezcles en algún escándalo.

Ella se quedó boquiabierta.

—Eso es injusto.

—¿Qué tiene de injusto? —preguntó él arqueando con arrogancia las cejas—. Si yo no hubiese intervenido, estoy seguro de que ahora estarías a merced de los planes que Sandhurst tenía preparados para ti.

Por mucho que ella no soportara reconocerlo, también creía que eso sería lo que estaría pasando.

—¿Tan malo es que quiera, que ansíe, divertirme y tener emociones?

Benedict frunció el ceño al ver que las lágrimas asomaban en sus preciosos ojos azules. Frunció más el ceño cuando se acordó de que Eric Cargill había comentado que Josiah Forster la había tenido recluida desde que se casó y se acostó con ella.

—¿Tan desdichado fue tu matrimonio?

—Una tortura.

Una tortura que duró seis años y otro año más de luto por un marido al que no amaba. Eso significaba que esa podía ser su primera ocasión desde hacía mucho tiempo para disfrutar con todo lo que ofrecía la Temporada en Londres.

—¿Te maltrató Forster?

Ella se estremeció y eso fue una respuesta suficiente.

—No voy a hablar de eso, Benedict. Es que... Es que hacía mucho que no asistía a fiestas o bailes como este.

—Algunos dirían que tuviste suerte —dijo él en tono serio.

Benedict, a pesar de todo, se sentía afectado por la avidez que podía captar en esos expresivos ojos azules.

—Serán quienes siempre tuvieron la libertad de asistir o no —concedió ella melancólicamente.

—¿No como tú?

—He dicho que no voy a hablar de nada de eso —contestó ella con un suspiro.

—¿Puede saberse qué hiciste durante todos esos años de exilio en el campo? —le preguntó él con los ojos entrecerrados.

—¡Eres muy insistente! —exclamó ella levantando la barbilla y mirándolo—. ¡La verdad es que, sobre todo, pensaba y tramaba maneras de acabar con mi marido!

Benedict se quedó un momento pasmado, hasta que tuvo que reírse por la franqueza de Genevieve. No era la primera vez que esa pelirroja hacía que se riera con su asombrosa candidez.

—Espero que no creas que estoy bromeando —siguió ella arqueando las cejas.

Él, efectivamente, podía ver por su expresión que hablaba en serio y sonrió levemente con ironía.

—¿Qué hizo Woollerton para despertar un sentimiento tan despiadado?

Ella bajó la mirada.

—No puedo ni quiero hablar de sus crueldades.

La angustia evidente de ella hizo que se quedara muy serio. No había conocido personalmente a Josiah Forster, quien estaba más cerca de la edad de su padre que de la de él, pero nunca había oído ninguna habladuría sobre su crueldad. Aunque eso no quería decir nada porque la alta sociedad sabía mantener en secreto sus excesos. Además, recluir a la bella y jovial Genevieve en el campo durante tantos años ya era una maldad en sí misma. Miró con el ceño fruncido su rostro cabizbajo y tapado por la capucha de la capa.

—Dime una cosa que represente para ti esa diversión y aventuras de las que hablas.

Ella lo miró y sus ojos fueron como dos pozos rebosantes de dolor.

—¿Para que te rías o te burles de mí?

—Más bien, quería sopesar si te acompañaba o no a lo que eligieras —contestó Benedict con sarcasmo.

—¿De verdad? —le preguntó ella con los ojos muy abiertos.

—De verdad.

Benedict suspiró porque sabía que estaba cometiendo un error al concederle ese capricho, pero también era incapaz de ser insensible al dolor que había llevado a esos ojos azules al hablar de su marido fallecido. Ella miró detenidamente sus rasgos sombríos y satánicos, pero no encontró rastro de burla en sus ojos. Más bien, su expresión era de resignación.

—Siempre he querido visitar los jardines Vauxhall por la noche y en compañía de un caballero —contestó ella con la voz ronca.

—¿Supones que si accedo, me comportaré

como un caballero? —preguntó él arqueando las cejas.

Ella lo miró con desconcierto.

—¿Quieres decir que no lo harás?

—No —él resopló—. Aunque me preguntó cómo has podido pasar seis semanas de la Temporada sin haberte metido en algún tipo de escándalo.

—Seguramente, porque hasta hace unos días tenía a Sophia y Pandora para que me advirtieran si algo o alguien no era muy... adecuado —reconoció ella con pesadumbre.

Y, como Benedict sabía muy bien, sus dos amigas se habían comprometido con sus amigos Dante y Diablo, o mejor dicho Rupert, ya que lo de Diablo era un apodo. Genevieve lo miró casi con timidez.

—A lo mejor, ahora necesito un ángel caído para que me cuide...

—Lo haré, pero solo una noche —le advirtió Benedict, sin estar muy seguro de que le importara que lo llamara «ángel caído»—. No tengo ni tiempo ni ganas de estar a tu disposición para rescatarte de tu falta de perspicacia con la verdadera naturaleza de los caballeros.

—¿Me concederás esta noche?

Benedict no pudo resistirse a la emoción que podía ver en esos ojos azules como el mar, a visitar los jardines Vauxhall, no a pasar la noche con él, se recordó a sí mismo con firmeza.

—Si es lo que quieres, sí.

—Gracias, Benedict —ella le sonrió—. ¿Qué crees que debería ponerme? Quizá...

—¿Has escuchado lo que acabo de decirte, Genevieve?

Benedict bajó los escalones que los acercaban a sus carruajes, al que devolvería a Genevieve a la seguridad de su casa y al que lo llevaría a su club, donde podría beber todo el licor que necesitaba tan apremiantemente.

—Te acompañaré a los jardines Vauxhall, pero solo si en el futuro te lo piensas mejor antes de embarcarte en una diversión o aventura.

—¿Crees que podríamos llevar máscaras para que no nos reconozcan? ¡Sería muy divertido!

—¡Genevieve! —estalló él.

—¿Qué, Benedict? —preguntó ella con inocencia.

Esa mujer era un problema y se arrepentía de haber hecho el esfuerzo para hablar con ella. Además, no sabía cómo había perdido de vista el plan original de utilizarla como su contrapunto en sociedad. En ese momento, parecía seguir los pasos de Genevieve y no al revés.

—Iremos a los jardines Vauxhall mañana, si puedes...

—Podré.

—Daremos un paseo de una hora o así y volveremos.

—¿Y las máscaras, Benedict?

Él resopló con impaciencia por su empeño.

—Llevaremos máscaras si quieres.

—¡Sí!

Ella lo miró con una sonrisa de oreja a oreja y él la miró con gesto de censura.

—Te advierto que la máscara no garantiza que no vayan a reconocerte.

—¿Hay alguien en estos momentos que podría... molestarse por verte conmigo?

—¿Te importaría si lo hubiera? —preguntó él con una ceja arqueada.

¿Le importaría a ella? Sí, Genevieve creía que le importaría. Estaba segura de que Benedict la había salvado de las garras de Sandhurst y de que, dijera él lo que dijese, volvería a salvarla si fuese necesario. Naturalmente, dada su gentileza, no quería causar ningún conflicto en su vida personal. Miró a Benedict entre sus tupidas pestañas.

—¿Hay alguien que podría molestarse?

—No —contestó él con una sonrisa—. Aunque eso no quiere decir que vaya a ser tu niñera durante más de una noche —añadió él con firmeza.

Ella asintió con la cabeza.

—Mañana por la noche.

—Mañana por la noche —repitió él con cansancio—. Ahora, móntate en la seguridad de tu carruaje para que yo pueda montarme en el mío.

—¿Vas a algún sitio divertido?

Benedict frunció el ceño. Parecía obsesionada con esa palabra. Seguramente, porque la diversión era algo de lo que había carecido en su vida hasta la fecha. Evidentemente, Genevieve se comportaba más como una debutante recién llegada que como una duquesa viuda de veinticinco años. ¿Sería por la crueldad de Josiah Forster con ella? Se temía que sí. Sin embargo, pese a las crueldades de su marido, ella conservaba una inocencia en lo relativo a los hombres que resultaba absolutamente atractiva. Su expresión se suavizó cuando llegaron al carruaje de ella y le dio un golpecito cariñoso en la punta de la nariz.

—A ningún sitio adonde puedas ir tú, pequeña.

—¿Vas a un garito o a un burdel? —preguntó ella con los ojos como platos—. Siempre he...

—Por favor, no me digas que siempre has anhelado ir a uno de esos sitios —gruñó Benedict.

—No, claro que no —ella lo miró con la barbilla muy levantada—. Sería muy inadecuado. Es que siempre me he preguntado...

—No voy a ir ni a un burdel ni a un garito, Genevieve. Tampoco lo comentaría contigo si fuese a ir —él sacudió la cabeza por lo inadecuado de la conversación—. Además, cualquiera de las damas que conozco pondría el grito en el cielo por la simple mención de unos de esos sitios en su presencia.

—¿Estás insinuando que no soy una dama?

Él no quería decir nada parecido. ¿Cómo iba a decir algo así cuando era evidente que era una dama desde sus rizos pelirrojos adornados con perlas hasta los zapatos de satén que cubrían sus delicados pies? Sin embargo, era un tipo de dama directa y vulnerable a la vez que él no había conocido jamás. Nunca sabía lo que ella diría para sorprenderlo.

—Tu entusiasmo vital es... estimulantemente distinto, como mínimo —reconoció él gruñendo un poco.

—¿Y como máximo...?

Genevieve lo miró con recelo porque estaba segura de que él estaba burlándose de ella de alguna manera, pero no sabía cómo. Sin embargo, tendría tiempo para pensarlo antes de que la acompañara a los jardines Vauxhall.

—Como máximo, tu comportamiento es tal que, probablemente, acabarás quemándote los dedos y otras partes de tu anatomía —contestó él con una sonrisa burlona.

Ella se sonrojo.

—¿Las quemarás tú?

Él tomó aliento.

—Soy demasiado viejo, en experiencia, no en edad, y estoy demasiado hastiado como para que me claves tus delicadas garras.

Ella miró sus facciones, que parecían talladas, y supo que lo apreciaba y confiaba en él por muy hastiado y de vuelta de todo que dijera estar. Quizá fuese verdad, pero esa noche le había mostrado una gentileza y una preocupación que indicaban que era un hombre íntegro. Le sonrió con calidez.

—Me apetece mucho volver a verte mañana, Benedict.

Se puso de puntillas y le dio un beso en una

tensa mejilla antes de montarse en su carruaje para indicarle al cochero que se marcharan. Vio a Benedict fruncir el ceño con fastidio y esbozó una sonrisa. Sonrió más al pensar en la visita a los jardines Vauxhall.

—Creo haberle dicho a mi mayordomo que te informara de que no estoy en casa.

Genevieve miró con frialdad al caballero que se había presentado en el salón dorado de su casa a la tarde siguiente. Se agarró las manos con fuerza para no darle el placer de ver cómo le temblaban por su inesperada presencia allí.

Esa mañana, como era previsible, había estado muy ocupada con visitas de caballeros que le habían llevado más flores y chocolates y de damas que habían estado en el baile de lady Hammond. La mayoría había acudido por la curiosidad que les producía que hubiese pasado tanto tiempo con el esquivo lord Benedict Lucas y que hubiese bailado con ella cuando hacía diez años que no bailaba, algo que la emocionó. Ninguna de esas damas la conocía lo suficiente como para preguntárselo directamente, pero su curiosidad era evidente y le divertía mucho.

Los caballeros que le habían llevado flores y bombones habían sido más agradables todavía, aunque ella sabía que la habían visitado porque el interés de Lucifer la había convertido en la última moda. Sin embargo, el visitante de esa tarde no era bien recibido.

—Evidentemente, tu mayordomo estaba equivocado porque sí estás.

William Forster, décimo duque de Woollerton, se burló con sorna mientras miraba al abochornado mayordomo que estaba en la puerta.

—Puedes retirarte, Jenkins.

Genevieve le tranquilizó con una sonrisa antes de volver a mirar con frialdad a su visitante. Un hombre que había sido su hijastro mientras estuvo casada con el duque, un hombre que tenía veintinueve años, que era muy apuesto y que se parecía a su padre. William nunca había disimulado su rechazo a que su padre la hubiese elegido como segunda esposa. Quizá fuese en lo único en lo que habían coincidido. A ella tampoco le había gustado que su padre decidiera casarse con ella.

—Algunos conocidos me han comentado que has estado llamando la atención de la sociedad durante las últimas seis semanas o más.

—¿Te has atrevido a espiarme?

Los ojos de Genevieve resplandecieron por la rabia y sus mejillas se sonrojaron por la furia. Ese hombre y su padre la habían intimidado durante suficientes años y ya sabía que no estaba dispuesta a sufrir la misma intimidación como viuda.

—No puede decirse que te haya espiado cuando toda la sociedad ha presenciado tus actividades con esas dos necias durante las últimas semanas.

—Supongo que te refieres a las duquesas de Clayborne y de Wyndwood —Genevieve frunció el ceño porque no sabía el motivo de su visita y tenía que haberlo—. Además, ninguna de las dos tiene nada de necia.

—Eso es una cuestión de opiniones y no tiene importancia —replicó él con desdén—. No puede tenerla cuando lo cuestionable es tu... comportamiento con lord Benedict Lucas.

Ella levantó la barbilla desafiantemente.

—¿Quién lo cuestiona?

—Yo —contestó él mirándola con frialdad—. Y el conde de Ramsey. ¿Lo conoces?

Genevieve parpadeó porque no podía entender qué tenía que ver con ella el conde ni a dónde llevaba esa conversación.

—Sí, creo que nos han presentado y que hemos coincidido un par de veces.

—Él también estaba en el baile de lady Hammond, aunque que no lo viste, naturalmente, porque dedicaste toda tu atención a Sandhurst primero y a Lucas después.

Le verdad era que, efectivamente, estuvo muy ocupada y no recordaba haber visto al conde de Ramsey. Tampoco entendía por qué debería haberlo visto.

—Estoy segura de que todo esto es muy interesante, William, pero...

—¿Lucifer ha tenido más suerte que mi padre para separar tus sedosos muslos sin un anillo de boda por medio?

Ella palideció.

—¿Por qué te empeñas en rebajarlo todo al nivel de la cloaca?

—Quizá sea porque siempre he pensado que ese es tu sitio —William esbozó una media sonrisa muy hiriente—. Creo que siempre he dejado muy claro que no entendía por qué mi padre se casó con una mujer joven sin fortuna ni posición.

—Yo también dejé siempre muy claro que deseaba con toda mi alma que no lo hubiese hecho, que deseaba liberarme de vosotros dos.

Genevieve se apretaba las manos con tanta

fuerza a los costados que se clavaba las uñas en las palmas a pesar de los guantes.

—Puedes agradecérselo al inútil de tu hermano.

Ella se puso toda lo recta que pudo.

—Mi hermano falleció hace seis años.

—Se mató él mismo —replicó él en tono aburrido y despectivo—. Siempre he pensado que es lo que hacen los cobardes.

—Ni tú ni tus ideas me interesan lo más mínimo. Además, si Colin decidió quitarse la vida, fue por las mentiras y engaños de tu padre.

Solo había visto dos veces a Josiah Forster antes de que Colin, su hermano y tutor, le comunicara que la pretendía. Ella lo rechazó sin planteárselo siquiera. Sin embargo, solo tenía dieciocho años y su hermano estaba muy endeudado por su adicción al juego.

Era una deuda que el duque prometió saldar cuando ella se hubiese casado con él. Aun sabiéndolo, la idea de casarse con un hombre tan mayor como Josiah Forster le pareció repugnante. Sin embargo, las súplicas de Colin acabaron imponiéndose, ella se casó con el duque y volvió con él a Woollerton Hall para pasar la luna de miel.

Volvió a estremecerse al recordar la noche de

bodas. Una noche de miedo y humillación que aumentaron en intensidad a medida que pasaba el tiempo y las crueldades de Josiah eran mayores.

Él nunca cumplió la promesa de saldar las deudas de juego de Colin cuando se hubiese casado con ella y eso dejó a su hermano a merced de sus acreedores. ¿Era de extrañar que, después de visitar una última vez al duque para pedirle ayuda y que este se la negara, decidiera colgarse de uno de los árboles que había en el bosque de Woollerton Hall al sentirse responsable de la infelicidad de ella y de la insoportable situación de sí mismo?

William Forster la miró tan despiadadamente como siempre la había mirado su padre.

—Tu hermano era débil y un necio por no haberle exigido a mi padre que le diera su promesa por escrito antes de la boda.

—Y tu padre no era un caballero ni un hombre con honra.

—¿Honra? —William se rio con sarcasmo—. ¿Por qué iba a honrar mi padre algo que le había dicho al inútil de tu hermano cuando ya había probado tus encantos y le habían parecido apetecibles?

Genevieve agradeció el dolor que sintió cuando

sus uñas se clavaron en sus palmas a través del encaje de los guantes.

—Quiero que te marches.

—No me marcharé hasta que haya dicho lo que he venido a decir.

—¡Te marcharás ahora mismo!

—¿Quién va a expulsarme? ¿Tu anciano mayordomo o tu nuevo amante? —él la miró de arriba abajo con un descaro que hizo que se amilanara—. Que yo sepa, Lucifer no es un hombre que se tome muchas molestias por sus amantes.

—No soy su amante —replicó ella con los ojos como ascuas azules.

—Todavía... y estoy dispuesto a que no lo seas jamás.

—¿Qué te importa?

—Por suerte o por desgracia, eres la viuda de mi padre —sus ojos grises y gélidos la miraron con desprecio—. Mañana por la mañana se anunciará mi compromiso con la única hija del conde de Ramsey y la boda se celebrará el mes que viene. Un matrimonio muy ventajoso para las dos familias.

—Alguien debería avisar a la pobre chica de la familia con la que va a casarse... ¡Suéltame!

William la había agarrado de las muñecas y le retorcía el brazo por detrás de la espalda.

—No pienso soltarte hasta que me considere satisfecho con la conversación.

Él acercó su cara hasta que el aliento acarició el cuello de Genevieve, quien se estremeció por la repugnancia.

—¿Qué quieres...? —preguntó ella con un hilo de voz.

—Ramsey es muy... remilgado y no creo que le gustara que la viuda de mi padre, la mujer que fue mi madrastra, la duquesa viuda de Woollerton, se mezclara en alguna historia sórdida con el hombre al que la alta sociedad llama Lucifer. Por lo tanto, te aconsejo que no te relaciones con él antes de que se dé esa posibilidad.

—No voy a elegir a mis amigos a tu dictado —replicó ella con firmeza.

—Me imaginaba que dirías algo así, pero no te preocupes, Genevieve, si durante el mes que viene haces algo que pueda obstaculizar mi matrimonio, me encargaré personalmente de que te arrepientas. ¿Te ha quedado claro? —preguntó él en el tono desalmado que siempre había empleado su padre.

—¡Cómo te odio!

Genevieve solo deseaba que terminara esa conversación y, sobre todo, que él y los recuerdos que despertaba desaparecieran de su casa. Recuerdos de la noche de bodas, de todas las veces que había intentado escapar y de todas las veces que la habían devuelto a la casa para que el mismo hombre que le retorcía el brazo la golpeara sin piedad.

—El sentimiento es mutuo, te lo aseguro —replicó él con inquina—. No obstante, harás lo que te he dicho y darás por terminada esa escandalosa amistad que tienes con Lucifer.

Le retorció un poco más el brazo antes de empujarla lejos de él y de estirarse los guantes de cuero que llevaba mientras ella se tambaleaba y se sujetaba el brazo dolorido.

Odiaba con toda su alma a esos dos hombres por lo que le habían hecho y por lo que William seguía intentando hacerle. A este lo odiaba todavía más por la seguridad que tenía de que haría lo que le había ordenado.

—Márchate —consiguió decir ella con la voz entrecortada.

—Me marcharé cuando yo decida.

—¡Te marcharás ahora mismo!

Ella no se movió hasta que William, sonriéndole burlonamente, salió muy seguro de sí mismo del salón y de la casa.

Entonces, las piernas ya no la sostenían más y se dejó caer en la alfombra.

El brazo le dolía tanto que sollozó de dolor y humillación. Sabía que la paz que había alcanzado durante al año anterior, la creencia de que por fin se había librado de Josiah y de su hijo, tan despiadado como él, se había hecho añicos.

Cuatro

—...Sheffield acababa de marcharse cuando llegó lord Daniel Robson acompañado de Billy Summersby. Los dos son encantadores. Además, el conde de Suffolk, un caballero que nunca me había prestado la más mínima atención, también presentó su tarjeta para invitarme a dar un paseo a caballo por el parque mañana por la mañana. Naturalmente, todo es gracias a ti, Benedict, porque ninguno me había mirado siquiera hasta que tú te interesaste por mí ayer en el baile...

Benedict llevaba casi una hora oyendo la cháchara de Genevieve; desde que ella lo saludó en el salón dorado, durante todo el recorrido en carruaje y durante el paseo en barca por el Támesis hasta los jardines Vauxhall. Todo le pareció mera palabrería y no era, desde luego, lo que había esperado de ella. Aunque, como en realidad no sabía lo que esperaba al estar en compañía de Genevieve, se había hecho ilusiones por el encuentro de esa noche. Esas ilusiones se esfumaron cuando ella se puso a hablar en cuanto estuvieron solos.

—Genevieve...

—...debería agradecerte...

—Genevieve...

—...el interés de tantos caballeros tan refinados...

—¡Genevieve!

Ella se calló y lo miró a la luz de la luna por las dos aberturas de la máscara dorada que le cubría la parte superior de la cara. También llevaba una capa de noche que no permitía ver el vestido.

—Estoy segura de que yo solo...

—Yo estoy seguro de que solo has hablado sin parar desde hace una hora, tanto que no he podido decir ni una palabra —le interrumpió él con impaciencia—. Tengo cierta curiosidad por saber el motivo.

—Creía que te divertiría que te contara las visitas que he tenido... —contestó ella parpadeando.

—No es verdad —cada vez estaba más aburrido por las visitas de sus admiradores—. ¿Qué más ha pasado hoy para que te hayas convertido en una boba insustancial?

Ella se habría ofendido si no hubiese sabido que esa descripción estaba justificada; estaba parloteando como esas bobas insustanciales de la alta sociedad que ella despreciaba tanto y su única excusa era que todavía no se había repuesto de la visita de William Forster ni de su forma de tratarla. Tanto era así que temblaba por dentro por su osadía al haber mantenido el plan de ir a los jardines Vauxhall con Benedict. Su primer impulso fue hacer lo que le había exigido William y disculparse con Benedict, pero casi inmediatamente decidió que no iba a permitir que un ser tan odioso como William Forster siguiera intimidándola. También influyó que los dos fuesen a llevar máscaras y que nadie podría estar seguro de que eran ellos quienes estaban en los jardines Vauxhall. También era verdad que no soportaba la idea de renunciar a estar en compañía de Benedict aunque se arriesgara a disgustar más a William.

Además, estaba impresionantemente guapo a la luz de la luna. Llevaba una elegante capa de noche sobre su habitual levita negra y camisa blanca y la máscara negra que le tapaba la mitad superior del rostro, hasta el sombrero de copa, aumentaba su aire misterioso y peligroso. Hizo un esfuerzo para sonreír.

—¿Puede saberse por qué crees que ha podido pasarme algo?

—Porque he llegado a conocerte un poco durante los dos últimos días —contestó él con los labios apretados—. La Genevieve que he llegado a conocer tiene una conversación animada, no habla sin ton ni son.

—Si bien me parece halagadora la primer parte de tu comentario...

—No pretendía halagarte, solo es una constatación de la verdad —le interrumpió él con aspereza.

Ella evitó mirar sus brillantes ojos negros.

—Vaya, eres partidario de decir la verdad, ¿no?

—Siempre.

Genevieve sintió un ligero escalofrío por su tono inflexible y porque indicaba que se enfrentaría a cualquiera que no le dijera la verdad.

—¿No podemos limitarnos a disfrutar del paseo en barca, Benedict? Todo es tan romántico a la luz de la luna que estoy segura de que...

La nerviosa palabrería de Genevieve cesó

bruscamente cuando Benedict, Lucifer, la besó implacablemente en la boca.

La calló, la asombró, le dio calor mientras sus sensuales y firmes labios se adueñaban lentamente de los de ella. Le rodeó la estrecha cintura con los brazos y la estrechó contra su musculoso cuerpo antes de profundizar el beso, de morderle los labios con delicadeza y de introducir su lengua ardiente.

La sorpresa inicial no dio paso a la repulsión, como había temido que pudiera pasar. Al contrario, después de la primera impresión, le devolvió tímidamente los besos, lo agarró de los hombros y separó los labios para que pudiera profundizar más el beso. Se había dejado caer contra su poderos pecho cuando Benedict levantó la cabeza y la miró con los ojos brillantes.

—¿Qué más ha pasado hoy, Genevieve?

—Yo... —ella se apoyó en su pecho para separarse y parpadeó para intentar reponerse de ese beso—. Es rastrero que intentes seducirme para que te diga algo, Benedict.

Él entrecerró los ojos detrás de la máscara.

—¿Seducirte para que me digas qué, Genevieve?

Ella frunció el ceño al darse cuenta de su error.

—Pues para no decirte nada —ella agitó una mano—. No hay nada que decir.

—Genevieve...

—¿Te importaría dejar de repetir mi nombre en ese tono de censura? —se alisó nerviosamente el vestido. Todavía estaba alterada por el beso—. No soy una niña mala a la que hay que hablar en ese tono.

Benedict contuvo la impaciencia porque sabía que ella estaba usando su indignación para no contestar a su pregunta, algo que no pensaba permitir.

—Si te considerara una niña de cualquier tipo, no estarías aquí conmigo ni te habría besado.

Él, que la había besado solo para callarla, se había quedado incómodamente excitado y la erección le palpitaba con anhelo bajo los ceñidos pantalones de montar a caballo.

—No, claro que no —replicó ella sonrojándose—. Es que... —ella tomó aliento entrecortadamente—. Quizá debiésemos seguir con esta conversación cuando estemos tranquilamente en los jardines.

Ella miró al barquero, aunque ya era un poco tarde. Él adivinó enseguida que era otra excusa para demorar la conversación y que, sin embargo, solo había conseguido que sintiera más curiosidad por saber qué había pasado para que estuviera tan nerviosa. Una curiosidad que podría esperar porque comprobó que casi habían llegado a su destino.

—Muy bien —concedió él en tono áspero—, pero no intentes aprovechar este tiempo para inventarte alguna excusa.

Benedict se levantó cuando llegaron al embarcadero, agarró la cesta con el picnic, se bajó de la barca y tomó la mano enguantada de Genevieve para ayudarla.

—¿Qué te ha pasado en el brazo...? —le preguntó él al ver que ella hacía una mueca de dolor.

Ella siguió mirando hacia donde iba a pisar y no lo miró a él.

—Esta mañana me enganché la manga de la bata en el picaporte de la puerta y me torcí el brazo.

—Qué descuidada...

—Sí.

Ella no dijo nada más porque sabía que ese hombre era demasiado astuto, que era Lucifer, un hombre al que temían muchas personas de la alta sociedad, al que nadie se atrevía a enfrentarse porque mantenía la distancia emocional incluso con aquellas mujeres que habían tenido la fortuna de ser sus amantes. ¿La fortuna? Sí, ella se daba cuenta en ese momento de que consideraba muy afortunada a cualquier mujer que atrajera y conservara el interés de Benedict. Sin embargo, el brazo le dolía cada vez más y eso le recordaba que la visita de William le planteaba un dilema que no tenía nada que ver con su propio bienestar físico. También tenía que tener en cuenta a Charlotte Darby, la hija del conde de Ramsey.

Que ella recordara, Charlotte Darby era una joven de unos veinte años, bastante hermosa y que estaría obnubilada por su próximo matrimonio con el duque de Woollerton. Sin embargo, William Forster, como antes su padre, no era un hombre con el que debía casarse una joven inocente y obnubilada. Ella sabía que era un hombre depravado por naturaleza. Se estremeció al pensar en otra joven inocente expuesta a semejante perversión. No deberían permitir que Charlotte se casara con William Forster y que pasara por lo que ella pasó.

—Tampoco pretendía que no volvieras a hablar... —comentó Benedict con ironía.

Ya estaban caminando por el camino de gravilla iluminado con faroles y ella seguía ensimismada en sus pensamientos. Quizá fuese lo mismo que le había preocupado antes.

Ella dio un respingo y se dio la vuelta para mirar alrededor.

—¡Es precioso!

Sus ojos azules resplandecieron al mirar los caminos que salían de ese, todos ellos iluminados con faroles en los árboles, y al oír la música, el sonido de las fuentes y las risas y conversaciones de la gente que ya estaba en los jardines. Él había decidido llegar cuando hubiese oscurecido porque sabía que a ella le gustarían por lo menos los faroles que iluminaban los caminos. Aunque, después de su propia reacción al beso, ya no estaba seguro de que a él le gustara la intimidad que ofrecían los árboles y arbustos, una intimidad que ya estaban aprovechando a juzgar por los murmullos y gemidos de placer que podían oírse.

Ella parecía no darse cuenta de esas actividades y lo agarró del brazo con su mano enguantada. Lo miró con una sonrisa radiante y siguieron paseando por el camino lleno de personas pasándoselo en grande.

—Es perfecto, Benedict, justo como me imaginaba que podía ser. ¿Podemos ir a escuchar a la banda y a ver las fuentes y a...?

—Otra vez estás hablando sin ton ni son, Genevieve.

Benedict sacudió la cabeza con resignación y se alegró de que sus dos mejores amigos no pudieran verlo. Afortunadamente, Diablo y Dante estarían muy ocupados con sus respectivas mujeres como para preocuparse por sus actividades, si no, nunca dejarían de hablar de esa infernal noche que se había preparado para sí mismo. Efectivamente, era infernal sentir tan físicamente la cercanía de Genevieve. Su capa se había abierto y podía ver la curva de sus pechos por encima del vestido de un color claro que llevaba, sus labios eran carnosos y tentadores debajo de la máscara dorada y también podía oler su delicado perfume floral. Todo ello hacía que quisiera arrastrarla entre las sombras de los arbustos para besarla, más que besarla, en vez de pasear inocentemente por los jardines.

—Estoy muy emocionada por estar aquí con uno de los caballeros más apuestos de Inglaterra.

Benedict entrecerró los ojos.

—Si crees que por coquetear conmigo no vas a contestar la pregunta que te hice antes, me temo que vas a llevarte una decepción.

Ella lo miró con rabia y el ceño fruncido.

—¡Eres empecinado hasta ser ofensivo, Benedict!

—Afortunadamente para ti, sí, lo soy —replicó él en tono burlón—. ¿Y bien...?

Ella tomó aliento antes de contestar.

—No es nada importante...

—Entonces, te agradecería que me contaras eso tan poco importante.

Ella suspiró.

—Hoy me ha visitado mi hijastro.

—¿William Forster? —preguntó él con los ojos entrecerrados.

—Sí.

—¿Y...?

—Y nunca nos hemos llevado muy bien —contestó ella restándole importancia.

—Entonces, ¿por qué se tomó la molestia de ir a visitarte?

Él volvió a entrecerrar los ojos al notar que la mano dañada le temblaba mientras lo agarraba del brazo.

—Soy la viuda de su padre y eso me convierte en...

—Conozco muy bien vuestra relación, Genevieve —le interrumpió él—. Sin embargo, siempre me ha parecido que William Forster no es un

76

hombre que se moleste con cortesías si no es en beneficio propio.

Ella lo miró fijamente a la luz de la luna.

—¿Lo conoces personalmente?

—Solo conozco su fama —contestó él con una mueca de disgusto—. Sin embargo, es una fama que no hace que le tenga aprecio.

Se acordó de las historias del duque de Woollerton que había oído contar en su club. William Forster, al contrario que él, era conocido por visitar con frecuencia los burdeles y garitos de juego más infames de Londres. Su gusto era dudoso en el mejor de los casos y repugnante en el peor.

—A mí tampoco me ha gustado nunca su forma de ser —reconoció ella con cierto alivio—, pero la relación existe y me temo que tenemos que tratarnos con cortesía. William me visitó para comunicarme que los periódicos de mañana anunciarán su compromiso y su boda, el mes que viene, con la hija del conde de Ramsey.

—¿Para invitarte a la boda?

—¡Espero que no! —exclamó ella antes de poder evitarlo—. Quiero decir... —ella se soltó de su brazo cuando esquivaron a un grupo de paseantes—. Creo que William me visitó para comunicarme que, a raíz de la boda, me convertiré oficialmente en duquesa viuda.

—¿De verdad?

—¿Para qué iba a visitarme si no?

—Esperaba que tú me lo dijeras...

Ella no estaba dispuesta a contarle nada sobre William Forster.

El recuerdo de cómo disfrutaba con las palizas que le propinó por orden de su padre la alteraba tanto que no podía pensar en eso en ese momento. Temía derrumbarse completamente y nunca lo haría en compañía de un hombre tan astuto y tenaz como Benedict Lucas.

—No hay nada que decir. Me contó que iba a casarse y se marchó.

—¿Nada más...?

—¿No podríamos disfrutar del paseo por los jardines, Benedict? —preguntó ella con cierto nerviosismo.

—¿En vez de hablar de William Forster?

Ella lo miró con furia.

—¡Y dejar de hablar de cualquier cosa!

—Estoy dispuesto a abandonar la conversación sobre William Forster por el momento...

—¡Eres muy generoso!

—...pero no sobre lo que contestaste a la invitación de Suffolk para pasear mañana a caballo por el parque.

—¿Estabas prestándome atención? —preguntó ella con los ojos como platos.

—A cada una de tus insustanciales palabras —contestó él con ironía.

Genevieve frunció el ceño con disgusto.

—Estás siendo desagradable, Benedict.

—Pero no soy tonto y sería muy tonto si te permitiera ir mañana, o cualquier otro día, a montar a caballo con Suffolk sin advertirte antes de que lo más probable es que te encuentres montada de otra forma muy distinta en cuanto lleguéis a la primera arboleda.

Su rostro adquirió un aire realmente luciferino a la luz de la luna.

—¿Todos los caballeros disponibles de la alta sociedad y de cierta edad son siempre tan... libidinosos?

—No lo sé —él se encogió de hombros—. Solo puedo decirte lo que sé de hombres como Sandhurst y Suffolk.

—Y al hacerlo te arriesgas mucho a superar los límites de nuestra recién iniciada amistad.

Ella lo miró con remilgo y él sonrió con una expresión seria.

—¿El beso que nos dimos antes no superó los límites de nuestra recién iniciada amistad?

Genevieve se cerró la capa cuando una racha de brisa llegó desde los árboles.

—No nos dimos un beso, ¡lo arrebataste!

—Me extraña que pienses eso cuando recuerdo claramente que separaste los labios para que profundizara el beso...

Ella se puso roja y, cohibida, miró alrededor para comprobar si había alguien que hubiera podido oírlos. Afortunadamente, todo el mundo parecía ocupado en pasárselo bien.

—Reconozco que me quedé tan sorprendida que solo pude corresponder, pero eso no cambia el hecho de que tú fueras quien provocó el beso.

Benedict se rio.

—O de que a lo mejor esperas que... provoque otro beso o algo más que un beso antes de que termine la noche...

Genevieve no sabía si la idea la aterraba o la entusiasmaba, aunque, a juzgar por su reacción al beso, se inclinaba por lo segundo.

—Eres arrogante, insufrible y... —se calló cuando él volvió a reírse—. ¡No sé qué te parece tan gracioso, Benedict!

—Tú, mi querida Genevieve —la miró con un

brillo burlón en los ojos—. ¿Has creído por un solo segundo que pensar en hacer el amor contigo a la luz de la luna en Vauxhall va a hacer que me olvide de saber la respuesta que le diste a Suffolk sobre tu paseo a caballo?

Esa tenacidad inflexible y exasperante hizo que ella quisiera ponerse a dar patadas en el suelo, pero comprendió que se haría daño en los pies con la gravilla del camino y solo pudo mirarlo con el ceño fruncido, algo completamente inútil porque él ni siquiera lo vio detrás de la máscara.

—Que sepas que rechacé su invitación para mañana por la mañana.

—Me alegro de saberlo.

—Sin embargo, estoy pensando seriamente en aceptarla para pasado mañana —añadió ella en tono triunfal—. Solo rechacé la de mañana porque me imaginé que no querría levantarme temprano después de que esta noche probablemente me acueste tarde.

Benedict la miró fijamente y se preguntó cómo era posible que una mujer con tanta experiencia pudiera ser tan ingenua en lo relativo a los caballeros de la alta sociedad. Suffolk era un apuesto libertino conocido por sus hazañas en el dormitorio y, con toda certeza, intentaría seducir a Genevieve en cuanto hubieran llegado a algún sitio que él considerara suficientemente íntimo. Sin embargo, ese podía ser el atractivo que tenía esa invitación para Genevieve...

—¿Acertaría al pensar que un paseo a caballo a primera hora de la mañana con un apuesto caballero es parte de esa diversión y aventuras que tanto anhelas? —preguntó él en tono serio.

—Efectivamente, Suffolk es muy apuesto, ¿verdad? —replicó ella con una mirada maliciosa.

Benedict contuvo la desesperación que le producía la costumbre de Genevieve de agarrarse a la parte menos importante de sus comentarios.

—Naturalmente, a mí no me atrae nada.

—Naturalmente —repitió ella riéndose levemente.

—Sin embargo, puedo entender que su belleza rubia podría... atraer a algunas mujeres.

—Creo que eso podría aplicarse a cualquier mujer que tenga sangre en las venas —le corrigió ella.

—Es posible.

—¿Qué llevas en la cesta, Benedict? —le preguntó ella mirando la cesta que todavía llevaba él.

La verdad era que se había olvidado de la maldita cesta del picnic. Ella conseguía que se olvidara de casi todo. Como se había olvidado del motivo que tuvo para acercarse a ella la primera vez, de la idea de utilizarla como tapadera para sus actividades encubiertas.

—Benedict...

Él suspiró.

—En la cesta llevo nuestra cena y una manta donde podemos sentarnos para comerla.

—¡Qué maravilloso es que hayas hecho algo tan romántico! —exclamó ella antes de rodearle el cuello con los brazos, de abrazarlo y de apartarse cohibida sin mirarlo a los ojos—. ¿Podemos ir a una de esas arboledas apartadas? Por favor, Benedict...

—Si eso te hace feliz...

Él seguía demasiado impresionado por la calidez de su abrazo como para negarle algo. No era un hombre al que abrazara la gente. Al menos, sin una... invitación previa. Y, pensara lo que pensase la alta sociedad sobre sus hazañas sexuales a lo largo de los años, esas invitaciones habían sido pocas y distanciadas entre sí.

Genevieve, con su vitalidad y exuberancia, no había esperado a que la invitara, había actuado llevada por su naturaleza impulsiva.

—¡Creo que es lo que más me gustaría!

Ella sonrió con los ojos radiantes y él, que era un tonto aunque antes lo hubiera negado, quiso darle a Genevieve exactamente lo que ella quería, aunque fuese por una noche.

Cinco

—¿Esta es la hora de la noche en la que los caballeros suelen hacer... acercamientos indecentes? Genevieve lo preguntó mientras se arrodillaba en la manta para volver a meter en la cesta lo que quedaba del picnic. Una vez a la luz de los faroles que colgaban de los árboles, se habían quitado las máscaras y las capas. Era una noche de verano cálida y a lo lejos se oía la música de la banda y las conversaciones y risas de la gente. Benedict tomó una bocanada de aire antes de contestar.

—Espero, Genevieve, que si alguna vez hago acercamientos, sea ahora o en el futuro, los consideres por lo menos medio decentes.

Él se sentó debajo de un roble, con un brazo

por encima de una de sus rodillas dobladas, y la observó con detenimiento. Ella se rio ligeramente.

—¿Y divertidos?

Otra vez la dichosa palabra. Él no estaba acostumbrado a pensar en su vida como algo divertido.

—Como ya te he dicho, soy demasiado mayor como para pensar el algo tan insustancial como la diversión, Genevieve.

—¡Bah..!. Tendrás tres o cuatro años más que yo.

—Creo que son seis —le corrigió él con un gesto de disgusto—. Al menos, en años. En experiencia... eso es otro asunto.

Ella le pasó las yemas de los dedos por el contorno de la mejilla y lo miró con curiosidad.

—Has conocido mucha tristeza en tu vida, ¿verdad? Durante los años que pasaste en el ejército y... de otras maneras.

—¿Te refieres a la muerte de mis padres? —preguntó él con el ceño fruncido—. Entonces, no creo que más que tú —añadió él cuando ella asintió con la cabeza.

—Es posible —ella apartó la mano—. Sin embargo, yo puedo consolarme al saber que mis padres murieron juntos en el accidente de un carruaje y que Colin, mi hermano, decidió quitarse la vida.

Una sombra de tristeza le veló el rostro.

—¿Y tu marido? —le preguntó él con delicadeza.

La tristeza dejó paso inmediatamente a la frialdad.

—¡A mí me parece que tardó demasiado en morir!

—¡Genevieve!

Él volvió a reírse por la impresión que le causaba su escandalosa candidez.

—Solo digo la verdad, que es lo que tú dices que te gusta.

Ella suspiró y se sentó de espaldas a Benedict, pero no se resistió cuando él la tomó con delicadeza para que se apoyara en su pecho.

—Muchas veces me imaginé asfixiándolo con su almohada mientras dormía y si no lo hice fue porque no sabía si el médico podría decir el motivo de su muerte cuando fuera a examinarlo. Por mucho que detestara a mi marido, me parecía que quitarle la vida no compensaba entregar la mía al verdugo.

Esa vez, Benedict se quedó tan atónito por la

sinceridad de Genevieve que ni siquiera intentó reprochárselo. Además, estaba excitado. Tenía su trasero apoyado contra la erección, sus muslos contra los de él, esos rizos pelirrojos sobre el pecho y podía ver sus pechos por encima del vestido dorado de manga larga.

—Eres una pequeña granuja y vengativa...

Él le tomó uno de los rizos entre los dedos y ella lo miró.

—Según tengo entendido, tú eres quien tiene fama de buscar venganza por lo sucedido en el pasado...

—Es posible.

No solo tenía fama de buscar venganza por el asesinato de sus padres, había jurado que encontraría a la persona o personas responsables incluso antes de plantearse tener una vida propia. Los años que pasó en el ejército luchando por su rey y su patria y los dos que llevaba al servicio de la Corona le habían impedido llevar la tranquila vida personal que buscaban en ese momento sus dos mejores amigos.

Genevieve resopló de una forma bastante impropia de una dama.

—Además, si fuese una persona vengativa de verdad, me habría ahorrado muchos sufrimientos y habría apuñalado a mi esposo por la espalda en nuestra noche de bodas.

Benedict estaba seguro de que era una historia digna de conocerse, pero no iba a obligarla a que se la contara cuando esa conversación ya le había borrado casi todo el brillo de felicidad que le iluminaba el rostro hacía unos minutos. Un brillo de felicidad que a él le gustaba compartir.

Se movió un poco para no estar sentado detrás de ella, sino a su lado.

—Creo que este es el momento adecuado para que un caballero haga... acercamientos indecentes —murmuró él antes de besarla en la boca.

Genevieve se había preguntado si se habría imaginado el placer que sintió cuando él la besó antes. Desde luego, no sintió esa alegría que le aceleraba al pulso cuando el duque la besaba o la tocaba. ¡No! No pensaría en su marido en ese momento, ese momento podría ser el único de felicidad que conocería en brazos de un hombre. Mientras él la besaba, con delicadeza al principio y con avidez después, Genevieve supo que no se había imaginado nada de lo que sintió con los otros besos, que, pese al pasado, ¡disfrutaba cuando la besaba un hombre tan apasionantemente sensual como Benedict Lucas! Le acarició vacilantemente los hombros mientras él le tomaba la cara entre las manos, le recorría lenta y eróticamente los labios con la lengua, se los separaba y profundizaba el beso con la misma avidez de antes. La besó embriagadoramente y el placer hizo que le hirviera la sangre hasta abrasarle cada rincón de su cuerpo con un anhelo que hizo que se arqueara con los pechos endurecidos contra el pecho de él, moviendo sinuosamente los aterciopelados muslos sobre la dura y palpitante erección.

—Benedict...

Ella apartó la boca para susurrar cuánto necesitaba que no se detuviera. Él bajó los labios a su cuello y le acarició lentamente el abdomen antes de tomarle un pecho sobre la fina tela del vestido.

—Benedict...

Ella jadeó cuando el placer descendió como un torrente de lava desde los pechos al vientre e hizo que anhelará mucho más.

—Benedict, por favor...

—Deberíamos para antes de que esto llegue más lejos —gruñó él.

—¡No!

Genevieve abrió los ojos como impulsados por un resorte, se incorporó con una fuerza asombrosa y se giró de tal forma que Benedict fue quien quedó tumbado en la manta con ella medio encima de él.

—No vamos a parar, Benedict —ella lo miró con los ojos resplandecientes por la pasión—. ¿No te das cuenta de que necesito esto, de que te necesito a ti?

A Benedict le sorprendió su tajante negativa a terminar aquello, vio el gesto decidido y se quedó mudo y fascinado cuando ella empezó a desabotonarse los botones de la espalda del vestido hasta que la tela cayó y mostró la fina camisola que dejaba entrever los pechos firmes y abundantes. Se pasó la lengua por los labios. Aun así...

—¿No te he avisado de que corres el riesgo de quemarte las alas en una situación como esta?

—Ya estoy ardiendo, Benedict —aseguró ella con voz ronca mientras terminaba de destaparse los pechos—. ¡Estoy ardiendo, Benedict!

Ella lo exclamó entre angustiada y fascinada. Sus palabras y sus pechos eran una tentación irresistible y a él ya no le quedaba fuerza de voluntad. Genevieve dejó escapar un gemido cuando él le tomó un pezón entre los labios y gimió más todavía cuando se lo lamió antes de introducírselo en la calidez de la boca. Cerró los ojos para disfrutar plenamente del primer placer que había sentido entre los brazos de un hombre y e introdujo los dedos entre el tupido pelo moreno de Benedict mientras se estremecía por un deseo abrasador. Notó que la mano de él le levantaba el vestido y que le acariciaba el muslo hasta alcanzar la abertura de los pololos.

—¡No te detengas! —le pidió ella cuando sus dedos se detuvieron entre sus piernas—. Acaríciame ahí también Benedict. Dame el placer, todo el placer, que solo había soñado que existía hasta este momento contigo.

Él no podía negarse a una mujer tan hermosa y receptiva y tampoco le quedaron dudas de que hubiera sido como hubiese sido su matrimonio con Josiah Forster, no le había proporcionado ni felicidad ni placer, el tipo de placer que él estaba tan deseoso de ofrecerle.

Le tomó el otro pezón con la boca, introdujo la mano por la abertura de los pololos, le separó los cálidos pliegues con delicadeza y subió y bajó los dedos con un ritmo lento y sensual para acariciarle la pequeña protuberancia. Ella dejó caer la cabeza hacia atrás entre gemidos y gritó ligeramente cuando introdujo un dedo primero y luego dos en la hendidura húmeda y ardiente.

—Benedict... ¿Qué... está... pasando...? —preguntó ella con la voz entrecortada y los ojos muy abiertos—. Ah...

Genevieve abrió más los ojos todavía y su cuerpo se puso en tensión. Benedict notó las primeras contracciones que anunciaban el clímax. Ella se sentía dominada por la pasión y por un placer como nunca se había imaginado, que lo borraba todo menos a Benedict.

—Sí, otra vez... —la animó Benedict mirándola como si fuera un conquistador—. Otra vez...

Él insistía mientras esas oleadas de placer la barrían por dentro para arrastrarla a un tercer clímax devastador.

Afrodita, Venus, Diana... Genevieve estaba acurrucada a su lado con la cabeza apoyada en un hombro y con el vestido abierto todavía, pero el dudaba mucho que alguna de esas hermosas y sensuales diosas hubiesen reaccionado a las caricias de un hombre como acabada de hacerlo Genevieve a las suyas. Se había entregado al placer sin inhibiciones y él se sentía un privilegiado porque lo había elegido.

Sin embargo, aunque ella todavía se estremecía levemente, no estaba seguro de que estuviera tan satisfecha en ese momento.

—Genevieve, ¿te he hecho daño en el brazo o de otra manera? —le preguntó él cuando ya no pudo aguantar más el silencio de ella.

—En absoluto —contestó ella con la respiración entrecortada—. Además, estaba tan dominada por el placer que me olvidé por completo del brazo. Ha sido... perfecto, maravilloso, pero...

—¿Pero?

—Pero tú no te has... liberado.

—No.

—¿Quieres que yo...?

—No.

Él la sujetó cuando fue a ponerse de rodillas.

—¿No...? —preguntó ella en tono casi de asombro—. ¿No estás... incómodo? ¿No quieres que yo...?

—No —repitió Benedict tomándole la cara entre las manos—. Estoy plenamente satisfecho, Genevieve, porque tú has sentido placer.

—Ah...

—¿Te sorprende que un hombre disfrute tanto de darte placer que no necesite... liberarse?

Benedict no dejaba de sorprenderla. Antes de conocerlo y de hablar con él, había oído todo tipo de historias sobre la frialdad distante de Lucifer, sobre todo, con las mujeres. Sin embargo, no había tenido nada de frío y distante al proporcionarle ese placer que ella nunca había podido imaginarse.

—Sí —contestó ella con la sinceridad que sabía que esperaba él.

Él sonrió enigmáticamente.

—¿Los otros caballeros que has... conocido no se... contentaban tan fácilmente?

—¿Otros caballeros?

—Tus amantes anteriores...

—Ah, claro —ella apartó la mirada de sus ojos negros—. No, ceo que no se contentaban tan fácilmente.

¿Otros caballeros? Hacía una semana quizá hubiese hablado con sus amigas Sophia y Pandora sobre las ventajas de que tuvieran amantes, pero en su vida solo había conocido íntimamente al aborrecible Josiah Forster y al hombre que estaba tumbado a su lado. Sin embargo, no necesitaba conocer a otros amantes para saber que Benedict tenía experiencia y era generoso. Lo miró con franqueza.

—Si de verdad no necesitas que yo satisfaga tus...

—No lo necesito —le interrumpió él.

—Entonces, es posible que sea el momento de que nos marchemos.

—Si es lo que deseas...

Ella apartó la mirada y tragó saliva.

—Sí, creo que sería lo mejor.

Él la miró fijamente.

—Genevieve, ¿te arrepientes de lo que ha pasado?

—¡Ni por un instante! —ella volvió a mirarlo con los ojos muy abiertos—. Tienes que creerme si te digo que ha sido... el momento más placentero de mi vida.

Benedict se rio con suavidad por la expresión tan seria de ella.

—No soy tan vanidoso como para que te sientas obligada a halagarme.

—No lo digo por halagarte —ella sacudió la cabeza con firmeza—. Esta noche ha sido una revelación. He gozado tanto que me temo que ya no vaya a poder... hacer el amor con nadie más.

Él frunció el ceño ante la idea de que pudiera hacer el amor con otros hombres. Era una reacción muy natural, intentó convencerse a sí mismo, cuando tenía a Genevieve tumbada a su lado, medio desvestida y saciada. Haber hecho el amor con una mujer tan receptiva como ella había sido increíblemente satisfactorio, pero no podía permitir que esa satisfacción nublara otros asuntos de su vida. Todavía tenía su trabajo para la Corona y todavía estaba tan lejos de encontrar al asesino de sus padres como lo estaba hacía dos años, cuando dejó el ejército.

—Como has dicho, es el momento de que nos marchemos.

Él se levantó y se dio la vuelta para recoger las máscaras y para que ella pudiera arreglarse el vestido con un poco de intimidad.

Hablaron poco mientras guardaban las cosas en la cesta, se ponían las máscaras, volvían a la barca y cruzaban a la otra orilla del río, donde los esperaba el carruaje de Benedict. Siguieron absortos en sus pensamientos mientras recorrían las calles oscuras camino de la casa de Genevieve.

—¿Has disfrutado de tu visita a los jardines Vauxhall acompañada por un caballero tanto como esperabas? —le preguntó él con delicadeza, una vez en la puerta de la casa de Genevieve.

—Tanto y más —contestó ella bajando la mirada y sonrojándose—. Sobre todo, cuando ese caballero decidió comportarse indecentemente.

Él se rio.

—¿Cómo iba a comportarse cualquier hombre, caballero o no, cuando está acompañado por una mujer tan hermosa y arrebatadora?

Genevieve lo miró con el ceño fruncido.

—¿Quién está siendo halagador ahora?

Él arqueó las cejas burlonamente.

—¿Has oído alguna vez que Lucifer sea halagador?

—Que yo sepa, no —contestó ella con una sonrisa algo triste—, pero creo que he estado con lord Benedict Lucas, no con Lucifer.

—¿Estás segura? —preguntó él con cierta sorna.

—Muy segura.

Él frunció el ceño por la certeza de ella.

—¿Cómo es posible?

—La respuesta es muy sencilla, milord —ella sonrió abiertamente—. El libertino Lucifer nunca habría rechazado mi oferta de satisfacerlo.

Él tomó aliento por la agudeza de sus palabras. Efectivamente, Lucifer no habría rechazado el placer que le habían ofrecido los labios y las manos de Genevieve.

—Creo que es hora de que entres, Genevieve.

El vino que hemos bebido te ha llenado la cabeza con ideas absurdas

—Ese es Lucifer —replicó ella con un brillo burlón en los ojos—. Él, al contrario que Benedict, disfruta siendo arrogante y condescendiente con el común de los mortales.

—Lo dices como si fuesen dos personas distintas.

—Seguramente lo diga porque creo que lo son.

—¿Y a cuál prefieres?

—No tengo preferencias —contestó ella con una sonrisa que le formó un hoyuelo en una de sus mejillas—. Lord Benedict Lucas es apuesto y encantador y Lucifer es sinvergüenza y maligno. Los dos son muy atractivos y creo que la emoción está en no saber cuál aparecerá en cada momento.

Benedict sacudió la cabeza con desesperación.

—Eres una chica absurda.

—A lo mejor eso es lo que te parece tan... interesante de mí...

Ella le dirigió una sonrisa burlona antes de darse la vuelta y entrar en su casa. El mayordomo cerró suavemente la puerta y él se quedó convencido de que Genevieve era mucho más que la mujer hermosa y arrebatadora que había dicho antes.

Seis

—¿Qué haces ahí sentada en la oscuridad?

Genevieve se levantó de un salto y miró al hombre que estaba en la puerta de su sala privada. Efectivamente, estaba sola, con las cortinas cerradas y la única iluminación eran las velas del pasillo que había detrás de él. Aun así, pudo reconocer la voz y la silueta.

—¿Qué haces tú aquí, Benedict?

—Creo que yo lo he preguntado primero.

Él se quedó en la puerta, como si se cerniera peligrosamente sobre ella, y Genevieve sacudió la cabeza.

—Creo que me he olvidado de encender las velas...

—¿Olvidado...?

—Sí. Antes me dolía la cabeza y la luz del sol me molestaba. Al cerrar las cortinas no me he dado cuenta de que ha oscurecido.

—Creo que estás hablando por hablar otra vez, Genevieve.

—¡Y tú estás entrometiéndote en mi intimidad!

—Efectivamente —él asintió lentamente con la cabeza—. Lo cual es muy interesante porque tu mayordomo me dijo que no estabas en casa...

Ella lo miró con enojo.

—Los dos sabemos que es la excusa que se da siempre cuando alguien no quiere recibir visitas.

—...otra vez —siguió Benedict como si ella no hubiese dicho nada—. Ayer por la mañana vine a visitarte y me dijo lo mismo. Esta mañana, igual y ahora me lo ha repetido. Las tres veces sabía que estabas en casa.

Ella tomó una bocanada de aire.

—Pero, como te he dicho, no me apetecía recibir visitas.

—¿Ninguna visita o alguna en concreto?

El tono cortés de él no la engañó lo más mínimo. Lo conocía lo suficiente como para saber que estaba muy disgustado.

—Ya te lo he dicho. Me dolía la cabeza.

—¿Durante dos días?

—¡Desde que te conozco!

—Mejor —murmuró él con satisfacción.

Ella lo miró con furia.

—¿Puede saberse cómo has entrado cuando he dado instrucciones muy claras de que no quiero que me molesten?

Él encogió sus anchos hombros.

—Esperé a que el mayordomo bajara las escaleras después de despedirme adecuadamente y me colé en la casa para buscarte.

Ella abrió los ojos como platos.

—En otras palabras, eso se llama allanamiento...

—La puerta no tenía el cerrojo...

—Eso no es excusa para tu arrogancia.

—Volveré dentro de un segundo.

Él salió al pasillo y regresó con un candelabro de tres brazos que iluminaba sus ojos negros como el carbón.

—¿Has estado llorando? —le preguntó él con firmeza.

Sí, había estado llorando. No había hecho otra cosa desde hacía dos días.

—Genevieve... —insistió él ante el silencio tan impropio de ella—. Espero que no estés molesta por lo que pasó la otra noche...

—¡No! No, Benedict —replicó ella con vehemencia—. Esa noche fue y será una de las más perfectas e inolvidables de mi vida.

—Entonces, ¿por qué has llorado? —Benedict entró en la salita y dejó el candelabro en una mesa junto a la chimenea—. Además, ¿por qué te has encerrado en casa y no has salido ni has querido recibir visitas?

—¿Cómo puedes saber que no he salido desde hace dos días?

—Me he ocupado de saberlo —contestó él sin inmutarse—. Como también sé que sí has recibido una visita por lo menos —él la miró con los ojos entrecerrados—. Sophia Rowlands, quien, seguramente, habrá venido para comunicarte su inminente boda con mi amigo Dante Carfax.

—Sí.

Genevieve estaba muy contenta por Sophia y por Pandora y, además, las admiraba porque le parecían muy valientes al casarse por segunda vez. Sin embargo, sus dos mejores amigas estaban completamente dedicadas a sus parejas y a ella no le parecía bien transmitirles su desdicha por la visita de William y su forma de tratarla. En realidad, tampoco les había contado todos los detalles de su matrimonio con Josiah Forster, pero sí habían sabido que había sido un matrimonio muy infeliz y la habían compadecido por eso.

—Me alegro mucho de que Sophia y Pandora hayan encontrado la felicidad por fin —siguió ella haciendo un esfuerzo para parecer tranquila.

—Peor, aun así, has estado llorando.

—¡No por la felicidad evidente de Sophia y Pandora! —se defendió ella con indignación—. Además, ¿cómo te atreves a entrar en mi casa sin permiso para insultarme porque he llorado?

Eso le gustaba mucho más. Prefería lidiar con una Genevieve enfurecida que con la mujer pálida y triste que se encontró en la salita. No estaba muy convencido de que esas lágrimas no se debieran en parte a lo que pasó en los jardines Vauxhall hacía dos noches. Frunció el ceño.

—Quiero disculparme si mi comportamiento en los jardines Vauxhall te ofendió lo más mínimo.

—¿Por qué si ya te he dicho... si ya he expresado...? —ella sacudió la cabeza con impaciencia—. No tienes que disculparte por nada. ¿Por qué ibas a disculparte cuando sabes lo mucho que disfruté?

Benedict había pensado mucho en esos momentos durante los dos últimos días; durante esa noche que pasó en vela y su palpitante erección le recordó que había sido absurdo que le asegurara a ella que no necesitaba el alivio físico y cuando a la mañana siguiente no le permitieron visitarla. Pensó en ello incluso durante la comida en su club, durante la reunión que tuvo con Eric Cargill para comentar cómo podían aprovechar la información que habían recibido del conde francés y durante la noche siguiente. Además, le desesperó que esa misma mañana le hubieran impedido visitarla otra vez cuando sabía que Sophia Rowlands sí había estado allí.

Había pasado todo el día pensando demasiado en ella y le había parecido inadmisible que esa tarde le hubieran dicho otra vez que no estaba en casa. Por eso decidió entrar cuando pudo hacerlo sin llamar la atención de ningún empleado de la casa. Al fin y al cabo, era un agente de la Corona y sabía moverse con rapidez y disimulo si la situación lo exigía. La miró y suavizó la expresión.

—No tienes la nariz roja ni los ojos irritados, ¿por qué? —le preguntó él agarrándole la muñeca al verla con un color enfermizo—. Genevieve...

—¡Benedict, por favor! —ella intentó soltarse la muñeca aunque no se la agarraba con fuerza—. ¡Me haces daño! —añadió con lágrimas en los ojos.

Benedict la soltó inmediatamente.

—¿Qué pasa, Genevieve? ¿Todavía te duele la muñeca?

—Está mucho mejor —contestó ella intentando sonreír.

—Enséñamela —le pidió él tendiendo una mano con la palma hacia arriba.

—¡No! —replicó ella con el pánico reflejado en los ojos y escondiendo la mano detrás de la espalda.

—Genevieve...

—Ya te he dicho que no es nada.

—Entonces, déjame que lo compruebe —insistió él con firmeza.

Ella bajó la mirada, observó la mano que él tenía tendida y levantó su mano muy lentamente para posarla ahí. Benedict la miró a los ojos antes de quitar la venda que cubría todavía la muñeca.

—¿Quién te hizo esto? —le preguntó él con rabia al ver la muñeca amoratada.

Ella se amilanó por el tono áspero de él.

—Ya te lo dije. Se me enganchó la manga en el picaporte y...

—No te lo has hecho por engancharte el brazo en un picaporte.

La miraba con furia y parecía el mismísimo

Lucifer. Genevieve supo que no estaba furioso con ella, sino con quien le hubiera hecho eso. Sin embargo, también sabía que si le decía la verdad, Lucifer, no lord Benedict Lucas, se presentaría en la casa de William Forster antes de que acabara el día para darle su merecido por haberle hecho eso. Algo que a ella podría gustarle, pero que no podía permitir que sucediera. No porque no creyera que Benedict fuese perfectamente capaz de batir a ese hombre ni porque creyera que William no se lo merecía. Sin embargo, conocía muy bien a William y sabía lo pérfido y perverso que podía llegar a ser. Podría decir todo tipo de mentiras sobre ella si eso le convenía y estaba segura de que le convendría en ese caso.

Si no había salido durante dos días había sido porque su brazo había empeorado y había esperado que mejorara antes de volver a exponerse a la mirada tan perspicaz de Benedict Lucas.

—Como te expliqué el otro día...

—Creo que ya hemos hablado de lo que me parece que me cuenten mentiras —le interrumpió él en un tono delicado e implacable.

Genevieve se pasó la punta de la lengua por los labios.

—Parece mucho peor de lo que es en realidad.

—Lo dudo mucho —replicó él con aspereza—. Dime qué pasó y no respondo de las consecuencias si intentas mentirme otra vez, Genevieve.

Sus ojos dejaron escapar un destello amenazante y apretó con fuerza la mandíbula. Ella se acobardó ante la furia que pudo captar en su mirada.

—No me duele mucho.

Él sentía una opresión en el pecho y una furia gélida en la cabeza que le impedían ver nada que no fuese la pequeña y amoratada muñeca de Genevieve. Era una muñeca muy delicada para haberla tratado con semejante crueldad.

—Esto son señales de dedos, Genevieve —él le señaló las marcas con su dedo—. Los dedos de un hombre —añadió él en tono sombrío.

A Genevieve se le había secado la boca, no podía tragar saliva y mucho menos replicar. Sabía que la fuerza de Benedict no estaba en someter a una mujer, sino en seducirla y complacerla, y que por eso le parecía completamente inaceptable que un hombre empleara la fuerza física.

Si Benedict se enfrentara a William, ella no podría soportar que se enterara de la espantosa verdad de su matrimonio por boca de ese hombre detestable. Sin embargo, tampoco tenía el valor de hablarle ella de su matrimonio. Quizá lo hiciera algún día si él se lo preguntaba, pero no todavía.

—Que me moleste más ahora que el día que me enganché... que el día que ocurrió la lesión —se corrigió ella a ver que Benedict fruncía el ceño— solo indica que es algo más que una lesión superficial.

La verdad era que había dormido muy mal porque el dolor de la muñeca y de todo el brazo aumentaba cada minuto que pasaba.

—¿Qué ha dicho el médico?

—No lo he llamado.

—¿Por qué si el brazo te duele tanto?

No se le ocurrió llamar al médico porque nunca habían llamado a ninguno cuando Josiah le ordenaba a William que le diera una paliza por el motivo que fuese.

—Da igual —siguió Benedict con aspereza al ver la expresión de incertidumbre de ella—. Llamaré a mi médico inmediatamente.

—¿Qué le diré? —preguntó ella con angustia—. ¿Cómo le explicaré mi... mi lesión?

Benedict entrecerró los ojos.

—Con sinceridad, espero —él se acercó a la chimenea para llamar a Jenkins con la campanilla—. Aunque dudo que cualquier médico digno de ese nombre desconozca el motivo de esos moratones. Solo espero que no saque la conclusión de que he sido yo quien... ¡Ah, Jenkins...!

Benedict se dirigió al atónito mayordomo, pero no le explicó por qué estaba allí cuando él le había impedido la entrada hacía unos minutos. En cambio, le dio algunas instrucciones y la dirección de su médico.

—Pobre Jenkins —murmuró ella cuando el mayordomo se marchó a buscar al médico.

—De pobre, nada —replicó Benedict mientras empezaba a ir de un lado a otro—. Si me hubiese dejado entrar ayer, tú no lo habrías pasado tan mal como lo has pasado.

—Recibió instrucciones mías y...

—Ya sé las instrucciones que le diste —le interrumpió él mirándola con fastidio—. Hablaremos de eso cuando te haya examinado el médico y la muñeca te duela menos de lo que te duele ahora.

Si bien ella sabía que Benedict no debería estar allí, que sería mejor que no se mezclara en el embrollo entre William y ella, se sentía mejor que los dos días anteriores, menos... vulnerable, como si la simple presencia de Benedict hiciera que se sintiese más a salvo. Aunque sabía que no lo estaba. Además, una vez que había pasado la impresión inicial y que había contado parte de la verdad sobre la lesión, podía mirar tranquilamente a Benedict mientras esperaban al médico.

Parecía cansado y las arrugas de los ojos y la boca parecían más profundas, como si tampoco hubiese descansado durante los dos días pasados. Sin embargo, no sería por ella, no iba a engañarse y a creer que tenía alguna importancia en la vida de Benedict. A él le parecería divertido haber... estado íntimamente con ella, pero nada más. Como sabía que si había llamado a su médico para que le examinara la muñeca, era por su sentido de la responsabilidad innato.

Le dolía mucho, insoportablemente. Era una palpitación muy dolorosa que le había impedido descansar, física y mentalmente, durante dos días y dos noches. Antes, William se cercioraba de golpearla donde nadie pudiera ver las marcas. Eran golpes, le dolían y la humillaban, pero que no le rompían nada. Esa vez, sin embargo, no sabía si había tenido tanta suerte.

Un temor que el médico confirmó media hora más tarde, después de examinarla minuciosamente y de confirmar que tenía roto un huesecito de la muñeca. Le dio algo contra el dolor, le vendó bien la muñeca y le hizo un cabestrillo para que sujetara el peso del brazo. Algo tan sencillo bastó para aliviarle el dolor constante y ella se sentó en una butaca junto a la chimenea mientras Benedict acompañaba al médico hasta la puerta. Cerró los ojos porque era la primera vez que no sentía dolor desde hacía bastante tiempo.

Benedict volvió al cabo de unos minutos, miró a Genevieve y comprendió que se había quedado dormida. Al parecer, era un sueño tranquilo y profundo. Las arrugas de dolor habían desaparecido de su hermoso rostro. Él deseó poder sentirse igual de tranquilo, pero no lo estaría hasta que supiera quién le había hecho eso a Genevieve. ¿Qué hombre había sido capaz de tratar un cuerpo tan delicado con la brutalidad que, según el médico, se necesitaba para romperle el hueso de la muñeca? Para él era incomprensible que un hombre pudiera encontrar un motivo para dañar a alguien tan amable y hermoso como Genevieve, y no solo físicamente, sino hasta el punto de que le había borrado de sus expresivos ojos la felicidad y la alegría que encontraba en la vida. Estaba seguro de una cosa: no pensaba salir de esa casa hasta que ella le hubiese dicho el nombre del hombre que había hecho eso.

Genevieve empezó a despertarse y notó, supo, que no estaba sola. Había alguien más en su dormitorio... No solo en su dormitorio, ¡en su cama! Se le revolvieron las entrañas ante la idea de que fuese Josiah. No podía soportarlo, tenía que escapar...

—No pasa nada, Genevieve —una delicada mano le acariciaba la mejilla para tranquilizarla—. Nadie te hará nada mientras yo esté aquí.

¡Benedict! Era Benedict quien estaba tumbado a su lado, no era Josiah. Gracias a Dios. Josiah estaba muerto desde hacía mucho tiempo y Benedict... ¡Benedict no debería estar en su dormitorio y mucho menos en su cama! Abrió los ojos y se encontró a Benedict, a la luz de las velas, inclinado sobre ella con una expresión de preocupación tal en su rostro que a ella le dio un vuelco al corazón.

—¿Qué haces aquí todavía?

—Esperaba a que te despertaras, claro —contestó él con una sonrisa algo triste.

—¿Cómo he llegado hasta aquí?

—Te he traído yo.

Ella frunció el ceño al no acordarse de que Benedict la hubiera llevado al dormitorio en brazos y, además, la hubiese acostado. También se fijó en que él se había quitado la levita y se había soltado el lazo. Esperaba que no la hubiese desvestido también...

—¿Qué hora es?

—Casi las dos.

—¿De la mañana? —preguntó ella abriendo más los ojos—. Pero no puedes... no deberías estar a estas horas en mi dormitorio, Benedict.

—Sin embargo, aquí estoy.

Efectivamente, allí estaba. Aunque sabía el escándalo que se organizaría si alguien se enteraba de que lord Benedict Lucas estaba en su dormitorio a las dos de la mañana, por no decir nada de lo que haría William Forster si lo descubría alguna vez, se alegraba de saber que Benedict se había quedado con ella. Algo muy peligroso en sí mismo cuando durante todo el año de viudedad había intentado con todas sus fuerzas ser independiente y no tener miedo, dos cosas que no había conseguido durante su matrimonio con Josiah Forster. No podía ni debía depender de nadie para ser independiente y no tener miedo. Tenía que conseguirlo sola por muy tranquilizador que fuese sentir la protección de Benedict. Esbozó una sonrisa tensa.

—Ahora, una vez que te has cerciorado de que estoy bien, tienes que marcharte.

—¿Tengo? —preguntó él arqueando arrogantemente una ceja.

—Sí.

Ella se dio la vuelta para destaparse con la intención de levantarse de la cama. Afortunadamente seguía llevando el mismo vestido, pero no pudo ni sentarse con el brazo en cabestrillo.

—Espera.

Benedict se levantó, rodeó la cama, la ayudó a sentarse y la miró con el ceño fruncido cuando ella se puso de pie.

—El médico dijo que no hicieras esfuerzos ni te quitaras el brazo del cabestrillo durante unos días.

Ella lo miró con enojo.

—¡No creo que eso incluya que no pueda usar el orinal!

—No —Benedict sonrió por su airada réplica—. ¿Quieres que te ayude?

—¡Claro que no! —exclamó ella sonrojándose un poco.

—A lo mejor te resulta un poco difícil con un solo brazo...

—Estoy segura de que lo conseguiré, ¡gracias!

—Como quieras...

—Deja de sonreír así, Benedict.

Ella lo miró con furia cuando él no dejó de sonreír, se fue apresuradamente al vestidor contiguo y cerró la puerta.

La sonrisa burlona de Benedict se esfumó en cuanto ella cerró la puerta. Se había dado cuenta del pánico de Genevieve cuando empezó a despertarse, como si temiera ver a quien estaba en la cama con ella... ¿Genevieve le tenía miedo? ¿Ese momento tan íntimo de hacía un par de noches había hecho que le temiera? Antes le había dicho que esa noche le parecía la más perfecta e inolvidable de su vida. Si no le temía a él, ¿a quién temía? La respuesta más evidente era que temía al mismo hombre que le había roto la muñeca. ¿Habría sido su amante? Quizá no le hubiese gustado verse reemplazado por él... Eso, desde luego, explicaría la reticencia de Genevieve a hablar de ese hombre. Sin embargo, nada podía explicar ni justificar que un hombre maltratara físicamente a una mujer. En el caso de Genevieve, una mujer tan pequeña y delicada que no podría defenderse de la más mínima muestra de fuerza bruta. Una fuerza bruta que, en ese caso, le había roto la muñeca. Estaba dispuesto a saber su nombre. Si no se lo decía ella, encontraría otro medio...

Siete

Genevieve estaba de un humor de perros cuando volvió a su dormitorio al cabo de bastantes minutos. Le había costado más de lo que había imaginado apañarse con una sola mano y no estaba segura de que su vestido estuviera bien arreglado o decente siquiera por la espalda.

—Conseguiré el nombre de ese hombre, Genevieve.

Ella vaciló levemente al mirar al otro lado del dormitorio, no por la afirmación de Benedict, sino porque él estaba tumbado en la cama con varias almohadas debajo de la cabeza y los hombros y el pelo despeinado. Se había quitado completamente el lazo y se había desabotonado varios botones de la camisa, lo que permitía ver algunos de los rizos oscuros que le cubrían el pecho. A ella le habría gustado poder mirar hacia otro lado, pero, desgraciadamente, estaba como hipnotizada por esa sensualidad masculina tan descarada.

—Pareces tan cansado como yo, Benedict —comentó ella en un tono defensivo.

—Son más de las dos de la mañana —replicó él con una sonrisa burlona.

—Una hora a la que tú y muchos de tus amigos empezáis vuestras actividades nocturnas en vez de terminarlas.

—Es verdad —reconoció él cruzándose un pie por encima del otro—. El nombre, Genevieve.

—¿Hay algún motivo concreto para que estés tan cansado? —preguntó ella sin hacer caso de la pregunta de él—. ¿Has avanzado algo en tus indagaciones sobre tus padres, Benedict?

Ella, asustada, abrió más los ojos cuando él bajo las botas al suelo con un gesto de impaciencia y se sentó. Era muy, muy viril. Vestido con su refinamiento habitual y con ese aspecto peligroso y sombrío, conseguía que se aceleraran los corazones de todas las mujeres que había en una habitación con solo entrar en ella. Sin embargo, en ese momento, con solo una camisa blanca, un chaleco plateado, el cuello a la vista y los pantalones negros que se le ceñían a los muslos, cortaba la respiración. En realidad, ella no recordaba haber tomado aliento desde que lo miró al entrar en el dormitorio. Tomó una bocanada profunda.

—Perdona si he preguntado por algo que te parece demasiado personal para hablarlo con una mujer que es casi una desconocida para ti...

—No sigas, Genevieve —le interrumpió él en un tono delicado pero más amenazante aún por eso—. Mi reticencia a hablar de los avances o falta de avances en lo relativo al asesino de mis padres no tiene nada que ver con lo mucho o poco que te conozca... y te conozco mucho. Íntimamente. Tanto por dentro como por fuera. ¿Te ha quedado claro?

Su mirada era tan negra e implacable que ella no pudo mirar a otro lado y se sonrojó al recordar aquella intimidad.

—Muy claro.

—Perfecto. No hablo del asunto contigo ni con nadie porque no hay nada que decir. No hay ninguna pista nueva. Nada. Mi padrino lo investigó minuciosamente en su momento y no hay nada nuevo que pueda explicar por qué murieron ni quién los mató.

—Lo siento —se disculpó Genevieve con una mueca de dolor.

—No más que yo.

—¿Hablaste con los sirvientes? Son mucho más perspicaces de lo que nos pensamos y...

—Genevieve, agradezco tus esfuerzos para distraer mi atención, pero no se me distrae fácilmente de mis objetivos. Conseguiré el nombre del hombre que te hizo daño y lo conseguiré ahora.

Genevieve sabía que era tan obstinado como ella. Benedict, por motivos distintos, claro, era fuerte y tenía confianza en sí mismo. La obstinación de Genevieve para no ceder a la exigencia de Benedict era porque no quería que se enfrentara a William. Sabía que su lengua afilada podía ser tan letal como decían que podía serlo con la espada y la pistola y que podía salir victorioso de cualquier enfrentamiento entre los dos, pero William Forster no se sometía a ningunas reglas que no fuesen las suyas.

—¿Es posible que Suffolk y tú os conozcáis más de lo que dijiste antes?

Genevieve lo miró inexpresivamente.

—¿Te refieres a Frederick St. James, conde de Suffolk...?

—Evidentemente, no fue él.

El tono de asombro de Genevieve fue suficiente para convencerlo de que se había equivocado completamente. Benedict se levantó.

—Genevieve, todo sería mucho más sencillo si me dijeras el nombre de ese hombre.

—No puedo —replicó ella sacudiendo la cabeza con vehemencia.

Él la miró con los ojos entrecerrados. Algunos rizos pelirrojos se le habían escapado de las horquillas y le caían a lo largo del cuello y estaba pálida como la cera a pesar de las cuatro horas que había dormido antes. Las mismas cuatro horas que él había pasado tumbado a su lado y observándola mientras dormía, apreciando lo joven y delicada que parecía cuando sus ojos azules no brillaban como ascuas ni se manifestaba su espíritu combativo.

—¿Sigues amándolo? —preguntó él.

—¿Cómo dices? —preguntó ella con los ojos como platos.

—No se me ocurre otro motivo para que una mujer defienda a un amante pasado del actual.

¿Benedict era su amante? Hacía dos noches la había besado, la había acariciado íntimamente y le había proporcionado una placer inconmensurable, pero ¿eso lo convertía en su amante? Al parecer, Benedict creía que sí... Ella negó con la cabeza.

—¿Cómo iba a amar a alguien que me ha hecho daño?

—No tengo ni idea —Benedict hizo una mueca irónica—, pero te aseguro que algunas mujeres lo hacen. No he estado enamorado y no sé qué se siente, como tampoco sé qué hace el corazón de una mujer para elegir al hombre sobre el que depositar ese sentimiento.

Estaba diciéndole que no confundiera el deseo que le mostró con ese sentimiento y que la preocupación que sentía por ella en ese momento solo quería indicar que nunca se plantearía nada aparte de ser su amante. Lo cual era exactamente lo que tenía que suceder. Ella, al contrario que Sophia y Pandora, no tenía la más mínima intención de enamorarse, y mucho menos de volver a casarse, naturalmente.

—Sin embargo, me han dicho que la línea que separa el amor del odio es muy fina y, evidentemente, tú no has cruzado esa línea todavía en lo que se refiere a tu antiguo amante —siguió él arqueando una ceja con frialdad.

Genevieve se quedó muy quieta mientras asimilaba lo que Benedict le había dicho. ¿Creía de verdad que un antiguo amante le había hecho eso? ¿Creía que un hombre al que amaba le había hecho eso al enterarse de que tenía una aventura con Benedict y que ella no decía nada para protegerlo? La idea era ridícula. Las mujeres no eran tan necias como para seguir amando a un hombre que las trataba con tanta crueldad y desprecio. Ella, desde luego, no había sentido nada parecido por Josiah Forster. Sin embargo, ¿no era preferible para todos los implicados que Benedict creyera que ella era una de esas mujeres a que supiera que quien la había maltratado era su cruel y despiadado hijastro? El hijastro que la había amenazado con volver a maltratarla si daba motivo de escándalo antes de que él se casara con Charlotte Darby.

—¿Acabaste tú con la relación o fue él? —le preguntó Benedict mirándola fijamente.

Ella sacudió ligeramente la cabeza sin mirarlo a los ojos.

—Yo fui... quien cortó esa relación concreta.

—Al menos, ¡tuviste el buen juicio!

Ella lo miró con un brillo en los ojos por su evidente desdén.

—¡No parece que me haya servido de mucho!

Benedict hizo una mueca de disgusto.

—Seguramente, porque aunque hayas dado por terminada la relación... íntima, también has permitido que él siga en tu vida.

—Yo... —ella tomó una bocanada de aire—. Podríamos hablar de otra cosa, Benedict?

—Si es lo que quieres... —contestó él apretando los labios con disgusto.

—Lo es.

—Entonces, hablaremos de otra cosa, por el momento. En realidad, hay algo más que me gustaría comentar contigo. El motivo por el que vine ayer y he vuelto hoy es preguntarte si me acompañarías a Carlton House dentro de dos noches —él recogió la chaqueta que había dejado en la silla—. Naturalmente, dadas las circunstancias, entendería que rechazaras la invitación —añadió él mirándola con unos ojos desafiantes.

—¿Carlton House...? —preguntó ella con emoción.

Benedict asintió con la cabeza.

—El príncipe regente me ha invitado, con una acompañante, a cenar con él. Debo advertirte que no será una cena... protocolaria —él hizo una mueca de censura—. Creo no puede decirse que ninguna de sus cenas lo sea.

Ella no supo qué decir ni por qué Benedict la

invitaba cuando, evidentemente, creía que ella seguía enamorada de otro hombre, del hombre que le había roto la muñeca. Sin embargo, Carlton House... Había vivido durante casi todo su matrimonio en el campo y luego había estado otro año de luto. Además, las semanas que llevaba de la temporada, aunque había disfrutado, no habían incluido una cena con el príncipe regente en Carlton House. Naturalmente, el príncipe era muy impopular en esos momentos y tenía fama de ser un libertino incorregible, que celebraba fiestas demasiado espléndidas que la mayoría de la gente no aprobaba después de tantos años de guerras contra Napoleón y de las privaciones que habían originado... para todo el mundo menos para el príncipe regente, al parecer. Sin embargo, ella había oído tantas historias sobre esas fiestas rebosantes de excesos y depravación...

—¿Sigo estando invitada?

Él inclinó la cabeza con arrogancia.

—Si no te impresionas fácilmente y no te duele el brazo para entonces...

Ella se ocuparía de que no le doliera aunque tuviera que tener el brazo en cabestrillo durante dos días.

—Entonces, estaría encantada de acompañarte

a la cena en Carlton House. Gracias por invitarme.

Benedict se puso la chaqueta, se estiró los puños de la camisa y la miró con una expresión enigmática.

—¿Y si tu antiguo amante se entera de que has pasado esa noche en público conmigo?

Ella entrecerró los ojos con recelo al ver la mirada desafiante de Benedict.

—Esperas que ocurra eso. Como sabes que busco diversión y aventuras, me has tentado con la idea de ir a Carlton House para que ese hombre salga a la luz si se entera de que he pasado otra noche contigo.

—¡Tu inteligencia es una de las muchas cosas que admiro de ti, Genevieve! —él inclinó la cabeza—. Aunque espero que la novedad de acudir a Carlton House no sea lo único que te tienta de pasar una noche conmigo.

—No intentes despistarme con tus provocaciones, Benedict.

Él esbozó una sonrisa irónica.

—Como he dicho, inteligencia además de belleza. Efectivamente, como has adivinado, hay distintos caminos para que encuentre la respuesta que busco.

Ella sacudió la cabeza lentamente.

—Eres...

—No, Genevieve, nada de insultos —Benedict cruzó el dormitorio y le dio unos golpecitos en la punta de la nariz—. Acepta que soy más ladino que tú y ya está.

Era mucho más ladino de lo que ella había podido imaginarse y, evidentemente, había llegado a conocerla muy bien durante esos días. Sin duda, William Forster podía enterarse fácilmente, pero ella no podía dejar escapar la ocasión de ir a Carlton House con Benedict y de cenar con el príncipe regente en persona. Lo miró con admiración.

—Eres un hombre muy perverso, Benedict Lucas.

Él sonrió burlonamente.

—Como muchos otros han comprobado antes que tú.

Ella estaba convencida de eso, como de que la mayoría, si no todas, eran mujeres. Benedict se había comportado muy perversamente con todas las mujeres de su vida y, con toda certeza, seguiría haciéndolo en el futuro. Era parte de su atractivo... Solo parte, naturalmente, porque también era un hombre de contradicciones fascinantes. Estaban el Lucifer frío, distante y de una sensualidad peligrosa y el indolentemente encantador Benedict, aunque igual de peligroso. En cualquier caso, ella reconocía que esas contradicciones le parecían tan fascinantes como les habían parecido a muchas mujeres antes que a ella. Por eso, William Forster podía molestarse todo lo que quisiera, pero ella no iba a renunciar al placer de estar con Benedict o con Lucifer.

—¿Cómo debo vestirme para esa cena en Carlton House?

—Si quieres agradar al príncipe, no te vistas —contestó Benedict lentamente—. Si quieres agradarme a mí... Ponte muy guapa.

Genevieve se rio de emoción.

—No sabes cuánto me apetece.

Él sí lo sabía solo con mirarla a los ojos y con ver el arrebol de sus mejillas. Solo esperaba estar al lado de ella, o muy cerca, cuando sus esfuerzos por desenmascarar al malnacido que le había roto la muñeca dieran frutos.

—No hace ninguna falta que me des de comer de una forma tan descarada, Benedict. Todo el mundo está mirándonos, entre ellos, el príncipe regente.

Genevieve lo miró cohibida mientras él sujetaba

un tenedor con capón a unos centímetros de su boca. Benedict estaba sentado al lado de ella en la larga y ruidosa mesa del príncipe. Había otra media docena de mesas distribuidas por la habitación para atender al centenar de invitados que se amontonaba en el comedor de Carlton House. Como le había advertido Benedict, era una reunión de excesos y varios hombres y mujeres se prodigaban con intimidades más propias de un dormitorio. Como acababa de comentar Genevieve, el príncipe los miraba muy a menudo. Benedict lo conocía lo suficientemente como para saber que si bien ya no era el hombre delgado y apuesto que fue, el príncipe sí seguía siendo afable y encantador y que su ojo con las mujeres era tan sagaz como siempre. Para su profundo enojo, la calidez del saludo del príncipe le había indicado que consideraba a Genevieve una mujer muy hermosa.

—Que miren —replicó Benedict con desdén y sin apartar el tenedor.

Decir que ella se sentía intimidada por todo lo que la rodeaba sería decir muy poco. Carlton House podía ser algo más pequeña de lo que ella se había imaginado para ser la casa del príncipe regente, pero esa habitación y las que habían cruzado camino del comedor estaban elegante y espléndidamente decoradas, aunque su opulencia no encajaba con el gusto de Genevieve, que era más discreta. El comedor estaba repleto de obras de arte, tanto en las paredes como encima de la mesa porque había tartas y pasteles muy refinados. Las mesas tenían candelabros de plata, una cristalería finísima y una cubertería que resplandecía a la luz de las docenas de lámparas que colgaban de techo. Era evidente que no se había reparado en gastos aunque era una de las reuniones más íntimas del príncipe.

Sin embargo, lo que más la intimidaba eran las personas sentadas a las mesas. Los invitados eran una mezcla de lo más elevado de la sociedad con clases algo más bajas, que, sobre todo, eran mujeres. Los vestidos de estas, que en algunos casos dejaban los pechos al aire y en otros eran casi transparentes, indicaban que no eran unas damas en absoluto. Aunque también había algunas damas de la flor y nata de la sociedad y la mayoría estaban acompañadas por caballeros jóvenes que no eran sus maridos. Era fascinante y escandaloso ver a tantos hombres y mujeres de la alta sociedad, que ella solo solía encontrarse en salas y salones de baile muy ceremoniosos, entregándose a todo tipo de intimidades con otras damas y caballeros que no tenían nada que ver con ellos. En cuanto al príncipe regente... Antes, cuando Benedict la presentó, él, sin disimulo, le besó la mano enguantada durante más tiempo del normal mientras la miraba con un brillo en los ojos. Era corpulento, tenía la cara roja y ya no era joven, pero debió de haber sido apuesto y conservaba cierto aire jovial bastante atractivo.

—El propio príncipe me ha aconsejado que cuide de ti —le recordó Benedict con ironía.

Efectivamente, lo había hecho y, además, había mostrado una preocupación que le había parecido sincera por su brazo herido.

—Pero no creo que quisiera decir que me dieras de comer —replicó ella.

—Es mucho menos escandaloso que las cosas que están haciendo otros en esta misma mesa.

La cantidad de alcohol que había bebido y la cantidad de comida que había comido estaban surtiendo efecto. Las risas y las conversaciones eran atronadoras y un caballero, en el extremo opuesto de la mesa, se había desabotonado los pantalones para, según él, mostrarle una herida de guerra a la dama que tenía al lado. Otro caballero se había metido debajo de la mesa y acariciaba los muslos de la dama que estaba sentada al lado de Benedict mientras ella no dejaba de conversar con el hombre que tenía a su derecha. Benedict sabía que, para ser una fiesta del príncipe regente, todavía no era ni la mitad de licenciosa de lo que sería más tarde. Aun así, se arrepentía profundamente de haber llevado a Genevieve a una cena así. Por mucho que ella intentara fingir que era una duquesa, viuda y sofisticada, sus ojos como platos y su expresión de asombro indicaban lo contrario.

—No debería haberte traído.

Benedict se dejó caer contra el respaldo de la silla. Su intento de inclinarse hacia delante para darle de comer y así evitar que viera algunos de los peores excesos había sido infructuoso cuando la pareja que tenían delante empezó a... sabría Dios lo que estaban haciendo.

—Creo que ha llegado el momento de que nos marchemos.

—¿Por qué, Benedict? ¿Estás incómodo por lo que hacen nuestros compañeros de mesa? —le preguntó Genevieve con un brillo burlón en los ojos azules.

Él entrecerró los ojos.

—No te alegres tanto de que eso pueda ser verdad, Genevieve, o yo también desapareceré debajo de la mesa para incomodarte a ti.

—¿Incomodarme...? —preguntó ella con curiosidad.

Él resopló.

—No creo que esta... compañía sea completamente adecuada para ti.

Ella abrió los ojos con inocencia.

—No podemos marcharnos a mitad de la cena. ¿No se ofendería el príncipe?

Benedict frunció el ceño.

—Tienes razón, claro. No podemos marcharnos sin despedirnos y él se opondrá.

Él miró alrededor y se preguntó si las diversiones del príncipe eran siempre tan escandalosas. Sabía que lo eran, pero nunca se había dado cuenta, hasta que estuvo acompañado por Genevieve.

Además, todavía no había conseguido hablar con el caballero que Eric Cargill le había ordenado que conociera y que era el único motivo por el que había aceptado la invitación del príncipe regente.

Sin embargo, no sabía si lo haría porque tendría que dejar sola a Genevieve mientras hablaba con ese hombre. Otros caballeros, aparte del príncipe, la habían mirado como si fuese un bocado delicioso que querían devorar. Si había algún hombre que fuese a devorar a Genevieve esa noche, iba a ser él mismo.

Toda esa noche se había convertido en una frustración y en un fastidio físico para él, quien estaba molesto por la presencia de Genevieve a su lado desde que lo saludó en su casa. Estaba muy hermosa con su vestido de satén color limón que hacía que su piel pareciera tan blanca y traslúcida como las perlas que volvían a adornarle el pelo.

Sus ojos resplandecían por la emoción y tenía las mejillas arreboladas. En cuanto a la risa que nunca abandonada esos deliciosos labios mientras le daba de comer... Eran los mismos deliciosos labios que anhelaba sentir alrededor de su palpitante miembro, que cada vez le presionaba más los pantalones. Además, lo que hacían alrededor no facilitaba las cosas.

—Pareces nervioso, Benedict... —Genevieve le puso una mano en el tenso muslo—. ¿Puedo hacer algo para aliviar tu desasosiego?

Si hubiese sido otra mujer, él habría sabido que esa pregunta era una insinuación, pero, hecha por Genevieve, solo podía ser lo que parecía: preocupación por la expresión alterada de su rostro. Tomó una bocanada de aire.

—No creo que a nadie vaya a importarle que salgamos a tomar el aire a la terraza mientras traen el siguiente plato.

Benedict tiró la servilleta sobre la mesa y se levantó, lo cual permitió que ella viera claramente la protuberancia de sus pantalones.

Ella lo miró con los ojos entornados.

—¿Estás seguro de que lo que necesitas es tomar el aire, Benedict?

Era posible que se hubiera equivocado y que el comentario de antes hubiese sido una insinuación... Tenía la mandíbula tan apretadas que corría el peligro de partirse los dientes.

—Creo que un poco de aire fresco será suficiente, para empezar.

Ella dejó la servilleta cuidadosamente doblada sobre la mesa y se levantó lentamente.

—¿Y para terminar...?

—Eso, mi querida Genevieve, dependerá completamente de ti.

La agarró con firmeza del codo del brazo dañado, cruzaron el comedor y salieron por las puertas acristaladas, que estaban abiertas para intentar que la habitación no se calentara demasiado. Evidentemente, eso no había dado resultado en el caso de Benedict, quien estaba más que caliente por las ganas de volver a hacer el amor con Genevieve.

Ocho

Mientras salían, ella no sabía bien qué sentía con más intensidad; si nerviosismo por estar a solas con Benedict en la terraza o ganas de reír por la evidente incomodidad de él. Incomodidad porque ella había presenciado el escandaloso comportamiento de algunos invitados a la cena y por su erección manifiesta. Estaba segura de que era el motivo para que Benedict hubiera querido escapar del comedor y así tomarse unos minutos de respiro. Además, el último comentario que le había hecho él confirmaba que era...

—Confío en que no vaya a reírse, señora.

El tono de Benedict fue la perdición de Genevieve, quien soltó la carcajada que había estado conteniendo desde que se levantaron de la mesa.

—Lo siento mucho, Benedict.

Ella consiguió dominarse lo suficiente como para mirarlo a la luz de los cientos de velas que iluminaban el comedor. Sin embargo, volvió a reírse por la expresión de aristocrática arrogancia con la que la miró.

—Supongo que me perdonarás si considero que tus disculpas no tienen nada de sinceras —murmuró él.

—Lo eran, de verdad que lo eran —ella tuvo que hacer un esfuerzo enorme para contenerse otra vez—. El comportamiento de algunos invitados es... tremendo.

—Si quieres insinuar que mi lamentable estado se debe a que he visto lo que hacen...

—No, Benedict —ella lo agarró del tenso antebrazo y lo miró con timidez—. De verdad que no quería insinuar eso.

Él resopló con fuerza.

—Genevieve...

—¿Benedict...?

Él apretó la mandíbula.

—¿Sabes lo cerca que estoy de arrastrarte a algún sitio y de tomarte rápida y desenfrenadamente, pero, espero, a satisfacción de los dos?

Genevieve dejó escapar un grito por su franqueza.

—¡No te atreverás, Benedict! —exclamó ella pasándose la punta de la lengua por los labios.

—¿No...? —preguntó él cerrando los ojos y pasándose una mano por ellos.

—¿Lo harías...?

Él apartó la mano, pero no abrió los ojos.

—En estos momentos, lo único que deseo es estar a solas contigo y, a ser posible, con una cama cerca para hacer bien la faena.

—¿La «faena», Benedict...?

Genevieve tuvo que apretar los labios con todas sus fuerzas para no reírse. No de Benedict, sino por la euforia de saber que el deseo por ella, Genevieve Forster, era lo que había derribado las defensas de ese caballero tan guapo hasta el punto de que el gélido y legendario dominio de sí mismo de Lucifer pendía de un hilo. Saber eso la tentaba a enterarse de más cosas.

Él volvió a resoplar sonoramente y la miró.

—¿Sabes de cuántas maneras y en qué posiciones haría el amor contigo en este momento?

—No —contestó ella con sinceridad, porque no sabía cuántas maneras y posiciones había de hacer el amor—, pero parece... interesante.

Él volvió a apretar la mandíbula con fuerza.

—Estás jugando con fuego, Genevieve.

Efectivamente, ella lo sabía y era algo asombroso porque la mayoría de la alta sociedad creía que lord Benedict Lucas, Lucifer, era un caballero frío que no sentía nada. Sin embargo, confiaba en él como no había confiado en ningún hombre.

—¿Preferirías que no lo hiciera...?

—¡No! ¡Es posible que nadie se dé cuenta si nos concedemos unos minutos de intimidad!

La tomó entre los brazos con cuidado de no tocarle el brazo dañado, la estrechó contra la erección y bajó la cabeza para besarla en la boca. Sabía a vino y miel, sus labios eran suaves y estaban entregados, pero eso no sofocaba su deseo, al contrario, lo aumentaba hasta el punto de que podía notar las palpitaciones apremiantes de su erección. Dejó escapar un gruñido cuando notó que ella introducía las manos entre su pelo y separaba los labios para que profundizara el beso. Era el cielo y el infierno a la vez. El cielo porque había anhelado besarla desde que la vio cuando fue a recogerla y el infierno porque, evidentemente, la terraza de Carlton House no era sitio más indicado para hacer el amor con ella tan plenamente como querría. ¿Querría? No había condicionales en ese momento. La sensualidad y viveza de Genevieve habían demolido sus defensas tan definitivamente que no le quedaba fuerza de voluntad para resistirse a nada en ese momento, solo quería seguir besándola y disfrutar de la delicadeza del pecho que tenía en la mano.

Genevieve dejó de respirar en cuanto notó la calidez de la mano de Benedict, que le acariciaba el pecho antes de pasarle el pulgar por el pezón endurecido con unos movimientos lentos y rítmicos que le despertaban unas palpitaciones parecidas entre los muslos. Un anhelo que, aunque desconocido para ella hasta que conoció a Benedict, sabía que él podía conseguirlo, que ya lo había conseguido varias veces hacía cuatro días con solo pasarle el pulgar por el leve abultamiento que tenía entre los rizos pelirrojos de su pubis.

—Siento haberle hecho esperar... ¡Ah! Discúlpeme por mi interrupción... No sabía... Yo... Espero que acepten mis disculpas...

Genevieve se había apartado precipitadamente de Benedict en cuanto oyó a otro hombre con cierto acento extranjero. También se alegró de estar de espaldas a él y de que no pudiera ver su rubor ni la mano de Benedict, que seguía acariciándole el pecho. Benedict dejó escapar un gruñido en voz baja y apoyó la frente en la de ella.

—Siento haber estropeado nuestra noche —murmuró él de forma que solo ella pudiera oírlo.

Genevieve también lamentaba que hubieran interrumpido tan bruscamente su encuentro.

—La noche no ha terminado todavía, Benedict —replicó ella en un susurro.

Él cerró los ojos un instante antes de abrirlos otra vez.

—Me temo que sí ha terminado por el momento. Te propongo que te disculpes y te retires al cuarto de baño de mujeres mientras yo atiendo a este bufón maleducado.

Genevieve se rio en voz baja.

—Por favor, intenta ser cortés con él.

—Entonces, ¿no puedo estrangularlo? —preguntó él con una ceja arqueada.

—Eso creo. Sobre todo, si tenemos en cuenta dónde estamos —ella lo miró con un brillo burlón en los ojos—. Ni el príncipe regente podría perdonar un asesinato cometido en su propia terraza.

Benedict la soltó antes de erguirse a regañadientes.

—Me reuniré contigo en el comedor dentro de unos minutos.

—Eso espero.

Ella le dirigió una última y elocuente mirada

antes de darse la vuelta, de inclinar la cabeza arrogantemente al desconocido y de volver al comedor. Benedict entrecerró los ojos para mirar al hombre que estaba ligeramente cubierto por las sombras de la casa.

—Creo que tiene cierta información para mí, *monsieur*.

—Espero no haber interrumpido un momento... crucial.

—No espera tal cosa, Devereux, si no, no nos habría interrumpido. Dígame lo que tenga que decirme y márchese.

—Sus... prisas por volver con la dama son...

—¡Ni ahora ni en el futuro hablaremos de la dama que acaba de marcharse! —le interrumpió Benedict con una ira evidente.

—Es muy hermosa...

—¡Y no es de su incumbencia en absoluto! —los ojos de Benedict resplandecieron con un destello negro e implacable—. ¿Le ha quedado claro?

—Naturalmente —aceptó el otro hombre inclinando la cabeza burlonamente.

—Entonces, no sé a qué espera.

Benedict tenía que tratar con esos traidores a sus propios países para proteger al suyo, pero no tenía que respetarlos por ello. Además, como había dicho Devereux, tenía prisa por volver con su dama.

—Llevas muy callado desde hace unas horas, Benedict.

Benedict miraba pensativamente por la ventanilla del carruaje. Estaba despuntando el alba y por las calles desiertas de Londres solo había algunos juerguistas como ellos que volvían a sus casas y las primeras carretas que empezaban a repartir mercancías por los comercios.

El comentario de Genevieve era muy merecido. Efectivamente, había estado muy silencioso y pensativo desde su conversación con Devereux. No era de extrañar puesto que, según el francés, Napoleón seguía tramando la que parecía imposible escapatoria de la remota isla de Santa Helena. Benedict, como siempre, le transmitiría la información a Eric Cargill para que actuara en consecuencia. Empezaba a estar cansado de ese secretismo constante, de esa interminable riada de información sobre las maquinaciones de Napoleón para escapar de su reclusión, que, aunque parecía imposible, no podía desdeñarse. Sonrió fugazmente a Genevieve.

—No sé qué hace el príncipe para aguantar festejos tan largos. Yo estoy agotado solo por haber asistido.

—Ha sido tan apasionante como me esperaba que fuese —comentó ella con una sonrisa soñadora.

Él sonrió con indulgencia por el brillo de felicidad que captó en los ojos de ella.

—Entonces, considero que mi aburrimiento ha merecido la pena.

Genevieve lo miró con unos ojos maliciosos.

—Estoy segura de que ni a ti ni a ninguno de los demás caballeros os pareció tan aburrido que la hermosa condesa de Montgomery decidiera que tenía demasiado calor y empezara a desvestirse completamente.

—Efectivamente, tiene un cuerpo... ¡Ay! ¡No hacía falta que me pellizcaras, Genevieve!

—Ni tú deberías comentar los... encantos de una dama cuando estás con otra —replicó ella con las cejas arqueadas burlonamente.

—No sé qué tiene de malo si no la tocas...

—Pregúntaselo al muslo que te he pellizcado.

Esas provocaciones divertidas, como solía ocurrir cuando estaba con Genevieve, eran algo desconocido para él en su trato con las mujeres.

Él solía ser sarcástico y punzante más que bromista y esa experiencia, aunque algo ajena a él, le parecía tan estimulante como la propia Genevieve.

—Tienes razón —reconoció él con gesto serio—. Cuando la duquesa se inclinó para quitarse las medias le vi una chicha... ¡Ay! ¡Mi muslo va a tener tantos moratones como tu muñeca antes de que termine la noche!

—¿Quieres que la noche termine ya, Benedict?

—¿Qué quieres decir...?

Repentinamente, se sintió muy cohibida. Había sido una noche mágica para ella. Le habían presentado al príncipe regente y había recibido sus halagos, había visto la opulencia en la que vivía, había observado la mezcla deslumbrante y extraña de invitados y todos sus excesos y había disfrutado con la copiosa cena del príncipe, tanto gastronómica como visualmente.

Sin embargo, lo mejor de todo había sido que había pasado la noche al lado de Benedict, algo que cada vez le gustaba más. No solo era un hombre íntegro que jamás la sometería a la violencia física que había sufrido durante los siete años anteriores, sino que también era divertido y atento, pero no agobiante. Una mirada de sus ojos negros como el carbón había bastado para disuadir a todos los caballeros que habían intentado acercarse a ella durante la noche. También era el hombre más apuesto de Inglaterra, para ella.

Se había sentido muy orgullosa y complacida de estar a su lado, de haber sido la elegida por él, para envidia de otras muchas invitadas, que a él lo habían mirado con admiración y a ella con el ceño fruncido. En cuanto a los besos que se dieron en la terraza...

Se estremeció solo de recordarlos y por lo mucho que deseó que no los hubiesen interrumpido. Aunque quizá no hubiese sido adecuado seguir sus escarceos en casa del príncipe regente, a pesar del licencioso comportamiento de algunos invitados. Aun así, se sintió algo cohibida por haber expresado en voz alta que podrían seguir en ese momento...

—Había pensado que quizá pudieras acompañarme a beber algo caliente. Hay algo que me gustaría comentar contigo —añadió ella en cuanto vio que él fruncía el ceño.

—Ah...

—Sí.

Ella bajó las pestañas para que Benedict no pudiera captar su decepción porque no había aceptado inmediatamente su insinuación de seguir lo que habían empezado antes.

—Es... Me preocupó algo que me dijiste hace dos días de la investigación sobre la muerte de tus padres.

—¿Por qué no lo has comentado a lo largo de la noche?

Ella se encogió de hombros bajo su elegante capa.

—Yo... bueno, no es nada urgente, solo es algo que me gustaría comentar contigo más detalladamente la próxima vez que pudiéramos hablar en privado.

—Entiendo.

¿Benedict lo entendía y al no contestar estaba indicándole que no le interesaba retomar lo que habían empezado en casa del príncipe? Ella no tenía experiencia y no podía contestarse esa pregunta.

Se prometió y se casó antes de que terminara su primera Temporada y no tuvo la ocasión de entender la forma de pensar y actuar de un verdadero caballero.

Colin, su hermano, fue claro con ella desde la infancia, naturalmente, pero Josiah y William Forster no contaban como caballeros. Fuera cual fuese el motivo, la reacción gélida de Benedict era muy poco halagadora para su frágil seguridad en sí misma.

—Naturalmente, yo entenderé que no te parezca el momento indicado para mantener esa conversación.

Benedict no se creyó ni por un momento que fuese tan comprensiva, había captado por su tono que estaba más que molesta porque no había aceptado inmediatamente su invitación a beber algo caliente o lo que fuese.

En circunstancias normales habría estado encantado de aceptar porque esa frustración física constante estaba empezando a desesperarlo, pero... Siempre había un pero cuando sus actos dependían del trabajo secreto que hacía para la Corona y esa noche, a pesar de lo bien que se lo había pasado Genevieve, él había tenido que estar en cierto sitio a cierta hora para recibir una información vital.

Cuando le pidió a Genevieve que lo acompañara, se dijo así mismo que así satisfarían unas necesidades mutuas. En ese momento, el problema era qué hacer con la información. Devereux había insistido en que la transmitiera lo antes posible a las autoridades competentes, Eric Cargill, en ese caso. Él sabía que ya se había retrasado varias horas que podían ser cruciales, pero se había quedado en la fiesta mucho más tiempo del necesario porque había querido que Genevieve la disfrutara hasta el final. Era muy tentador retrasar la entrega de esa información unas horas más, horas que podría pasar haciendo el amor con Genevieve, aunque sabía en conciencia que no podía...

—Esta mañana tengo que hacer otra cosa, pero estaría encantado de volver más tarde...

—Claro —Genevieve adoptó una expresión de cortesía forzada muy distinta a la maliciosa de hacía unos minutos—. Me temo que hoy me pasaré casi todo el día dormida, pero, si encuentras un hueco, quizá puedas pensar en visitarme mañana.

Él hizo una mueca de disgusto.

—Genevieve...

—Tengo que entrar, Benedict —dijo ella con una sonrisa tan fría como su tono—. Gracias otra vez por esta noche maravillosa. He disfrutado inmensamente.

Benedict resopló con desesperación por su cortesía distante, como si estuviera agradeciéndole a un tío amable que la hubiera llevado a alguna parte. Él no se sentía nada amable en ese momento, ni estaba dispuesto a que lo tratara como a un tío. Le tomó la mano justo en el momento en el que el lacayo abría la puerta del carruaje.

—Insisto en visitarte esta tarde si te viene bien, Genevieve.

—Como quieras —replicó ella con la misma mirada distante.

—Genevieve...

—De verdad, Benedict, estoy muy cansada.

Él quiso decir algo, lo que fuese, para que ella no se marchara con esa frialdad, pero había jurado que sus actividades serían secretas y no podía decirle el motivo verdadero para que tuviera que dejarla en ese momento. Además, ninguna de las excusas que se le ocurrían le parecían convincentes ni a él mismo.

Sabía que no podía hacer otra cosa, que tenía que separase de Genevieve y que ella creía que no quería volver a hacer el amor con ella. No obstante...

—Te prometo que hoy, más tarde, te compensaré.

—Ya te he expresado lo bien que me lo he pasado esta noche y no tienes que compensarme por nada, ni hoy ni ningún otro día —replicó ella en tono cortante—. Ahora, estoy muy fatigada, Benedict, y el brazo vuelve a dolerme un poco.

Él se había olvidado de su muñeca rota al intentar convencerla de que no estaba rechazando su invitación sino retrasándola.

—Claro.

Se bajó antes que ella para ayudarla a bajar los escalones del carruaje.

—Tienes que volver a llamar al doctor McNeill si te parece necesario.

Genevieve miró hacia otro lado para que él no pudiera ver las lágrimas de humillación que pronto brotarían de sus ojos.

—Estoy segura de que solo lo he forzado un poco y de que estará mejor cuando haya descansado unas horas. Buenas noches, Benedict —volvió inclinar la cabeza con frialdad—. Ha sido una noche muy divertida.

Él dejó escapar un suspiro muy profundo.

—¿Tenemos que separarnos enfadados?

—¿Puede saberse qué quieres decir? ¿Acaso no te he dicho que ha sido una noche muy divertida? —le preguntó ella con una risa algo desdeñosa.

Había pasado años disimulando sus sentimientos a su marido y a su hijastro para no darles el placer de que supieran si algo le había dolido o enojado y le vino muy bien en ese momento.

—Sí, pero...

—¿Dudas de mi sinceridad?

—No, es que...

—De verdad, Benedict, no te entiendo. ¡Creía que siempre se acusaba a las mujeres de ser contradictorias! —exclamó ella con sorna.

Él apretó los labios.

—No finjas que te burlas de mí, Genevieve. Estás enfadada conmigo porque he rechazado tu invitación y...

—No estoy ni mínimamente enfadada contigo...

—...y no me extraña —siguió él con firmeza—. Por todos los santos, me pasaría el resto de la noche y todo el día contigo si pudiera...

—No creo habértelo pedido.

—Lo has insinuado.

—Estoy segura de que no he hecho tal cosa. ¿No será que estás un poco bebido?

—¡Sabes muy bien que no he bebido casi nada esta noche!

—Entonces, solo puedo dar por sentado que los rumores sobre ti son ciertos, ¡que solo eres la arrogancia personificada! —Genevieve lo miró con rabia aunque se le sonrojaron las mejillas por la humillación—. ¡Te invité a beber algo caliente como una forma agradable de acabar la noche y tú los has interpretado como algo completamente distinto! Tienes el descaro de pensar que estoy molesta por tu rechazo —ella sacudió la cabeza con indignación—. Buenas noches, Benedict. Espero sinceramente que la próxima vez que nos veamos hayas recuperado los modales.

Benedict se quedó mirando cómo se alejaba y entraba en su casa.

Sabía que en ese momento no podía decir nada que fuese a arreglar las cosas entre ellos. Las mujeres entraban y salían de su vida, aunque no tan a menudo como pensaba la alta sociedad, y nunca se había arrepentido cuando habían salido.

Era una desdicha que Genevieve se hubiera enfadado con él, aunque ella dijera lo contrario, pero no podía permitirse sentir más arrepentimiento que el que había sentido por otras mujeres que habían pasado fugazmente por su vida.

Se había planteado dos misiones en su vida: trabajar para la Corona y seguir buscando a la persona que asesinó a sus padres, independientemente del tiempo que tardara.

La complicación de una mujer como Genevieve Forster era algo que no necesitaba ni quería. Además, ya lo había distraído bastante esa noche y había descuidado sus obligaciones al no informar inmediatamente a Eric Cargill. Si Genevieve quería estar enfadada con él, ¡que lo estuviera y lo dejara en paz!

Nueve

—El duque de Woollerton, lady Amelia Darby, condesa de Ramsey, y lady Charlotte Darby.

Jenkins los anunció dos tardes después, mientras los acompañaba al salón dorado de Genevieve, que ya estaba atestado de gente. Una docena de integrantes de lo más granado de la sociedad ya la habían visitado esa tarde y dos damas y cuatro caballeros seguían conversando allí. Sin embargo, ninguno de esos visitantes había sido Benedict.

Había brillado por su ausencia ese día y el anterior, a pesar de que había dicho que la visitaría. Aunque, claro, la última conversación que tuvieron no fue la más propicia para que luego se intercambiaran gentilezas en público, pero tampoco podía evitar sentir desilusión porque Benedict la hubiera tomado al pie de la letra y no se hubiera molestado en visitarla. Naturalmente, habría preferido mil veces más recibir la vista de Benedict, a pesar de la humillación que sufrió la última vez que se vieron, que la de William Forster, duque de Woollerton, acompañado por su prometida y su futura suegra. Naturalmente, también había estado esperándolos porque William le había enviado una nota comunicándole que pensaba visitarla.

Naturalmente, no le había pedido permiso ni le había preguntado si le venía bien, se había limitado a comunicarle que esa tarde iba a ir a visitarla para presentar a su futura esposa y a su futura suegra a la mujer que había estado casada con su padre y que en esos momentos era la duquesa viuda de Woollerton.

Cuando recibió la nota y vio el sello de lacre, sintió un miedo que conocía muy bien al suponer que William se habría enterado de su visita a Carlton House con Benedict y que quería insultarla por carta antes de presentarse en persona para cumplir su amenaza.

Se quedó completamente sorprendida cuando leyó sus verdaderas intenciones. Aun así, supo que no podía descartar la posibilidad de que la visita de William tuviera dos propósitos. Algunos de los visitantes de esa tarde le habían peguntado si había disfrutado en Carlton House y sería muy ingenua si creía que William no se había enterado de esa noche que había pasado fuera y de quién había sido su acompañante.

Sofocó ese desasosiego mientras se hacían las presentaciones pertinentes. Luego, mientras Charlotte y su madre hablaban con un caballero, observó más detenidamente a la joven que iba a convertirse en la esposa de William. La sensación de aprensión que tuvo cuando William le comunicó que iba a casarse se confirmó al ver a esa chica menuda, delicada y de pelo rubio y ojos azules. Era joven, pero no era una belleza y parecía incapaz de llevarle la contraria a nadie, y mucho menos de enfrentarse al intimidante William Forster cuando se hubiesen casado.

—¿Se ha hecho daño en el brazo, señora?

Genevieve se maldijo a sí misma por haberse distraído tanto mirando que Charlotte que, por una vez, no se había fijado dónde estaba William hasta que le habló en voz baja a sus espaldas.

Se dio la vuelta y lo miró con frialdad y desprecio a los ojos, que tenían un brillo triunfal. ¡Cuánto lo odiaba! Lo odiaba y lo despreciaba.

—Como solo usted sabe bien, no fue culpa mía —contestó ella con desdén—. Por cierto, el médico cree que tengo roto un hueso de la muñeca.

Otra vez llevaba el brazo sujeto por un pañuelo de encaje que le colgaba del cuello.

—Qué mala suerte —comentó William levantando burlonamente una ceja.

—Desde luego —replicó ella entre dientes por la evidente satisfacción de él.

—Debería tener más cuidado en el futuro. Creo que ya se lo aconsejé cuando la visité hace seis días, pero creo que no ha seguido mi consejo en absoluto —añadió él en tono despiadado.

—Supongo que se refiere a que fuera a cenar a Carlton House.

—Me refiero al acompañante que elegiste, Genevieve.

Genevieve hizo un esfuerzo para no parpadear siquiera. Ella estaba de cara al salón y él de espaldas, de modo que nadie podía ver su expresión.

—Como ya te dije hace unos días, pienso hacer lo que me plazca, como también pienso elegir a los acompañantes que me plazcan.

Él apretó los dientes.

—¡Te prohibí expresamente que volvieras a acercarte a Lucifer hasta que me hubiese casado con Charlotte!

—William, ya no tienes derecho a prohibirme nada ¡Y nunca lo has tenido! Tampoco es el momento ni el lugar para tener esta conversación.

—¿Prefieres que vuelva más tarde para que podamos tener esta conversación en privado? —le preguntó él con un brillo en los ojos.

Genevieve lo miró con frialdad.

—Creo haber dejado muy claro que no me importaría lo más mínimo que no volvieras a visitarme jamás.

William la miró amenazadoramente.

—Si aprendieras a portarte como es debido...

—¡No soy una niña y ni tú ni nadie va a decirme lo que puedo hacer y con quién! —exclamó ella congestionada por la ira.

—Tu... amistad con Lucifer parece haberte dado un valor del que carecías antes. Esperemos, por tu propio bien, que esa amistad termine pronto.

—Mi amistad con lord Benedict Lucas no es de tu incumbencia.

Los ojos grises y desvaídos de él dejaron escapar un destello burlón y despectivo.

—¿Ya se ha aburrido de usted, señora? ¿La ha dejado por otra mujer más... complaciente?

Genevieve no sabía lo que Benedict sentía por ella en ese momento, pero su ausencia durante esos dos días parecía indicar que se había cansando de ella y de su tenue amistad.

—Si fuese así, no será por nada que tú me hayas hecho o dicho.

—¿Qué importa si ha terminado?

—Tú...

—¡Lord Benedict Lucas!

Genevieve se dio la vuelta ante al anuncio de Jenkins y vio a Benedict que entraba en la habitación, que se había quedado repentinamente en silencio. Se le aceleró el pulso solo de ver su pensativa y sombría belleza revestida como siempre por una levita negra y una camisa blanca como la nieve.

Él miró con cierta indolencia a los boquiabiertos invitados hasta que la vio acompañada por un caballero ceñudo y evidentemente disgustado.

—Lucifer... —susurró William.

Se oyeron unos murmullos cuando Genevieve y los demás invitados se dieron cuenta de que estaban mirando fija y descortésmente al recién llegado. Los ojos de ella dejaron escapar un destello triunfal y se dio la vuelta para mirar fugazmente a William.

—Efectivamente —confirmó ella con satisfacción—. Si me disculpas... Tengo que ir a recibir a mi nuevo invitado.

—No cometas el error de creer que esto va a acabar así, Genevieve.

—No cometas tú el error de creer que voy a seguir acobardándome por tus amenazas.

Se alejó con toda la atención depositada en el placer de volver a ver a Benedict. Estaba allí y eso era lo único que importaba.

El fastidio de Benedict, bastante irracional ya que había sido él quien se había mantenido alejado de Genevieve durante dos días, había aumentado en cuanto entró en el salón y vio a los otros visitantes. Sin embargo, su mal humor mejoró un poco cuando vio la alegría sincera en el rostro de Genevieve, quien se dirigía hacia él en ese momento. Su vestido de color marfil era el contraste perfecto para rus rizos pelirrojos, como lo era la decoración dorada y color crema del salón. Sin embargo, le pareció que estaba más pálida que de costumbre. ¿Sería porque le dolía el brazo o por el caballero con el que estaba hablando cuando entró en la habitación? Volvió a mirar con los ojos entrecerrados al rollizo William Forster, duque de Woollerton e hijastro de Genevieve, algo que parecía paradójico puesto que era, evidentemente, varios años mayor que ella.

No lo conocía bien, pero no le gustaba especialmente lo poco que sabía de él y si él era el motivo por el que estaba pálida, iba a gustarle mucho menos.

—Me alegro mucho de volver a verte, Benedict.

Él la miró y su expresión se suavizó al captar la calidez de sus ojos azules.

—Yo también me alegro de verte —replicó él con cierta aspereza mientras le besaba la mano.

Ella sonrió con timidez.

—La verdad es que no sabía si volvería a verte.

Benedict tomó aliento al sentirse abrumado otra vez por su sinceridad.

—Te aseguro que nunca dudé que nos veríamos —murmuró él sin soltarle la mano.

A ella le brillaron los ojos mientras seguía mirándolo.

—No sabes cuánto me alegro de oírlo.

—Maldita sea, tienes que decirlo cuando no estamos solos... No soporto esas frivolidades sociales mezcladas con la pasión.

Él miró con el ceño fruncido a los demás invitados y sorprendió a la condesa de Ramsey que estaba mirándolos de reojo. Ella se sonrojó por la vergüenza y miró hacia otro lado.

—Ese comentario no ha sido muy halagador para mis encantos, Benedict —le regañó ella riéndose levemente.

—Tú me aconsejaste que la próxima vez que nos viéramos no olvidara los modales...

Ella dejó de sonreír.

—Me temo que la última vez que hablamos no nos entendimos.

—Creo que por mi culpa —él sacudió la cabeza—. Te pido disculpas de todo corazón. Estás pálida, ¿sigue doliéndote el brazo?

—En absoluto —contestó ella—. Es más, cuando vino el médico esta mañana me dijo que estoy curándome bien y que puedo prescindir de este ridículo cabestrillo algunas horas al día, cuando esté sentada o tumbada.

—Eso parece... interesante —comentó él con las cejas arqueadas.

—¡Benedict! —exclamó ella antes de mirar alrededor con las mejillas sonrojadas.

Él se rio.

—Estás muy guapa cuando te sonrojas.

Ella le dirigió una mirada de censura muy poco convincente por el brillo malicioso de sus ojos.

—Creo que deberías soltarme la mano, Benedict —le pidió ella al darse cuenta de que todos los miraban aunque intentaran disimularlo.

—¿De verdad?

—Sí. La gente está mirándonos.

—Que miren.

—Te aseguro que me encantaría, pero creo que solo estamos dándoles motivos para que cotilleen.

Ella bajó la mirada y él miró con el ceño fruncido a los demás invitados mientras le soltaba la mano a regañadientes.

Acabó fijándose en Woollerton, quien también los miraba con el ceño fruncido.

—Parece como si tu hijastro acabara de tragarse algo muy amargo. Es su segunda visita en una semana. Creía que me habías dicho que vuestras relaciones no eran muy buenas...

—No lo son —Genevieve apretó los labios—. Creo que solo se ha sentido obligado a presentarme a lady Charlotte y a su madre.

A Benedict no le importó lo más mínimo que Woollerton mirara a Genevieve como si ella fuese un insecto que quería aplastar con una de sus lustrosas botas.

—¿Va a invitarte a su boda...?

—Supongo que tendrá que hacerlo aunque solo sea por guardar las apariencias —Genevieve frunció el ceño al decirlo—. A lo mejor no te importaría acompañarme si lo hiciera... Por favor, olvídate de lo que acabo de decir —ella sacudió la cabeza y miró hacia otro lado—. Ni siquiera sabemos si el mes que viene seguiremos hablándonos —añadió ella en tono desenfadado.

—Al menos, nos veremos el mes que viene en la boda de Dante con tu amiga Sophia —le recordó él.

—Sí, claro.

—Además, creo que Rupert y Pandora, aunque fuésemos testigos de su boda la semana pasada, también piensan celebrar una celebración por todo lo alto a finales de verano.

—¿De verdad? —preguntó ella con un brillo de alegría en los ojos.

—Eso parece. Una vez que ha declarado todo su amor por tu amiga Pandora, y ella por él, parece ser que Rupert quiere que todo el mundo sepa que está total y absolutamente atrapado.

Genevieve no podía estar más contenta por sus amigas y les deseaba que fuesen muy felices de todo corazón, con el mismo corazón que hacía unos minutos estaba tan abatido solo de pensar que ya no contaría con Benedict en su vida, ni siquiera como amigo.

Durante esos dos días separados se había dado cuenta de que dependía de esa amistad aunque fuese muy reciente. Algo muy insensato por su parte. Ya sabía que Benedict sofocaba todos los sentimientos, aparte de su amistad con Dante Carfax y Rupert Stirling y que esa amistad concreta se había forjado durante los años que habían pasado juntos en el ejército.

Ninguna mujer había conservado el interés sexual de Benedict durante mucho tiempo y ninguna mujer había conservado su amistad una vez desaparecido el interés físico. Además, ella había jurado, cuando Josiah murió, que nunca volvería a depender de un hombre ni de nada. Su independencia sentimental y económica era tan necesaria para ella como el aire que respiraba, después de tantos años sin poder respirar libremente. Sonrió a Benedict, pero no fue una sonrisa sincera.

—Me alegro mucho por todos ellos. Ahora, si me disculpas, creo que he descuidado a mis invitados durante demasiado tiempo.

—Claro.

Él no sabía lo que ella había estado pensando durante los últimos minutos, pero, fuera lo que fuese, no había sido algo agradable.

—Creo que voy a retomar mi relación con Woollerton —añadió él.

Ella abrió los ojos como platos.

—Creía... La última vez que hablamos de él me dio la impresión de que lo apreciabas tan poco como yo.

—Es verdad, pero alguien debería hablar con él, ¿no? —preguntó Benedict con ironía al darse cuenta de que ni siquiera la novia de Woollerton parecía tener ganas de hablar con él—. Da lástima el conejito asustado que va a convertirse en su esposa.

Efectivamente, lady Charlotte Darby, con la piel tan blanca y esos ojos grandes e ingenuos, le recordaba a un conejito asustado.

—Eso es despiadado, Benedict.

—Lo despiadado es que lord Ramsey haya aceptado que su única hija se case con alguien como Woollerton.

—Es posible...

Genevieve, para sus adentros, estaba completamente de acuerdo, tanto que no sabía qué hacer al respecto una vez que había visto lo joven y delicada que era Charlotte Darby. Demasiado para tener un marido tan bárbaro como William Forster.

Sin embargo, si se entrometía y le comentaba al conde de Ramsey su desazón, William se pondría furioso y ella podría acabar con algo más que una muñeca rota.

—Viéndolo con pragmatismo, es un matrimonio aceptable para los dos. Él es duque y ella condesa —siguió Genevieve.

—¿Pero...?

—Tengo que estar de acuerdo contigo en que Ramsey no ha sido muy... sensible al aceptar a William en nombre de su hija.

—Salvo que sea por amor... No —Benedict desechó la idea al instante—. Woollerton no tiene ni la apariencia ni el carácter que despertaría esa pasión en alguien tan joven y evidentemente romántica como Charlotte Darby.

—¿Evidentemente...?

Él asintió con un gesto apesadumbrado de la cabeza.

—Ha estado mirándome embelesada desde hace unos minutos.

—No me extraña —ella se rio levemente—. Eres Lucifer, uno de los caballeros más solicitados y apuestos de la alta sociedad, si no el más.

—Si eso es verdad...

—¡Te aseguro que lo es!

—...entonces yo te aseguro que a mí no me gustan las jovencitas que acaban de salir del colegio.

Genevieve lo miró parpadeando.

—¿Quiénes te gustan?

—En este momento, una hermosa duquesa viuda —contestó él arqueando una ceja.

Ella se ruborizó.

—Me alegro de oírlo.

—Espero que te alegres lo suficiente como para intentar que tus invitados se marchen lo antes posible...

Ella volvió a reírse levemente.

—Creo que dentro de unos minutos comentaré que el brazo está empezando a dolerme y que el médico me ha aconsejado que descanse cuando me pase eso.

—Yo no tenía pensado que descansaras durante lo que queda de tarde y noche...

Ella se ruborizó más todavía.

—Tengo que ir a hablar con mis invitados antes de que digas algo más escandaloso.

Genevieve se acercó a la condesa de Ramsey y él se quedó unos minutos mirándola mientras hablaba amablemente con la madre de Charlotte. Hacía dos días que no se sentía tan tranquilo, dos días en los que echó de menos sus combates dialécticos y en los que echó de menos a la propia Genevieve. Dos días en los que había vuelto a acordarse de sus escarceos en los jardines Vauxhall y en Carlton House, las dos ocasiones en las que estuvieron muy cerca de hacer el amor.

—No sé si me acaba de gustar cómo mira a mi madrastra, Lucas.

Benedict se puso en tensión, entrecerró los ojos y se dio la vuelta para mirar a William Forster, duque de Woollerton, quien lo observaba con el ceño fruncido y la regordeta cara congestionada por el enojo.

—No recuerdo haberle pedido su aprobación —replicó Benedict con una delicadeza gélida.

—Soy el pariente masculino más cercano de Genevieve —le recordó el otro hombre con grandilocuencia.

—Si la muñeca rota de ella es un ejemplo de

cómo la ha tutelado durante las semanas pasadas, no puede decirse que sea un buen ejemplo de tutor.

El duque entrecerró con recelo sus ojos grises y desvaídos.

—¿Qué sabe de la muñeca rota de Genevieve?

—Solo sé que no se enganchó la manga de la bata en el picaporte de una puerta como dice ella.

—¿De verdad? —Woollerton esbozó una sonrisa sarcástica—. Entonces, si usted no es el responsable...

—No soy el responsable y le aconsejo que no vuelva a insinuar esa posibilidad.

El tono de la advertencia de Benedict habría callado a cualquier hombre con el más mínimo instinto de conservación. Desgraciadamente, William Forster estaba demasiado pagado de sí mismo como para hacer caso de la advertencia.

—Entonces, solo puedo dar por supuesto que alguno de sus otros amantes fue demasiado... fogoso.

Que Benedict también lo hubiese pensado no restaba nada al insulto que acababan de recibir Genevieve y él. Woollerton estaba insinuando que él era un necio si creía que era el único amante de Genevieve y que ella era una libertina por tener esos amantes. Además, también quería que él recelara sobre la fidelidad de Genevieve a su supuesta relación. ¿Lo había conseguido? Por un lado, él sabía que Genevieve y él no deberían tener ninguna relación cuando solo se acercó a ella para que le sirviera de tapadera de su verdadera actividad cuando estaba en actos sociales. Algo que pasó a mayores casi desde la primera vez que se montaron juntos en un carruaje. Sin embargo, si el dardo de Woollerton había acertado en la diana, él no estaba dispuesto a que lo supiera.

Genevieve sintió un alivio enorme cuando el último visitante se marchó una hora más tarde. William, su prometida y su futura suegra se habían marchado poco después de que él terminara su conversación con Benedict, quien, afortunadamente, estaba esperándola en el salón.

Había tenido que hacer un esfuerzo muy grande para conservar la apariencia de buena anfitriona cuando vio que William se acercaba a Benedict y los dos mantenían una conversación tranquila pero intensa. Además, su desasosiego no se mitigó lo más mínimo cuando los dos caballeros se separaron con una tensión manifiesta. William cruzó la habitación y se quedó en silencio junto a su prometida y Benedict se fue junto a una de las ventanas con una expresión tan fría y pensativa que no animó a ninguno de los presentes a acercase a él para entablar una conversación.

Diez

Benedict la miró con los ojos entrecerrados cuando ella volvió al salón al cabo de unos minutos. Sus invitados ya se habían marchado y algunos, con toda certeza, estarían comentando la aparición de él y su presencia constante en casa de Genevieve. Él aborrecía y siempre aborrecería las habladurías, seguramente, por algunas historias ridículas y escandalosas que se contaron después de la muerte de sus padres. Sin embargo, dudaba que Genevieve sintiera lo mismo que él. Ella acababa de volver a la sociedad después de los años que había pasado en el campo y aunque a él le había espantado que William Forster le preguntara sobre su amistad con Genevieve, era un indicio de las habladurías que circulaban entre lo más granado de la sociedad sobre ellos dos y como sabía muy bien, Genevieve podía estar muy dispuesta a buscar la diversión y las aventuras sin pensar, algunas veces, en su reputación. Ese fue uno de los motivos para que se ofreciera a acompañarla a los jardines Vauxhall. Si se la dejaba sola, probablemente acabaría con un sinvergüenza como Suffolk y metida en algún escándalo que la excluiría completamente de la sociedad.

Sin embargo, también sabía que ese no había sido el único motivo para que la acompañara a los Jardines Vauxhall. Como también sabía que ese no era el motivo para que estuviera allí en ese momento, cuando se había dicho a sí mismo que sería mucho mejor para los dos que se alejara de la tentación que se le presentaba cada vez que estaba cerca de Genevieve. La deseaba tanto que no podía pensar en otra cosa. Tanto que realmente notaba que tenía que haberla visto esa tarde si quería volver a dormir algo. Lo peor era que ese deseo estaba convirtiéndose en una debilidad y era una debilidad que sus enemigos aprovecharían si llegaban a conocerla.

En Carlton House ya le dio la impresión de que Devereux lo sospechaba. Por lo tanto, tenía que hacer frente a esa debilidad y acabar con ella, tenía que acabar con Genevieve. Algo complicado de hacer cuando ella estaba cruzando la habitación con su elegancia habitual. Se había quitado el cabestrillo cuando estuvo fuera y pudo tomarle suavemente las manos.

—Me alegro muchísimo de que estés aquí, Benedict.

Él cerró fugazmente los ojos para evitar el efecto del brillo de sus ojos azules. Ella no era sutil, no practicaba las artimañas de otras mujeres. Decía exactamente lo que sentía y eso era tan desconcertante como estimulante. Abrió los ojos y le sonrió.

—Creo que la última vez que hablamos me dijiste que querías comentar algo sobre la muerte de mis padres.

—¿Ese es el único motivo para que hayas vuelto? —le preguntó ella con evidente decepción.

—Deberías saber que no.

Benedict sonrió y fue la primera vez que tuvo un motivo para hacerlo desde hacía unos días. Aunque tampoco era un hombre famoso por su jovialidad. Eso solo parecía surgir cuando estaba con ella, si no, su fama era de ser hosco.

—Sin embargo, me parecía una manera de empezar...

Ella lo miró con unos ojos burlones y desafiantes.

—Empezar, ¿qué?

Benedict tomó aliento y frunció el ceño.

—Genevieve...

—Lo siento, Benedict —sacudió la cabeza—. Es que estoy muy contenta de verte, de estar contigo otra vez.

Él retiró las manos con delicadeza antes de contestar.

—Como de costumbre, tu franqueza no ayuda a que un caballero se domine.

Ella lo miró provocativamente.

—Quizá sea porque, en tu caso, he comprobado que no quiero que te domines.

—Si es solo en mi caso... Olvídalo —Benedict sacudió la cabeza con fastidio—. Woollerton se alegraría de saber que sus comentarios de antes han tenido el efecto que buscaba.

Los ojos de Genevieve perdieron el brillo y sus labios dejaron de sonreír.

—¿Qué comentarios?

Ella lo preguntó en un tono despreocupado que se contradecía con la intensidad de su mirada.

—Nada importante.

Benedict le quitó importancia con impaciencia

y se alejó con las manos en la espalda y enojado consigo mismo y con Woollerton porque había conseguido que pareciera un colegial celoso.

—Dijiste que el doctor McNeill está muy contento con tu mejoría, ¿no?

—Sí.

A ella no le interesaba hablar de su muñeca cuando sabía por la expresión de Benedict que tuvo motivos para sentir aprensión al ver que William Forster se acercaba a hablar con él.

—Benedict, William es...

—No quiero hablar de William Forster contigo. Ni ahora ni nunca. Ese hombre es muy aburrido y...

—...y muy vengativo —le interrumpió ella—. Evidentemente, antes te dijo algo que te ha... molestado.

—En absoluto —replicó él con cierta tensión mientras se acercaba a ella otra vez—. Además, como no pareces más interesada que yo en mantener una conversación trivial, quizá deberíamos subir directamente a tu dormitorio.

—¡Benedict! —exclamó ella retrocediendo un paso.

Él sonrió seductoramente mientras se acercaba hasta quedarse a muy pocos centímetros de ella.

—¿No te gusta que sea tan directo como tú?

A ella no le importaba nada que él fuese tan directo como ella, pero lo que le molestó fue su tono desapasionado, irrespetuoso... Además, sabía muy bien a quién tenía que agradecerle lo último.

—Evidentemente, tu conversación con William estuvo plagada de su habitual falta de gentileza hacia mi persona.

Benedict se encogió de hombros.

—Como ya te he dicho, ese hombre es muy aburrido.

Genevieve se agarró las manos y se las miró.

—Es posible que tengas razón y que debiéramos hablar de otra cosa —concedió ella con una sonrisa forzada mientras miraba un florero con rosas—. El príncipe regente me mandó esas rosas tan bonitas a la mañana siguiente de la cena en Carlton House.

Benedict arqueó las cejas. Ya se había fijado en el florero con unas cincuenta rosas amarillas y era difícil no hacerlo cuando estaban en el centro de la habitación. Debería haberse imaginado que el príncipe regente no desperdiciaría la ocasión de presentar sus respetos a una viuda joven y hermosa. También supuso que debería alegrarse de que hubiese tenido el buen juicio de no haberle mandado unas rosas rojas...

—No están mal —comentó él con ironía.

—Cuatro docenas de rosas amarillas. Naturalmente, solo lo considero como un gesto de cortesía, pero agradezco que me las mandara —añadió ella mirándolas con una añoranza muy elocuente.

Quizá fuese un recordatorio sutil de que él, Benedict, no le había mandado flores nunca, como habían hecho muchos de sus admiradores. Aunque ya le había advertido que no lo haría. Nunca había mandado flores a una mujer con la que se acostaba, ¿por qué iba a mandárselas a Genevieve si no se acostaba con ella? Por el momento...

—Ya te he dicho, Genevieve, que si esperas que te mande flores con mensajes aduladores, entonces, me temo que vas a llevarte una desilusión.

—¿Acaso he dicho que hayas fallado en algo? —preguntó ella con las cejas arqueadas.

—Lo has insinuado —contestó él con firmeza.

—No, Benedict, no es verdad —replicó ella con delicadeza—. Además, o mucho me equivoco o estamos a punto de discutir otra vez. ¿Lo estás buscando?

—¿Qué quieres decir exactamente? —preguntó él poniéndose rígido.

Genevieve dejó escapar un suspiro. Sabía que no estaba imaginándose la actitud agresiva de Benedict y que se debía en parte a la conversación que había tenido con William. En cuanto a lo demás... Sabía que era cosecha propia de Benedict. ¿Sería porque no quería estar allí y le fastidiaba? Sonrió con tristeza.

—He agradecido mucho tu amistad y he disfrutado mucho con ella, Benedict, pero si no quieres mantenerla, lo entenderé.

Él empezó a ir a de un lado a otro.

—Dices cosas muy raras...

—No digo nada raro, Benedict —ella volvió a sonreír con añoranza—. No te comportas ni hablas como si quisieras estar conmigo. Me ha encantado volver a verte, pero también te doy la oportunidad para que te marches con la certeza de que no habrá resentimiento entre nosotros, al menos, por mi parte.

—Tampoco por la mía —replicó él entre dientes.

—Muy bien. Estamos de acuerdo. Te marcharás y aunque no volvamos a estar solos como ahora, seguiremos manteniendo una buena relación aunque sea a distancia.

Benedict sacudió la cabeza con tensión.

—¡No tengo ni la más mínima idea de lo que quieres decir!

Genevieve volvió a suspirar con desesperación y deseó que Benedict se marchara si eso era lo que quería hacer, antes de no pudiera seguir manteniendo ese aire de dignidad serena, antes de que se dejara llevar por los sentimientos que bullían debajo de su actitud tranquila. Por ejemplo, la furia contra William y la decepción hacia Benedict.

Sabía que William era despiadado, tanto de palabra como de obra y que lo que más le gustaba era herirla a ella. Sin embargo, Benedict no debería hacer caso de las opiniones de un hombre al que no apreciaba siquiera. Sobre todo, en lo referente a una mujer a la que sí apreciaba según él, una mujer a la que también deseaba, como había demostrado más de una vez.

—Creo que quiere decir que cuando volvamos a vernos en la boda de nuestros amigos, deberemos ser corteses el uno con el otro, por lo menos...

—¡No me siento nada cortés en este momento! —exclamó Benedict mirándola con los ojos como ascuas.

Ella sacudió la cabeza con pesadumbre.

—Ya me he dado cuenta, pero, quizá, con el tiempo...

—¡Tiempo! ¡Genevieve, me he pasado dos días luchando contra el deseo que siento por ti y no ha servido de nada!

—¿De verdad? —le preguntó ella parpadeando.

—De verdad —confirmó él en tono sombrío—. Y no creo que volver a hacerlo durante otros dos días o dos semanas vaya a servir de algo.

¿Benedict se había mantenido alejado porque quería sofocar el deseo que sentía hacia ella? Lo miró con detenimiento y por fin pudo comprender por qué tenía esas arrugas debajo de los preciosos ojos negros y de la sensual boca, por qué apretaba los dientes y tenía los hombros, los brazos y los muslos en tensión.

—Si sientes sinceramente eso por mí...

—Lo siento.

—Entonces, ¿por qué estamos discutiendo?

—¿Por qué?

Sin embargo, él sabía muy bien por qué había luchado contra ese deseo, contra la propia Genevieve. Aunque también quisiera negarlo, sabía que ella le tocaba esa parte de sí mismo que había enterrado hacía mucho tiempo. La enterró hacía diez años en la misma cripta donde yacían los cuerpos sin vida de sus padres. Ella llegaba hasta ese Benedict que también vio una vez el mundo con el mismo placer y asombro con el que lo veía ella en ese momento. El Benedict que había gozado con la adoración que sus padres sentían hacia él y con la adoración de todas las jóvenes que conocía. El Benedict que fue joven y alegre, que no era escéptico y despiadado como lo era en ese momento.

Por eso había luchado contra el deseo que sentía por Genevieve. Por eso se había burlado del asombro y deleite que ella parecía encontrar en todo y en todos. Bueno, en casi todos. La excepción era William Forster y la animadversión era mutua. ¿Por qué sentía esa animadversión Forster? ¿Sería porque su padre hubiese vuelto a casarse cuando ya era bastante mayor con una mujer hermosa y tan joven que podría tener hijos y que al hacerlo había puesto en peligro que William fuese el único heredero de la fortuna y los títulos?

Fuera cual fuese el motivo, la animadversión de Forster no tenía nada que ver con los sentimientos contradictorios de él, quien quería alejarla al mismo tiempo que deseaba tenerla tan cerca que casi se confundieran en una misma persona.

—No tengo ni idea —siguió él.

Genevieve no lo creyó ni por un momento. Había captado los sentimientos que él no había podido disimular. Rabia, frustración, resignación... No eran los sentimientos que alguien solía asociar con un amante, pero parecía que por fin estaba en paz consigo mismo al haber alcanzado esa resignación. Le tendió una mano.

—Entonces, como propusiste antes, ¿subimos a mi dormitorio?

—¿Aunque te lo haya propuesto como un majadero y un idiota?

—Aun así —contestó ella con una sonrisa triste.

Benedict le tomó la mano con firmeza, salieron del salón, cruzaron el silencioso vestíbulo y fueron hacia las escaleras. No se reían dominados por la emoción mientras subían precipitadamente las escaleras, como ella se los había imaginado cuando soñaba con ese hombre. Al contrario, se movían en silencio como si el más mínimo ruido pudiera romper esa paz leve y tensa que habían alcanzado. Algo que podía pasar porque Genevieve se ponía más nerviosa a cada paso que daba, porque el corazón le latía desbocado, sudaba ligeramente y le costaba respirar mientras recorrían el pasillo que llevaba a su dormitorio. No solo estaba nerviosa por lo que se avecinaba, ¡estaba aterrada! Temía que resultara ser un suplicio como el que había sido su noche de bodas. Además, podría defraudar a Benedict por lo que le había hecho Josiah...

¡No! No podía pensar en Josiah. No podía permitir que el más mínimo recuerdo de Josiah y de aquella noche interfiriera en ese momento con Benedict, un hombre en el que había llegado a confiar durante la semana pasada. No podía permitir que el pasado afectara a su futuro. Ya sabía que no todos los hombres eran tan monstruosos como había sido su marido, que Benedict, desde luego, no era ese monstruo. Solo había conocido el placer entre sus brazos y con sus caricias y no había ningún motivo para pensar que no fuese a ser así otra vez.

—¿No estás convencida...?

Se dio la vuelta para mirar a Benedict una vez dentro del dormitorio y con la puerta cerrada. La expresión de él era tan indescifrable como esperaba que fuese la de ella. Él la miraba con los ojos entrecerrados y ella sabía que tenía que haber captado su nerviosismo, si no su miedo.

—¿Puede saberse por qué lo preguntas?

Ella lo preguntó con un desenfado que no sentía y, además, la luz deslumbrante que entraba por las ventanas la ponía más nerviosa todavía. En los jardines Vauxhall solo había la tenue luz dorada de los faroles. ¿Qué pasaría si a Benedict no le gustaba su cuerpo desnudo a plena luz del día?

—A lo mejor es porque estás mirándome como si esperaras que fuese a arrancarte la ropa y a forzarte... —el tono de él fue más duro cuando vio que ella abría los ojos con miedo—. Espero que me conozcas lo suficiente como para saber que nunca haría algo así a una mujer.

—Claro —ella hizo un esfuerzo para sonreír porque sabía que ya era demasiado tarde para preocuparse sobre si a él le gustaría su cuerpo o no—. Solo me daba miedo por mi vestido —bromeó ella—. Es muy bonito y lo he recibido esta mañana. No me gustaría estropearlo tan pronto.

Benedict sonrió con indulgencia.

—Entonces, creo que lo mejor es que te lo quite y que lo deje a buen recaudo antes de que lleguemos más lejos.

Ella se humedeció los labios antes de replicar.

—Creo que me gustaría —dijo dándose la vuelta.

Benedict sabía que a él no solo iba a gustarle, que había anhelado ese momento desde que llegó a esa casa hacía casi dos horas. Aun así, las manos le temblaron ligeramente cuando se acercó a Genevieve y empezó a soltarle lentamente los botones que le bajaban por la espalda y cuando le separó el vestido para ver la camisola tan fina que casi ni le ocultaba la piel delicada como una perla.

—Benedict...

Él se había detenido absorto por la vulnerabilidad de la nuca de Genevieve, que había inclinado ligeramente la cabeza hacia delante. Él también se inclinó para rozar con los labios esa vulnerabilidad. Sabía a una mezcla embriagadora de miel y flores.

—Eres tan hermosa, Genevieve...

La agarró de las caderas y la estrechó contra sí mientras le recorría el cuello con los labios. Ella se estremeció por el cúmulo de sensaciones, por el alivio de que Benedict no le hubiera encontrado pegas hasta el momento y porque se le ponía la carne de gallina al notar sus labios sobre la piel ardiente. Contuvo la respiración cuando Benedict le bajó uno de los tirantes de la camisola antes de que sus labios sensuales y cálidos bajaran por el hombro y echó la cabeza hacia atrás, apoyándola en el hombro de él, cuando sus manos le acariciaron el abdomen con suavidad y fueron ascendiendo hasta los pechos.

—Benedict...

Genevieve dejó escapar un gemido mientras él le pasaba los pulgares por los pezones endurecidos y le provocaba una oleada abrasadora que le recorrió todo el cuerpo y acabó entre los muslos. Ver esas manos que le acariciaban los pechos y le tomaban los pezones entre el índice y el pulgar hacía que anhelara el placer abrumador que sabía que podía sentir gracias a Benedict.

—Benedict —dio un paso hacia delante para separarse de él y se dio la vuelta lentamente—. Llevas demasiada ropa. ¿Puedo...? —preguntó alargando las manos.

—¡Sí!

Benedict se quedó muy quieto para que le quitara la levita. Luego, le desabotonó el chaleco y se lo quitó antes que quitarle también el lazo. Él notó que a ella también le temblaban ligeramente los dedos mientras le desabotonaba la camisa y le acariciaba la piel.

—¡Por favor, Genevieve, quítamela!

Necesitaba sentir que esos dedos le acariciaban el pecho desnudo. Ella lo miró a los ojos mientras le sacaba la camisa de los pantalones. Luego, se inclinó un poco para pasarle la lengua por la piel mientras levantaba la tela. Benedict terminó de quitarse la camisa con impaciencia y le costó respirar al notar la punta de su lengua que le lamía el pezón.

—¿Te soltarías el pelo por mí?

Algunos mechones pelirrojos ya se le habían soltado de las horquillas y le caían por la nuca tentándolo a introducir los dedos entre esa sedosa suavidad mientras seguía deleitándolo con la lengua y los labios. Levantó la cabeza y lo miró con unos ojos de un azul más profundo e hipnótico.

—Puedes hacerlo tú si quieres, Benedict... Hay tres horquillas...

Ella volvió a mordisquearle y lamerle el otro pezón y a acariciarle la espalda.

—Dios mío... —susurró él.

Benedict empezó a buscar las tres horquillas que le sujetaban el pelo y la erección ya casi no le cabía bajo los pantalones. Ella lo miró entre las pestañas.

—¿Te hago daño? ¿Quieres que pare?

Ella no lo dijo para provocarlo ni para atormentarlo, él solo captó cierta aprensión en su mirada.

—¡No! —exclamó él mientras le tomaba la cabeza para que siguiera—. No quiero que pares nunca, Genevieve.

Él encontró la última horquilla cuando volvió a sentir su lengua y la cascada de rizos le cayó por toda la espalda.

—Maravilloso... —susurró él con la voz ronca mientras introducía los dedos entre los sedosos rizos—. Nunca había visto un pelo tan maravilloso como el tuyo.

Ella sonrió sin apartar la boca de su piel. El nerviosismo empezó a disiparse, pero no completamente... Sabía que quedaba mucho por delante y rezaba para no perder el temple antes de que llegara.

—Genevieve...

Ella sabía que se había estremecido por sus pensamientos y que había alarmado a Benedict. Lo miró y le sonrió vacilantemente.

—Tengo un poco de frío. Quizá deberíamos desvestirnos más deprisa y meternos en la cama.

—Si eso es lo que quieres...

Benedict frunció el ceño ante esa repentina e inesperada interrupción de los prolegómenos. A él no le parecía que tuviera frío. Al contrario, tenía la piel ardiendo, las mejillas sonrojadas y un brillo de acaloramiento en los ojos.

—Creo que sí...

Ella fue hasta el costado de la cama de espaldas a él, se bajó el otro tirante de la camisola y la prenda cayó al suelo. Benedict vislumbró fugazmente el delicado arco que formaba su espina dorsal y la curva de su trasero antes de que se metiera en la cama, se tapara hasta la barbilla y su desnudez quedara cubierta por las sábanas. Como si tuviera vergüenza de mostrarse desnuda delante de él...

Sacudió la cabeza. No podía ser que fuera tan tímida. Había estado casada durante seis años y había pasado otro viuda, y dudaba mucho que hubiese pasado sola las noches o los días en su dormitorio. Efectivamente, como ella decía, debía de tener un poco de frío. Sin embargo, él sabía cómo pensaba conseguir que entrara en calor, que los dos entraran en calor...

Once

Genevieve, con las sábanas bien agarradas por debajo de la barbilla, observó a Benedict, que se sentaba lentamente a los pies de la cama para quitarse las botas antes de levantarse otra vez, de darse la vuelta y de mirarla a los ojos mientras se quitaba el resto de la ropa. Las medias, los pantalones, los calzones... Se quedó sin respiración cuando volvió a erguirse después de quitarse la última prenda.

Tenía el pelo moreno despeinado y todo el cuerpo bañado por el tono dorado de la luz que entraba por las ventanas; sus amplias espaldas, el musculoso pecho cubierto por una delicada mata de vello negro, el abdomen plano, sus largas piernas e, incluso, sus elegantes pies. Volvió a subir la mirada lentamente desde los pies a los tobillos, a las pantorrillas, a las rodillas, a los muslos, a... Tuvo que tragar saliva boquiabierta cuando vio la orgullosa erección que surgía de los sedosos rizos oscuros. ¡Era tan voluminosa que no creía que pudiera tomarla con la mano! Estaba precipitándose. Él había sido muy considerado cada vez que la había acariciado y no había ningún motivo para pensar que eso fuese a cambiar.

—Genevieve...

—¿Sí...?

Ella volvió a tragar saliva con los ojos como platos al mirarlo y ver la expresión expectante de su hermoso rostro.

—Pareces... nerviosa —contestó él con el ceño fruncido—. Como si no estuvieses muy segura de mí, de esto.

Ella quiso reírse con desenfado para quitarle importancia, pero hasta a ella misma le pareció que le había salido una risa tensa.

—No digas cosas raras, Benedict. Ven conmigo.

Ella levantó las sábanas a su lado mientras seguía completamente tapada y lo observaba rodear la cama con los ojos clavados en ella. Genevieve no apartó los ojos de los de él. No pudo, no se atrevió a mirar otra vez a su erección. Sabía que sí lo hacía, podía perder el escaso domino de los nervios que le quedaba. Podía y tenía que hacer aquello si quería encontrar la más mínima normalidad en su vida personal.

Normalidad... ¿Qué sabía ella de lo que era la normalidad entre un hombre y una mujer? Se casó a los dieciocho años con un monstruo que la violó en su noche de bodas y que incitó a su hijo a que le diera una paliza cada vez que, según su marido, incumplía mínimamente lo que esperaba de ella. Durante las dos semanas que había pasado con Benedict había comprendido que ese no era el comportamiento normal de un hombre con una mujer, aunque acabaran de conocerse... y mucho menos con la que se había casado. Benedict solo había pensado en su placer las veces que habían estado íntimamente juntos. Como esperaba que hiciera en ese momento.

—¿Vas a soltar alguna vez las sábanas para que pueda verte?

Ella esbozó una sonrisa vacilante mientras él se tumbaba a su lado y la miraba provocativamente, sin preocuparse por cubrir su propia desnudez, una desnudez que tenía tan cerca que podía notar el calor de su cuerpo.

—Es que... hay mucha luz y me siento un poco... cohibida.

—No tienes ningún motivo. Eres muy hermosa, Genevieve —él bajó la cabeza para besarle el cuello y acariciárselo con la calidez de su aliento—. Cada parte de tu cuerpo que he tenido el privilegio de ver es maravillosamente femenina y deseable.

Ella notó que parte de su miedo gélido se derretía por la aceptación de Benedict.

—A lo mejor no deberíamos seguir hablando y...

—¿Y...?

Él le recorrió todo el cuello con los labios.

—¡Deja de provocarme y bésame, Benedict!

A Benedict le encantaba provocar a esa mujer tan hermosa e inesperadamente tímida, una timidez que le parecía adorable después de años de haberse acostado con mujeres que solían tener tanta experiencia y escepticismo como él en lo referente al placer físico. Ella, en cambio, le resultaba misteriosa, como si ocultara una pasión que todavía no había salido a la luz. Algo que él no conseguía comprender cuando había estado casada durante seis años...

Sin embargo, percibió su tensión cuando la

abrazó y la besó larga y profundamente, tanto que su propio deseo se disparó en cuanto tocó esos labios carnosos y sensuales.

Como solía pasar cuando Benedict la besaba, sus temores empezaron a disiparse. Introdujo los dedos entre su pelo moreno y sedoso, estrechó los pechos contra el pecho de él y sintió la caricia de su vello en los pezones. La pasión y la abrumadora sensación de deseo y confianza se adueñaron de ella y separó los labios para que introdujera la posesiva lengua. Una de sus cálidas y sensuales manos le acarició la espalda y la redondez de los glúteos antes de tomarle un pecho y de pasarle el pulgar por el pezón.

Se sintió dominada por ese placer abrasador que ya conocía, que era como una oleada por todo el cuerpo, que se acumulaba entre los muslos y hacía que le palpitara la diminuta protuberancia. Era un anhelo que Benedict satisfizo inmediatamente cuando su mano bajó por la curva de su cintura y sus caderas hasta alcanzar el vientre y conseguir que ese placer abrasador se convirtiera en un fuego que ardía sin control.

Efectivamente ardió sin control cuando, sin dejar de acariciarla, introdujo uno de sus dedos en la abertura húmeda y candente. El placer que sintió fue casi doloroso por su intensidad y sus músculos más íntimos se contrajeron en un clímax largo y deslumbrante.

—Eres muy hermosa, Genevieve...

Él apartó la boca de la de ella para bajarla a uno de sus pezones endurecidos. Ella cerró los ojos y arqueó las caderas instintivamente. Benedict siguió bajando los labios hasta el abdomen, antes de llegar a los muslos separados. Bajó la cabeza y le rozó su punto más sensible con la lengua.

—¡Benedict...!

—Shhh, amor.

Él la miró y vio que se había sentado y que lo miraba asustada.

—Pero... pero... Eso es... Yo nunca... ¿Es correcto que tú...?

—Nada está prohibido entre los amantes, Genevieve.

Él intentó serenarla, aunque sintió un arrebato de satisfacción al saber que ningún hombre la había besado tan íntimamente. Josiah Forster tuvo que ser un viejo soso y envarado para no haber ofrecido a su joven y hermosa esposa en ese placer tan sensual. En cuanto a sus otros amantes... Evidentemente, Genevieve tampoco los había elegido bien si nunca la habían amado de una forma tan gratificante.

—Nada, amor —repitió él mirándola y sin dejar de pasarle la lengua por ese botón sensible e hinchado—. Ninguna parte de tu cuerpo está vedada para mí, como ninguna del mío lo está para ti. Puedes tocar y acariciar la parte que quieras, como lo haré yo... —le pasó los dedos por los pliegues y ella se estremeció con una excitación renovada—. También eres hermosa aquí, Genevieve. Increíblemente erótica y hermosa.

Él volvió a bajar la cabeza y ella se dejó caer sobre las almohadas para dejarse llevar por el éxtasis de esas caricias. Nunca se había imaginado que pudiera existir una intimidad tal, que pudiera existir un placer así. Se sentía adorada y provocada a la vez, mientras ese placer volvía a dominarla sin control. Se contoneó contra los labios y los dedos, quería con voracidad más de ese placer que le había dado... que volvió a darle cuando se sintió arrastrada por unas oleadas abrasadoras y su cuerpo se estremeció con una liberación interminable que la dejó sin aliento.

—¿Ahora me acariciarás, tú...?

Ella abrió por fin los ojos y vio que Benedict la miraba con indulgencia y satisfacción.

—Si quieres...

—Más que respirar —contestó él arqueando una ceja.

Ella se había olvidado de su vergüenza por la desnudez y se puso de rodillas al lado de él.

—Me parece justo cuando tú... me has hecho el amor dos veces y yo no te tenido ocasión de... tocarte.

Benedict sonrió y se tumbó sobre las almohadas con los brazos detrás de la cabeza mientras ella se arrodillaba entre sus piernas con los pechos firmes y los pezones erectos.

—Puedes tocar todo lo que te apetezca, amor.

Ella se pasó la punta de la lengua por los labios.

—¿Y te gustará?

—Donde más te apetezca —repitió él con delicadeza.

Benedict pudo arrepentirse de su desprendimiento cuando Genevieve, después de una duda inicial, le tomó los testículos con mano mientras sus diminutos dedos le acariciaban la imponente erección. Luego, sintió que su lengua le recorría el miembro para terminar trazando unos círculos en su abultado extremo. Tuvo que contener el aliento y agarrar con todas sus fuerzas la almohada cuando notó que una gota ardiente se le escaba a su control y descendía antes de que ella la lamiera inmediatamente, sin soltarlo. Sus dedos eran una leve caricia en el miembro mientras seguía pasándole la lengua una y otra vez entre leves ronroneos de satisfacción.

—¡Tienes que parar, amor!

Benedict le agarró las muñecas cuando no pudo soportar más esa placentera tortura. Sabía que si ella no paraba inmediatamente, se liberaría dentro de su boca ardiente.

—¿No te ha gustado...? —le preguntó ella con el ceño fruncido por la incertidumbre.

Él sonrió como si se burlara de sí mismo.

—Tengo que entrar en ti, Genevieve —él se sentó para ponerla a su lado en la cama—. Quiero sentirte alrededor de mí cuando alcance el placer. Ábrete a mí, amor —le pidió él al ver que ella mantenía las piernas juntas a pesar de su delicadeza.

¡Genevieve no podía moverse! El miedo, el pánico había vuelto con toda su crudeza y había borrado completamente todo el placer que sintió cuando él la acarició y cuando ella lo acarició a él. Solo quedaba un pánico que la paralizaba, que le bloqueaba el cerebro al pensar en la dolorosa acometida que se avecinaba. No le sirvió de nada decirse que Benedict no era Josiah, que Benedict nunca le había hecho daño, que solo le había dado placer. El recuerdo de la dolorosa y humillante noche de bodas se había adueñado de ella. Era demasiado cruda, la tenía demasiado presente como para aceptar lo que estaba a punto de suceder.

Benedict se quedó helado al mirarla y ver el miedo reflejado en sus ojos y la palidez de sus mejillas. ¿Era posible que tuviera miedo de él después de todo? ¿Por qué? ¿Qué había hecho para que estuviera asustada en ese momento?

—Genevieve...

Ella su humedeció los labios antes de hablar.

—Yo... No te preocupes por mí Benedict. Yo sé... Acepto que tienes que hacer lo que hay que hacer.

A él le costó respirar.

—¿Qué es eso exactamente...?

Ella sacudió ligeramente la cabeza.

—Entiendo que tú... que tú tienes que introducir tu... erección dentro de mí para alcanzar el placer y...

—No tengo que hacer nada, Genevieve —le interrumpió él con delicadeza—. Anhelo hacer el amor contigo, es verdad, pero nunca haría nada sin que tú goces ni quieras hacerlo —Benedict frunció el ceño con pesadumbre—. La verdad es que me ofende que creas que lo haría.

Había algo que iba mal. Benedict no sabía qué, pero sería muy necio si no se diera cuenta de que Genevieve ya no era la mujer que buscaba diversión y aventuras, ni la mujer provocadora ni la amante receptiva de hacía unos minutos. Era una mujer con el miedo reflejado en los ojos.

—No tenía la intención de ofenderte —replicó ella parpadeando.

—Aun así, me siento ofendido —insistió él con el ceño fruncido.

—Y enfadado —añadió ella intentando tragar saliva.

Efectivamente, estaba enfadado, pero no sabía con quién. No con Genevieve, de eso estaba seguro. Tampoco podía hacer el amor con una mujer que parecía tan aterrada como ella. Algo que su miembro, ya flácido, había captado antes que él. Se tumbó al lado de ella tapándose los ojos con un brazo y respirando profundamente para intentar entender lo que había pasado. Genevieve había parecido feliz, ávida incluso, de hacer el amor. Por lo visto, nadie, ni su marido ni sus amantes, habían gozado de los placeres más íntimos con ella y él se había sentido satisfecho por haber sido el primero en disfrutar de las reacciones de Genevieve al notar su boca en ella. ¿Dónde se había torcido todo? Él comentó cuánto anhelaba estar dentro de ella y, entonces, ella dijo que aceptaba lo que él tenía que hacer, como si... Se quitó el brazo de los ojos y se giró para mirarla.

—Genevieve...

Ella volvió a taparse hasta la barbilla y lo miró con los ojos húmedos.

—Lo siento si te he de... decepcionado —dijo ella con los labios temblorosos—. Sabía desde el prin... principio que yo no... no soy como las mujeres a... a las que estás... acostumbrado. Había esperado... había... deseado no... no decepcionarte.

—¿Por qué no dejas de emplear el verbo decepcionar? —él fue a tomarle la cara con una mano, pero se detuvo cuando ella la apartó instintivamente—. No iba a pegarte, Genevieve... ¿Tu marido te pegaba?

—No después de aquella primera noche. Él no era capaz... —ella sacudió la cabeza con vehemencia y lágrimas en los ojos—. No quiero hablar de eso, Benedict.

—Pero...

—No voy a hablar de esto, Benedict —ella se levantó tapada con la sábana y fue a recoger la bata—. Te pido que te marches ahora.

Genevieve, de espaldas a él, dejó caer la sábana, se puso la bata, se la ató y se metió las manos en los bolsillos. ¿Marcharse cuando ella no había contestado a ninguna de sus preguntas?

—No —replicó él con firmeza.

Benedict se sentó en el borde de la cama y se puso la camisa y los pantalones antes de levantarse. Ella se dio la vuelta justo cuando él estaba abrochándose los pantalones. Era tan imponente, tan viril y hermoso que el corazón le dio un vuelco. Lo había deseado muchísimo, pero había comprobado que el pasado la había mutilado irreversiblemente. Un pasado que no tenía nada que ver con Benedict. Cerró los puños en los bolsillos de la bata.

—Tienes que marcharte, Benedict —repitió ella con delicadeza—. Y no volver nunca.

—Explícame lo que acaba de pasar, Genevieve. ¡Habla conmigo!

Él se pasó una mano por el pelo. Tenía los ojos tan negros e impenetrables como la noche más oscura.

—No puedo —replicó ella sacudiendo la cabeza.

—¡Tienes que hacerlo! —él se acercó hasta quedarse a unos centímetros de ella—. ¿Qué te hizo Woollerton?

—¿William...? —preguntó ella quedándose más pálida todavía.

Él se había referido a Josiah Forster, el anterior duque de Woollerton y marido de Genevieve, pero...

—El padre o el hijo. ¿Qué te hicieron?

Ella volvió a pasarse nerviosamente la lengua por los labios.

—Josiah era mi marido.

—Sé muy bien lo que era.

—Entonces, ¡también sabrás que la ley protege muy poco a una mujer casada! —exclamó ella con los ojos como ascuas por la insistencia de él—. Ella solo es una pertenencia más y está sometida a sus caprichos y deseos.

Benedict apretó la mandíbula con todas sus fuerzas.

—¿Que en el caso de Josiah Forster eran...?

Ella sacudió la cabeza con firmeza.

—Juré que nunca hablaría de eso con nadie.

—¿A quién se lo juraste?

—¡A mí misma!

Ella lo miró con rabia y a la defensiva.

Él la miró con la misma frustración porque sabía que no estaba siendo obstinada sin motivo, que los detalles de su matrimonio eran demasiado dolorosos para recordarlos y para hablar de ellos.

—Has dicho que tu marido no te hizo daño «después de aquella primera noche» ¿Te referías a la noche de bodas? —le preguntó él con los ojos entrecerrados.

Ella miró hacia otro lado y se mordió el labio superior.

—Dudo que ninguna mujer recuerde con placer cuando perdió la virginidad.

—Y yo no creo que tenga que ser tan doloroso como para no poder hablar de ello...

—¿Qué sabes tú de eso, Benedict? —ella volvió a mirarlo con rabia—. ¿Qué le importa eso a cualquier hombre si alcanza su placer?

—¡A mí me habría importado!

Ella tenía la respiración entrecortada y los pechos le subían y bajaban.

—Las mujeres solo somos un receptáculo para el placer de los hombres, un lugar secreto cálido y...

—¡Basta, Genevieve! ¿Me he portado así contigo hoy o en los jardines Vauxhall? ¿Alguna vez te he tratado con menos delicadeza de la que te mereces?

—Tú... —empezó a decir ella con las mejillas muy sonrojadas.

—¿He impuesto mi placer ahora? —siguió él con suavidad—. ¿Cuando vacilaste y expresaste tu incertidumbre, seguí haciéndote el amor como si no hubieses dicho nada o como si no me importara lo que deseabas?

Genevieve no pudo seguir mirándolo a los ojos.

—Sabes que no.

—¿Entonces?

—¿No puedes entender que eso da igual? —las lágrimas empezaron a caerle por las mejillas—. Después de haber estado en los jardines Vauxhall, creí que contigo sería distinto, que, como había llegado a confiar en ti, contigo sería distinto, que podría... podría... —no pudo seguir hablando—. Benedict, por favor, márchate. ¡Por favor!

Ella, en vez de oír cómo se alejaba, notó que la abrazaba y la estrechaba contra la calidez de su pecho.

—Genevieve, no puedo marcharme hasta que me hayas contado lo que te hizo ese malnacido.

Ella lloró con más fuerza y se puso a temblar mientras lo miraba con rabia.

—¡Mi marido me violó la noche de bodas! Me pegó, me tiró en la cama, me rasgó el camisón y luego... me rasgó a mí. Ya está. ¿Eso era lo que querías oír, Benedict?

Doce

¿Era eso lo que quería oír? ¿De verdad creía Genevieve que él quería oír que un hombre había golpeado y violado a su esposa en la noche de bodas... o en cualquier otra noche? Estaba tan furioso que si Josiah Forster no hubiese estado muerto, él lo habría matado con mucho placer. Incluso, le gustaría atravesar su ataúd con un espada para cerciorarse de que estaba definitivamente muerto. Eso le ayudaría a sofocar su furia e impotencia, pero a Genevieve no le servía de nada...

—O quizá, como era mi marido y podía hacer lo que quisiera, no te parece una violación... —murmuró ella ante el silencio de Benedict—. O quizá creas, como Josiah, que tenía derecho a pegarme y a abusar de mí porque era su esposa.

—No, Genevieve, no lo creo ni remotamente.

Benedict dominó su furia contra Josiah Forster y contestó con delicadeza porque sabía que ella necesitaba esa delicadeza, que estaba tan alterada que podía creer que la furia iba dirigida contra ella. Sin embargo, ¿cómo podía imaginarse Genevieve que podía estar enfadado con ella? tenía dieciocho años cuando se casó con Josiah Forster, un hombre casi cuarenta años mayor que ella y que ya había enterrado a una esposa. En ese momento, al saber lo que le había hecho a Genevieve, se preguntó si la primera duquesa de Woollerton no habría decidido morir en defensa propia, como si esa fuese la única manera que tenía de escapar de las garras de su brutal marido.

—Vamos a sentarnos, amor, y a hablar tranquilamente —Benedict la llevó a una butaca que había junto a la ventana, donde se sentó con ella en brazos—. Me gustaría que me contaras todo sobre tu matrimonio, Genevieve —le pidió él en tono tranquilizador.

—¿Todo...?

—Si eso no te altera demasiado.

Ella se preguntó si le alteraría demasiado o si contarle a alguien los espantosos años que pasó como esposa de Josiah Forster le ayudaría a librarse de parte de la carga que había llevado en el corazón durante tanto tiempo. Aunque le resultaba muy difícil pensar algo cuando estaba entre los brazos de Benedict, cuando sabía, a juzgar por la delicadeza que le mostraba en ese momento, que le contara lo que le contase sobre su pasado, él lo escucharía sin comentarlo ni juzgarlo. Intuitivamente, supo desde el principio que Benedict nunca emplearía la fuerza bruta contra una mujer para conseguir sus fines y menos en el dormitorio. ¡Nunca habría llegado a confiar en él si hubiese creído que sería capaz! Aun así, no sabía si podría contarle los recuerdos de la noche de bodas y de los desoladores años posteriores...

—Genevieve, por favor. No te lo pido a la ligera, ni con ganas de hacerte sufrir más, ¡nunca haría algo así! Es para que en el futuro sepa cómo... cómo no hacerte sufrir.

—¿En el futuro? —le preguntó ella mirándolo con incertidumbre.

Había decidido que solo pasaría esa tarde en la cama de Genevieve y que luego nunca volvería, pero se había sorprendido a sí mismo hablando del futuro... Sin embargo, ¿cómo podía pedirle que le hablara de su pasado, que le contara todo lo que había sufrido a manos de su marido y luego desaparecer? Eso le habría dolido más profundamente a Genevieve y habría sido un varapalo para la mujer segura de sí misma que se esforzaba por ser. No, hubiera decidido lo que hubiese decidido antes de ir allí, no la abandonaría en ese momento.

—Agradezco mucho tu preocupación, Benedict, pero ni quiero ni necesito tu compasión.

—Me alegro porque no la siento —replicó él.

—¿No?

—¡Claro que no!

Se dio cuenta con consternación de que se había equivocado. La verdad era que quería pasar más tiempo con ella, ser su amante, compartir con ella la profundidad y calidez de hacer el amor, no sus recuerdos.

—Genevieve, no siento compasión por ti —repitió él—. Te admiro y respeto porque eres una mujer hermosa y elegante a pesar de todo lo que has sufrido —le puso la mano en una mejilla para que apoyara la cabeza en su hombro—. Ahora, háblame, amor, y te prometo que te escucharé sin decir nada.

Fue una promesa que él comprobó muy pronto que no debería haber hecho. Genevieve le contó las deudas de su hermano y que eso fue lo que hizo que se casara con Josiah Forster. Le contó los espantosos años que pasó siendo su esposa. Al principio lo hizo dubitativamente, pero la furia por el trato de él fue adueñándose de la narración. Una furia que Benedict entendió inmediatamente, y sintió en la misma medida, cuando oyó que Josiah Forster la había engañado con la promesa de saldar las deudas de su hermano y que luego, antes incluso de que se secara la tinta del certificado de matrimonio, se negó a cumplir esa promesa. Ese incumplimiento acabó suponiendo el suicidio del hermano de Genevieve, su único familiar cercano, y la dejó a expensas de Josiah Forster y de su igual de repulsivo hijo William.

La noche de bodas fue más aterradora de lo que él había podido imaginarse. Genevieve, golpeada y violada por su marido, tuvo que aguantar que él sufriera un ataque mientras la violaba y quedara encima de ella como un peso muerto, algo que aumentó su humillación cuando tuvo que llamar a los sirvientes y a su hijastro para que lo retiraran de su cuerpo y de la cama.

—Un lado de su cuerpo se le quedó paralizado para el resto de su vida —comentó ella con la voz ronca—. Ya no pudo ni hablar ni andar correctamente y cuando comía, la comida se le caía por la barbilla y le manchaba la ropa. Una discapacidad de la que me culpó a mí.

—¿A ti? —preguntó él sin poder creérselo.

—Decía que yo era fruto del diablo. Que la tentación de mi belleza, de mi cuerpo, había hecho que él cometiera el pecado de la lujuria y que, como castigo por ese pecado, se había quedado paralítico para que no pudiera caer en la tentación otra vez.

—Él... pero... —Benedict la miró fijamente—. Tu matrimonio nunca... Los dos nunca...

—No —ella medio cerró los ojos—. Lo intentó varias veces, pero él... yo...

—No hace falta que me cuentes nada más sobre ese asunto, Genevieve.

Él la interrumpió completamente repugnado solo de pensar cómo habría intentado volver a tomar el cuerpo de Genevieve varias veces y furioso por la crueldad de ese hombre con una chica tan joven, su esposa, cuyo único pecado era ser hermosa y deseable.

—No veo motivo para no contártelo una vez que he empezado.

¿Solo había empezado a contarle las crueldades de su marido? Benedict no supo si su estómago podría aguantar que le contara más cosas.

Algo increíblemente cobarde por su parte. Al fin y al cabo, él estaba oyéndolas, pero Genevieve las había sufrido en carne propia. Le parecía una especie de milagro que fuera una mujer hermosa, vital, amable y capaz de ver todo lo bueno que la vida podía depararle.

Él sufrió el asesinato de sus padres hacía diez años y durante los años que pasó en el ejército vio cosas que nunca podría olvidar y perdió amigos en el campo de batalla, pero todo ello le había dejado cicatrices en el corazón. Genevieve había padecido lo mismo, si no más, y, sin embargo, era hermosa y generosa y buscaba la bondad de las personas y las emociones que la vida todavía podía ofrecerle. Estaba seguro de que las cicatrices de ella eran tan profundas como las suyas, pero eso no impedía que viviera y que disfrutara de la libertad que ya tenía en la vida.

Su admiración por ella aumentaba cada vez más y siguió escuchando en silencio cómo le contaba aquellas ocasiones en las que su marido intentó acostarse con ella otra vez, pero como no conseguía una erección por ningún medio, le daba otra paliza.

—Pero si estaba paralítico, cómo podía pegarte... ¡Dios mío! ¿William Forster?

—Sí —contestó ella estremeciéndose por la repulsión.

—Pero, ¿qué motivo tenía para llevar a cabo lo que le pedía su padre?

Ella volvió a estremecerse.

—Creo... Bueno, sé que no le gustó que su padre se casara otra vez. Sobre todo, con una mujer que era más joven que él mismo —Genevieve hizo una mueca de disgusto—. Después de haber pasado cinco años viudo, nunca pensó que su padre se casaría otra vez. Me despreció profundamente desde que me conoció y me acusó de casarme por la fortuna de su padre. Tenía razón, claro, salvo en que yo no quería el dinero para mí.

Ella lo había querido para poder saldar las deudas de juego de su hermano, del hermano que acabó quitándose la vida... Benedict sacudió la cabeza con tensión.

—¿William también es el responsable de tu muñeca rota? —preguntó él intentando disimular la furia que lo dominaba.

—Benedict...

—Contéstame, por favor —le pidió él apretando los dientes con todas sus fuerzas.

—Sí.

—¡Malnacido! —Benedict no pudo contener

más la ira—. ¿Qué hiciste o dijiste? ¿Qué creyó su retorcida mente que hiciste para que te merecieras eso?

—Él... — Genevieve bajó la mirada—. Él no aprobó el amante que había elegido.

—¿Yo...?

—Sí.

—¿Te rompió la muñeca por eso? —le preguntó él con incredulidad.

—No solo eso. También me exigió que no volviese a verte, que no manchara el nombre de los Forster con el más mínimo escándalo hasta que se hubiese casado con Charlotte Darby.

—¿Y aun así lo desafiaste yendo conmigo a los jardines Vauxhall y a la cena en Carlton House?

—Decidí que no puedo permitirle que siga rigiendo mi vida de esa manera. Por eso, esta tarde vino aquí y me a amenazó con más violencia física si volvía a desafiarlo. ¡No harás nada para darle su merecido, Benedict! —exclamó ella al ver la expresión de Benedict—. William se crio con un sádico y...

—Y él también es un sádico —terminó Benedict.

—Sí —ella dejó escapar un suspiro—. Por eso

he decidido que no puedo quedarme sentada de brazos cruzados y ver cómo toma de esposa a esa joven y frágil muchacha.

—¿Piensas interceder y hablar con Ramsey? —preguntó Benedict con el ceño fruncido.

—Sí, creo que tengo que hacerlo. No hacerlo sería despiadado con Charlotte Darby.

—¿Y tú? —preguntó él en tono sombrío—. Sabrás que William tampoco se quedará de brazos cruzados si te entrometes en sus planes de matrimonio.

Claro que lo sabía, pero no podía hacer otra cosa cuando la simple idea de que la frágil Charlotte Darby se casara con William hacía que se estremeciera de los pies a la cabeza.

—Estoy segura de que sobreviviré a otra paliza como he sobrevivido a las anteriores.

—Te prohíbo... —Benedict tomó una bocanada de aire—. Genevieve, te pido que dejes este asunto en mis manos.

Ella negó con la cabeza.

—No puedo involucrarte más.

—Soy tu amante, Genevieve, y como tal, tengo derecho a ofrecerte mi protección.

Genevieve lo miró con perplejidad. Habían estado íntimamente juntos algunas veces y ella le había contado todo lo referente a su matrimonio, pero eso no los convertía en amantes. En realidad, después de lo que había sucedido esa tarde, ella no sabía si alguna vez podría tener un amante. Disfrutaba con la compañía de Benedict más de lo que podía expresar con palabras, había confiado en él como no había confiado en ningún otro hombre y, evidentemente, había reaccionado a sus caricias, pero ni siquiera él, con toda su destreza, había conseguido derribar las barreras internas que le impedían conocer la verdadera intimidad física y que dejara atrás el recuerdo de la noche de bodas. Sacudió lentamente la cabeza y, temblorosa, se soltó de sus brazos y se levantó. Tenía que poner alguna distancia entre ellos, tenía que alejarse del amparo y el consuelo que le ofrecían sus brazos.

—Es posible que no sepa nada de cuestiones... físicas, pero hasta yo sé que no te has convertido... en mi amante.

Él la miró un rato con los ojos entrecerrados y una expresión de incredulidad.

—¿Soy tu primer amante desde tu marido? —le preguntó él con delicadeza.

—¡El tampoco era mi amante! —contestó ella con la indignación reflejada en los ojos.

—Perdóname, lo he dicho muy mal. Solo que-

ría preguntarte si no has hecho el amor con ningún hombre desde que terminó tu matrimonio.

—Ni antes ni durante... —contestó ella mirando hacia otro lado.

—¿Soy tu primer amante...? —preguntó él sin
poder creérselo.

—No hemos...

—Genevieve, te he acariciado íntimamente y
te he dado placer, como tú me has acariciado y
me has dado placer. Que no nos hayamos... unido
no quiere decir que no hayamos hecho el amor.
Ahora, por favor, contéstame. ¿Soy tu primer
amante desde...?

—¿Desde mi espeluznante noche de bodas?
Sí, lo habrías sido.

Benedict tuvo que tomar aire por lo que ella
acababa de reconocer, porque lo había elegido
para que fuera su amante, porque había confiado
tanto en él que le había entregado su bienestar físico. Eso le bajaba los humos y era una responsabilidad a la vez.

—Evidentemente, no ha sucedido —siguió
ella—. Por eso, te aseguro que no tienes ninguna
obligación ni conmigo ni con nada de lo que pase
en mi vida.

—Discrepo.

—Benedict, no puedo pedirte que te mezcles en este asunto con William.

—No me lo has pedido, yo he dicho que es lo que quiero hacer.

—Y yo te pido que no intentes meterte en esto. Solo conseguirás que William descargue su ira sobre ti.

—¿Crees que eso me intimida? —preguntó él en tono burlón.

—No, creo que lo que más te gustaría sería tener una excusa para darle una paliza a William y dejarlo medio muerto.

—Debería hacerlo —confirmó él inclinando la cabeza con arrogancia.

—Y yo te agradezco sinceramente tu oferta. Sé que para ti es innato el deseo de proteger a los que consideras menos capaces de defenderse que tú, pero...

—Nunca se me ocurriría pensar que tú seas menos capaz que yo, Genevieve. Ni que nadie —añadió él—. Creo que eres la mujer más fuerte y valiente que he conocido.

—¿Cómo puedes decir eso cuando permití que mi marido y mi hijastro me maltrataran durante seis años? —le preguntó ella como si se despreciara a sí misma.

Benedict se levantó de un salto.

—¿Qué deberías haber hecho? Lo importante es que sobreviviste. No solo sobreviviste, sino que ahora has progresado —se acercó a ella, pero se detuvo cuando ella retrocedió un paso—. No voy a hacerte daño, Genevieve. Nunca te haré daño ni permitiré que nadie te lo haga. Por eso William Forster tiene que pagar por lo que ha hecho, para que no pueda maltratarte más ni pueda maltratar a nadie.

—¿Pagar por lo que ha hecho? —preguntó ella con cautela.

—Primero le propondré que se aleje de Londres y de la sociedad civilizada.

—¿Y si eso no sirve?

Él entrecerró los ojos con una expresión sombría.

—Entonces, será un placer ocuparme de que lo haga.

—¿Cómo?

Él apretó los labios con un gesto implacable.

—Creo que encontraré la manera.

—No sin que el escándalo nos salpique a ti y a mí.

—Lo haré sin mezclarte —aseguró él en tono sombrío.

—No sé cómo cuando lo único que ha hecho William ha sido pegar a la esposa de su padre por orden de este...

—Y solo por eso recibirá su merecido antes de que pueda marcharse para siempre a sus posesiones en el campo.

—Agradezco tu interés, Benedict, pero no creo, no me atrevo a creer... —ella sacudió la cabeza con impotencia—...que ni siquiera tú puedas librarme definitivamente de las amenazas de William.

Él esbozó una sonrisa muy severa.

—Entonces, es que no me conoces tan bien como esperaba que me conocieras.

Ella lo miró detenidamente y captó su expresión resuelta y el brillo de furia gélida en los ojos.

—Te conozco lo suficiente como para saber que no eres el caballero frío y distante que haces creer que eres a la buena sociedad.

La expresión de él se suavizó.

—Entonces, te pido que tengas un poco de fe en mí y en mi capacidad para protegerte.

—No soportaría que te pasara algo por mi culpa —replicó ella con lágrimas en los ojos.

—Te aseguró que no me pasará nada, Genevieve. Los hombres como Forster, sea el padre o el hijo, no me parecen hombres en absoluto. Son gusanos. Son menos que gusanos si maltratan a una mujer como te han maltratado a ti. El padre se ha librado, pero William Forster pagará con creces lo que te ha hecho.

Parecía tan seguro de sí mismo que ella tuvo que creerlo. Si había algún hombre que podía librarla de la presencia intimidante de William en su vida, creía que ese hombre tenía que ser Benedict.

—Si lo consigues, ¿cómo podré pagártelo?

—Hasta el hombre más rastrero se sentiría ofendido si piensas que quiero que me lo pagues.

—No quería ofenderte, Benedict, solo... —ella se calló cuando él se rio levemente—. No le veo la gracia a la situación, Benedict.

Él tampoco, pero los últimos minutos habían sido muy desgarradores para Genevieve. Había liberado el dolor y el miedo que había pasado durante siete años. ¡Siete años! Él no podía dejarse llevar por la ira en ese momento, cuando quería tratar a William Forster como se merecía. Además, cuanto antes, mejor. Tomó las manos de Genevieve y se llevó una a los labios.

—Antes de que me lo preguntes, estoy reconociendo el valor de un soldado como yo —le explicó él al ver la perplejidad en los expresivos ojos de ella.

—No lo entiendo...

—Si hubiésemos tenido una docena de soldados tan valientes como tú, la guerra contra Napoleón habría terminado algunos años antes.

Ella se sonrojó ligeramente.

—Haber sobrevivido a la batalla no es ser valiente.

Benedict le acarició una mejilla.

—Se trata de cómo has sobrevivido, Genevieve —replicó él con admiración—. No tienes rencor ni ganas de vengarte de las personas que te maltrataron.

Ella supo, como si él lo hubiera dicho en voz alta, que se refería al rencor y ganas de venganza que sentía hacia el asesino de sus padres. El mismo rencor y deseo de venganza que le había conformado el carácter durante los últimos diez años.

—Son sentimientos destructivos que solo dañan a quienes los sienten.

—Sin embargo, a mí me resulta imposible no sentirlos cuando sé que el asesino de mis padres está libre y ellos muertos.

Genevieve frunció el ceño.

—No quiero meterme donde no me llaman, Benedict, pero dijiste que tu padrino se ocupó de la primera investigación.

—Sí.

—¿Sabes si interrogó a todo el servicio?

—Estoy seguro de que lo hizo. Sí, lo sé —Benedict asintió con la cabeza—. Que yo recuerde, había dos sirvientes, pero no pude interrogarlos cuando llevé a cabo mi propia investigación unos meses después.

—¿Por qué?

—Se fueron a servir en otra casa —Benedict se encogió de hombros—. ¿Quién puede reprochárselo? Habían asesinado a dos personas en la casa donde estaban.

—¿Estás seguro de que fueron a otra casa?

—Genevieve, ¿qué insinúas?

—Sé por experiencia que el servicio de una casa está al tanto de más cosas de las que solemos imaginarnos. Por ejemplo, cuando me encerraban en mi dormitorio, la cocinera ayudaba a mi doncella para que me llevara comida y agua.

—¿Cuando te encerraban en tu dormitorio...?

—Por favor, no nos desviemos de esta conversación otra vez, Benedict...

—¡Sabré quién te encerraba en tu dormitorio!

—exclamó él apretando los dientes—. No, no hace falta que contestes. Puedo saber quién fue por tu expresión.

Sus ojos dejaron escapar un destello sombrío al imaginarse todo lo que le haría a William Forster en cuanto lo viera. Algo que sería muy pronto...

Trece

—No es que quiera quejarme, pero estás rompiéndome los dedos, Benedict.

Él dominó sus pensamientos, se concentró en ella y se dio cuenta de que, efectivamente, estaba estrujando los diminutos dedos de Genevieve.

—¡Tu muñeca!

—Está bien —le tranquilizó ella—, pero creo que deberías enterarte de a dónde fueron esos sirvientes cuando dejaron tu casa.

—¿Crees que pudieron ver algo que no deberían haber visto?

—Creo que habría que investigarlo más —contestó ella con prudencia—. Aunque solo sea para que puedas preguntarles si se han acordado de algo más... desde que se marcharon.

Él suavizó la expresión cuando la miró y vio la angustia reflejada en su rostro.

—No te agobies, Genevieve. Te aseguro que te agradezco cualquier ayuda que puedas ofrecerme en este asunto.

—Es posible que no tengas que agradecerme nada —ella suspiró—. Puedo estar completamente equivocada sobre esos dos sirvientes.

—A lo mejor, no —Benedict le sonrió—. En recompensa por tu preocupación...

—¡Claro que me preocupo, Benedict! —ella se sonrojó al darse cuenta de lo que había dicho—. No puedo ni imaginarme lo mal que has tenido que pasarlo durante los últimos diez años. Perder tan trágicamente a tus padres y no saber quién los mató...

—...en recompensa a tu preocupación —repitió él con firmeza—, pienso premiarte con algo que considerarás «diversión y aventura».

—¿De verdad? —preguntó ella con los ojos como platos.

—Sí. ¡Que Dios se apiade de mí!

Ella se rio.

—Hay algo que me encantaría...

—¿Qué...? —preguntó él con cautela, al ver otra vez ese brillo temerario en los ojos de ella.

—¡Me encantaría ir de paseo en tu carruaje mañana por la tarde! —contestó ella con una sonrisa.

—Nunca paseo por el parque con mi carruaje —replicó él frunciendo el ceño ligeramente.

—Precisamente por eso me gustaría acompañarte la primera vez que lo hagas.

—¡Eres de la piel del diablo! —Benedict sacudió la cabeza con pesadumbre—. Entonces, lo organizaremos cuando venga a cenar esta noche.

La sonrisa de ella vaciló levemente.

—¿Piensas cenar aquí esta noche?

—Es lo que hacen los amantes, ¿no?

Genevieve bajó la mirada y se sonrojó.

—Creo que esta tarde ha quedado demostrado que... que no puedo tener amantes...

—Esta tarde ha quedado demostrado que eres una mujer muy cálida y receptiva...

—Pero...

Ella lo miró con timidez cuando él le puso un dedo en los labios para callarla.

—Eres una mujer muy cálida y receptiva —repitió él con firmeza—. En el futuro tendré el placer, y espero que tú también, de demostrarte que el placer físico no tiene por qué ser doloroso.

Ella se sonrojó más todavía por estar hablando

de algo tan íntimo. Algo bastante ridículo después de todo lo que le había contado a Benedict.

Aun así, la desilusionaba haber reaccionado como reaccionó antes. Había esperado y deseado que con él hubiese sido distinto... y lo había sido hasta cierto punto, ya que había alcanzado el clímax varias veces con sus caricias. Solo sintió pánico ante la idea de la penetración. Sacudió lentamente la cabeza.

—No creo que tu paciencia en este asunto vaya a cambiar lo más mínimo mi aversión a... a esa intimidad tan profunda.

Benedict le dio unos golpecitos en la punta de la nariz.

—¿Me concederás el privilegio de intentarlo?

Ella tragó saliva.

—Solo si estoy completamente segura de que no lo haces por lástima.

—¿Te parece que esto es lástima, Genevieve?

Benedict la miró a los ojos mientras le tomaba una mano y se la llevaba a los pantalones para que palpara la erección.

—¿Todavía me deseas después... después de todo lo que te he contado? —preguntó ella con las mejillas abrasándole.

—¿Por qué no? —él frunció el ceño—. No podías hacer nada... ¡Estabas a merced de los dos Forster!

—Benedict, tú no... No soportaría que te pasara algo por mi culpa.

Ella supo por la expresión de Benedict que nada lo disuadiría de hacerle una visita a William.

—¿Y arriesgarme a no poder venir luego...? —bromeó él.

Genevieve se sonrojó otra vez por el tono seductor de su voz.

—Entonces, organizaré una cena deliciosa para los dos. ¿Te parece bien a las ocho y media?

—Muy bien. Ahora, si te parece bien, me gustaría darte un beso de despedida.

El corazón de Genevieve dio un vuelco y los pechos se le endurecieron solo de pensar que iba a besarla. Además, si gozaba tanto con sus besos, quizá hubiese esperanza, quizá con el tiempo podría...

—Es un poco desalentador el tiempo que estás tardando en decidirte —bromeó otra vez Benedict.

No quería apremiarla, pero tampoco quería retroceder ni un paso en su relación. Eso solo conseguiría que ella se cohibiera más por la intimidad física.

El brillo de los ojos de Genevieve no tenía nada de cohibido.

—Con la condición de que el beso sea tan apasionado como todos lo que me has dado hoy.

—Si eso es lo que quieres...

Le rodeó la cintura con los brazos, la estrechó contra sí y la besó. Sin embargo, él se dio cuenta enseguida de que era un beso distinto. Era más intenso y ella se cimbreaba mientras lo agarraba de los hombros y le devolvía la pasión del beso.

—Basta por ahora, amor. Seguiremos cuando vuelva esta noche.

Benedict se apartó con un gruñido y con la erección más palpitante todavía contra los muslos de ella. Además, tenía que hacer dos visitas antes de volver. La primera sería a Eric Cargill para pedirle que localizara a los dos sirvientes que se marcharon de las casa de sus padres poco después de los disparos. Eric, además de ser el jefe de los espías y de tener medios para hacer esas indagaciones, también fue uno de los mejores amigos de sus padres y por eso lo eligieron como padrino de Benedict. Tenía tanto interés como Benedict en encontrar al asesino. La segunda, y la que más le apetecía, sería a William Forster. Le comunicaría que estaba informado sobre acontecimientos del pasado y del presente que afectaban a Genevieve y que no vería con agrado que se acercara a ella en el futuro, más aún, que si lo hacía, podría ser contraindicado para su salud. Además, esperaba sinceramente que aceptara el desafío porque, como había dicho Genevieve, nada le gustaría más que tener una excusa para dale una paliza y dejarlo medio muerto.

—Tendrías que ver a mi rival para darte cuenta de lo insignificante que son mis heridas.

Benedict no pudo disimular su satisfacción cuando esa noche el mayordomo lo acompañó al salón dorado y Genevieve vio con espanto el moratón que tenía en la mejilla.

—Gracias, Jenkins —Genevieve esperó a que se marchara el mayordomo y se dirigió a Benedict—. ¿Hace falta que pregunte quién era el rival?

—Como eres inteligente, creo que no —contestó él mirando con deleite el vestido de seda azul que llevaba ella, exactamente del mismo tono que sus ojos—. Estás muy guapa esta noche, amor.

Genevieve no pudo evitar sonrojarse de placer, como tampoco pudo evitar que le afectara el pelo moreno y algo despeinado de él y el moratón que aumentaba ese aire peligroso que le sentaba tan bien.

—Si estás intentando que piense en otra cosa con halagos...

—La verdad no es un halago, Genevieve.

—Estás intentando que piense en otra cosa —afirmó ella mirándolo con un brillo de reproche.

—Pero solo diciéndote la verdad —replicó él riéndose ligeramente.

—Entonces, dime la verdad sobre tu encuentro con William Forster.

—Tenaz además de guapa —murmuró Benedict con complacencia.

Genevieve le pasó un dedo por el moratón de la mejilla.

—Tu pobre cara... —murmuró ella con compasión—. ¿Ese bruto se ha atrevido a pegarte?

Benedict seguía sonriendo con satisfacción.

—Después de que yo le pegara a él. Además, no me golpeó con el puño, sino que me dio con el tacón de su bota cuando cayó al suelo con la elegancia de un elefante.

—Ahora que lo dices, es verdad que se parece. Aun así, me prometiste que no te pasaría nada cuando fueses a ver a William.

—Creo recordar que lo que dije fue que nada impediría que viniese a cenar contigo —le tomó las manos enguantadas entre las suyas—. Ahora que estoy aquí, creo que preferiría comerte a ti que cualquier cena que haya podido preparar tu cocinera...

—Benedict...

—¿Sí, amor...?

Él inclinó la cabeza para pasarle los labios entre los hombros y el cuello.

—¿Esto... esto también es lo que hacen los amantes?

—Eso creo... —contestó él.

—Pero tú... Tú tienes que saber más de estas cosas que yo...

Ella tenía el corazón desbocado y casi no podía ni pensar.

—¿Tú crees?

—¿No...?

Ella dejó escapar un gritito bastante impropio de una dama cuando él le pasó los labios por los pezones, que se los había sacado por el escote del vestido. Él encogió sus elegantes hombros mientras sus labios seguían dejando un rastro ardiente por los pechos de ella.

—No, creo que no lo sé...

—¡Benedict...!

Él levantó un poco la cabeza, con los ojos negros como el ónix.

—Un caballero no habla de sus relaciones anteriores... Además, no hay ninguna en mi vida que pueda recibir ese nombre —añadió él con delicadeza mientras ella fruncía el ceño—. Muy pocas mujeres han merecido mi interés durante tanto tiempo, amor.

—Solo nos conocemos desde hace dos semanas...

—Eso son doce o trece días más que los que he prestado atención a otra mujer.

Genevieve lo miró detenidamente, sin saber si estaba tomándole el pelo. La franqueza de su mirada parecía indicar que no.

—Había pensado... Había creído...

—¿Qué, amor?

Benedict la miró con unos ojos velados y burlones. Ella frunció más el ceño.

—Creo que tengo que decirte algo más, Benedict, si vamos a seguir adelante...

—Ah...

—Sí. No soportaría que... que te enteraras por otros medios.

Él retrocedió un poco con cierto recelo.

—Tú dirás, Genevieve.

Ella se pasó la punta de la lengua por los labios.

—La verdad es que hace unas semanas, la noche del baile de Sophia Rowlands, yo... yo dije algo intencionadamente escandaloso a mis dos mejores amigas y afirmé que si teníamos el más mínimo sentido común, y ya que había terminado nuestro año de luto, deberíamos tener un amante o dos antes de que terminara esta Temporada tan aburrida —ella sacudió la cabeza con tristeza—. Creía que podría... creí que conseguiría... Da igual. Entonces, tú llegaste al baile con Diablo Stirling y yo, impulsivamente, dije que cualquiera de los dos seríais un amante magnífico.

A Benedict le pareció muy divertida la confesión de Genevieve. ¿Dejaría de sorprenderlo alguna vez?

—¿Y ahora quieres confesar que te sientes decepcionada porque Rupert prefirió a tu amiga Pandora?

—¡No! —exclamó ella frunciendo el ceño—. ¡Me da más miedo todavía que tú!

—¿Miedo...? —preguntó él arqueando las cejas.

—Es desdeñoso y arrogante.

240

—¿Tú ya no me consideras ninguna de las dos cosas?

—Al contrario, sé que eres las dos cosas, pero, una vez que he llegado a conocerte mejor, suelo dejar de sentirme nerviosa cuando me besas.

—Me alegro de saberlo...

—Sí, bueno... —ella volvió a sonrojarse por la vergüenza—. Cuando hice ese comentario no sabía que no tenías amantes y que cualquier interés que pudieras mostrar por mí te convertiría en víctima de las habladurías. Si llego a saberlo, no habría... no habría...

—¿No habrías dejado que te... cortejara?

—¡Exactamente!

Benedict hizo un esfuerzo para contener la risa.

—En ese caso, creo que yo también tengo que hacerte una confesión.

—¿De verdad? —preguntó ella con los ojos como platos.

—Sí. ¿Te acuerdas del día de la boda de Diablo y Pandora, cuando te pregunté si te gustaría dar un paseo en mi carruaje?

—Me acuerdo muy bien.

—Pues me temo que no era un paseo en el que tú te sentaras en un lado del carruaje y yo en el otro.

Ella lo miró inexpresivamente durante un rato, antes de sonrojarse y quedarse boquiabierta.

—¡Benedict!

Él se rio levemente.

—También confieso que entonces no me importaba nada lo que dijera la buena sociedad y que ahora tampoco me importa. ¿Hemos terminado con las confesiones por el momento o tenemos que retrasar la cena un poco más?

—Creo que será mejor que no lo hagamos.

Mucho más tarde, cuando, por insistencia de Benedict, seguían sentados a la mesa tomando una taza de café mientras él bebía brandy y fumaba un cigarro después de la deliciosa cena que les había servido Jenkins, ella se dio cuenta de que él había conseguido otra vez que se olvidara de lo que quería saber, en ese caso, de su reunión con William Forster.

Había pasado dos horas mirándolo a la luz de las velas mientras conversaban y tenía que confesar que le había costado concentrarse en cualquier cosa que no fuese el magnífico caballero con el que estaba cenando en la intimidad. Naturalmente, era increíblemente inadecuado que una viuda joven cenara sola en su casa con cualquier caballero, pero dudaba mucho que Benedict tuviera más interés que ella en que eso se supiera. Él era, pese a lo que ella hubiese dicho antes, el arrogantemente esquivo lord Benedict Lucas y el depravado Lucifer. Aunque ella reconocía que cada vez se lo imaginaba menos como Lucifer y más como Benedict, el caballero que la excitaba más de lo que nunca había podido imaginarse y que ese mismo día había salido en su defensa. No creía que el indolente y arrogante Lucifer, como él se presentaba en sociedad, se hubiese molestado lo más mínimo en salir en defensa de cualquier mujer.

—¿Qué estás pensando? —le preguntó él mirándola entre el humo del cigarro.

Él se había dado cuenta de que ella lo había mirado disimuladamente a lo largo de la cena, de que su rostro y el escote estaban sonrojados por la excitación y de que sus ojos azules tenían otra vez un brillo... osado. Una excitación que él había sentido en la misma medida mientras intentaba mantener una conversación desenfadada durante la cena y que en ese momento le impedía levantarse sin mostrar la palpitante erección.

—Antes no terminaste de contarme cómo

acabó tu visita a William Forster —comentó ella sin mirarlo a los ojos.

—Seguramente, porque ese asunto me aburre. ¡No te extrañe! —Benedict se arrepintió inmediatamente al ver que ella se quedaba pálida por su brusquedad—. No quería ofenderte, Genevieve...

—No me hagas caso, Benedict, estoy siendo una necia —ella parpadeó para contener las lágrimas y lo miró—. Debería haberme dado cuenta de lo mucho que te aburría la conversación sobre mi infame familia.

—Infame o no, Forster nunca fue tu familia —aseguró el con firmeza—. Él tampoco tiene ya la intención de entrar en la familia del conde de Ramsey.

Genevieve se quedó boquiabierta.

—¿William ha aceptado romper su compromiso con Charlotte Darby?

Benedict esbozó una sonrisa seria e inflexible.

—Eso no puede ser, Genevieve. Si una mujer quiere seguir siendo... casadera, tiene que ser ella quien rompa el compromiso. No, Forster ha aceptado darle motivos a Charlotte Darby para que ella dé ese paso.

—¿Cómo...?

—Le di todos los detalles del acuerdo a Forster. Mi única condición fue que lo hiciese lo antes posible y que luego se alejara para siempre de la sociedad decente.

Benedict endureció el gesto al acordarse de la conversación con William Forster. Su reunión con Eric Cargill duró muy poco y el conde también se mostró deseoso de reabrir la investigación de la muerte de sus padres. Luego, no perdió ni un minuto para ir a visitar al duque de Woollerton. Él se negó a recibirlo, pero no hizo caso, entró y fue a buscarlo a su despacho. Tampoco perdió ni un segundo escuchando sus quejas indignadas por esa falta de modales, despachó él mismo al mayordomo de Forster y le informó con frialdad del motivo de su visita.

Los insultos que dirigió a Genevieve no podían repetirse a nadie, y mucho menos a la propia Genevieve, y eso le mereció un puñetazo en la barbilla.

Cuando el consiguió reponerse lo suficiente como para poder hablar, quedó claro que Forster sentía un rencor muy profundo hacia Genevieve por haberse casado con un hombre que podía ser su padre y que el motivo principal de ese rencor era la inmensa cantidad de dinero que recibiría ella cuando su marido muriera. Sería demasiado tarde para ayudar a su desdichado hermano, pero lo suficientemente pronto para que tuviera una casa propia y pudiera volver a la sociedad de la que la habían alejado bruscamente siete años antes.

Al parecer, la fortuna de Forster ya no era tan grande como había sido. El anterior duque de Woollerton había dilapidado gran parte con la vida desaforada que había llevado en Londres y, luego, con los médicos que llevaba constantemente a sus posesiones en el campo para que intentaran curarle sus males. Al parecer, la cantidad que le quedó a Genevieve como su viuda fue la gota que rebosó ese vaso y Forster tenía que encontrar una esposa con fortuna propia, algo que Charlotte Darby cumplía sobradamente. Cuando le prometió a Forster que le contaría al conde de Ramsey lo depravado y violento que era, Forster decidió que Charlotte Darby no le convenía después de todo.

No hacía falta que Genevieve supiese todo eso hasta el último detalle, pero mucho menos los comentarios perversos e insultantes de Forster hacia ella... Benedict apagó el cigarro y se levantó lentamente.

—Creo que basta que sepas que no volverá a

molestarte, Genevieve. Sobre todo, cuando tenemos que atender un asunto más apremiante.

Genevieve abrió los ojos como platos cuando Benedict rodeó la mesa para ir al lado de ella sin disimular el... asunto apremiante.

Catorce

Ella volvió a sentir el mismo nerviosismo de antes. ¿Qué pasaría si Benedict intentaba hacer el amor con ella y volvía a fallarle? Según lo que había dicho él sobre las mujeres que había conocido, estaba acostumbrado a que fuesen mucho más mundanas que ella, que no hacía falta que las engatusara y mimara para que se acostaran con él. En realidad, eran del tipo de mujeres que ella dudaba sinceramente que llegara ser alguna vez.

—Estás dándole demasiadas vueltas, Genevieve, en vez de dejar que tus actos hablen por sí mismos —murmuró Benedict mientras le tomaba las manos y la levantaba—. Esta noche, tú decidirás cuáles serán esos actos. ¿Te parece bien?

Los ojos de ella dejaron escapar un destello de

interés y se pasó la punta de la lengua por los labios.

—Si eso significa que podré acariciarte tan íntimamente como antes...

Benedict se quedó sin respiración al imaginarse las manos y los labios de ella acariciándolo otra vez.

—Si eso es lo que quieres...

—Sí... —los ojos de ella brillaron—. Creo que me gustaría mucho.

—Entonces, eso es lo que haremos.

Él le soltó las manos y fue a cerrar la puerta con llave. Ella lo miró con perplejidad.

—¿Qué haces?

—Llevo todo el rato, mientras cenábamos, imaginándote con el pelo suelto, desnuda y tentadora en la *chaise longue* que hay delante de la ventana —contestó él acercándose a ella.

Genevieve se sonrojó al darse cuenta de que él había estado tan poco concentrado como ella.

—¿Quieres que me desvista ahora, en el comedor...?

—Nos desvestiremos el uno al otro, Genevieve —le explicó él mirándole fijamente los labios—. Has despedido a Jenkins para toda la noche, pero creo que es mejor cerrar la puerta con llave para que sea imposible que alguien entre y nos encuentre.

Ella dudaba mucho que si Jenkins volvía y se encontraba la puerta cerrada, fuese a llamar, pero eso tampoco evitaría que sacara sus propias conclusiones. Sin embargo, en vez de preocuparle, le pareció excitante pensar que el servicio doméstico supiera, o al menos supusiera, que Benedict y ella estaban... intimando. Lo miró con admiración mientras se quitaba las horquillas para que los rizos pelirrojos le cayeran sobre los hombros.

—Creo que eres un caballero increíblemente depravado.

Él miró con admiración su pelo.

—Uno hace lo que puede para complacer.

Genevieve se rio levemente.

—¿Ahora vas a complacerme más todavía desvistiéndote...?

—No, amor, me complacerás tú quitándome la ropa.

Él le sonrió con descaro y ella sintió esa calidez que ya conocía tan bien solo de pensar en quitarle las prendas una a una, algo que le parecía inaceptable y excitante. Le parecía imposible y apasionante hasta límites inconcebibles tener la libertad de desvestir lentamente a Benedict hasta tener su musculosa desnudez a expensas de sus manos y de su ávida mirada. Lo miró tímidamente entre las pestañas.

—¿Disculparás mi falta de... destreza en esta tarea? —preguntó ella mientras le desabotonaba lentamente el chaleco.

—Creo que estaré demasiado ocupado disfrutando de la experiencia para preocuparme de cómo se hace.

Sin embargo, su rostro reflejaba tensión mientras le quitaba la chaqueta y el chaleco, antes de soltarle el lazo y desabotonarle el cuello de la camisa. Le acarició el vello sedoso que asomaba por la camisa abierta y él contuvo el aliento cuando le pasó las puntas de los dedos por los pezones endurecidos.

—Antes pareció gustarte... ¿Es posible que seas tan sensible ahí... como lo soy yo? —preguntó ella con verdadera curiosidad.

—Si una caricia en tus pechos hace que tu miembro crezca y palpite hasta casi dolerte, entonces, creo que sí —contestó él con descaro.

La franqueza de su respuesta debería haberla escandalizado, sin embargo se sintió excitada, los pechos se le endurecieron y notó la cálida humedad entre los muslos.

—Sí, si tuviera un miembro, estoy segura de que su tamaño y palpitación indicarían el placer que me da que me acaricies los pechos.

Benedict la miró fijamente antes de que cerrara los ojos un instante y de que volviera a abrirlos con una leve risotada.

—No hacía falta que repitieras mis palabras...

—Entonces, no deberías hablar con esa claridad en mi presencia.

Él sacudió la cabeza lentamente.

—Creo que me cuidaré mucho de no hacerlo otra vez.

Ella lo miró con los ojos entornados.

—¿También te gusta que te lama y succione como tú me haces a mí?

Benedict dejó escapar un leve gruñido que se hizo más profundo cuando ella le abrió la camisa, le pasó la punta de la lengua por los pezones y se los succionó con delicadeza.

—¡He creado un monstruo!

Ella lo miró de soslayo.

—¿Habrías preferido no crearlo...?

—¡No! —exclamó él introduciendo los dedos entre los rizos pelirrojos.

Benedict se dio cuenta enseguida de que ella sustituía su falta de experiencia con intuición. Genevieve le quitó completamente la camisa, le acarició los músculos del pecho y luego pasó a acariciarle la espalda, unas caricias más placenteras todavía por el encaje de los guantes. Él apretó los puños y la mandíbula para intentar dominar las ganas que tenía de desnudarla y de hacer el amor con ella en la *chaise longue*, como llevaba imaginándose casi toda la tarde.

Sin embargo, fuera lo que fuese lo que había brotado entre ellos, era ella quien tenía que llevarlo al punto que le pareciera aceptable. Él solo esperaba que antes no le diera un ataque como el que le había dado al marido de ella la noche de bodas. Para él era completamente nuevo estar desnudo delante de una mujer vestida de noche y con guantes. Era nuevo y muy excitante. La tensión se adueñó de él mientras le acariciaba lentamente el abdomen, las caderas, las piernas largas y musculosas y el trasero. Las mujeres nunca se habían quejado de su físico, pero, como sabía demasiado bien, Genevieve no era como las demás mujeres.

—¿Te gusta lo que ves, amor? —preguntó cuando ya no pudo aguantar más.

Genevieve volvió a acariciarle la espalda con suavidad antes de mirarlo.

—Deberías saber que sí —reconoció ella con la voz ronca—. Eres exactamente como siempre había pensado que debería ser un hombre. Guapo como un demonio y con unas espaldas anchas y poderosas —ella bajó la mirada mientras le acariciaba—. Con un pecho musculoso, con la cintura estrecha y los muslos... —ella vaciló un poco antes de seguir bajando las manos.

—Quítate los guantes y acaríciame ahí como hiciste antes —le pidió él apretando los dientes.

Ella se sonrojó, se bajó lentamente los guantes por los brazos y se los quitó. Le temblaron ligeramente las manos mientras le acariciaba dubitativamente toda la extensión de la erección. Las caricias fueron haciéndose más osadas cuando oyó que él contenía el aliento.

—¿Todos los hombres lo tienen tan largo y grueso?

—¡Dios...! —murmuró él.

—¿Eso quiere decir que sí o que no? —preguntó ella con la aterciopelada dureza entre los dedos.

—Yo... yo creo que puede ser algo más grande que la media...

Él consiguió susurrarlo entre los dientes apretados mientras ella le pasaba el pulgar por la punta ligeramente húmeda, sin soltarle el miembro a punto de estallar.

—Desde luego, es mucho más grande que el... —ella se calló y también dejó de acariciarlo—. Perdona, no debería haber hablado de...

—Genevieve, todo está permitido entre nosotros. Absolutamente todo.

Ella volvió a mirar, como maravillada, la palpitante extensión que brotaba de él.

—Hasta hoy no sabía que un hombre pudiera ser tan hermoso... ahí.

Benedict dejó escapar otro gruñido cuando vio que ella se pasaba la lengua por los labios. Era la mujer más inocente y excitante que había conocido. Su inocencia y la sinceridad de sus comentarios lo excitaban más que las caricias de cualquier mujer con más experiencia.

—No, amor.

Benedict la agarró con delicadeza del brazo para que ella no se arrodillara delante de él. Sabía que sus rodillas no lo mantendrían de pie cuando ella lo tomara con sus cálidos y carnosos labios.

—Será mejor que sea yo quien se tumbe en la *chaise longue*.

Genevieve admiró la elegancia de los movimientos de Benedict, quien fue desnudo hasta la *chaise longue*. Sus músculos eran tan elásticos como los de un gato bajo la piel sedosa y morena. Debería haberse sentido cohibida por esa intimidad a la resplandeciente luz de las velas cuando las cortinas no estaban cerradas y cualquiera podría verlos. Sin embargo, no se sintió cohibida cuando él se tumbó en la *chaise longue* y le hizo un gesto para que se pusiera a su lado. La luz de las velas y las cortinas abiertas solo hacían que su excitación fuese mayor. Después de todo, quizá fuese tan lujuriosa y voluptuosa como había querido parecer cuando le propuso a sus amigas que tuvieran amantes. Fuera cual fuese el motivo, no vaciló al volver a tomar su miembro turgente entre las manos, antes de bajar la cabeza para introducírselo en la boca ardiente con la melena sedosa sobre los muslos de Benedict.

Benedict volvió a contener la respiración al sentir la boca alrededor de él. El placer lo dominó completamente mientras la miraba subir y bajar lentamente la cabeza, mientras le pasaba la lengua por ese punto tan sensible debajo del abultado extremo. Era una sirena sin compasión... Una bruja...Parecía saber instintivamente cuál era la caricia que le daba más placer, las caricias que lo endurecían hasta casi explotar. Dejó escapar otro gruñido mientras ella ronroneaba de satisfacción y le lamía las primeras gotas que no había podido dominar. Se le había nublado la vista y notaba que no iba a poder contener más la liberación que le abrasaba por dentro.

—Tienes que parar, amor...

La agarró con delicadeza de los brazos para apartarla de él y dejó escapar otro gruñido cuando vio que estaba sonrojada por la excitación, que tenía velados los ojos azules y que sus labios estaban hinchados, húmedos y brillantes. Ella arrugó esos labios hinchados.

—Dijiste que te gustaba...

—Mucho, demasiado...

—¿Cómo es posible que te guste demasiado? —preguntó ella como si no pudiera entenderlo.

Él sacudió la cabeza.

—Porque si no paras, es muy posible que... explote en tu boca.

—Dijiste que está permitido absolutamente todo entre nosotros...

—Sí —estaba empezando a arrepentirse de haber dicho eso a alguien tan curioso como ella—. Genevieve, ¿sabes lo que es la eyaculación?

—No soy tan ignorante, Benedict —contestó ella con cierta indignación, aunque se había sonrojado—. Es cuando el hombre suelta en la mujer la simiente de la que nacen los hijos. Pero no estás dentro de mí y eso no puede pasar.

—No, no hay riesgo de embarazo... —reconoció él en un susurro.

—Entonces, ¿qué puede pasar?

—Genevieve, cuando un hombre... cuando alcanza el clímax... él... —Benedict sacudió la cabeza con desesperación—. ¿Cómo puedo explicártelo? ¿Has visto alguna vez una imagen de un volcán en erupción?

Ella abrió los ojos como platos.

—¿Estás comparando la liberación de la simiente de un hombre con un volcán en erupción?

En ese momento, Benedict se arrepintió con toda su alma de haber empezado esa conversación.

—Sí, es parecido por la falta de control. Si estuviese dentro de tu boca cuando eso pasase, entonces... Maldita sea, Genevieve, ¿puedes imaginarte mi simiente brotando a borbotones en tu boca hasta que te ahogaras?

—No me ahogaría porque me la tragaría...

Benedict se levantó por lo erótico de las palabras que acababa de decir y empezó a ir de un lado a otro, aunque sabía que ese gesto no era tan imponente como de costumbre cuando estaba completamente desnudo y con la erección bamboleándose delante de él.

—Las mujeres, las damas, no... no se tragan la simiente de los hombres.

—¿Por qué?

—¡Porque no!

—Entonces, ¿qué hacen con ella?

—No hacen nada con ella —contestó él mirándola con fastidio—. Por lo que he oído decir, la mayoría de las damas de la alta sociedad se escandalizarían, como mínimo, si sus maridos les pidieran que hiciesen algo así.

—¿Por qué?

Él frunció el ceño.

—Creo que ellas creen... Es algo que se supone que no les gusta a las damas.

Genevieve se dejó caer contra el respaldo de la *chaise longue* y lo miró.

—A mí me gusta mucho. ¿Quiero eso decir que no soy una dama?

Esa conversación estaba escapándose de su control, como le pasaba casi siempre que hablada de algo así con Genevieve.

—Eres más dama, más mujer, que cualquiera que haya conocido.

—Eso está bien, pero ¿a los caballeros de la alta sociedad no les gusta que les hagan eso?

Benedict dejó escapar otra risotada.

—Les gusta mucho, les gusta tanto que creo que cualquiera de ellos se pondría de rodillas y besaría los pies de la mujer que se ofreciera a hacer lo que estás proponiéndome.

—¿Por eso muchos de ellos van con rameras a los pocos meses de casarse? —preguntó ella en tono pensativo.

—¡Genevieve!

—Benedict, ¿cómo voy a saber complacer a mi amante de todas las maneras si no me lo explicas?

Benedict frunció el ceño con los puños cerrados a los costados.

—¿Pretendes que te enseñe lo que desean los hombres para que puedas complacer a tu próximo amante?

Ella había estado refiriéndose a él cuando hablaba de su amante, de complacerlo a él, y ni siquiera se le había pasado por la cabeza la posibilidad de tener otro amante. No quería otro amante, solo quería a Benedict. Algo que no solo era una necedad por su parte, sino que también era peligroso. Él no había dado el más mínimo indicio de que quisiera seguir con su relación cuando, después de unas semanas, se hubiera cansado de ella y de enseñarle a disfrutar de su propio cuerpo y del cuerpo del caballero que estaba con ella. Aunque eso no quería decir que no pudiera disfrutar plenamente de esas semanas tan placenteras e inolvidables...

Se levantó mirándolo a los ojos y cruzó la habitación para acercarse a él.

—Es una descortesía hablar de otros amantes, tuyos o míos, cuando estamos juntos y así —ella volvió a acariciarle los hombros y el pecho—. ¿No volverías a la *chaise longue* para que pueda seguir... Benedict...?

Él se apartó y empezó a ponerse la camisa.

—¿Te marchas? —le preguntó ella sin disimular la tristeza.

Los ojos de Benedict dejaron escapar un destello sombrío.

—Es posible que no te hayas dado cuenta, ¡pero ya no corro el riesgo de entrar en erupción en ningún sitio!

Ella bajó la mirada al miembro, que ya no estaba rampante y palpitante, sino bastante flácido.

—Estoy segura de que si volvieras a la *chaise longue*...

—¡Se me han quitado las ganas!

Benedict se sentó en la *chaise longue* para ponerse los pantalones. Luego, se puso las botas con tanta violencia que estuvo a punto de estropear al delicado cuero. Ella no sabía qué hacer o decir para aliviar la evidente tensión entre ellos.

—Me temo que no ha sido una buena idea conversar en esa situación tan íntima —comentó ella para quitarle hierro.

Él la miró con el ceño fruncido y se levantó para terminar de vestirse, aunque sin su elegancia habitual. Tenía la camisa por encima del pantalón y no se abotonó el chaleco ni la chaqueta. Además, el lazo seguía tirado delante de la chimenea.

—Yo... Benedict, lo siento si he dicho o hecho algo que te haya... ofendido.

—No estoy ofendido, se me han quitado las ganas, nada más —replicó él en tono tajante.

—Si prefieres no llevarme de paseo mañana en tu carruaje...

—He dicho que te llevaré y te llevaré —replicó él con orgullo.

—No sé si ya te lo había dicho, pero te agradezco más de lo que puedo expresar con palabras que me hayas librado de William de una vez por todas.

—Creo que ya he recibido una muestra de tu

agradecimiento —dijo él mirando hacia la *chaise longue*.

Ella se quedó pálida y con los ojos fuera de las órbitas.

—¿Crees que...? Eso ha sido muy injusto, Benedict. Injusto e hiriente.

Efectivamente, él sabía que estaba diciendo esas dos cosas porque no podía dominarse, pero no tenía ni idea de por qué estaba comportándose de esa manera tan despreciable.

Genevieve y él habían trabado una buena amistad durante las dos últimas semanas y se entendían. Ella temía la intimidad física por su matrimonio y él había decidido que la ayudaría a superar ese miedo para que fuese entrando lenta y apaciblemente en los placeres de la intimidad, a la vez que él también podía disfrutar de ella igual de íntimamente. Sin embargo, en ese momento se daba cuenta de que no había hecho esa oferta con la intención de que ella pudiera disfrutar de ese placer, que evidentemente le gustaba cada vez más, con otro hipotético amante.

—Es tarde, Genevieve y ya es hora de que me marche —él se agachó bruscamente para recoger el lazo—. Mañana me pasaré por aquí a las tres, ¿te parece bien?

Ella arqueó las cejas con pesadumbre.

—¿Estás seguro de que sigues queriendo llevarme?

—¡Lo que quiero...! Da igual lo que quiera —Benedict frunció el ceño—. Si Woollerton sigue en la ciudad mañana, estaría bien que se enterara de nuestro paseo por el parque para que se dé cuenta de que voy a protegerte.

Genevieve no podía entender qué había pasado esa noche. Una noche en la que Benedict parecía desenfadado y atrevido cuando llegó, entregado mientras ella le hacía el amor y que, de repente, se había convertido en sombrío e impredecible. ¿Estaría ya aburriéndose de ella? ¿Lo habría cansado con tantas preguntas sobre cómo hacer el amor? Sobre todo, cuando esas preguntas las hizo en el momento menos adecuado.

—Se mejora con la práctica, Benedict, y estoy segura de que mañana lo haré mejor —aseguró ella con afecto.

Él la miró inexpresivamente.

—¿Qué harás mejor mañana?

—¿No te ofreciste a llevarme de paseo en tu carruaje el día de la boda de Pandora y Diablo...?

La sonrisa maliciosa de Genevieve al hacer esa insinuación hacía que a él le costara mantener el aire arrogante que había adoptado para disimular el desconcierto.

—¿En mi carruaje, en el parque, a plena luz del día y con la flor y nata de la sociedad paseando en sus carruajes? —preguntó él arqueando una ceja con incredulidad.

—Nadie me verá si estoy arrodillada por debajo de la ventanilla —contestó ella con osadía—. Además, siempre he querido ver un volcán en erupción.

—¡He creado un monstruo!

Ella sonrió de oreja a oreja al notar que el humor de él había mejorado. Benedict no sabía cómo ni por qué, pero sí sabía que Genevieve tenía la capacidad de malhumorarlo o alegrarlo, al parecer, sin quererlo. Aunque tampoco quería analizar muy profundamente por qué se había puesto de tan mal humor...

—Creo que mañana me gustaría ser yo quien esté arrodillado con la cabeza entre tu falda para ver tu volcán entrar en erupción varias veces y cada vez con más fuerza.

Ella se sonrojó, pero Benedict no supo si fue por vergüenza o por excitación.

—Pero la gente me vería sola en el carruaje de lord Benedict Lucas...

—Si te parece necesario, podría asomarme entre las erupciones para saludar a nuestro público.

Ella se rio por la escena y sintió un alivio inmenso porque parecía haberse esfumado el aire sombrío que se había adueñado de él.

—Estoy segura de que eso solo empeoraría las cosas, y tú lo sabes muy bien.

—Si voy a morir asfixiado, no se me ocurre un sitio mejor.

—Benedict, esta conversación no es nada adecuada.

—Ni lo más mínimo —él sonrió al abrazarla—, pero es la más divertida que he tenido desde hace siglos —él se puso muy serio y la miró—. Tú eres lo más divertido que he conocido en toda mi vida.

—A mí me pasa lo mismo contigo. Es curioso, ¿verdad?

Era una pregunta que no necesitaba respuesta y, además, él no la tenía. En ese momento, solo sabía que lo que le había malhumorado era la idea de que ella pudiera compartir su risa, su alegría y su cuerpo con otro hombre.

—Dame un beso de buenas noches —le pidió él antes de bajar la cabeza y besarla en la boca.

—¿De verdad tienes que marcharte ya? —Genevieve lo miró con pesadumbre cuando dejaron de besarse—. Ni siquiera es medianoche...

—Pero la duquesa viuda de Woollerton está recuperándose de su muñeca rota —él se arrepintió de haberlo en dicho al ver que sus cándidos ojos azules se ensombrecían—. Te prometo que él no volverá a molestarte, Genevieve. Le he amenazado con sacar a la luz pública todos sus delitos si se acerca mínimamente a ti.

—¿Sus delitos...?

—Es posible que su padre fuese tu marido, Genevieve, pero eso no le daba derecho a que toda la familia te pegara por cualquier cosa o te encerrara en tu dormitorio cuando les apetecía —contestó Benedict en tono sombrío—. Además, le he dejado muy claro a Woollerton que para mí será un placer arruinar su reputación si alguna vez entra en la misma habitación en la que estás tú.

Ella dejó escapar un suspiro.

—Me siento muy segura cuando estoy así, entre tus brazos.

—¿Segura? —preguntó él en tono burlón. ¿Te sientes segura cuando en el momento más inesperado puedo olvidarme de la prudencia y hacerte el amor?

Ella no se había referido a ese tipo de segu-

ridad y él lo sabía, pero había querido provo-
carla.

—¡También yo puedo olvidarme de la prudencia y hacerte el amor a ti!

Él se rio.

—Por eso es tan interesante nuestra amistad.

Su amistad... Efectivamente, ella sabía que se
habían hecho amigos además de amantes y esperaba que la amistad perdurara cuando dejaran de
ser amantes. No podía imaginarse que Benedict
no permaneciera en su vida. Se apartó un poco y
lo agarró amigablemente del brazo.

—Como he dado la noche libre a Jenkins, te
acompañaré a la puerta.

—¿Me darás un beso de buenas noches en los
escalones?

Ella se rio mientras esperaba a que él abriera
la puerta del comedor. Luego, salieron al pasillo,
que estaba iluminado por un candelabro con tres
velas.

—No deberías empezar lo que no piensas terminar, Benedict.

Él sabía que iba a terminar muy pronto en lo
que se refería a esa mujer concreta. Por eso necesitaba separarse de ella en ese momento, para
que pudiera reflexionar sobre el motivo de ese

arrebato posesivo que había tenido cuando hablaron de que ella tuviera otros amantes aparte de él.

—Solo estaba provocándote, Benedict —siguió Genevieve con desenfado.

Abrió la puerta y la luz de la luna los bañó mientras estaban juntos en lo alto de los escalones.

—A lo mejor estabas desafiándome a que me quedara toda la noche...

—A lo mejor...

Benedict le sonrió y le tomó la cara entre las manos.

—Te aseguro que en este momento solo estoy siendo caballeroso al marcharme. Hoy ha sido un día muy... emotivo para ti. Sin embargo, si me pides otro día que me quede contigo, te aseguro que la respuesta será distinta.

—¡Eso espero! —exclamó ella con un brillo en los ojos.

Él se rio en tono ronco.

—No tienes vergüenza y...

Benedict se calló al oír un ruido muy conocido. Un ruido que nunca debería oírse en una tranquila calle de Londres a medianoche.

—¡Atrás, Genevieve!

Consiguió ponerse delante de ella un segundo

antes de sentir un impacto muy doloroso y desvanecerse.

Genevieve no podía entender lo que estaba pasando. Oyó un chasquido, Benedict la empujó, se puso delante de ella, dejó escapar un leve gemido y empezó a caer al escalón que tenía delante de ella. Cuando se arrodilló a su lado, vio una mancha roja que le empapaba rápidamente el chaleco y se dio cuenta de que lo que había oído había sido un disparo. Entonces, empezó a gritar...

Quince

—La cocinera le ha preparado un delicioso caldo de pollo y un pudin para la cena.

Jenkins dejó la bandeja en la mesilla que había al lado de la butaca donde estaba sentada Genevieve.

—Dale las gracias, Jenkins, pero me temo que no tengo hambre.

—Debería intentar comer algo. Lleva días...

Ella sacudió la cabeza y el hombre la miró con la preocupación reflejada en los ojos.

Efectivamente, ella sabía que habían pasado demasiados días y noches. Días y noches sentada junto a la cama de Benedict y anhelando que se le pasara la fiebre que se adueñó de él cuando el médico le sacó la bala del costado. Otro día y otra noche, cuando se le pasó la fiebre, anhelando que él volviera en sí y la mirara otra vez con esos maravillosos ojos negros e inescrutables. Estaba muy quieto, pálido y demacrado sobre las blancas sábanas. La noche del disparo, en cuanto llegaron los sirvientes alarmados por sus gritos, ordenó que lo llevaran a su propio dormitorio. Luego, consiguió serenarse lo suficiente para ordenar a uno de los sirvientes que fuera a buscar al médico y a otro que llevara toallas y vendas para cortar la hemorragia hasta que llegara el médico. Cuando llegó, insistió en ayudarlo a extraer la bala del costado izquierdo y a vendarlo una vez cosida la herida.

Afortunadamente, Benedict estaba inconsciente y no sintió dolor ni vio la abundante sangre que había perdido. La bala, milagrosamente, no había atravesado ningún órgano vital. Además, mientras trabajaba en silencio junto al médico, sabía que alguien había disparado a Benedict y que si la bala lo hubiese alcanzado unos centímetros más arriba, lo habría matado hubiese sido o no el objetivo que buscaba... y ella no estaba segura de que lo fuese. Le habían disparado en la puerta de su casa y si él no la hubiese empujado, podría haber sido el objetivo en vez de Benedict.

Durante los angustiosos días siguientes se preguntó constantemente si no lo habrían matado en cualquier caso. Permaneció constantemente a su lado y no dejó que nadie lo atendiese. Además, solo permitió que entraran el médico y Jenkins, mientras Benedict luchaba contra la fiebre que lo había llevado al delirio. Farfullaba cosas incomprensibles y había que cambiarle muy a menudo la camisa y las sábanas porque se empapaban de sudor.

Naturalmente, también avisó a sus dos mejores amigos, pero con la advertencia de que Benedict no recibiría visitas todavía y que se pondría en contacto con ellos en cuanto hubiera recuperado la consciencia. Ellos, por su parte, se lo comunicaron al conde de Dartmouth, el padrino de Benedict, quien se presentó para constatar que su ahijado estaba bien. Genevieve, con delicadeza y firmeza, no le permitió entrar, pero también le aseguró que le avisaría en cuanto Benedict pudiera recibir visitas. No iba a permitir que nadie se le acercara hasta que hubiera vuelto en sí y los dos pudieran hablar para decidir quién le había disparado.

—Jenkins, por favor, llévate la bandeja a la cocina otra vez y pídele disculpas de mi parte a la cocinera —le pidió Genevieve con una sonrisa apenada.

Le verdad era que el olor del caldo de pollo estaba dándole náuseas.

—La cocinera se llevará un disgusto y usted debería reponer fuerzas si va a cuidar tan diligentemente al señor.

—Yo...

—Cómete el maldito caldo y el pudin, Genevieve, y deja de fastidiar a Jenkins —le ordenó Benedict en un susurro.

—¡Benedict! —exclamó ella asustada y aliviada.

Genevieve se levantó y se inclinó sobre él con lágrimas en los ojos. Él la miró con los ojos velados, pero completamente despiertos. Ella le tomó una mano y se la llevó al pecho mientras las lágrimas le caían por las mejillas. Él se sentía tan débil como un gatito recién nacido, pero pudo ver que ella tenía la cara mucho más delgada y unas ojeras muy oscuras debajo de los maravillosos ojos azules.

—¿Qué ha pasado...?

—Te dispararon hace seis noches —contestó ella con la voz ronca.

Benedict lo recordó. Recordó haber oído el inconfundible chasquido de una pistola antes de que la dispararan y el silbido de la bala. Recordó que, instintivamente, empujó a Genevieve y se puso delante de ella. Recordó el dolor abrasador cuando la bala le entró en el costado, el mismo costado que le dolía en ese momento... Se pasó la lengua por los labios resecos.

—¿Puedo beber un poco de agua?

—Claro.

Genevieve, con un alivio indescriptible, le soltó la mano y sirvió un vaso de agua. Él frunció el ceño al darse cuenta de que estaba en la cama de Genevieve, de que había pasado seis días y seis noches en el dormitorio de Genevieve. ¿Dónde había dormido ella? A juzgar por su palidez, sus ojeras, el pelo despeinado y el vestido azul y arrugado que seguía llevando, no había ni dormido ni comido ni se había cambiado de ropa durante esos seis días y seis noches. Lo cual explicaba la preocupación de Jenkins por la salud de su señora.

—Gracias —Benedict dio unos sorbos de agua y dejó caer la cabeza en las almohadas—. ¿Crees que la cocinera tendrá otro cuenco de sopa y de pudin?

Él miró a Jenkins mientras el mayordomo aparecía nerviosamente detrás de Genevieve.

—El médico dijo que solo podías beber agua si... cuando recuperaras la consciencia.

Benedict se dio cuenta de que iba a haber dicho «si recuperaba la consciencia». ¿Eso quería decir que había habido la posibilidad de que no la hubiera recuperado?

—Afortunadamente, el médico no está aquí para comprobar si sus instrucciones se obedecen o no. Tengo que comer algo, Genevieve, antes de que me desmaye por desnutrición —añadió él con firmeza al darse cuenta de que había adelgazado tanto como ella—. Podemos comer juntos...

—Una idea magnífica —intervino el mayordomo.

Genevieve sacudió la cabeza con un gesto apesadumbrado.

—¡Llevas dos minutos consciente y ya tienes a mis empleados domésticos comiendo de tu mano!

Benedict sonrió con malicia burlona.

—Creo que Jenkins se limita a entender que mi propuesta es muy beneficiosa.

—Efectivamente, señor.

—Muy bien —concedió ella con enojo ante la insistencia de los dos hombres—. Te daré esta sopa fría mientras Jenkins va a la cocina a por otro cuenco.

—Ni hablar —replicó Benedict—. Sé lo que pretendes. Me darás este cuenco y luego te negarás a comer el otro —miró al mayordomo—. Puedo esperar hasta que Jenkins vuelva dentro de un par de minutos.

—Tardaré un minuto, milord —aseguró el mayordomo.

—Jenkins... —Genevieve le llamó cuando ya estaba en la puerta—. ¿Podrías avisar al médico, al duque de Stratton y a los condes de Sherborne y de Dartmouth de que el señor ya se ha recuperado?

—Inmediatamente.

Jenkins se marchó y Genevieve se dejó caer en la butaca junto a la cama. Estaba muy pálida y volvió a tomarlo de la mano.

—Creía... Yo... Podíamos haberte perdido...

—Evidentemente, estoy hecho de un material más duro del que podíamos imaginarnos —replicó él con una sonrisa muy débil.

—Has estado muy enfermo, Benedict. Tuviste una infección que te dio fiebre y... —Genevieve sacudió la cabeza con impotencia—. El médico vino todas las mañanas y las noches, pero hasta ayer no estuvo seguro de que fueses a sobrevivir.

—¿Qué pasó ayer?

—La fiebre remitió —ella suspiró con alivio—. Aunque no recuperaste la consciencia...

—¿Me has cuidado tú durante todo ese tiempo?

—Claro —ella asintió con la cabeza—. No te confiaré a nadie hasta que sepamos quién hizo eso.

Él se dio cuenta de que por eso parecía tan agotada y seguía con el vestido azul que llevaba cuando cenaron juntos hacía seis días.

—¿Crees que ha podido ser William Forster?

Ella no había pensado en otra cosa durante las largas horas que estuvo a su lado, lavándolo con paños fríos cuando sudaba y tumbándose junto a él para darle calor cuando tenía escalofríos. Una y otra vez se preguntó quién habría podido hacerle eso a Benedict. William parecía la respuesta más evidente, naturalmente. Ese disparo en la oscuridad encajaba perfectamente con su cobardía. Sin embargo, y por algún motivo inexplicable, le costaba creer que él hubiese disparado a Benedict. Había algo que no podía identificar, aunque sabía que era importante, que le había rondado por la cabeza durante esos días y noches. Hasta que estuvo tan aturdida por el cansancio que no pudo pensar nada y concentró la poca fuerza que le quedaba en atender a Benedict. Seguía sintiéndose demasiado cansada para prestarle la atención que merecía.

—Es posible —acabó contestando ella con poco convencimiento—. Como sabes, he informado a Dante y a Diablo de tu estado y ellos se lo han comunicado a tu padrino, lord Cargill. Es posible que ahora que estás consciente alguno de ellos pueda hacer las indagaciones necesarias.

—Seguro —dijo él distraídamente—. Yo... ¡Ah, Jenkins! —Benedict se dirigió al mayordomo, quien había dejado otra bandeja junto a la cama—. Cuando bajes otra vez, ¿te importaría pedir que calentaran agua y que la suban para que la señora pueda lavarse cuando haya terminado de comer?

Ella, repentinamente, se dio cuenta del aspecto que tenía que tener con el pelo despeinado que le caía sobre los hombros y el vestido arrugado y manchado con la sangre de Benedict. No se había mirado a un espejo durante esos días, pero tenía que estar pálida y demacrada por la tensión, por la falta de sueño y por no haber comido. Cohibida, se llevó una mano al desaliñado pelo.

—Sí, Jenkins, por favor —esperó a que se hubiera marchado el mayordomo para dirigirse a Benedict—. Tengo que tener un aspecto espantoso, ¿no?

—Para mí, nunca habías estado más guapa.

Genevieve frunció el ceño inmediatamente.

—¿Tienes fiebre otra vez? —preguntó ella poniéndole la mano en la frente, que no estaba especialmente caliente.

—Ni la más mínima.

Benedict sonrió levemente al darse cuenta de que ella creía que su halago se debía a que deliraba otra vez. Sin embargo, le gustaría tener suficiente fuerza para levantarse de la cama y tomarla entre los brazos para que comprobara lo guapa que le parecía. Era como un ángel etéreo y hermoso. No recordaba nada de los seis últimos días, pero era evidente, por el aspecto de Genevieve y por lo preocupado que estaba el mayordomo por ella, que había estado todo el tiempo a su lado cuidándolo y lavándolo. Naturalmente, eso no ayudaba gran cosa a su autoestima, pero demostraba la energía y entrega de ella, aunque él no necesitaba que se lo demostrara.

—No deberías haber dejado que me quedara aquí —comentó él tomándole una mano y apretándosela.

—¿Adónde deberías haber ido? —preguntó ella frunciendo el ceño.

—Tu reputación...

—¡Me da igual mi reputación! —exclamó ella con rabia—. Has estado demasiado enfermo como para llevarte a otro sitio y yo no lo habría permitido. Además, nadie sabe que estás aquí, salvo tus amigos, tu padrino y mi servicio doméstico. No creo que ninguno de ellos vaya a contar nada a nadie.

—Es posible, pero...

—Creo que deberíamos esperar hasta que estés mejor para que vuelvas a soltarme sermones sobre lo prudente o imprudente que es todo lo que hago —replicó ella con ironía—. Por el momento, me ocuparé de que te comas la sopa y el pudin.

—Puedo comer solo...

Benedict dejó escapar un gruñido de dolor cuando quiso sentarse.

—¿De verdad...?

Ella arqueó una ceja mientras se inclinaba hacia delante para ponerle una servilleta en el pecho y tomaba el cuenco con sopa.

Benedict, al intentar sentarse, se había dado cuenta de que lo único que le cubría el pecho era el vendaje y de que tampoco tenía nada que le cubriera las piernas.

—Espero que no te hayas aprovechado de mí mientras estaba inconsciente, Genevieve...

—Compruebo que tu sentido del humor es tan depravado como siempre —replicó ella mirándolo con desesperación.

—¿Alguna vez lo has dudado?

—Esperaba que no. El motivo para que no lleves camisa es que era muy complicado cambiártela continuamente cuando tenías mucha fiebre.

—¿La has cambiado tú...? Mmm...

Genevieve aprovechó que tenía la boca abierta para meterle una cucharada de sopa, que, después de tanto tiempo sin comer nada, le supo a ambrosía.

—Solo iba a preguntarte si tú me habías desvestido... —ella le metió otra cucharada de sopa—. La sopa y el pudin se acabarán enseguida, ¿qué harás entonces para callarme? —preguntó el mirándola provocativamente.

Genevieve se sentía tan aliviada de que él hubiera recuperado la consciencia, con humor depravado o sin él, que le costaba dejar de sonreír.

—Había pensado que podría darme un baño delante de la chimenea y atormentarte así —contestó ella con una sonrisa maliciosa.

—¡Me subirá la fiebre otra vez!

Ella se rio ligeramente.

—Entonces, si te encuentras con fuerzas suficientes, encontraré alguna manera de bajártela.

Benedict la miró con los ojos entrecerrados.

—Me ocuparé de tener fuerzas...

Genevieve no replicó y sonrió enigmáticamente. Esos días a su lado, sin saber si volvería a mirarla con sus preciosos y sensuales ojos negros, habían hecho que se diera cuenta de lo hondo que era lo que sentía por él. Estaba profunda e irrevocablemente enamorada de él. Además, al darse cuenta de eso, su pasado se había disipado, la pesadilla de los años que había estado casada con Josiah ya no tenía importancia y lo único que deseaba era poder estar con él otra vez de todas las maneras y durante todo el tiempo que él quisiera. Nada más le importaba. Ni el pasado ni el futuro, solo le importaba el presente con Benedict.

—No creía que lo dijeras en serio...

Benedict no podía apartar la mirada de Genevieve mientras empezaba a desvestirse para meterse en la bañera que un lacayo había dejado delante de la chimenea y que varias doncellas habían llenado con agua caliente bajo la supervisión de Jenkins. Unas doncellas que habían mirado de soslayo a Benedict antes de que Jenkins las sacara del dormitorio y cerrara la puerta.

Entonces, ella se levantó, se soltó el pelo, se quitó los zapatos y empezó a desabotonarse y quitarse el vestido. Se quedó solo con la camisola y lo miró con los ojos entornados.

—¿Prefieres que me bañe en otro sitio?

—En absoluto.

Benedict se incorporó un poco y se recostó sobre la media docena de almohadas. Asombrosamente, la sopa y el pudin le habían devuelto bastante fuerza. La suficiente como para poder disfrutar de los preparativos del baño.

—Entonces, seguiré desvistiéndome...

Genevieve se bajó los tirantes de la camisola y esta cayó al suelo.

Se quedó completamente desnuda, salvo las delicadas medias blancas sujetas con unas ligas de seda con lazos azules. Él se quedó sin respiración.

El pelo le caía como una cascada rojiza sobre los hombros y los firmes pechos coronados por unos pezones rosados y tentadores. Su cintura era estrecha, las caderas suavemente redondeadas y el triángulo entre los muslos tenía unos rizos de un tono cobrizo.

Le costó respirar más todavía cuando ella, de frente a él, se sentó en el borde del taburete del tocador y levantó una pierna para quitarse la liga y la media permitiéndole vislumbrar la parte más íntima de su cuerpo.

La hora siguiente fue un tormento igual de excitante. Se sentó en la bañera, de cara a él, con el agua cayéndole por los pezones mientras se lavaba el pelo lentamente antes de enjabonarse cada centímetro del cuerpo. Se pasó la pastilla de jabón por los hombros, los brazos, los pechos y las piernas. Luego, se levantó y se lo pasó entre los sedosos muslos.

—¡Creo que voy a sufrir una recaída!

Benedict notó la anhelante erección mientras la miraba introducirse los dedos enjabonados entre los pliegues. Ella, de pie en la bañera, lo miró con un destello voluptuoso en los ojos azules.

—¿Llamo al médico?

—Creo que me sentaría mejor que me atendiera mi enfermera.

—¿De verdad...?

Ella salió de la bañera, se rodeó el pelo con una toalla y tomó otra para empezar a secarse los pechos.

—¡Genevieve...!

Las dimensiones de la erección ya eran evidentes a pesar de las sábanas, pero ella no se acercó a él.

—No sé si te has repuesto lo suficiente para que te atienda de esa manera.

Ella se dio la vuelta para secarse los brazos y le mostró la curva de la espalda y de sus glúteos. Él tuvo que apretar los dientes para no clavárselos en esos glúteos.

—¡Creo que estoy perfectamente si puedo quedarme de espaldas!

Se destapó completamente. Su miembro estaba tan duro y turgente que le dolía más que la herida del costado.

—Parece... interesante.

Ella se quitó las dos toallas y las dejó caer al suelo antes de acercarse lentamente a él con los ojos clavados en su erección, los pechos firmes, los pezones endurecidos y los rizos rojizos todavía húmedos. Se subió a la cama y se puso a horcajadas encima de él.

—Mmm... Muy interesante.

Le acarició la palpitante verga y bajó un poco la cabeza. Benedict se la bajó más todavía y la besó en la boca. Ella había llegado a creer que

Benedict no volvería a besarla, que quizá no volvería a estar así con él. Concentró esa preocupación y ese miedo en el beso que estaban dándose y en el deseo que sentía de unirse a él. Un deseo que también sentía Benedict a juzgar por la rampante erección que notaba entre los muslos. Se separó un poco para mirarlo fijamente.

—¿Estás seguro de que no te dolerá?

—Nunca había estado más seguro de nada — contestó él con la voz ronca.

La agarró de las caderas y la levantó sobre el miembro. Ella lo miró a los ojos mientras tomaba con la mano la aterciopelada dureza y la dirigía entre los húmedos y abultados pliegues.

Dejó escapar un gemido cuando notó que entraba suave y lentamente, centímetro a centímetro, hasta llenarla con un placer tan intenso que nunca había podido imaginarse que existiera.

—¿No te hago daño...? —le preguntó Benedict mirándola con preocupación.

—¡En absoluto! —exclamó ella entre risas de felicidad.

Para demostrarlo, bajó las caderas para introducírselo plenamente. Era tan largo y grueso que notó que la llenaba por completo.

—Es maravilloso, Benedict —aseguró ella con la voz entrecortada—. ¿No te molesta...?

Ella lo miró con cierta angustia porque sabía que se moriría si él contestaba que sí y tenían que parar.

—En absoluto —repitió él.

La agarró otra vez de las caderas para levantarla y bajarla a un ritmo placentero para los dos. Genevieve volvió a gemir por la intensidad del placer.

—¡Es maravilloso, Benedict! ¡Increíblemente maravilloso!

Ella arqueó la espalda y empezó a contonearse más deprisa. El placer era cada vez mayor y más profundo por las acometidas del miembro de Benedict.

—Yo... Benedict... Yo...

No pudo seguir cuando Benedict tomó unos de sus pezones con la boca y se lo succionó. Él éxtasis fue tan deslumbrante que ella creyó que iba a desmayarse.

—¡Otra vez! —gruñó él.

Nada le importaba mientras entraba todo lo profundamente que podía en Genevieve y estaba a punto de liberarse.

—¡Dios...!

Se liberó con una virulencia que no había conocido jamás y embistió otra vez para que ella alcanzara el segundo clímax. El placer fue tal que creyó que ella podía ser un ángel y que, en realidad, él había muerto y estaba en el cielo...

Dieciséis

—Siento molestarle, pero el padrino del señor, el conde de Dartmouth, está aquí e insiste en verlo.

Jenkins pareció un poco molesto cuando habló desde el otro lado de la puerta cerrada con llave del dormitorio.

—Maldito sea... —murmuró Benedict con Genevieve acurrucada a su lado.

—¡Un momento, Jenkins! —gritó ella mirando burlonamente a Benedict—. Estoy segura de que lord Cargill solo quiere cerciorarse de que estás bien...

—Entonces, podría haber esperado a la mañana y visitarme a una hora decente —replicó él con el ceño fruncido—. A no ser, claro, que tenga noticias urgentes sobre el paradero de los dos sirvientes de mis padres...

—¿Hablaste con lord Cargill del asunto? —preguntó ella con los ojos como platos.

—Hace seis días, antes de que visitara a William Forster.

—Ya sé que es tu padrino, pero no sabía que os uniera tanta amistad como para contarle algo tan personal.

—Es mucho más que eso, amor —Benedict sonrió con pesadumbre—. Sin embargo, me temo que no voy a poder contarte nada más a ti hasta que haya hablado con él y me lo haya autorizado.

—Parece muy misterioso...

—Tedioso, amor, muy tedioso —replicó él con una mueca de fastidio—. Sin embargo, es un secreto que no solo me afecta a mí.

—Entonces, no preguntaré nada más.

—¿Te importaría que Jenkins trajera aquí a mi padrino? —Benedict intentó sentarse y no lo consiguió—. Creo que me he cansado más de lo que me había imaginado...

—Claro, tienes que hablar con él aquí —Genevieve se levantó de la cama y se puso la bata—. Le diré a Jenkins que lo acompañe aquí inmediatamente y yo me iré al vestidor.

Benedict le sonrió con indolencia.

—¿Te había dicho últimamente lo hermosa que eres?

Genevieve se rio con delicadeza y se inclinó para besarlo en los labios.

—Me lo has dicho un par de veces esta noche.

—¿Solo un par de veces? —él sacudió la cabeza—. Entonces, tendré que decírtelo otra vez en cuanto Dartmouth se haya marchado... o, mejor, te lo demostraré.

Genevieve le acarició la mejilla.

—Creo que ya has hecho demasiados esfuerzos por hoy, Benedict.

Él le tomó la mano y la miró a los ojos.

—Tenemos que hablar de muchas cosas, Genevieve, y te prometo que lo haremos en cuanto se haya marchado mi padrino.

—Creo que me gustará.

—A mí, también.

—Estaré en la habitación de al lado si me necesitas.

Ella se incorporó y él la soltó a regañadientes.

—Cuanto antes hable con Dartmouth, antes podremos hablar nosotros. Genevieve... —la llamó él mientras se dirigía hacia la puerta que daba al pasillo—. Gracias.

—¿Por qué? —preguntó ella con las cejas arqueadas.

—Por salvarme la vida, por ejemplo.

—Cualquiera de tus amigos habría hecho lo mismo —replicó ella sacudiendo la cabeza.

—¿Eso es lo que tú eres...? ¿Una amiga...?

—Entre otras cosas...

—De esas otras cosas quiero hablar contigo en cuanto estemos solos otra vez.

Genevieve se quedó sin aliento y el corazón le dio un vuelco por el cariño que captó en la mirada de Benedict. Sin embargo, una voz en su cabeza le avisaba que no interpretara mal las palabras y la expresión de Benedict. Acababa de reponerse de la fiebre y los dos acababan de hacer el amor... No era tan raro que se sintiera un poco sentimental... Ella bajó la mirada para que él no viera el amor que sabía que se reflejaba en sus ojos.

—A lo mejor deberíamos posponer cualquier conversación hasta que estés mejor...

—¿Qué quieres decir? —preguntó él con los ojos entrecerrados.

—Lo que he dicho —contestó ella encogiéndose de hombros—. Estoy segura de que vas a mejorar muy deprisa, pero quizá deberíamos evitar los... esfuerzos hasta que estés bien.

—Ne me gusta nada lo que estoy oyendo.

Ella sonrió ligeramente.

—Eres un caballero demasiado acostumbrado a salirte con la tuya.

—Efectivamente, y pienso recordártelo en cuanto Dartmouth se haya marchado.

Ella seguía sonriendo ligeramente cuando abrió la puerta y dio las instrucciones a Jenkins. No dejó de sonreír hasta que fue al vestidor, contiguo al dormitorio, y cerró la puerta. Estaba tan enamorada de Benedict que no podía imaginarse su vida sin él, sin hacer el amor tan maravillosamente como acababan de hacerlo y como quería volver a hacerlo una y otra vez. Sin embargo, no quería que Benedict confundiera el agradecimiento que sentía con cualquier otra cosa. No podría soportar que creyera que era otra cosa y que al cabo de unos días o unas semanas se diese cuenta de que estaba cansado de ella y por ella. Quería que estuviese plenamente repuesto antes de que los dos volvieran a hablar íntimamente.

—Espero que tengas información sobre esos dos sirvientes que dejaron la casa de mis padres.

Benedict se dirigió con cierta aspereza a su padrino porque estaba impaciente de volver a estar a solas con Genevieve. Lo cual, si se tenía en cuenta que la muerte de sus padres era lo que había motivado casi todo lo que había hecho durante los últimos diez años, era muy elocuente...

Eric Cargill sonrió irónicamente desde la puerta.

—¿Acaso no puedo haber estado nervioso por comprobar personalmente que estás reponiéndote?

Benedict se encogió de hombros con indiferencia.

—Ya me habían herido antes con una bala.

—Efectivamente —concedió su padrino mientras cerraba la puerta y se acercaba a él—. Lo que me gustaría saber es qué hiciste para que esta no fuese mortal.

—Pareces decepcionado porque no lo fue... —replicó Benedict parpadeando.

—En absoluto. Al fin y al cabo, estoy seguro de que sería fácil explicar y aceptar que has tenido una recaída.

Benedict se quedó muy quieto debajo de las sábanas.

—¿A quién hay que explicárselo y quién tiene que aceptarlo?

—A tus amigos que se interesen lo suficiente como para preguntarlo.

El conde miró alrededor e hizo una mueca de disgusto al ver la bañera junto a la chimenea y las toallas en el suelo.

—Evidentemente, la solícita duquesa de Woollerton ya se encuentra entre ese grupo tan selecto —añadió su padrino.

Todos los sentidos de Benedict se aguzaron cuando una verdad aterradora e increíble empezó a calar en él. Una verdad tan inaceptable que quería negarla con toda su alma.

—Sí, Genevieve ha sido tan amable que me ha cuidado personalmente durante los últimos seis días.

El conde lo miró a los ojos.

—Creo que los dos sabemos que esta noche ha hecho algo más que cuidarte.

Benedict apretó la mandíbula.

—¡Te aconsejo que no sigas haciendo comentarios personales sobre Genevieve!

—Vaya... —el hombre mayor lo miró burlonamente—. Es muy hermosa, te lo concedo, pero también me temo que es demasiado inteligente para lo que te conviene a ti y a ella misma —añadió con una expresión más implacable.

Benedict sintió una opresión gélida en el pecho.

—Ella no está implicada en ningún asunto que tengas conmigo.

El rostro de Dartmouth ya no tenía ni rastro de jovialidad.

—Se implicó en el momento en el que decidió entrometerse en algo que no era de su incumbencia.

La quietud de Benedict era de alarma, no de sorpresa.

—¿Te refieres a que sospechara de esos dos sirvientes que abandonaron la casa de mis padres tan poco tiempo después de su asesinato?

El conde dejó escapar un suspiro de cansancio y asintió con la cabeza.

—Como he dicho, es inteligente y hermosa. Una mezcla desdichada en este caso.

Benedict miró a su padrino como si fuese la primera vez que lo veía, como si no fuese la persona jovial que solía ser en sociedad, ni el político equilibrado que acudía al Parlamento, ni el eficiente espía que había servido tantos años a la Corona.

—¿Qué les ha pasado? —preguntó Benedict con delicadeza.

—Están muertos, como, con toda certeza, sospechaba tu... amiga —contestó el conde encogiéndose de hombros.

—¿Los mataste tú?

El hombre ladeó la cabeza.

—Sí, organicé su muerte.

—¿Por qué? —preguntó Benedict con aspereza.

—¿Por qué organicé la muerte de los sirvientes o por qué maté a tus padres? —preguntó su padrino con naturalidad.

A Benedict se le cayó el alma a los pies al darse cuenta de que se cumplía el peor de sus temores.

—¿Mataste a mis padres?

—Claro —contestó el conde sin inmutarse.

Benedict apretó los dientes con tanta fuerza que casi no podía ni hablar.

—Entonces, quiero que contestes a las dos preguntas.

El conde se encogió de hombros.

—Desgraciadamente, se me escapó algo en una conversación y tu padre se dio cuenta de que yo había sido espía doble durante todos esos años. Luego, decidió echármelo a la cara cuando fui a visitarlo un día de verano. ¿Los dos sirvientes? —el conde hizo un gesto de disgusto—. Los dos sabían que había visitado a tus padres ese día y no podía arriesgarme a que me chantajearan para que no te lo dijeran a ti o a alguien más.

La gelidez de su pecho fue dejando paso a una furia abrasadora y mortífera.

—¿Mataste a cuatro personas para que no se descubriera tu traición?

—Tú serás el quinto y tu pequeña duquesa, la sexta.

—¡No tienes ningún motivo para hacerle nada a Genevieve!

—Me temo que su inteligencia, si bien digna de elogio, va a ser su perdición. Estoy seguro de que cuando se recuperara un poco de tu repentino fallecimiento, no tardaría en atar cabos y llegaría a la conclusión acertada.

Benedict cerró los puños por encima de las sábanas.

—¡Eres un malnacido traidor y asesino!

Todavía le costaba creerse que ese hombre, su padrino, el mejor amigo de su padre, lo había matado a él, a su esposa y a dos sirvientes. Además, también pensaba matarlos a Genevieve y a él mismo.

—¿Por qué? —volvió a preguntarle—. ¿Por qué harías algo así si eres inglés como yo?

El conde pareció empezar a aburrirse de la conversación.

—Sin embargo, mi madre era francesa. Aparte, nuestro rey está loco y el príncipe regente no es más que un mujeriego degenerado.

—¿Esos son tus motivos? —Benedict lo miró con incredulidad—. ¿Mataste a tu mejor amigo, a su esposa y a dos sirvientes porque el príncipe regente es adúltero y derrochador?

—Como he dicho, mi madre era francesa y yo apoyo a ese país y a su verdadero gobernante.

—¿Bonaparte...? —preguntó Benedict con desprecio.

—Efectivamente.

—¿Y... mi tía Cynthia está al tanto?

—Naturalmente. Ella siente lo mismo.

—¿Perdona tus actos?

El conde suspiró con impaciencia.

—Naturalmente.

Esas dos personas a las que había considerado parte de su familia habían estado mintiendo y conspirando con el enemigo durante todo ese tiempo, durante todos esos años...

—Ya hemos hablado bastante, Benedict. Se hace tarde y estoy seguro de que tu querida duquesa estará deseosa de volver entre tus brazos. Es una pena que vaya a encontrárselos fríos.

—¿Cómo piensas conseguirlo? —preguntó Benedict levantando la barbilla.

—Convenciéndote para que te bebas el contenido de este frasco mezclado en el vaso de agua que tienes en la mesilla —el conde levantó un frasco de cristal que había sacado del bolsillo del pantalón—. Te aseguro que será una muerte rápida y relativamente poco dolorosa. Además, parecerá un ataque al corazón consecuencia de la fiebre.

—¿Cómo piensas convencerme para que me beba esa pócima? —preguntó Benedict con sarcasmo.

El conde se encogió de hombros.

—Puedo prometerte que no le haré nada a tu pequeña duquesa si te la bebes sin discutir...

—¡Nunca me creería esa promesa!

Dartmouth apretó los labios.

—Entonces, la mataré a ella antes. Quizá con un pequeño corte en las venas o con una sobredosis de un somnífero, no sé. Todo el mundo lo creería si les cuento a las personas adecuadas lo íntimos que os habíais hecho últimamente y que su suicidio era inevitable cuando descubrió que su amante estaba muerto.

—¿Por qué me cuentas todo eso ahora? —preguntó Benedict con un brillo de furia en los ojos—. ¿Por qué no echaste el líquido en mi bebida cuando no estaba mirando?

—¿Y quedarme sin una de las pocas diversiones que me quedan? —preguntó el conde—. Me he pasado toda la vida ocultándome tras esta careta y no sabes el alivio, la satisfacción que me da poder decirte la verdad por fin.

—¡Estás loco!

Benedict creyó que era verdad. Ese hombre en el que había confiado toda su vida, ese hombre al que su padre había llamado amigo, solo era un traidor a su patria y un asesino que había matado a todas las personas que él, Benedict, quería.

—¿De verdad lo crees? —su padrino pareció meditarlo—. Prefiero considerarme un verdadero patriota francés.

—¡Ni siquiera los franceses quieren que Napoleón sea su gobernante!

—Son como un rebaño —replicó Dartmouth con desprecio—. Un rebaño que volverá al redil en cuanto Napoleón recupere el trono.

—Algo que quieres que ocurra lo antes posible.

—Claro —el conde inclinó la cabeza con respeto—. Es un hombre de orden, un auténtico líder.

—¡Y tan degenerado y mujeriego como el príncipe regente!

Dartmouth frunció el ceño con furia.

—Eres demasiado joven para entender las presiones de un líder y...

—Y me temo que está tan loco como acaba de decir Benedict —le interrumpió Genevieve con serenidad desde el extremo opuesto de la habitación.

Los dos hombres se dieron la vuelta para mirarla; Benedict con expresión de miedo y Dartmouth con una resignación cansina. Una resignación que se convirtió en una mirada analítica cuando vio que ella le apuntaba al pecho con una pistola.

—Creo que no hace falta que haya un derramamiento de sangre, querida —dijo el conde con delicadeza para apaciguarla.

Sin embargo, ella había oído la voz airada de Benedict y casi toda la confesión del conde de Dartmouth. Ese hombre, el padrino y amigo de Benedict, era el responsable de la muerte de cuatro personas y había ido allí para matar a Benedict primero y a ella después. Además, acertaba plenamente al dar por supuesto que ella no querría vivir si Benedict estaba muerto, pero no estaba dispuesta a que tocara ni un pelo del hombre al que amaba con toda su alma.

—No pienso derramar su sangre si no me obliga a hacerlo —replicó ella con desprecio.

En ese momento, se alegró infinitamente de haber tenido a mano una pistola cargada desde que dispararon a Benedict. Temía que, fuera quien fuese el responsable, pudiese volver, como, evidentemente, había hecho.

—Prefiero que lo juzguen y condenen por sus delitos antes de que suba al patíbulo —añadió ella.

—Eres una zorra vengativa —murmuró el conde entre dientes—. Desgraciadamente, no me creo ni por un momento que vayas a apretar el gatillo.

—¿Por qué será que los acosadores intimidantes como usted desdeñan tanto lo que soy capaz de hacer o no? —preguntó ella como si no fuese más que una conversación de salón.

—Genevieve...

—Tú me has librado del acosador que me intimidaba, Benedict, permíteme que haga lo mismo por ti —le interrumpió ella sin apartar la mirada del conde.

La verdad era que nunca le había parecido tan magnífica. Todavía le caía el pelo despeinado sobre los hombros, tenía la mirada serena, las mejillas sonrojadas, los labios firmes, el cuerpo en tensión bajo el vestido color melocotón que llevaba en ese momento y las manos no le temblaban lo más mínimo mientras apuntaba directamente al pecho de Dartmouth. Él, si hubiese estado en el lugar del otro hombre, no habría dudado de que podía apretar el gatillo.

—Mi querida duquesa...

—¡No mueva ni un músculo, Dartmouth! Le advierto que mi hermano, como no tenía hermanos varones, me enseñó a usar y disparar una pistola con mucha destreza.

—El hermano que se quitó la vida...

—¡No, Genevieve! —exclamó Benedict al ver que ella había tensado del dedo sobre el gatillo—. Solo quiere que dispares a lo loco para reducirte antes de que puedas disparar otra vez. Ven conmigo, amor —le pidió él tendiéndole una mano—. Dame la pistola y llama a Jenkins con la campanilla. Genevieve, por favor... —insistió él al ver que ella no se movía.

Genevieve siguió mirando al duque con furia durante unos segundos, pero bajó ligeramente la pistola y se giró hacia Benedict. Entonces, Dartmouth decidió entrar en acción. Lo que pasó después duró un par de segundos, pero a Benedict le pareció una eternidad.

Genevieve se dio cuenta del movimiento del conde en cuanto lo hizo. Se giró, apuntó intuitivamente y apretó el gatillo. Dartmouth tuvo tiempo de poner cara de sorpresa antes de que una mancha roja se le extendiera por la pechera y empezara a desmoronarse lentamente.

Diecisiete

—¿Has estado todo este tiempo trabajando para la Corona?

Genevieve miró inexpresivamente a Benedict, quien se había agachado al lado de la butaca donde estaba sentada ella e intentaba explicarle todo lo que había pasado hasta esa noche.

—Creía que estaba trabajando para la Corona, pero ya no sé si la información que otros y yo reunimos para Inglaterra ha acabado en manos de Napoleón.

Ella apretó con fuerza la intacta de copa de brandy que tenía entre las manos y se estremeció.

—No puedo creerme que haya disparado a un hombre.

—Tuvo suerte de que fueses tú, amor —Benedict apretó la mandíbula—. Si hubiese sido yo, habría apuntado a matarlo en vez de dispararle al hombro.

Ella sacudió la cabeza.

—Merece que lo juzguen por sus delitos y que se conozca su traición.

Después del disparo, el alboroto fue descomunal. Jenkins y otros sirvientes subieron alarmados por el ruido del disparo y se quedaron atónitos cuando entraron en el dormitorio y vieron a su señora abrazada a Benedict en la cama, una pistola a su lado y al conde de Dartmouth tumbado en el suelo en un charco de sangre. Jenkins asimiló la escena al instante y salió otra vez con los demás sirvientes. Esos minutos sirvieron para que Benedict soltara a la conmocionada Genevieve y para que se levantara y se pusiera los pantalones. Cuando Jenkins volvió al dormitorio, lo encontró agachado junto al cuerpo del conde, pero la bala le había atravesado el hombro, no el corazón. Se incorporó y dio instrucciones al mayordomo para que alguien avisara a las autoridades y para que alguien también se quedara en el dormitorio con la pistola cargada y apuntando al conde de Dartmouth.

Él se llevó a la pálida y aturdida Genevieve a

su sala privada y le explicó que durante años había estado trabajando para la Corona a las órdenes de su padrino. El padrino que había matado a sus padres y a dos sirvientes para ocultar su traición, el padrino que los habría matado a ellos dos por el mismo motivo... Hasta que ella apareció en la habitación con la pistola cargada. Él nunca podría olvidar lo magnífica que estuvo en ese momento, como la guerrera que era.

Ella lo miró con los ojos empañados de lágrimas y el rostro pálido.

—No podía permitir que te hiciera nada, Benedict.

—Y te lo agradeceré toda mi vida, amor —él se sentó en el brazo de la butaca y le pasó un brazo por los hombros—. ¿Cómo supiste que tenías que volver al dormitorio con una pistola cargada?

—Empecé a sospechar cuando me contaste que le habías dicho a tu padrino que querías encontrar a los dos sirvientes desaparecidos. Tanto, que tengo que reconocer que pegué la oreja a la puerta en cuanto os quedasteis solos —contestó ella con un gesto de vergüenza.

—Yo te lo agradeceré eternamente. Seguramente no sea el momento más indicado... ¡Sí, es el momento preciso! —se corrigió él con firmeza—. Sé que estás alterada y que necesitas tiempo para... encajar todo lo que ha pasado esta noche, pero como pronto llegarán las autoridades y tendremos que concentrarnos en otros asuntos, quiero que sepas que te amo, Genevieve, que quiero pedirte que seas mi esposa y...

—¡No digas esas cosas, Benedict! —le interrumpió ella mirándolo fijamente—. Yo no puedo... Tú no debes...

Ella sacudió la cabeza mientras las lágrimas le caían por las mejillas.

—¿Qué no puedes, amor? —preguntó Benedict mientras se levantaba lentamente—. ¿No puedes amar a nadie por haber estado casada con Forster? ¿No puedes amarme a mí? —él sonrió ligeramente—. Tenemos tiempo, amor, todo el tiempo del mundo para que intente convencerte, para que te ame y encandile hasta que tú también me ames.

—No digas tonterías, Benedict —ella lo miró con fastidio—. Claro que te amo. Ya te amo. No habría hecho el amor contigo si no te amara. Es que...

—¿Me amas? —Benedict le tomó las manos con una expresión de felicidad antes de fruncir el ceño—. No lo entiendo. Si me amas, ¿por qué no quieres que te diga que te amo y que anhelo que seas mi esposa?

—Porque lo dices por gratitud y... y sentido del honor. Crees que te salvé la vida al cuidarte cuando te dispararon y al impedir que lord Cargill nos envenenara justo cuando... ¿De qué te ríes? —preguntó ella con el ceño fruncido al oír que él se reía con todas sus ganas.

—¿Gratitud y honor? —repitió él cuando pudo tranquilizarse—. Dante Carfax me salvó la vida en una batalla, ¿debería decirle que lo amo y que quiero casarme con él? Rupert Stirling impidió que una condesa francesa me atravesara con mi espada mientras estaba dormido, ¿también debería amarlo y casarme con él?

—Estás siendo más tonto que antes todavía —ella frunció el ceño—. Además, ¿qué le hiciste a esa condesa francesa para que quisiera atravesarte con tu propia espada? ¿Por qué podría haberlo hecho mientras estabas dormido? —preguntó ella con recelo.

Él dejó escapar otra carcajada.

—¿Estás celosa, amor?

Si era sincera, la corroían los celos, y siempre era sincera, por muchos problemas que eso pudiera causarle.

—¡No puedes decirle a una mujer que la amas

y que quieres casarte con ella y acto seguido contarle que has dormido con una condesa francesa!

—No estaba durmiendo con ella. Estaba en mi dormitorio, en una casa de campo al lado de sus posesiones. La condesa quiso atravesarme con una espada porque poco antes le había comunicado que su marido era un espía y que estaba preso de los ingleses.

—Ah... —Genevieve parpadeó aunque la explicación no había sofocado su indignación—. En cualquier caso, no puedes comparar lo que hicieron tus amigos con lo que he hecho yo.

—No —reconoció él mientras se llevaba sus manos al pecho—. Genevieve, es posible que no me diera cuenta... es posible que no quisiera aceptar, hasta hace seis noches, que lo que siento por ti es amor...

—Gratitud —insistió ella intentando soltarse sin conseguirlo.

—...pero lo supe en cuanto oí el chasquido de la pistola y el silbido de la bala, en cuanto supe que si no me ponía delante, la bala te mataría y me dejaría sin ti para siempre.

—Yo... Tú... —Genevieve lo miró con incertidumbre—. ¿Entonces te diste cuenta de que me amabas?

—Con tanta fuerza como la de la bala que entraba en mi costado. Ya sabía que te admiraba por tu fuerza y entereza durante los espantosos años que estuviste casada, que contigo me reía como no me había reído con nadie, que tu cuerpo me excita como no había podido imaginarme, pero había sentimientos que no supe que eran amor hasta que creí que podía perderte, Genevieve. No puedo perderte. Te amo y te amaré siempre. Eres mi duquesa guerrera.

Él tuvo que callarse cuando ella se soltó las manos y le puso los dedos en los labios.

—Cuando sea tu esposa, seré lady guerrera —le corrigió ella—. Si me aceptas...

—¿Si te acepto? —gruñó Benedict—. Genevieve, mi amor, lo que más quiero en el mundo es pasarme el resto de mi vida demostrándote y diciéndote cuánto te amo y te deseo.

Genevieve se dio cuenta de que eso era mucho más de lo que había esperado. Era un hombre al que amaría siempre y en el que confiaría toda su vida, como sabía que Benedict la amaría a ella.

—¿Por qué tienes esa sonrisa de satisfacción, amor? ¿Por qué Sandhurst te mira con el ceño

313

fruncido mientras finge que está interesado en la conversación de Ramsey?

Benedict se lo preguntó tres semanas después, mientras la miraba con recelo y los dos iban de un lado a otro entre los invitados al banquete de su boda que se celebraba en su casa de Londres. Rupert y Pandora Stirling y Dante y Sophia Carfax habían sido los testigos en la iglesia de San Jorge, en la plaza Hanover.

—La verdad es que no puedo decirlo —contestó ella con inocencia.

—¿No puedes o no quieres?

Benedict, después de haber pasado tres semanas de risas y pasión con esa hermosa mujer, sabía muy bien que ella no hacía nada sin un propósito.

—Es que le he comentado al conde de Ramsey que había visto a su hija Charlotte y a Sandhurst en el invernadero y que quizá debería preguntarle a Sandhurst cuáles son sus intenciones.

—¿No te parece injusto cuando ella acaba de escaparse por los pelos de su anterior prometido?

Benedict miró a los dos hombres que seguían conversando. Ramsey parecía frío y decidido y Sandhurst lo miraba con unos ojos azules y aterrados. Genevieve se encogió de hombros.

—Creo que, después de que su hija se librara por tan poco de casarse con un hombre arruinado y tramposo en el juego, Ramsey tendrá mucho cuidado con el próximo hombre que quiera ser su yerno. También creo que a Charlotte, que, como tú dijiste, es una romántica, le gustará mucho casarse con un hombre tan guapo como Sandhurst.

—Si no recuerdo mal, una vez dijiste que es como un dios griego...

—Además, Sandhurst sería muy tonto si no aprovechara la ocasión de casarse con una heredera tan rica como Charlotte y será muchas cosas, pero no es tonto —siguió ella como si él no hubiese dicho nada.

Benedict arqueó las cejas.

—¿Son los únicos motivos para que hagas de casamentera?

—Bueno, también está aquel pequeño asunto de que Sandhurst quisiera aprovecharse de mi inocencia.

Benedict se rio sacudiendo la cabeza. Debería haber sabido que ella no habría permitido que aquel incidente quedara impune.

—Entonces, ¿has decidido que su castigo será que se case con una joven romántica cuyo padre lo vigilará de tan cerca que no podrá dar un paso sin que Ramsey le pise los talones?

—Sí, creo que los tres se llevarán muy bien —contestó ella con una sonrisa desvergonzada.

Benedict le rodeó la cintura con un brazo.

—Recuérdame que nunca me porte mal contigo...

—No podrías —ella lo miró con una sonrisa radiante—. Te amo más que a nada o a nadie y siempre lo haré.

—Yo también te amo con toda mi alma y siempre te amaré. Cuando escapemos de este infierno y podamos estar juntos, ¿crees que...? —preguntó él frunciendo el ceño a los numerosos invitados.

—No frunzas el ceño, Benedict. ¿Qué crees que estaba haciendo yo en el invernadero?

Benedict la miró con los ojos entrecerrados.

—¿Estabas buscando un sitio apartado para que pudiéramos escaparnos?

—Qué bien me conoces, mi querido Benedict. También le pedí a Jenkins que se ocupara de llevar un par de mantas para que pudiéramos tumbarnos.

—¿Y te ha obedecido? —preguntó el con un brillo en los ojos.

—Vamos a comprobarlo.

Lo tomó de la mano y los dos se escabulleron a la intimidad del invernadero para demostrarse lo mucho que se amarían durante el resto de sus vidas...

CAROLE MORTIMER

Bella y perversa

Rupert Stirling, duque de Stratton, llevaba desde hacía tiempo el apodo de "Diablo". Y se lo había ganado a pulso gracias a sus asombrosas hazañas dentro y fuera de la alcoba.

Pandora Maybury, duquesa viuda de Wyndwood, era incapaz de cualquier osadía, aunque el turbio secreto que guardaba la hubiera convertido en objeto de escabrosas murmuraciones. Si la aristocracia londinense hubiera sabido lo inocente que era en realidad... Incluido Rupert que, tras rescatarla de una situación comprometida, parecía empeñado en comprometerla aún más...

El placer del escándalo

Genevieve Forster, duquesa viuda de Woollerton, sabía muy bien que tenía que dar un paso hacia adelante y empezar a dis-

frutar. Después de un matrimonio desdichado, estaba dubitativa, pero, en lo más profundo de su ser, anhelaba que la tentaran...

No era de extrañar que a lord Benedict Lucas, con ese aire esquivo y pecaminoso, sus amigos y enemigos lo llamaran Lucifer. No temía escandalizar a la envarada alta sociedad. Además, disfrutaría enormemente mientras sacaba a la luz el lado desvergonzado de Genevieve...

No. 78

¡YA EN TU PUNTO DE VENTA!

DESEO

MAUREEN CHILD

UNA MENTIRA INOCENTE

Viajar en el avión privado de Luke Barrett y pasar un fin de
semana cargado de pasión con él resultó bastante arries-
gado para Fiona Jordan. Confiaba
en no estropear su misión secreta
de convencer al multimillonario de
la industria tecnológica para que regresara al negocio familiar. Cuando
Luke descubriera la verdad, ¿logra-
ría Fiona evitar la caída? Mezclar el
placer con los negocios podría terminar siendo el malabarismo más
complicado de su vida…

N.º 532

MAGIA EN EL MAR

Hacer un crucero de lujo en Navidad
debería ser como estar en el paraíso,
pero Mia Harper tenía que confesarle
algo a su multimillonario ex: ¡seguían
casados!

Ahora estaba atrapada entre el tremendamente sexy Sam
Buchanan y el abrasador deseo que los había rodeado
siempre y, por si eso fuera poco, Sam le iba a hacer un pequeño chantaje: le concedería el divorcio si le daba lo que
él quería por Navidad: una breve aventura con ella.

DESEO

KATHERINE GARBERA
SOLO POR UNA NOCHE

La heredera Iris Collins necesitaba un acompañante para una boda y el millonario Zac Bisset era el mejor candidato. A cambio, ella tenía que invertir en el equipo de regatas de Zac. El acuerdo era redondo, y todo iba bien hasta que acabaron en la cama.

KIRA SINCLAIR
PECADOS DE UN SEDUCTOR

Gray Lockwood había cumplido sentencia por un crimen que no había cometido. Para limpiar su nombre, necesitaba la ayuda de Blakely Whittaker, la severa y preciosa auditora cuyo testimonio le había enviado a la cárcel. El problema era que la línea entre la enemistad y la pasión entre ellos era extremadamente fina.

N.º 531

JULES BENNETT
AMOR EN LA CIUDAD DE LA MÚSICA

El propietario de su nuevo sello discográfico, el hombre a cargo de su carrera profesional, era demasiado atractivo. Tanto que Hannah Banks solo podía pensar en él. Para evitar la tentación, se hizo pasar por su hermana gemela, una mujer mucho más discreta. Pero Will Sutherland quería a la auténtica Hannah en el estudio de grabación… y en la cama.

BIANCA

KATE HEWITT

EL REGRESO DEL GRIEGO

El legendario aplomo del millonario griego Yannis Zervas estuvo a punto de saltar por los aires cuando se topó con Eleanor Langley.

La jovencita dulce y adorable que recordaba se había convertido en una ambiciosa y sumamente atractiva profesional de Nueva York, que lo miraba con ojos acerados, un fondo de ira y lo que parecía ser deseo.

A Yannis no le gustaban las emociones puras. Había contratado a esa fría mujer por motivos de negocios. Pero más tarde, cuando viajaron a Grecia y se encontraron bajo el cálido sol del Mediterráneo, la verdadera Ellie volvió a surgir...

N.º 467

INOCENCIA Y PODER

La guapa, inteligente… y empedernida soltera Emily Wood es la directora de Recursos Humanos más joven que ha habido en la empresa en que trabaja. Tan sólo su cínico jefe, Jason Kingsley, parece inmune a sus encantos…

Jason está acostumbrado a que las mujeres caigan rendidas a sus pies, pero no está interesado en las relaciones a largo plazo. Emily cree en el amor, así que no entiende por qué está empeñado en utilizar su indiscutible poder de seducción con ella...

¡YA EN TU PUNTO DE VENTA!

BIANCA™

SANDRA MARTON
LA PASIÓN TENÍA UN PRECIO

Lucas Vieira necesitaba un traductor para cerrar un importante acuerdo de negocios, y también una mujer que se hiciera pasar por su novia. Así que, ¿por qué no matar dos pájaros de un tiro? A la lingüista Caroline Hamilton le surgió la oportunidad de ganar un buen dinero de forma decente. Pero cuando conoció a su cliente, se dio cuenta de que no jugaban en la misma división…

ANNIE WEST
EL PRÍNCIPE INDOMABLE

El príncipe Alaric de Ruvingia era tan salvaje e indómito como el principado que gobernaba. Las mujeres se peleaban por calentar su cama, pero él se aseguraba de que ninguna se quedara. Entonces, llegó la inocente archivera Tamsin Connors, por la que se sintió inmediatamente atraído. Enseguida la nombró ¡amante de su Alteza! Per tenía que ser sólo un acuerdo temporal…

N.º 466

HELEN BIANCHIN
EL SABOR DE LA PASIÓN

El mundo de Lily Parisi se había visto sacudido hasta los cimientos al sorprender a su novio engañándola, sin embargo, ahora estaba decidida a seguir adelante con su vida… ¡sola! Pero, durante sus vacaciones en Italia se encontró con Alessandro de Marco y sus planes se modificaron un poco…

Hacía tiempo que Alessandro deseaba a Lily, aunque jamás había intentado seducirla. Pero una vez que tuvo a su alcance lo que siempre había anhelado, le resultó imposible mantener el control…

¡YA EN TU PUNTO DE VENTA!